Für meine Töchter,
die hoffentlich wenigstens diese Widmung lesen werden ;-)

TAMARA WAEGER

BEST PRICE, LADY!

Umschlaggestaltung: GreatLife.Books, Weinheim
Bildquellen: ©GreatLife.Books, Tamara Waeger
Titelbild: ©GreatLife.Books, Tamara Waeger

Herstellung und Verlag: BoD – Books on Demand,
Norderstedt, Germany

ISBN: 978-3-7519-1046-0

Bibliografische Information der Deutschen Nationalbibliothek:

Die Deutsche Nationalbibliothek verzeichnet diese Publikation in der
Deutschen Nationalbibliografie; detaillierte bibliografische Daten
sind im Internet über http://dnb.d-nb.de abrufbar.

Danke!

Ursprünglich gedacht waren meine Reiseschilderungen für meine Freunde.

Meine Freundin Barbara Wietasch brachte mich dann nicht nur auf die Idee diese in Buchform zu bringen, sondern sie war es, die mich mit unglaublicher Geduld und Unnachgiebigkeit motivierte durchzuhalten. Ohne ihr unablässiges Drängen und Helfen würde ich vielleicht immer noch beim schreiben sitzen-:). Ich kann ihr nicht genug danken.

Des weiteren hat sich Claudia Thesenfritz, Schriftstellerin und u.a. Autorin von sehr schönen Sylt Geschichten, die Mühe gemacht mein Buch zu redigieren und mir mit Rat und Tat in vielen Stunden zur Seite zu stehen. Ihre Korrekturen waren mir eine große Hilfe.

Ein ganz besonderer Dank gilt auch Eike Rappmund, Verleger von GreatLife.Books, der mir einige kostbare Anregungen gegeben und ein wunderschönes Cover entwickelt hat.

Danken möchte ich auch all meinen Freunden, die sich die Mühe gemacht haben über die Monate des Entstehens hinweg mein Schreiben zu begleiten und mich darin zu bestärken es erfolgreich zu Ende zu bringen.

VON PALMA NACH DELHI
SONNTAG 31.1. 2016

Am Gate meines Fluges von Palma nach Barcelona blinkt das Schild „delayed". Besorgt, den Anschlussflug nach Doha/Qartar evtl. nicht mehr zu erreichen, wende ich mich an die Stewardess. Nervös erkläre ich ihr, dass mir nur eine Stunde zum umsteigen bleiben wird. Ich frage sie, ob Aussicht besteht, dass die Maschine auf uns wartet? Sie zuckt nur mit den Schultern. Unbeteiligt fügt sie noch an, dass wir in frühestens 30 Minuten an Bord gehen können. Als sie meinen verstörten Blick wahrnimmt, fügt sie schnell hinzu, dass wir vielleicht doch noch rechtzeitig landen werden. Ein schwacher Trost. Ich blicke sie resigniert an und erwidere: „Danke, aber daran glauben wir ja wohl beide nicht." Mein Puls rast. Völlig verzweifelt setze ich mich auf einen der noch freien Plätze am Check-in Schalter.

Die Abfertigungshalle ist voll besetzt. Bei all dem Handgepäck, das diese Menschen mitschleifen, wird schon allein das Borden eine halbe Stunde dauern. Gottergeben spreche ich mir Mut zu: „Ok, wenn ich in Barcelona hängenbleibe, dann muss die Airline dafür sorgen, dass ich den nächsten Flug nach Doha bekommen werde." Ich lehne mich zurück und überlasse mich meinem Schicksal.

Nach einer Weile tritt ein älterer Herr an mich heran. An seiner glatt gebügelten Uniform erkennt man ihn unschwer als Mitglied des Bodenpersonals. Seine Kollegin hat ihm von meinen Sorgen erzählt. Er kann mich beruhigen. Qartar warte in der Regel immer auf verspätete Gäste – meint er. Hoffnung keimt in mir auf.

Um 13.40 Uhr starten wir. Endlich! Eine Stunde später setzen wir in Barcelona auf. Der Flug nach Doha war planmäßig für 14.15 Uhr vorgesehen! Ob die noch warten? Bei einer halben Stunde Verspätung? Glücklicherweise habe ich einen Sitzplatz in den vorderen Reihen. Sowie die Sicherheitszeichen erloschen sind, schiebe ich mich an den anderen Fluggästen vorbei. Nur raus aus dem Flieger! Und schon der nächste Schreck! Das Gate von Qartar befindet sich am anderen Ende des Flughafens im ersten Stock. Ich rase los. Kaum zu glauben! Schon von weitem sehe ich, dass die Maschine noch am Finger steht! Aufgelöst und völlig außer Atem renne ich zur Kontrolle. Die Stewardess prüft mein Ticket und bucht mich mit einem Augenzwinkern lächelnd auf einen der vorderen Fensterplätze um. Restlos erledigt lasse ich mich in meinen Sitz fallen.

Ein gut aussehender junger Mann aus Kuweit nimmt neben mir Platz. Unvermittelt zückt er sein Handy und zeigt mir stolz seine ganze Verwandtschaft. Ebenso spontan macht er ein Foto von uns beiden und erklärt: „Das schicke ich jetzt meiner Familie" Insgeheim denke ich mir: „Ja, ja Tamara, bist inzwischen so alt, dass die Männer risikolos ihren Frauen ein Foto von dir schicken können!"

Völlig übermüdet sackt der gute Mann zusammen und schläft bis zur Landung in Doha. Er war nur für ein Fußballspiel nach Barcelona gekommen. Die Stadt hatte ihn nicht interessiert.

ANKUNFT DOHA
UND WEITERFLUG NACH DELHI

Die Maschine konnte die Verspätung fast aufholen. Mir bleiben noch 35 Minuten um nach New Delhi einzuchecken. Entsetzt sehe ich, dass eine unüberschaubare Menschenschlange an der Gepäckkontrolle wartet. Ich kann es nicht fassen. Obwohl wir Transitgäste sind, geht das ganze Prozedere von vorne los. Mantel und Jacken ausziehen, Laptop, iPad, Mobiltelefon rauslegen, Taschen öffnen, Flüssigkeiten entsorgen usw. Die Angst vor terroristischen Anschlägen scheint groß zu sein. Ich werde unruhig. Bei der Menschenmenge und dem Tempo der Kontrollen schaffe ich es nie pünktlich zu meinem Flieger. Unvermittelt zupft mich jemand am Ärmel. Eine Dame zwei Reihen vor mir winkt mir zu. Sie deutet auf die Absperrung. Dort soll ich durchschlüpfen. Die Umstehenden werden meinen, dass wir uns kennen. Das muss man mir nicht zweimal zu sagen. Als ich mich bei ihr bedanken will, lächelt sie nur kurz und ist auch schon wieder aus meinem Gesichtsfeld verschwunden. Dank diesem Engel erreiche ich rechtzeitig meinen Flieger.

An einem fetten älteren und einem zaundürren in ein langes, weißes Gewand gekleideten jungen Herren drücke ich mich vorbei auf meinen Platz.

Damit mir beim Start nicht die Ohren weh tun, krame ich meine Eukalyptusdrops aus der Tasche und biete sie auch meinen Sitznachbarn an. Der Fette angelt sich zwei aus der Tüte ohne auch nur andeutungsweise eine Miene zu verziehen. Das schmale Kerlchen nimmt die Gelegenheit beim Schopf, ein Gespräch mit mir zu beginnen. Er ist stolz auf sein arabisch verquasseltes Englisch. Ich will lieber schlafen! Wie mache ich ihm das klar ohne ihn zu beleidigen? Gähnen!, ja, das wird helfen. Weit gefehlt. In Anbetracht, dass dieser Jüngling einer älteren Dame gegenüber aufmerksam sein will, erhebt er sich um die Düsen der Air Condition direkt auf mein müdes Haupt zu richten. „Jetzt werden sie sich gleich besser fühlen." Oh mein Gott, wie komme ich denn nur aus dieser Nummer raus? Mit einem schiefen Grinsen nehme ich seine Fürsorge hin. Ach du liebe Zeit, auch er will mich nun mit seiner ganzen Familie bekannt machen! Auf seinem iPhone kramt er nach den ersten Bildern. Mir bleibt nur eines übrig: Spontaner Tiefschlaf. Der hält erstaunlicherweise bis Delhi an.

Als die Maschine zur Landung ansetzt, werde ich unversehens wach. Mein kleiner „Zahnstocher" schaut mich mitfühlend an: „Sie müssen ja wirklich sehr müde gewesen sein. Sie sind mitten im Gespräch eingeschlafen." Fraglos fühle ich mich etwas schofelig, habe mich aber genug unter Kontrolle, um ihm für sein Verständnis zu danken. Jetzt aber nichts wie raus hier!

Christopher, einer meiner indischen Freunde, hatte mir

geschrieben, dass er am Ausgang von Gate 3 am Taxistand auf mich warten wird. Ich strahle innerlich. Ein erhebendes Gefühl hier nach einem langen Flug in eine andere Welt von einem Freund abgeholt zu werden. Kaum trete ich aus der Flughalle heraus, empfängt mich eine schwüle Hitze. Delhi, von Smog umhüllt, ist kaum wahrnehmbar.

Voll freudiger Erwartung strebe ich auf den verabredeten Standort zu. Weit und breit kein Christopher! Ob ich am falschen Stand bin? Mit meinem Trolley klappere ich fast das ganze Außenterminal ab. Kein Christopher! Anrufen klappt nicht mit meinem spanischen Handy.

Vielleicht hat er sich verspätet? Vielleicht wurde er durch einen Stau aufgehalten? Ich beschließe mich nicht vom vereinbarten Treffpunkt fort zu bewegen. 30 Minuten vergehen, 40, eineinhalb Stunden! Kein Christopher!

Ich gehe zum Flughafengebäude zurück. Dort gibt es sicherlich die Möglichkeit Internetempfang zu haben. Sofort versperrt mir ein Polizist den Weg. Er darf niemanden mehr wieder in die Flughalle lassen. Einmal draußen gibt's kein Zurück. Was nun?

Eine junge Inderin steht neben mir. Sie spricht glücklicherweise englisch. Ihr kann ich mein Problem schildern. Sie wendet sich zu dem Polizisten, der ihr ohne eine Mine zu verziehen zuhört. Na, den scheint das gar nicht weiter zu interessieren, doch überraschenderweise ist er dann doch bereit zu helfen. Er fragt einen vorübergehenden Flughafenangestellten, ob ich kurz dessen Handy für eine SMS an einen Freund hier in Delhi benutzen darf. Schnell schreibe ich Christopher, dass ich am verabredeten Treffpunkt warte.

Eine weitere Stunde vergeht. Ich habe schrecklichen Durst und Sehnsucht nach einer heißen Dusche sowie einem frischen Bett. Christopher meldet sich nicht. Was soll ich nur machen? Mir bleibt keine Wahl, ich muss mir ein Taxi nehmen und mich zu irgendeinem Hotel in die Stadt fahren lassen.

Natürlich ist mir klar, dass mich ein Taxifahrer hereinlegen und bestimmt in ein Hotel bringen wird, das ihm eine üppige Kommission zahlt. Ich habe eigentlich keine Lust gleich zu Beginn den kleinen Gaunern in die Hände zu fallen, doch bleibt mir wohl nichts anderes übrig.

Ich fühle mich allein und verloren. Christopher hat mich im Stich gelassen. Irgendwo in einem Hotel in Delhi wartet Harjit auf mich. Ebenfalls eine Bekanntschaft, die ich vor 20 Jahren hier gemacht habe. Zu Dritt wollen wir gemeinsam nach Ratjasthan fahren. Dummerweise hatte sie mir nicht geschrieben in welchem Hotel sie abgestiegen ist. Ihre Handynummer habe ich mir auch nicht notiert. Ich hatte mich darauf verlassen, dass Christopher mich abholt.(Dass man sich in Indien auf nichts und Niemanden verlassen kann, das werde ich erst im Laufe der Reise noch öfters erfahren.)

Jetzt gehen mir tausende von Gedanken durch den Kopf. Wie erreiche ich Harjit? In welchem Hotel ist sie? Unter Umständen denkt sie, dass ich gar nicht angekommen bin! Was ist Christopher passiert? Ist Harjit überhaupt schon hier in Delhi? Hat Christopher sie über meine Ankunftszeit informiert? Wenn ja, warum holt sie mich nicht ab? Wollen die Beiden vielleicht nicht mehr mit mir verreisen und lassen mich hier einfach stehen? Schließlich kenne ich sie so gut wie gar nicht. Habe einfach mal wieder vertraut. Eine Schwäche von mir. Mir schwirrt der Kopf.

Plötzlich höre ich jemanden rufen. Ich fühle mich nicht angesprochen, schiebe weiter unbeirrt meinen Koffertrolley Richtung Taxistand. Das Rufen wird lauter und wie aus weiter Ferne meine ich meinen Namen gehört zu haben. Suchend schaue ich mich um. Ja, da ruft jemand „Tamara". Auf der anderen Straßenseite sehe ich eine Frau heftig winken. Wie angewurzelt bleibe ich stehen. Das kann doch nicht wahr sein. Das ist Harjit! Nach all den Jahren erkenne ich sie an ihrer extrem geraden Haltung und ihrer Stimme wieder. Diese Stimme fand ich schon damals so besonders. Eine Stimme, dunkel, fast männlich.

Wir fallen uns in die Arme. Beide erleichtert. Aufgeregt erzählt sie mir, dass sie schon befürchtet habe ich sei nicht mehr am vereinbarten Treffpunkt. Auch sie hatte sich auf dem ganzen Weg zum Flughafen die wildesten Gedanken gemacht. *Falls sie mich nicht mehr antreffen sollte, wie würde sie mich in dieser Stadt mit über 16 mio. Einwohnern finden? Was würde ich machen? Wie verzweifelt würde ich sein? Würde ich wohlmöglich sogar wieder zurück geflogen sein?*

Auf dem Weg zum Hotel erzählt sie mir, was mit Christopher passiert war. Als er aufbrechen wollte, hatte ihm seine krankhaft eifersüchtige Frau den Autoschlüssel weggenommen. Sie hatte seine E-Mails gelesen und daraus gefolgert, dass er wohl eine Geliebte in Europa haben müsse, die er jetzt abholen wolle. Sie drohte sogar mit Scheidung. Christopher, der nicht zu den mutigsten Männern gehört, gab klein bei. Erst nachdem sie das Haus verlassen und den Wagen mitgenommen hatte, fiel ihm ein Harjit anzurufen.

Wir lachen auf der Fahrt noch viel über Christopher und sein geringes Durchsetzungsvermögen gegenüber seiner Frau. Wir benehmen uns wie alberne Teenager.

Eine halbe Stunde später kommen wir im Hotel an. Ich habe nur noch einen Wunsch: duschen und schlafen.

DELHI,
MONTAG, 1. 2. 2016

Eine anstrengende Nacht liegt hinter mir. Harjit hat die ganze Nacht geschnarcht! Ich fürchte, dass andere Hotelgäste auf unserer Etage ebenfalls kein Auge zu bekommen haben.

Zuerst versuche ich mich mit Ohrstöpseln zu erwehren. Ihr

12

Schnarchen ist durchdringend. Ich fange an zu singen. Nichts rührt sich. Scheinbar habe ich eine eher beruhigende Stimme. Meine Stimmung schwankt zwischen erdulden und maßloser Wut. Drei Stunden kämpfe ich mit dem Schlaf, dann greife ich verzweifelt zu meinem Walkman. Doch Paganini´s Violinkonzert, untermalt von ihrem rücksichtslos sich durchsetzenden Schnarchen, verdirbt mir schnell den Genuss. Ich wähle daraufhin einen Song von Amy Winehouse, stelle ihn auf höchste Lautstärke. Nichts! Voller Wut schmeiße ich Kopfhörer und Walkman durchs Zimmer! Mir bleibt nur noch eins übrig: Schlaftabletten! Ich hatte welche für den langen Flug gekauft. Meine letzte Rettung? Weit gefehlt. Erst nachdem ich noch zwei weitere nachwerfe, schlafe ich endlich ein.

Strahlend weckt mich meine liebe Freundin um 9.30 Uhr mit den Worten: „Wie schön, dass du so gut schlafen kannst! Jetzt musst du aber aufstehen." Als ich mich nicht rühre fügt sie hinzu: "Es gibt nur bis 10 Uhr Frühstück". Diese Ankündigung belebt mich umgehend. Während des Frühstücks darf sie sich in aller Ausführlichkeit meine wunderbare Nacht anhören! Sie lacht nur und meint lapidar: „Ich hatte dir doch gesagt, dass ich schnarche". Keine Entschuldigung, kein Bedauern.

Ein Kellner kommt zu uns. Wir erfahren, dass Christopher im Foyer auf uns wartet. Er will uns zum Mittagessen einladen. Schlechtes Gewissen? Woher! Inder sind wahre Künstler im Vergessen! Er hatte mich versetzt. Ich wartete stundenlang am Flughafen. Doch wie heißt es so schön: was geht mich mein Geschwätz von gestern an. Er begrüßt mich herzlich. Fragt, ob ich einen guten Flug hatte und hakt sich bei mir unter.

Wir ziehen los, ich muss Geld wechseln. Ein Inder geht dafür nicht zur Bank. Er wendet sich in der Regel an einen Juwelier oder einen Geschäftsfreund; schließlich hat jeder in diesem korrupten Land Schwarzgeld in der Tasche, das er möglichst schnell in eine starke Währung umwechseln möchte. Selbstverständlich ist das verboten, doch wen störts?

Christopher führt uns unweit des Hotels zu einem Gebäude,

das aussieht, als würde es demnächst abgerissen. Es scheint vornehmlich Mäuse, Ratten und Obdachlose zu beherbergen. Ununterbrochen strömen aus diesem sechsstöckigen Dreckloch nicht besonders vertrauensvoll aussehende Gestalten heraus, ebenso emsig drängen andere hinein. Im Innern des Gebäudes stehen zerschlissene Sofas und Stühle herum. Die Böden können sich nicht mehr erinnern, je Wasser und Putzmittel gesehen zu haben. Was sollen wir denn in dieser Räuberhöhle?

Ich zögere, doch Christopher geht zielstrebig auf ein Türschild mit „Indian Change" zu. Dann passiert, was bei all dem Chaos und Dreck so typisch für dieses Land ist. Wir treten in ein sauberes, mit modernen Möbeln ausgestattetes Büro ein. Ein eleganter, gut aussehender Mann kommt auf uns zu. Christopher stellt ihn mir als seinen guten Freund Anil vor, der mir mein Geld zu einem besonders guten Kurs umtauschen wird. Doch zuerst einmal wird nur über Freunde und Familie geredet. Es sieht nach einem Treffen zwischen guten Freunden aus. Vom wahren Grund unseres Besuchs ist nicht die Rede. Höflichkeitshalber wendet Anil sich mit ein paar englischen Worten an mich. Weiter geht es in Hindi. Natürlich verstehe ich kein Wort. Ich werde ungeduldig und fange an mein Geld zu zählen. Wie aus dem Nichts heraus erscheint ein Angestellter. Ich übergebe ihm meine kostbaren Euros. Penibel zählt er nach und verschwindet dezent. Meine Freunde nehmen ihr Gespräch wieder auf. Irgendwann besinnt sich Anil meiner. Schließlich wird er an mir verdienen. Freundlich sieht er mich an und erzählt mir, dass er einmal in Barcelona gewesen sei. Höflich frage ich ihn, was ihm denn an Barcelona besonders gefallen habe. Verlegen zuckt er mit den Schultern. Er habe eigentlich nicht viel gesehen, denn er sei lediglich auf einem Kreuzschiff im Hafen gelegen. Fast tut es mir leid, ihn gefragt zu haben. Dieses Eingeständnis ist ihm unangenehm. Schnell verwickle ich ihn in ein bewunderndes Gespräch über Kreuzfahrten. Erkläre ihm wie sehr ich ihn darum beneide. Seine Würde ist wieder hergestellt. Dass meine Bewunderung für diese Art zu reisen eher sehr begrenzt ist, muss er ja nicht wissen. Zufrieden lehnt er sich zurück und lässt sich dazu hinreißen, mich zu seiner nächsten Schiffsreise einzuladen. Natürlich ist uns beiden klar, dass er dieses Angebot ohne den leisesten Gedanken an eine Verwirklichung macht. Inder lieben solche leeren Versprechungen, wir Europäer finden das eher unseriös.

Mitten in dieser nicht besonders anregenden Konversation erscheint wieder leise und unauffällig der Angestellte. Er hält zwei dicke Packen Geldscheine in der Hand. Umgehend erstirbt das Gespräch. Alle Blicke richten sich auf ihn. Akribisch zählt er mir das Wechselgeld vor. Harjit prüft nochmals nach. Sie kennt ihre Pappenheimer. Doch alles ist korrekt. In Europa würden wir jetzt aufstehen und uns verabschieden. Nicht so hier. Die Unterhaltung fließt ungerührt wieder weiter. Nach einer gefühlten weiteren halben Stunde sind wir endlich draußen!

Der Umtausch mit all diesem endlosen Palaver hat anderthalb Stunden gedauert! Werde ich mich an diesen Umgang mit der Zeit gewöhnen können? Gerade angekommen, genieße ich es. Hier leben und arbeiten? Dann würde mein Verständnis sicherlich schnell dahinschmelzen. Ich bin mir schon jetzt sicher, dass meine Geduld im Laufe der Monate noch öfters strapaziert werden wird.

Wir brechen auf zu einem eleganten Privatclub. Christopher ist dort Mitglied.

Auf der Fahrt dorthin bin ich überrascht wie sauber Delhi geworden ist. Bei meinem letzten Besuch vor 20 Jahren war die Stadt eine einzige Müllhalde, voller Bettler und Heiliger Kühe. Jetzt hat man beide an die äußeren Randbezirke verbannt.

Es fällt mir ebenfalls auf, dass es jede Menge neuer Autos gibt. Alle hupen wie eh und je. Das wundert mich. Harjit hatte mir doch auf der Fahrt vom Flughafen in die Stadt erzählt, dass dies inzwischen verboten sei. Ich spreche sie nicht darauf an. Möchte ihr eine Ausrede ersparen.

Als Europäer selbst zu fahren käme reinem Selbstmord gleich. Es gilt das Gesetz des Stärkeren, des Schnelleren. Ob wir die Fahrt ohne Blechschaden überstehen werden? Überraschenderweise denken wohl alle das Gleiche: Unfälle vermeiden, Chancen nutzen. Verkehrsregeln? Die gibt es, doch für wen? Hier fährt jeder pausenlos hupend mit reinem Instinkt. Die Furchtsamen kommen nur langsam vorwärts, werden gnadenlos überholt. Höflichkeit? Nicht beim Autofahren! Zebrastreifen? Macht Spaß die paar wagemutigen Fußgänger zu scheuchen! Wer nicht rennt, der hat verloren. Das ist sicherlich der Grund, weshalb man kaum Fußgänger sieht. Die Tuk-Tuks sind billig und immerhin wenigstens etwas sicherer.

Mir fällt auf, dass es in dieser riesigen Stadt mit ihren Millionen von Einwohnern nur wenige Ampeln gibt. Umso erstaunlicher, dass die Autofahrer bei den paar Rotlichtern stehenbleiben. Sowie es grün wird rasen sie jedoch ungeachtet irgendwelcher Richtungs-markierungen oder durchgezogener Linien rücksichtslos davon. Die Polizei sieht dem tatenlos zu, obwohl sie unglaublich präsent ist.

Der Verkehr scheint sie nicht sonderlich zu interessieren. Stattdessen bauen sie immer wieder plötzliche Straßensperren auf und kontrollieren die Fahrzeuge. Es ist die Angst vor Terroran-schlägen. Sie liegt spürbar in der Luft. Die Bevölkerung nimmt dies stoisch hin. Sie überlässt es ihrem Karma. Polizei hin oder her.

Es sind mehr die politischen Kräfte und es ist die Wirtschaft, die den Terror in diesem riesigen Land fürchten. Mumbai hat sich bis heute noch nicht von dem Attentat im November 2008 erholt. Hier in Delhi haben alle größeren offiziellen Gebäude, Banken,

Einkaufszentren und Hotels Sicherheitspersonal. In Europa wäre so viel an Sicherheitsvorkehrungen undenkbar. Wir würden sie als zu großen Einschnitt in unser Privatleben empfinden. Hier nimmt man die Dinge gelassener hin.

Wenn wir mit dem Auto zu unserem Hotel zurückkommen, müssen wir stets an einer Schranke anhalten. Obwohl der Wachmann uns kennt, kontrolliert er jedes Mal mit einem Spezialgerät, ob unter Umständen unter dem Auto eine Bombe befestigt wurde. Auf meine Frage hin wie er denn meinen kann, dass wir in der Zwischenzeit Sprengstoff unter dem Wagen angebracht haben, erklärt er mir, dass Terroristen diesen oft unter parkende Autos anbringen. Klar, so weit hatte ich nicht gedacht.

Ins Hotel selbst kommen wir nur durch einen vor dem Eingang aufgestellten Sicherheitsbalken.

DELHI

Nach einer weiteren schnarch erfüllten Nacht mit Harjit, mache ich mich allein auf, durch die vom Smog verpesteten Straßen zu streifen. Als Europäerin steche ich natürlich sofort aus der Masse hervor. Umgehend werde ich angesprochen. „Where do you come from? What is your name? First time in India?"... usw. usf.

Dabei steht all diesen Händlern in ihren Buden am Strassenrand an die Stirn geschrieben: „Come I have something to show you. I will make you verry, verry good price. Späcelly for you". Mein Fehler: Ich kann mir meist nicht ein Zucken um die Mundwinkel verkneifen, was all diese armen, schmuddeligen Verkäufer hoffen lässt, dass sie mit mir ein Geschäft machen werden. Alsbald bin ich der Fragerei überdrüssig und antworte auf die immer und immer wieder gestellte Frage nach meiner Herkunft: „Ich bin Inderin". Im selben Moment muss ich laut loslachen. Ein vollkommen verstörter Mann schaut mich erschrocken an und nimmt fluchtartig Reißaus! Scheinbar fürchtet er, dass diese meine Art der Wahrnehmung eine ansteckende Geisteskrankheit ist.

Siegesgewiss denke ich: endlich habe die richtige Antwort für alle noch auf mich zukommenden „I have something späcelll only for you" - Händler gefunden. Weit gefehlt! Schon am nächsten Stand kann ich meinen Siegesrausch ad acta legen. Wieder diese Frage! Fröhlich verweise ich auf meine indische Abstammung. Und was geschieht? Das geschäftstüchtige Kerlchen hüpft auf und ab wie ein Kind und schüttelt sich vor Lachen. Jetzt ist es an mir erstaunt zu sein. Doch muss ich gleichzeitig losprusten und erliege dem Angebot mir die preiswertesten und schönsten Schals und Taschen Indiens anzusehen.

Während der zum Ritual gehörenden Feilscherei haben wir einen Riesenspaß. Das Kerlchen ist ein heller Kopf. Er ist sich gewiss mit dieser lustigen Touristin ein gutes Geschäft zu machen. Flink bietet er mir einen schön bestickten Schal zu einem „Nur- für- mich! Spezialpreis!" mit der strammen Summe von 3.000 Rupees an. Ich grinse ihn frech an und meine: „Wir sind jetzt Freunde, ich kaufe ihn dir für 1.000 Rupees ab". Lachend verhandeln wir weiter. Das Spiel macht uns beiden Spaß. Wir einigen uns nach einiger Zeit auf den „Spezialpreis" von 1.250. Rupees. Natürlich kann er es nicht unterlassen zu betonen, dass er nun nichts mehr verdient. Ich schaue ihn bedauernd an und erwidere gelassen: „Na, das sollte man doch auch unter Freunden nicht". Schmunzelnd meint er, dass er jetzt verstehe, dass ich mich darauf berufe Inderin zu sein. Was für ein Kompliment!

Während ich die nächste Straßenkreuzung überqueren will, höre ich rechts von mir eine Stimme in perfektem English sagen: „Madam, you can't cross the street here, it´s forbidden," Vor mir steht ein sauber gekleideter junger Mann. Höflich bietet er mir an mich auf die andere Straßenseite zu begleiten. Ich blicke ungläubig auf und zeige wortlos auf den Zebrastreifen vor meinen Füßen. Er erklärt mir, dass der nicht gültig sei. Leicht verärgert will ich mich von ihm abwenden, doch mit freundlicher Stimme insistiert er, sein Angebot nicht auszuschlagen. Am Vortag in Christoph´s Auto hatte ich bereits bemerkt, dass Fußgänger auf Zebrastreifen ein herrliches Freiwild abgeben. Zögerlich entschließe ich mich auf ihn zu hören. Wie zu erwarten will auch er wissen wo ich her komme, wie lange ich in Delhi bleibe usw. Schnell drehe ich den Spieß um und beginne ihn auszufragen. Er sei Journalist, habe an der Universität studiert und freue sich, mir helfen zu können. Wir sind nun mal in Indien, und daher bin ich mir ziemlich sicher, dass von seiner Geschichte maximal die Hälfte stimmt. Er will wissen, in welchem Hotel ich abgestiegen bin und bietet mir an mich dorthin zu begleiten. Ich bin mir zwar sicher, dass er ein sogenannter Schlepper für eines der großen Einkaufszentren in der Nähe ist, nehme aber aus Neugierde sein Angebot an. Was wird passieren? Wird er Anstalten machen mich in einen der Läden zu führen?

Schon kann er seiner wahren Tätigkeit nicht widerstehen und macht mich so ganz nebenbei auf eine in seinen Augen besonders interessante Shopping Mall aufmerksam, bedrängt mich aber nicht weiter. Scheinbar will er nicht riskieren mein Vertrauen zu verspielen.

Am Hotel angekommen biete ich ihm meine Visitenkarte an. Falls er mal einen Artikel über Europa schreiben müsse, solle er sich melden. Das war natürlich etwas boshaft von mir. War mir doch klar, dass er garantiert kein Journalist ist. Wie erwartet wird ihm die Sache ein wenig ungemütlich. Überstürzt verabschiedet er sich und eilt davon. Die Visitenkarte liegt noch in meiner Hand.

DELHI
MITTWOCH 3. FEBRUAR 2016

Nach dem Mittagessen streife ich nochmals allein durch die Straßen. Es fällt mir auf, dass mich kein Bettler anhält. Natürlich, fast hatte ich es vergessen, man hat sie ja, wie schon erwähnt, an den Stadtrand verwiesen. Dort herrschen unglaublich traurige Verhältnisse vor. Teilweise haben die Menschen in diesen slumartigen Randbezirken nur eine zerrissene Plastikplane über dem Kopf, teilweise liegen sie auf dem nackten Boden mit einer dreckigen, zerfetzten Decke kümmerlich für die Nacht zugedeckt. Kleine Kinder, die Haare von Läusen zerfressen, sind so verschmutzt, dass man nicht weiß, ob sie dunkelhäutig sind oder der Smog sie mit seiner klebrigen Feuchtigkeit überzogen hat. Lediglich große, dunkle Augen schauen mich unfassbar traurig an.

Im Stadtzentrum bin ich beeindruckt von dem üppigen Grün entlang der sehr gepflegten oft alleeartigen Straßen. Mir begegnet sogar ein Wasserwagen mit einem Straßenarbeiter, der alle paar Meter anhält und durch einen dicken Schlauch jede Menge Wasser auf die Pflanzen und Bäume mehr schüttet als gießt. Früher trocknete alles Grün, von Wasser nicht einmal träumend, vor sich hin. Die Bäume und Pflanzen unterschieden sich in ihrer schmutziggrauen Staubschicht nicht von den durch die Stadt schleichenden Bettlern.

Ein Problem ist also unübersehbar geblieben: die hohe Luftverschmutzung.

Vor 20 Jahren fuhren hier nur uralte, stinkende Autos und Tuk-Tuks. Im Winter konnte man am Tage nicht mit Gewissheit sagen, ob es gleich Nacht wird. Die Stadt war ständig in einen schmierigen, dunklen Nebel gehüllt. Jetzt gibt es keine alten Autos mehr. Die Stadtverwaltung von Dehli verbietet neuerdings jedes Fahrzeug im öffentlichen Verkehr, das älter als zehn Jahre ist. Das gleiche gilt für die unzähligen Tuk-Tuks. Delhi hat inzwischen sogar eine Metro, die überraschend sauber ist und von der Bevölkerung akzeptiert und genutzt wird. Trotzdem hat Delhi sein Smogproblem noch nicht gelöst.

Erstmals in diesem Winter hat es offiziellen Smogalarm gegeben. Das allerdings auch nur, weil der lautstarke Vergleich mit der verpesteten Luft in Peking die Stadtväter endlich aufhorchen ließ. Bisher hatte man die Gefahr einfach ignoriert. Neu ist, dass ebenfalls die Medien sich mehr und mehr mit diesem Problem auseinander setzen

Bis dato hatte man die verpestete Luft von New Delhi als gottgegeben -oder besser Götter gegeben- hingenommen. Niemand kam auf die Idee, dass man etwas dagegen tun müsse. Dass statistisch gesehen die Bewohner New Delhis drei bis vier Jahre kürzer leben, dringt allmählich in das Bewusstsein der Bevölkerung ein.

Vor wenigen Wochen durfte das eigene Auto nur jeden zweiten Tag benutzt werden. Selbst gegen die Erwartungen der Stadtverwaltung hat das, wie Christopher mir versicherte, bestens funktioniert. Die Alarmstufe zur Smogwarnung scheint jedoch ziemlich hoch angesetzt zu sein, denn die Stadt liegt auch heute wieder unter einem grauen Nebelschleier, doch von Alarm ist nichts zu hören.

Immer noch befremdlich ist für mich, dass ich keine heiligen Kühe mehr sehe. Das Stadtbild war früher geprägt von diesen heiligen Vierbeinern. Sie liefen gemütlich Müll und Plastik wiederkäuend zwischen Autos, Tuk-Tuks und Fußgängern her. Wobei das Wort "liefen" eine absolute Übertreibung ist. Wenn heute nur noch die neu installierten Ampeln Verkehrsstaus verursachen, so haben früher die Kühe ihre Heiligkeit weidlich ausgenutzt. Die Autos konnten hupen so viel sie wollten. Die Herrschaften bewegten sich nur, wenn sie Lust dazu hatten. Da man eine Kuh noch nicht einmal mit dem Auto an stupsen durfte, waren grässliche Staus die Regel. Mir fehlen sie. Sie gehörten dazu, bestimmten den Rhythmus der Stadt mit. Einer Stadt, die sich nun mehr und mehr den Städten der westlichen Welt angleicht.

Delhi ist zwar um eine touristische Attraktion ärmer geworden, doch wird jeder Tourist dadurch entschädigt, dass er nicht ständig aufpassen muss, auf einem der vielen, stinkenden Kuhfladen auszurutschen oder von verseuchten Fliegenschwärmen belästigt zu werden.

DELHI.
DONNERSTAG, 4.2.2016

Indien das Land der Computerspezialisten! Es wird sicherlich nicht schwierig sein eine SIM-Karte und eine Internetverbindung zu bekommen. Weit, weit gefehlt! Seit meiner Ankunft am 31.1. versuche ich es und werde täglich auf den nächsten Tag vertröstet.

Ein kleingewachsener und harmlos aussehender junger Mann wartet bereits in der Lobby auf mich. Von weitem kann ich seinem Gesicht schon ansehen, dass ich wieder leer ausgehen werde. Er beteuert, dass er alles, wirklich alles versucht habe, aber für mein Handy - ein iPhone - kann er leider, leider nichts tun. Er habe das erst heute erfahren. Morgen, gleich in der Früh, werde er mir aber ganz bestimmt ein anderes ganz preiswertes Handy besorgen. Ich gebe auf. Bedanke mich und sage ihm, dass ich morgen nach Jaipur aufbreche und hoffe dort Erfolg zu haben.

Für heute kann ich mich damit abfinden, da das Hotel über einen Internetanschluss verfügt. Es wird Zeit, dass ich meine Familie mal anrufe. Seit meiner Abreise haben sie nichts von mir gehört. Eine Stunde lang versuche ich eine Verbindung aufzubauen, dann gehe ich hinunter zur Rezeption in der Hoffnung, dass man mir dort helfen wird. Der Rezeptionist ist mit allem erdenklichen Eifer bemüht mir klar zu machen, dass die Verbindung augenblicklich nicht funktioniert. Der Techniker arbeite aber schon eine Weile daran, so dass aber in 20 Minuten alles geregelt sein wird. Er wird mich umgehend anrufen.

Darauf warte ich nun schon seit zwei Stunden, d.h. ich warte natürlich nicht. Ich hatte mir das gleich gedacht. Man bekommt in Indien nie ein klares "nein, das geht nicht" zu hören. Man wird stattdessen vertröstet, hingehalten, in der Hoffnung, dass sich irgendwann alles von allein erledigt. 20 Minuten! Der Inder und sein unorthodoxes Verhältnis zu Zeit!

Ach ja, meine Freundin erinnert mich ebenfalls immer wieder daran, dass sie Inderin ist. Manchmal vergesse ich das, bis ich wieder irgendeine Überraschung erlebe. Ihre Einstellung zu Zeit kann indischer nicht sein. Der Tagesplan verändert sich ständig. Besser wäre es erst keinen zu haben, doch sie besteht darauf. Scheinbar ist es für sie hilfreich, bei einer Verabredung um 11 Uhr wenigstens um 1 Uhr startklar zu sein. Ein schlechtes Gewissen hat sie deshalb nicht. Es wird ja was unternommen! Was macht es schon, wenn man anstatt einer Besichtigungsfahrt, die für 11 Uhr geplant war, diese auf unbestimmte Zeit verschiebt? Wichtiger ist es, z.B. zum Lunch mit ehemaligen Schulfreundinnen rechtzeitig anzukommen. Sehenswürdigkeiten sind viel weniger interessant als der Einblick in ein Damenkränzchen auf indische Art! Auf dem Rückweg bleibt auch noch genügend Zeit eine andere kranke Freundin zu überraschen! Dass es bereits nach diesem letzten Besuch dunkel ist, weiß sie mir auf ihre Weise schmackhaft zu machen: Am Abend sieht man alles viel genauer. Es ist Berufsverkehr und kein Vorwärtskommen. Zeit somit, viel Zeit, die Stadt in Ruhe zu betrachten.

Ich bin meiner Mutter wirklich zu großem Dank verpflichtet, dass sie mir eine gehörige Portion Humor mit auf meinen Lebensweg gegeben hat!

DELHI
FREITAG 5.2.2016

Gut gefrühstückt, frisch geduscht und fertig zur Abfahrt nach Jaipur, will ich noch schnell ins Internet. Wie naiv! Wie kann ich auch nur in Erwägung ziehen eine Verbindung zu erhalten?! Ich rufe die Rezeption an und bekomme in piepsigem „indenglish" zu hören: „M-me, it will work in ten mostly fifteen minutes." Mein leiser Einwand, dass ich am Vortag auf gleiche Weise vertröstet wurde wird nonchalant mit: „But Ma-me, this was yesterday" abgetan. Viva India!

Somit warte ich nur noch, dass meine gute Harjit endlich ihren Koffer packt. Sie insistierte gestern Abend, dass wir um 11.30 Uhr spätestens fertig sein müssen. Schon da dachte ich: würde mich wundern, wenn sie das hinbekommt. Jetzt ist es 11.45 Uhr, und sie beginnt immerhin zu packen, unterbrochen von unzähligen Telefonaten. Hoffe, dass wir wenigstens um 12.30 Uhr losfahren können. Bei dem von ihr vorgelegten Tempo, bezweifle ich das aber bald. Sie scheint sich eher meditativ in tief schürfende Gedanken über Sinn und Zweck des Kofferpackens zu verlieren. In Zeitlupe legt sie ihre Sachen zurecht.

Wer meint, dass ich übertreibe, der sollte mit Harjit verreisen. Ich organisiere das gerne. Jedoch nur unter der Bedingung, dass der- oder diejenige nicht in die Versuchung kommt, sich bei mir zu beschweren.

Ich warne aber schon jetzt davor die Geduld zu verlieren und sie zu mehr Eile zu bewegen. Es wäre aussichtslos und nervenaufreibend.

Wer dann mit ihr eine Rundreise planen sollte, den muss ich warnen. Es gibt keine Gegend in der Harjit keine Freunde hat. Dank der indischen Gastfreundschaft wird man von diesen zu Lunch, Tee oder Dinner eingeladen. Ein „Nein" ist unmöglich!

Da sie nachts erbarmungslos zwei Etagen in die Verzweiflung schnarcht, sollte man daran denken Einzelzimmer zu buchen.

Bei aller gegenteiligen Erfahrung falle ich doch täglich auf ihr vorgeschlagenes Tagesprogramm rein. Selbstredend hält sie sich nie daran und verliert kein Wort der Entschuldigung oder Erklärung. Langsam gebe ich die Hoffnung auf, dass wenigstens ein Punkt realisiert werden wird. Resigniert stelle ich mich darauf ein die Dinge einfach auf mich zukommen zu lassen. Ich tröste mich damit, dass ich immerhin Einblick in das private Leben der gehobenen Gesellschaftsschicht erhalte. Wer hat schon als Fremder das Glück? Denkmäler?, die sind für Touristen. Ich hingegen habe das Privileg als Freundin von Harjit überall willkommen zu sein.

Es ist 13.10 Uhr, und wir steigen endlich in unser bereits wartendes Auto ein mit dem wir nun drei Wochen durch Ratjasthan fahren werden.

Auf dem Weg heraus aus Delhi muss noch schnell bei einer von Harjits zahlreichen Freudinnen angehalten und ein Tee getrunken werden Um 15.00 Uhr geht es endlich weiter. Auf Grund der Verkehrsdichte kommen wir nur langsam vorwärts. Jeden Augenblick droht der totale Kollaps.

Wir fahren vorbei an scheinbar leblos daliegenden Menschen vorbei, die bis zur Unkenntlichkeit verdreckt unter den zahlreichen Autobahnbrücken ein kleines Fleckchen für sich erobert haben. Auf schmalen Fußgängerinseln wird auf einem winzigen Öfchen gekocht, die kleinen Kinder liegen grau, verlaust und träge in den Armen ihrer Mütter, die größeren gehen betteln. Um die Armen in den Randbezirken der Stadt kümmert sich niemand. Die hier dahin vegetierenden Menschen sind kaum vom Staub und Smog der Straße zu unterscheiden. Menschen, Gebäude, Bäume, Pflanzen, alles ist mit der gleichen schmierigzähen Schmutzschicht überzogen.

Das stört jedoch niemanden, weder die im Dreck Lebenden noch die in den Luxuslimousinen Vorbeifahrenden. All die Jaguar-, Mercedes- und BMW-Fahrer haben das Glück eines guten Karmas. Dass sie im nächsten Leben unter der Brücke liegen könnten, nehmen sie ebenso hin wie die Bettler und Obdachlosen fest daran glauben, dass sie diejenigen sind, die in ihrer nächsten Inkarnation im Luxus leben werden.

Der Wohlhabende muss das jetzige Leben voll ausschöpfen. Mit ein paar Rupees täglich für die Bettler macht er seine Anzahlung für ein hoffentlich ebenso gutes nächstes Leben, in welchem die Möglichkeit besteht, dass er sogar noch reicher werden kann.

Der Inder lebt in der Gegenwart. Weshalb sich also Sorgen machen über etwas, was alle Möglichkeiten offen lässt? Seine auf der Tagesordnung stehenden mehr oder weniger großen Schwindeleien beruhen auf dem Gedanken: wenn der andere das zulässt, dann ist das dessen Karma! Mit dem allgegenwärtigen Karma lässt sich jede Menge Schindluder treiben.

Endlich liegt diese vom Smog vernebelte Stadt hinter uns. Meine Augen brennen seit zwei Tagen. Die Delhiluft ist tagsüber voller Abgas- und Staubpartikel. Meine Nase lässt mir nachts keine Ruhe, sie will den Dreck des Tages loswerden.

Die Straßen sind in einem superguten Zustand. Immer wird irgendwo an einem weiteren Ausbau des Straßennetzes gearbeitet. Frauen in zerschlissenen Saris um ihre dürren Körper, tragen große Schalen voller Erde zu bereitstehenden Lastwagen. Die Männer, in ebenfalls völlig verschmutzten und zerrissenen Lumpen, hacken mit großer Mühe und simplen Werkzeugen die trockene, steinige Erde auf. Was mögen sie verdienen? Wenn ich denke, dass die Kellner in unserem 5-Sterne-Hotel monatlich maximal 15.000 Rupees bekommen, dann muss der Lohn dieser Arbeiter erbärmlich sein. Dieser Riesenkontrast zwischen arm und reich ist nur schwer zu ertragen.

Frauen balancieren große Brennholzbündel auf ihren Köpfen und wollen die Straße, nein, die Autobahn, überqueren! Selbstverständlich hält kein Auto an. Sie winden sich geschickt zwischen den Autos hindurch. Als sie an unserem Auto vorbeikommen, blicke ich in dunkle, völlig ausmergelte Gesichter. Mir fällt auf, wie unglaublich verhärmt diese armen Frauen sind. Die Mehrzahl mag zwischen 18 und 25 Jahre alt sein. Mit ihrer sonnengegerbten Haut und ihren ausgehungerten Körpern wirken sie jedoch bereits alt und verbraucht. Ich zeige Harjit meine Betroffenheit über den Zustand dieser bedauernswerten Geschöpfe. Völlig mitleidslos meint sie, dass sie nicht alt werden und daher nicht lange leiden müssen. Erst glaube ich nicht richtig gehört zu haben. Total erstaunt denke ich, dass sie das nicht ernst gemeint haben kann. Es packt mich eine maßlose Wut als ich sehe, dass sie unbeeindruckt von meiner Reaktion, in ihrer Tasche nach etwas Essbarem kramt und mich dabei freundlich und unbeeindruckt anschaut. Ich setze an ihr gründlich meine Meinung zu sagen und erkenne im selben Augenblick, dass sie mich nicht verstehen wird. Wir sind aus zwei komplett anderen Welten.

Unser Chauffeur erzählt mir, dass das Holz, welches die Frauen auf ihren Köpfen tragen, nicht als Brennholz gedacht ist. Es kommt von einem Baum namens Keeker, der nur in wüstenähnlichen Gebieten wächst. In kleine Stäbchen verarbeitet wird es zum Putzen von Zähnen verwendet. Zufällig hatte ich kurz vorher von diesem „Zahn-Holz" gelesen, so dass ich ihm glaube. Meine Freundin ergänzt, dass es in ihrer Kindheit noch keine Zahncreme gab. Man habe sich immer mit diesen Stäbchen die Zähne geputzt. Man kannte keine Karies und hatte blendend weiße Zähne.

Inzwischen haben wir immerhin nach einer Stunde 25 von 213 Kilometer hinter uns gebracht. Die Autobahnen sind größtenteils vierspurig! Ein Abschnitt in der Nähe des Flughafens hat sogar 18 Spuren!!! Jeder, ob Fußgänger, Motorradfahrer, Hunde, Kühe oder Ziegen benutzt ebenfalls die Autobahn. Die Erschließung des Landes durch gute Schnellstraßen wird damit ad absurdum geführt.

Es ist für uns Europäer kaum nachvollziehbar, mit welcher Geduld die Menschen das hinnehmen. Jeder denkt scheinbar, dass Zeit keine Maßeinheit ist.

Plötzlich befinden wir uns mitten in einem Stau. Verursacht durch ein paar Heilige Kühe, die am Straßenrand stehen und sich scheinbar fragen, ob sie wirklich weitergehen sollen. Keiner hupt, alle sind geduldig bis endlich alle ihre Heiligkeiten die Straße überquert haben.

Das nächste Hindernis erwartet uns schon nach wenigen 100 Metern. Ganz plötzlich macht unser Chauffeur mit quietschenden Rädern eine Vollbremsung. Dank der hereinbrechenden Dämmerung kann ich nicht verstehen weshalb. Die Straße vor uns ist völlig frei! Ich schaue den Fahrer erschrocken an. Doch schon nehme ich vier kleine Hundewelpen im Scheinwerferlicht wahr. Vier kleine Hunde, ungleich spontaner als die heiligen Wiederkäuer, freuen sich einen neuen Spielplatz gefunden zu haben. Unser Fahrer hupt und hupt, hinter ihm staut sich der Verkehr. Nach gefühlten Ewigkeiten scheint auch die Kleinen dieser völlig überflüssige Lärm zu stören. Endlich ziehen sie sich auf einen Grasstreifen am Straßenrand zurück. Sie hatten ein Riesenglück. Der Fahrer liebt Hunde, hat selbst einen Hund daheim. Er ist für die kleinen Welpen wie ein Sechser im Lotto. Wegen ein paar kleinen Hunden anhalten, wo man schon Fußgänger hemmungslos übersieht? Das kommt in der Regel hier niemandem in den Sinn.

Schon kurz darauf springen ein paar junge Männer von der Gegenfahrbahn über den Mittelstreifen auf unsere Seite. Sie müssen um ihr Leben rennen. Kein Auto verlangsamt seine Fahrt. Nicht, dass irgendjemand sie überfahren will, nein, aber keiner zweifelt daran, dass sie das nicht schaffen könnten. Dann schreie ich auf. Vollkommen unerwartet kommt uns plötzlich ein Motorradfahrer entgegen. Ohne sich der Gefahr bewusst zu sein war er aus einem Spalt in der Seitenplanke in unsere Richtung eingebogen. Es ist pures Glück, dass er gerade noch in eine Lücke vor uns ausweichen kann.

Überrascht bin ich als ich sogar Rikscha-Fahrer und andere mit schweren Lasten beladene Radler sehe. Unglaublich, doch auch Traktorfahrer tuckern hier gemütlich vor sich hin. Sie sind so überladen, dass ich fürchte beim Überholen werden sie umkippen.

Doch die gefährlichsten von allen sind die Truckfahrer! Zumal diese riesigen Ungeheuer zumeist in bedenklicher Schieflage beladen sind. Oft genug sehe ich eines dieser Monster umgestürzt im Straßengraben liegen. Es scheint, dass der größte Teil des indischen Warentransports über den Landweg abgewickelt wird. Rücksicht auf andere kennen diese rauen Burschen nicht. Sie wissen, sie sind die Stärkeren. Kurz entschlossen überlasse ich dem Karma die Führung in der Hoffnung, dadurch einem Herzinfarkt zu entgehen.

Beim Aufbruch nach Jaipur frage ich Harjit wie weit es dorthin ist. „213 km Autobahn?

Na, dann hoffe ich, dass wir höchstens drei bis dreieinhalb Stunden unterwegs sein werden!" Trocken erwidert sie: „Nein, sieben." Ich lache. Sie macht wohl einen Scherz. Das Lachen ist mir dann allerdings gründlich vergangen. Selten war sie so exakt in ihrer Zeitangabe!

JAIPUR
SAMSTAG 6. FEB. 2016

Mein dringendster Wunsch ist, dass ich endlich eine SIM-Karte bekomme. Als ich Harjit darauf anspreche erfahre ich, dass sie bereits dafür gesorgt hat, dass ihr Freund, Prinz Indra, nach 12 Uhr uns hier abholen wird. Er wird mir ganz sicher zu dieser Karte verhelfen. Sowie ich höre „nach 12 Uhr", nehme ich gottergeben ein Buch unter den Arm und setze mich in den wunderschönen Garten unserer neuen Bleibe. Eine Bleibe, die sich als der angesehenste Club Jaipurs herausstellt. Nur Clubmitglieder und ihre Gäste können dort auch übernachten. Indra hat uns eingeladen. Der Club Direktor erzählt es mir.

Es offenbart sich dadurch mir ein weiterer Charakterzug Harjit's : sie mag es nicht mich zu informieren und schon gar nicht mir etwas zu erklären. Täglich setzt sie mich vor vollendete Tatsachen. Letztendlich ist das sogar besser. Muss ich mich doch nicht mehr darüber ärgern, dass Tagespläne kaum eingehalten werden.

Glücklicherweise erscheint Indra, am indischen Zeitgefühl gemessen „schon" kurz vor zwei Uhr. Er fährt mit uns in die Stadt zu einem Airtel-Laden. Wir parken alsbald vor einem großen, brandneuen, schicken Geschäft und warten endlos lange um dann die Auskunft zu erhalten, dass sie nicht zuständig sind. Sie schicken uns zu einem kleineren Airtel-Office. Dort würden wir eine SIM-Karte für Ausländer bekommen. Die Fahrt ist relativ kurz. Dieser Laden ist eine schäbige, kleine Bude. Ein inkompetent wirkender junger Mann von vielleicht 18 - 19 Jahren   teilt uns mit, dass er, zwei Passfotos benötigt. Ohne diese gibt es keine SIM-Karte!

Zum Glück weiß er, wo ich Passfotos machen lassen kann. An einem für mein Gefühl einbruchsgefährdeten Laden steht in großen Buchstaben: FACHGESCHÄFT FÜR PASSFOTOS. Innen sitzen vier Angestellte, deren Kleidung auf ein eher mickeriges Gehalt schließen lässt. Ein zartes, kleines Bürschchen kommt mit einem überdimensionalen Fotoapparat auf mich zu und bedeutet mir, dass er der Kameramann sei. Mit einer laschen Handbewegung zeigt er auf einen wackeligen Stuhl und weist mich an bewegungslos in die Linse zu starren. Bei dem ganzen Szenario fällt mir das schwer. Ich muss grinsen. Er schaut mich regungslos an und macht mir mit unwilliger Gestik unmissverständlich klar, dass ich verdammt nochmal still sitzen soll. Überraschenderweise kommt dann sogar ein passables Bild zustande. Bevor er den Drucker in Bewegung setzt fragt er mich, ob ich sechs oder 32 Kopien haben möchte.

Ich schaue ihn etwas amüsiert an und meine, dass ich hier Ferien mache und keine Fotos für evtl. Geschäftskontakte brauche. Nach Autogrammen auf der Straße werde ich sicherlich auch nicht angehalten werden. Indra lacht. Der mürrische Fotograf versteht meinen Scherz natürlich nicht. Er schaut mich verständnislos an. „Gut, ich benötige zwei Fotos." Ein neben ihm sitzender junger Mann mischt sich ein: "Sechs Kopien sind das Minimum. Die Differenz von 6 zu 32 Kopien beträgt nur 20 Rupees. Sie werden während ihrer Reise immer wieder Passfotos brauchen." Ich muss schmunzeln und gehe auf dieses unwiderstehliche Angebot ein. Meine Geschäftspartner strahlen, glücklich darüber, dass ich ihr umsatzförderndes System verstanden habe.

Zurück ins Auto, wieder Parkplatzsuche, wieder ins Schmuddel-Lädchen. Strahlend überreiche ich dem jungen Mann Fotos und Pass. Der gute Junge wendet sich an Indra, und macht ihm verlegen klar, dass er keine SIM-Karten für Ausländer hat; aber sicher ein Kommissionsabkommen mit dem Fotoladen, denke ich insgeheim! Mehr und mehr werde ich mit der indischen Pfiffigkeit zu Geld zu kommen vertraut!

Das Kerlchen rät uns nochmals zu dem großen Airtel-Laden zu fahren. Die werden uns besser beraten können. Ich kann es nicht fassen! Dort hatte man uns weggeschickt und jetzt sagt uns dieser junge Mann vom selben Unternehmen, dass sie es doch können? Indra meint nur, dass wir vielleicht dieses Mal an einen kompetenteren Angestellten kommen werden. Stattdessen treffen wir auf einen unfreundlich dreinblickenden Verkäufer der murrend erklärt, dass er nichts für uns tun kann. In diesem Moment kommt eine junge Frau auf Indra zu. Sie hat ihn erkannt und verspricht uns das Problem umgehend zu lösen.

Ein weiteres Prozedere, das kein Ende nehmen will, beginnt. Unzählige Formulare werden ausgefüllt, doch unerwartet taucht ein neues Hindernis auf: keine Karte, wenn ich nicht hier in Jaipur eine feste Adresse angeben kann! Indra hilft mir aus der Patsche. Er sagt ihr, dass ich bei ihm wohne. Wir atmen auf, sehen uns dem Ziele nach 35 Minuten Formulare ausfüllen bereits zum Greifen nahe, als das nette Mädchen darüber stolpert, dass ich zwar einen deutschen Pass, jedoch eine spanische Heimatadresse habe. Wieder hin und her erklärt. Ohne Indra hätte sie uns garantiert schon längst rausgeschmissen. Dank seines Titels, seines guten Aussehens und seines Charmes, ist sie weiter um eine Lösung bemüht. Welche das war? Keine Ahnung! Indra antwortet auf meine diesbezügliche Frage leicht ermüdet „Oh, bitte frag mich nicht". Ich gebe mich zufrieden, ich habe eine SIM-Karte!

Doch nun beginnt der zweite Akt dieser Komödie. Harjit, die uns unermüdlich begleitet hat, muss die Telefonnummer ihrer Karte angeben. Zehn Minuten später erhält sie eine SMS mit der Mitteilung, dass ich meine Karte einlegen kann. Telefonieren kann ich aber damit noch lange nicht!

Nach viereinhalb Stunden kehren wir zurück zum Club und begnügen uns mit einem Käsesandwich, da die Essenszeit längst vorbei ist.

Eineinhalb Stunden später bekommt Harjit eine Nachricht auf ihr Handy. Sie muss diverse Daten eingeben. Immer noch keine Verbindung! Dann ein Anruf. Eine Dame von der Telefongesellschaft will mit mir sprechen. Sie will sich versichern, dass es mich auch wirklich gibt! Jetzt habe ich wohl endlich eine funktionierende Telefonkarte! Oh nein, weit gefehlt! Es kommt eine erneute SMS, dieses Mal auf mein Handy! Innerhalb der nächsten 24 Stunden ist die Verbindung hergestellt! Wenn das so weitergeht, werde ich wohl bei meiner Abfahrt endlich telefonieren können!

Ein ganzer Tag ausgefüllt mit dem Bemühen um eine SIM-Karte! Bleibt abzuwarten was 24 Stunden in Anbetracht des indischen Zeitgefühls bedeuten.

Hintergrund dieser bürokratischen Tücken ist wie immer die hysterische Angst der Regierung vor terroristischen Anschlägen. Mobiltelefone gelten als Lieblingskommunikationsmittel der Terroristen. Momentan herrscht hier wie auf der ganzen Welt die Angst vor IS-Anschlägen vor.

Beim Aufwachen stelle ich Harjit die Frage aller Fragen: „Was machen wir heute?" Noch etwas verdrückt richtet sie sich in ihrem Bett langsam auf und fragt mit lautem Gähnen zurück: „Was möchtest du denn gern unternehmen?"

Völlig perplex antworte ich: „Was hältst du davon, den Louvre zu besichtigen?"

Nun liegt es an ihr, mich etwas verstört anzublicken, doch dann bricht sie in schallendes Gelächter aus. Sie fängt sich schnell und legt ihre ganze Überzeugungskraft darein, dass irgendwelche Sehenswürdigkeiten aufzusuchen heute sinnlos ist. Es ist Sonntag und alles überfüllt. Der Bazar habe aber offen. Sie schlägt deshalb einen von ihr so geliebten Einkaufsbummel vor. Zuerst müsse sie aber frühstücken. Ich kann mich auf eine weitere Stunde des Herumsitzens einstellen, denn nichts, aber auch nichts, geht bei Harjit schnell bzw. wenigstens in normalem Tempo.

Wer bisher meine Geduld bewundert hat, wird meine nun aufflammende, europäische Reaktion verstehen. Ich bleibe einigermaßen höflich, mache ihr aber unumwunden klar, dass ich jetzt was unternehmen will. Einkaufen können wir später immer noch. Ihren nochmaligen Einwand, dass am Sonntag wirklich alles überfüllt ist, fege ich mit der Bemerkung weg, dass ich mich auch alleine ins Getümmel stürzen kann. Daraufhin verfällt sie erst einmal in meditatives Schweigen.

Nach einigen Ewigkeiten reagiert sie auf meinen Vorschlag, alleine was zu unternehmen, mit der Bemerkung: „Wir könnten zum City Palast gehen." Ich höre nur "gehen" und drücke ihr Handtasche und Tuch, ohne die eine Inderin nicht das Haus verlässt, in die Hand. Gottergeben zieht sie mit mir los. Ich habe heute meinen Egotag und bestehe darauf mit dem Tuk-Tuk zu fahren. Das schmeckt einer Inderin der höheren Kaste so gar nicht. Doch ich bin gnadenlos. Grimmig steigt sie ein. Ich lache und sage: „Das ist die Entschädigung für deine Schnarcherei." Sie schmunzelt etwas gequält. Diese meine Bemerkung scheint ihr nicht besonders zu gefallen. Doch äußerlich ist der Frieden wieder hergestellt. Dass noch so humorvoll vorgetragene Kritik an ihrer Person sie letztlich nicht verzeiht, bekomme ich viel später zu spüren.

Wir tuckern durch den sonntags wie werktags immer gleichen chaotischen Verkehr. Am City Palast ist von Menschenmassen nichts zu sehen. Sie hat mich von diesem Trip wohl abhalten wollen, da sie lieber einkaufen gegangen wäre.

Im Palast wohnt in einem gesonderten Bereich der jetzige Maharadscha mit seiner Maharani, im anderen befindet sich ein Luxushotel und der dritte ist gegen ein horrendes Eintrittsgeld von 2.500 Rupees zur Besichtigung freigegeben. Der für indische Verhältnisse überirdische Eintrittspreis beinhaltet einen Führer.

Uns wird Sajjan zugeteilt, ein ca. 65-jähriger Mann mit auffällig sensiblen Gesichtszügen, die unter einem üppigen, pinkfarbenen Turban von diesem fast erdrückt werden. Bekleidet ist er mit einem traditionellen Dhoti. Der mag einstmals ebenso schneeweiß gewesen sein, wie das darüber hängende Oberhemd. Dieser anrührende Versuch authentisch auszusehen wird Lügen gestraft durch Schuhe, die durch ihre Formlosigkeit den Füßen alle Freiheit dieser Welt erlauben. Sie zu putzen muss er seit Jahren vergessen haben.

Zuerst zeigt er uns einen riesigen Saal, vollgestopft mit wertlosen, verstaubten Sitzgarnituren, Tischen, vergilbten Fotos und Gemälden von verstorbenen Herrschern sowie der jetzigen Familie. Nichts wirklich Sehenswertes. Die wahren Kostbarkeiten befinden sich in den Privaträumen des Maharadschas.

Sajjan sieht mir meine Enttäuschung an und versucht den Mangel an Interessantem mit Geschichten aus neueren und längst vergangenen Zeiten wett zu machen. Er schleift uns durch leere Räume und Gänge und ist glücklich, dass er uns wenigstens einen beeindruckenden Panoramablick von der obersten Terrasse bieten kann. Es ist offensichtlich, dass mit der Freigabe dieses öden Palastbereiches nur eine neue Geldquelle zur Erhaltung der Gemäuer aufgetan wurde. Bei dem hohen Eintrittsgeld und der damit verbundenen geringen Besucherzahl, wird der gewaltige Renovierungsbedarf ins Unermessliche steigen! Für die Erhaltung des ganzen Komplexes ist der Maharadscha allein zuständig. Regierungsmittel fließen nur, wenn dieser den ganzen Palast dem Staat übereignet.

Müde geworden vom Betrachten all dieser aufgebauschten Palastnichtigkeiten, bitte ich Sajjan uns doch etwas von sich zu erzählen. Bereitwillig und scheinbar erleichtert, dass wir ihm unsere Enttäuschung nicht zeigen, bittet er uns nochmals auf die große Terrasse vor dem schmucklosen Saal. Wir lassen uns in geschmacklose, jedoch bequeme Gartensessel sinken. Sajjan schnippt mit den Fingern und schon eilt ein Kellner herbei, der uns Kaffee und sehr leckere Kekse serviert. Ach, da hat sich das Eintrittsgeld nun doch gelohnt!

Sajjan schaut uns freundlich an und schweigt eine Weile. Unvermittelt fragt er mich auf einmal, ob ich das Buch „Der kleine Prinz" kenne. Ich bin überrascht, dass dieser traditionell angezogene Inder mich ausgerechnet nach diesem wunderbaren, europäischen Buch fragt. Er strahlt, als ich ihm sage, dass dies mein Lieblingsbuch ist. Stolz erzählt er mir, dass er das Buch in Hindi übersetzt hat, weil er es auch so liebt. Er sei hauptberuflich Schriftsteller, würde Bücher schreiben und Vorträge halten. Da er vier Kinder habe, die teilweise noch studieren, seien diese Führungen für ihn ein notwendiges Zubrot. Jetzt wird mir klar, weshalb dieser Mann mit seiner kultivierten, schöngeistigen Ausstrahlung gleich so anziehend auf mich gewirkt hat. Wir unterhalten uns nun lange über europäische Literatur. Dazwischen gibt er immer wieder ein paar interessante Anekdoten zum besten, so dass wir auch viel zu lachen haben.

Zum Abschluss unseres Kaffeeplausches auf „königlicher" Terrasse schenkt er mir ein Exemplar seines „Kleinen Prinzen". Er winkt uns noch lange wehmütig, nach.

Uns bleibt noch genügend Zeit Harjits Lieblingsbeschäftigung nach zu gehen. Wie immer versuchen uns die Händler mit ihren Rufen: „Good price, best quality, only for you..." zu locken. Nicht immer gelingt es mir ein Lachen zu unterdrücken. Einer von ihnen wird dann aber doch zu penetrant. Um ihn los zu werden brumme ich: „Heute bin ich leider sehr müde, habe auch kein Geld dabei, aber morgen komme ich und kaufe den ganzen Laden". Mit dieser Bemerkung bringe ich ihn vollkommen aus der Fassung. Sein Arm mit seiner „ausgesucht guten" Ware sackt kraftlos herunter, sein Mund verzieht sich zu einer dümmlichen Grimasse. Er erwacht erst aus einer Art hilflosen Starre, als ihn die Händler rundum kräftig auslachen. Sie haben schon eine ganze Weile beobachtet wie mir dieser kleine Kerl lästiger und lästiger geworden ist. Sie kichern, hänseln ihn und haben nur noch ein Auge dafür, wie das Ganze wohl zu Ende gehen wird. Mein tolles Angebot amüsiert sie. Völlig verdattert zieht er davon. Bei meinem weiteren Bummel durch den Bazar, werde ich nicht mehr belästigt, teilweise sogar mit bewunderndem Respekt gegrüßt. Die Geschichte scheint sich wie ein Lauffeuer durch die Ladenstraßen verbreitet zu haben.

Harjit geht mit diesen Leutchen schonungsloser um. Ihr Kastenbewusstsein kommt urplötzlich zum Vorschein. Sie lässt sich eine ganze Weile so ziemlich das ganze jeweilige Ladenangebot zeigen, steht dann ohne eine Erklärung, ohne ein Danke auf, schiebt die Händler wie lästige Fliegen zur Seite und geht grußlos weiter.

Erstaunlicherweise gebe ausgerechnet ich ihr eine Lektion, wie man am besten handelt. Mir hat das vor Jahren ein türkischer Freund auf dem Großen Bazar von Istanbul gezeigt. Der Händler sagt seinen Preis, natürlich ist er immer zu hoch. Er geht stets davon aus, dass gefeilscht wird. Man nennt daraufhin eine Summe, die in der Regel die Hälfte des geforderten Betrages ausmacht. Klar, dass nun der gute Mann fast zu weinen anfängt. Er verdient an diesem Preis nichts, muss sogar noch draufzahlen und seine Familie wird nun fraglos hungers sterben.

Freundlich und mit großem Verständnis zeigt man alle Sympathie, steht auf und sagt z.B. „Verstehe, dass du mir das nicht zu dem Preis geben kannst und wenn ich mir das richtig überlege: eigentlich brauche ich auch nichts" und hinterlässt beim Hinausgehen den eindeutigen Eindruck, dass man gar nicht wirklich interessiert ist.

Jetzt geht es erst richtig los. Es wird einem eine neue Summe nachgerufen, die schon um einiges dem realen Wert näher kommt. Man dreht sich um, nickt verneinend und geht entschlossen!!! und unbeirrt weiter. In 99 von 100 Fällen läuft der Händler hinter einem her. Er bittet doch nochmals in seinen Laden zu neuen Verhandlungsgesprächen zu kommen, und zufrieden geht man mit der Ware zu einem für beide Seiten befriedigenden Preis davon. Wichtig ist dabei eine non-verbale Körpersprache, die dem erfahrenen Händler zeigt, dass man absolut nicht interessiert ist. Weiterhin muss bei aller Feilscherei klar sein, dass man sein Gegenüber achtet und nicht einen Dumpingpreis bietet.

Als ich Harjit an einem Stand zeige wie sie das in die Tat umsetzen muss, scheitert es letztlich an ihrer Kastenarroganz. Sie verdirbt den Händlern den Spaß am feilschen und ohne Spaß sind sie nicht einlenkbereit.

JAIPUR
MONTAG. 8.2.2016

Der Morgen vergeht wie immer mit einem stundenlangen Frühstück. Ich bin bei intensivstem Kauen, Kauen und nochmals Kauen nach einer halben Stunde fertig.

Bei der Zuteilung des Zeitgefühls muss Harjit auf die Frage von Petrus, wen er vergessen haben könnte, sich in die hinterste

Ecke des himmlischen Konferenzsaals verdrückt haben. Somit blieb sie von diesem lästigen Teil für das Zusammenleben auf dem kleinen Planeten Erde verschont. Wenn ich mich generell bei einer Zeitangabe auf mindestens 15 Minuten später einstelle, so kann ich bei „Harjit-Time" in Ruhe mindestens eine Stunde etwas anderes tun. Sie schaut überrascht als ich ihr das sage und erwidert mit entwaffnendem Lächeln: „I am so glad that you understand the Indian mentality," Wieder werde ich das Gefühl nicht ganz los, dass sie meine Statements nicht sonderlich schätzt.

Heute sind wir für 13.30 Uhr zum Mittagessen bei Harjit´s Freund Baba eingeladen. Selbstverständlich sind kommen wir „pünktlich" um 14.30 Uhr an!

Baba, ein unverheirateter Mann von 58 Jahren, kann seinen Unmut nicht ganz unterdrücken. Aus Respekt gegenüber Harjit fängt er sich schnell. Seine zwei männlichen Hausangestellten haben den Tisch bereits gedeckt. Wir nehmen Platz und umgehend wird in einer Unzahl von kleinen Schalen das Mittagessen serviert. Mir schmecken besonders gut die mit einem pikanten Mus gefüllten Auberginen. Nach einer himmlischen Nachspeise, die aus Maismehl, paniert mit Zimt, geschmort in einer Honigsoße besteht, bittet mich Baba mich auf eines seiner zahlreichen Sofas in seinem mit Antiquitäten vollgestopften Salon zu setzen.

Er möchte mir seine über 40 Jahre zusammengetragene, unschätzbar kostbare Antiquitäten-Sammlung zeigen. Seine ältesten Stücke, größtenteils in zahlreichen Vitrinen geschützt gegen Staub und Feuchtigkeit, sind mindestens 200 und teilweise sogar 500 Jahre alt. Statt Frauen zu verwöhnen hat er seine ganze Liebe in das Sammeln von seltenen Exponaten gesteckt. Ich habe in den folgenden Stunden durch seine ausgiebigen und sachkundigen Erklärungen mehr gelernt als bei den Besichtigungen der offiziellen Sehenswürdigkeiten.

Seine Begeisterung, eine dankbare Zuhörerin getroffen zu haben, reißt ihn so hin, dass er nicht aufhören kann mir nach und nach seine ganze Sammlung kostbarer Fayencen, Teppiche und Gemälde zu zeigen. Allmählich wird mir das zu viel und ich denke:

lieber würde ich ins Kloster gehen, als mit einem so von seinem Hobby Besessenen verheiratet zu sein. Nach drei Stunden, jedoch gefühlten fünf, kann ich mich nur noch an Weniges erinnern.

Es ist eigenartig zu sehen, wie dieser hochgebildete und doch sehr einsame Mann in seinem kleinen Museum lebt. Umsorgt von zwei männlichen Hausangestellten, die das Ganze sicherlich nicht verstehen. Alles geschieht nach Babas Regeln, in einem täglich minutiös festgelegten Zeitgerüst. Nichts ist dem Zufall überlassen. Hat er aber Besuch ist er sehr besorgt um seine Gäste und macht sich schon vorher viele Gedanken und scheut keine Mühe, damit diese glücklich sind. Mit anderen Worten: Er ist ein etwas schrulliger Eigenbrötler, den man liebhaben muss.

Nach seiner privaten „Museumsführung" fährt er mit uns in die Stadt und setzt uns an einem der Stadtmärkte ab. Wir tauchen wieder in die Welt des Feilschens ein und lassen uns gegen Abend zufrieden und mit gefüllten Einkaufstaschen im Clubhaus absetzen.

JAIPUR
DIENSTAG 9.2.2016

Für heute haben wir uns die Besichtigung des Fort Amber vorgenommen. Es gelingt mir sogar Harjit vor 13 Uhr aus dem Haus zu bekommen. Sie will diesen Palast ebenfalls unbedingt sehen. Er wurde nach dem gleichnamigen kleinen Ort benannt. Amber ist ein bescheidenes, ärmliches Dörfchen, das dominiert wird von dem über ihm thronenden Palast. Auch hier wieder der krasse Kontrast von Arm und Reich. Ohne den Glauben an das persönliche Karma und dem wohl gottgegebenen Kastensystem wäre dieses friedliche Nebeneinander sicherlich nicht möglich.

Wie ich auch in Delhi gesehen habe, wirft der Wohlhabende beim Verlassen seines Hauses dem nächstbesten Bettler ein paar Rupees in sein Metallschälchen. Der Bettler segnet ihn dafür in unterwürfiger Dankbarkeit. Ob er dabei denkt, dass er im nächsten Leben derjenige ist, der diesem Mann ein paar Münzen hinwerfen wird?

Bis vor einigen Jahrzehnten lebte der Maharadscha von Jaipur noch in diesem Fort, zog dann aber um in den City Palace. Das Fort wurde zur teilweisen Besichtigung freigegeben. Mir fällt auf, dass mehr indische als ausländische Touristen unterwegs sind. Außer einer den Palast pausenlos fotografierenden japanischen Gruppe, sehe ich nur vereinzelt Touristen. Keine Deutschen, nur ein paar Franzosen und Italiener.

Die indischen zumeist vom Land kommenden Frauen betrachten mich unsicher. Einige lächeln mich an und versuchen mit mir zu sprechen. Kaum eine versteht englisch.

Sie haben fast alle einen verschlossenen, teilweise aggressiven Gesichtsausdruck. Kein Wunder werden sie doch von den Touristen zumeist als fotografisches Freiwild betrachtet. Niemand bittet sie um Erlaubnis.

Natürlich verführt die Farbenpracht der Saris zur Kamera zu greifen. Es wäre mir aber ebenfalls unangenehm, wenn irgendwelche Leute bei meinem Anblick gleich ihre Mobilphone, iPads oder Fotoapparate zücken würden. Die Einheimischen werden einfach als Teil des touristischen Besichtigungs- und Kulturprogramms angesehen. Sie sind lediglich eine herrliche Kulisse für Erinnerungsfotos.

Auf dem steilen Weg zum Palast quält sich eine alte, dicke, kleine Inderin schlurfend und leicht keuchend vorwärts. Ich bin erstaunt, dass sie sich diesen beschwerlichen Aufstieg antut. Am nächsten Tag liest mir Harjit aus der örtlichen Zeitung vor, dass eine Frau überraschend beim Anstieg zur Palastbesichtigung verstorben sei. Auf einem darin abgedruckten Foto erkenne ich die alte Frau. Sie war 80 Jahre alt und erlag einem Herzinfarkt.

Harjit´s besteht darauf, dass wir wieder einen Führer buchen. Dieser nimmt sich und seine Erklärungen so ernst, dass er nicht zulässt, besser nicht zulassen will, dass wir uns auch nur einen Schritt von ihm entfernen. Wer mich kennt weiß, dass das natürlich meinen ganzen Widerspruchsgeist herausfordert. Wenn jemand, wie dieser gute Mann hier, sein Guide-Programm gelangweilt herunterrasselt, dann führt das bei mir unweigerlich zu unkontrollierten Ermüdungserscheinungen. Ich muss gähnen. Um ihn nicht zu beleidigen, schleiche ich mich davon. Harjit darf ihm ihre ungeteilte Aufmerksamkeit zukommen lassen. Ich schaue mir in aller Ruhe an, was mir gefällt. Reinsten Gewissens verbanne ich seine so wichtigen Informationen über dieses einmalige historische Monument ins Tal der Unwissenheit. Unglücklich hat mich das nicht gemacht. Ganz nach dem Motto: was ich nicht weiß, macht mich nicht heiß

Bei meiner Rückkehr bemerke ich, dass der Guide mein Verhalten als Missachtung seiner Person betrachtet hat. Mir kommt die Idee ihn damit friedlich zu stimmen, dass die Ärzte bei mir eine beginnende Demenz festgestellt haben. Aus diesem Grunde bin ich nur begrenzt belastbar. Schlagartig verändert er sich. Er mutiert zu einem besorgten Pfleger, der eine alte, tatterige Dame zu betreuen hat. Die Welt ist wieder in Ordnung! Wir sind beide glücklich, wenn auch aus unterschiedlichen Motiven.

VON JAIPUR NACH BIKANER
MITTWOCH 10.2.2016

Als wir aufbrechen wollen, muss ich mir im allerletzten Moment mit meinem Schweizer Taschenmesser in die linke Zeigefingerkuppe schneiden. Blut spritzt heraus. Ein Kellner eilt herbei, sieht das viele Blut und ruft: „Schnell, wir müssen mit der

Frau ins Hospital!" Ich bin erstaunt und gleichzeitig amüsiert es mich. Was soll die ganze Aufregung? Wenn diese Verletzung auch nicht gerade schmerzfrei ist, so bin ich mir doch sicher, dass die Blutung schon bald von selbst aufhören wird. Die aber um mich aufkommende Hektik verstehe ich nicht. Mehrere Angestellte eilen herbei. Einer von ihnen nimmt mich behutsam am Arm und führt mich nachdrücklich zum Auto des Hotels. Meinen Protest ignoriert er. Ich bin doch nicht schwerverletzt! Er jedoch scheint zu befürchten, dass ich noch vor Ankunft bei einem Arzt dahinscheiden werde.

Umgehend sitzen vier! Hotelangestellte nebst Harjit mit mir im Wagen und im Höllentempo, als ginge es um Leben und Tod, rasen wir Richtung Hospital. Mein heftiger Einwand, dass ich für diese lächerliche Wunde nun wirklich nicht in ein Krankenhaus muss, wird auf typisch indische Art überhört. Kurz darauf parken wir vor einer Privatklinik. Sie gehört einem Freund von Indra.

Eine Klinik, die wir Europäer niemals freiwillig betreten würden. Vor dem heruntergekommenen Gebäude lungern auf einer stinkigen, verdreckten Terrasse einige Gestalten herum. Sie werden Ewigkeiten warten müssen, bis sie aufgerufen werden. Wer es endlich nach innen in einen tristen, dunklen Gang geschafft hat, der kann entweder auf ein paar unbequemen Stühlen Platz nehmen oder nach nebenan gehen. Wie in einem Kino stehen dort hintereinander aufgereiht überraschend bequeme Sessel. An der Stirnwand hängt ein riesiger Fernseher. Die Leute schauen gebannt auf den Bildschirm. Es laufen aber ununterbrochen nur Werbefilme!

Wir dürfen umgehend zur Notaufnahme. Über Betten, die sämtlicher Hygiene spotten, hängen vorsintflutliche Kontrollgeräte. Ein paar Patienten werden gerade versorgt. Niemand spricht. Die Atmosphäre ist duster und stickig.

Meine Begleiter setzen mich behutsam auf eine Liege. Ihre Gesichter drücken höchste Besorgnis aus. Wenn das so weitergeht, werde ich mich bald selbst wie eine Schwerverletzte fühlen!

Schon ist ein junger Arzt zur Stelle, der mir meinen quietschroten

Verband abnimmt. Entsetzt weichen meine wackeren Beschützer zurück als sie sehen wie sich umgehend eine kleine Blutlache auf dem Boden bildet. Unbeeindruckt desinfiziert der Arzt meinen Schnitt routiniert, stillt die Blutung und legt einen neuen Verband an. Gruß- und wortlos verschwindet er.

Ich rutsche von der Liege runter, bereit zum Aufbruch. Sofort eilen meine besorgten Begleiter herbei. Sie drücken mich sanft zurück auf die Trage. Etwas verstört schaue ich Harjit an. Sie besänftigt mich: „Der Klinikchef will sich noch höchstpersönlich davon überzeugen, dass sein Personal dich perfekt versorgt hat.".

Ich schaue sie belustigt an: „Aber Harjit, das ist doch nun wirklich des Guten zu viel!"

Sie schaut mich mit strenger Mine an: „Versteh bitte, dass du ein Gast von Prinz Indra bist. Der Chef und Besitzer dieser Klinik ist ebenfalls Mitglied im Ashok Club. Es ist ein Zeichen höchster Wertschätzung seinem Clubfreund gegenüber, dass er sich auch noch selbst davon überzeugen will, dass du bestens versorgt wurdest."

Ich ergebe mich. Kurz darauf erscheint er mit einer Entourage von vier Assistenzärzten. Diese stellen sich in respektvollem Abstand schweigend um ihn herum, was seine gottgleiche Autorität gebührend unterstreicht.

Er ist ein hochgewachsener, sehr gepflegter Mann, der mich fast herzlich begrüßt und sich vorstellt (was sicherlich ein weiteres Zeichen seiner Hochachtung gegenüber seinem Clubfreund ist). Einer der Ärzte muss den Verband nochmals aufwickeln. Das Blut ist gestillt und das Malheur gemeistert. Er ist hochzufrieden mit dem Ergebnis seines effizienten Klinikpersonals. Interessiert fragt er mich, wie das passiert sei. Als ich ihm sage, dass ich mich mit einem Schweizer Taschenmesser verletzt habe, meint er schmunzelnd, dass ich ja noch Glück gehabt hätte, doch in Zukunft sollte ich mich lieber auf indische Messer beschränken. Mir gefiel sein Sinn für Humor. Wir mussten beide lachen, denn es ist nur allzu bekannt, dass es wohl in ganz Indien kein scharfes Messer gibt. Dem vor Respekt erstarrten Personal erklärt er mit imposanter Geste, dass eine solche Verletzung besonders sorgfältig behandelt werden muss. Sie könne leicht zu schwerwiegenden Infektionen führen. Diese Feststellung sollte mir sicherlich nur zeigen, dass in seiner Klinik professionell gearbeitet wird. Ich dachte für mich: Imponiergehabe! und amüsierte mich innerlich.

Die ganze Angelegenheit hat mich schlussendlich lächerliche 150 Rupees gekostet, Chefvisite inklusive!

Dies war also eine Privatklinik. Wie entsetzlich muss es da erst in den Staatlichen Krankenhäusern zugehen! Gebaut und gedacht sind diese um der armen Bevölkerung eine kostenlose ärztliche Versorgung zu sichern.

Die Wirklichkeit sieht wieder einmal erschreckend anders aus. Aufnahme in eine dieser Kliniken findet nur der, der dem dortigen Personal mehrere tausend Rupees auf den Tisch legen kann. In den Genuss der eigentlich kostenlosen ärztlichen Untersuchungen, Operationen und notwendigen Medikamente kommt ebenfalls nur, wer wieder einen beträchtlichen Betrag dem behandelnden Arzt aushändigt. Folglich sterben viele hilfsbedürftige Menschen entweder auf der Straße oder irgendwelche Familienangehörigen kratzen ihr bisschen Geld zusammen bzw. verschulden sich. Gewissensbisse hat niemand. Die Korruption gehört für die Inder, wie das tägliche Beten zu ihren Göttern, zu ihrem Alltag. Mich erschüttert diese menschliche Kaltschnäuzigkeit.

Endlich können wir nach Bikaner aufbrechen. Wie gewöhnlich herrscht Chaos und Gedränge auf den Straßen. Besonders fallen mir Frauen auf, die in ihren bunten, ärmlichen Saris im Damensitz hinter ihren meist fetten Ehemännern auf rostigen, verdreckten Mofas sitzen. Vorne fahren zwischen den Beinen des Fahrers eingeklemmt meist ein oder zwei Kinder mit. Am Lenker selbst baumeln zahllose Einkaufstaschen sowie Plastiktüten. Man könnte meinen, dass sie ihren gesamten Hausrat mitschleppen. Natürlich ist das Überladen der Mofas verboten, aber wen stört das schon? Oft genug droht der Fahrer das Gleichgewicht zu verlieren.

Welche Überraschung. Bikaner ist auffallend sauber. Weshalb, will ich von Harjit wissen. „Der jetzige Präsident stammt aus dieser Gegend. Er legt daher besonderen Wert auf Sauberkeit hier in seiner Heimat", belehrt mich Harjit. Ein weiterer wichtiger Grund: hier befindet sich eine wichtige Militärbasis. Die Stadt wirkt bei aller Gepflegtheit düster und abweisend. Die zum Bau verwendete Erde aus der Region ist von einem eher unfreundlichen dunkelrot. Das überall in den Straßen anwesende Militär verstärkt das Gefühl, dass ich mich hier nicht wohl fühle. Wir befinden uns nahe der Grenze zu Pakistan, das erklärt die hohe Militärpräsenz. Besorgt fasse ich nach, ob denn mit kriegerischen Handlungen zu rechnen sei und bekomme zur Antwort, dass das eigentliche Problem nicht die dort lebenden Moslem sondern der illegale Drogenhandel sei. Ob das so stimmt sei doch dahingestellt.

Heute ist die Besichtigung des Junagarh Fort, was „altes Gebäude" bedeutet, unser Ziel.

1583 wurde mit dem Bau begonnen. 1943 war es endlich fertiggestellt. Sechszehn Maharadschas haben in diesem Zeitraum hier gelebt. Jeder fügte seinen eigenen Palast oder Tempel dem Fort hinzu. Somit umfasst der ganze Gebäudekomplex insgesamt 30 Tempel und Paläste. Er wurde so massiv gebaut, dass er nie erobert werden konnte und zieht sich über eine Gesamtlänge von einem Kilometer. Der Reichtum dieser Maharadschas lässt sich hier daran ermessen, dass der Anup Mahal (Mahal heißt Palast) mit 80 kg reinen Goldes dekoriert ist. Einst war er zur Besichtigung freigegeben. Nachdem immer mehr Gold von den Wänden verschwand, musste man ihn für die Öffentlichkeit schließen. 1902 zog der damals hier regierende Maharadscha in den Llalgarh Palast in Jaipur um.

Harjit dringt wieder auf einen Führer. „Kenntnisreich" fängt dieser umgehend an sein Wissen wie eine wandelnde Enzyklopädie herunter zu leiern. Ich ergreife umgehend die Flucht. Sicherlich habe ich wieder einmal einige sehr wichtige geschichtliche Daten verpasst, aber ich behalte eh immer nur, was mich beeindruckt, nicht was man wissen muss.

Die in englischer Sprache gehaltenen Informationstafeln in den einzelnen Räumen reichen mir aus. Besonders gut gefällt mir Badal Mahal, der Palast der Wolken. Seine Wände mit Wolken auf himmelblauem Hintergrund, Blitz und Regen erklärten den zahlreichen Kindern von den ebenso zahlreichen Haremsdamen das Phänomen Wetter.

Die ausgestellten Sänften, Pferdegeschirre in Vitrinen und einige Ausstellungsstücke höfischer Gewänder wehren sich mehr oder weniger erfolgreich gegen den Zahn der Zeit. Alles ist von feinstem Staub überzogen.

Völlig überrascht stehe ich dann in einer riesigen, sauberen Halle. Was ist das denn? Da steht mitten im Raum ein altes Propellerflugzeug! Verblüfft lese ich auf der Infotafel, dass der damals herrschende Maharadscha von Bikaner 1920 diese Maschine von der englischen Krone geschenkt bekam. Sie wollte sich mit diesem großzügigen Geschenk für die militärische Hilfe des Maharadschas bedanken. Pläne für den fachgerechten Zusammenbau wurden scheinbar nicht mitgeliefert, denn erst 1985 wurde es nach jahrzehntelanger Kleinarbeit durch die indischen Handwerker komplett zusammengebaut. Das arme Ding hatte nie das Vergnügen sich wenigstens einmal in die Lüfte schwingen zu dürfen. Immerhin wird es aber scheinbar täglich poliert!

Mich hat diese Art eines sinnvollen Geschenks daran erinnert, dass im Zuge der Entwicklungshilfe in den 60-Jahren dem Präsident eines afrikanischen Wüstenstaates zahllose Schneepflüge geliefert wurden.

Beim Verlassen des Fort sticht mir ein schauerliches Detail ins Auge. An den Fortwänden befinden sich zahllose Handabdrücke von früheren Haremsdamen. Die Geschichte erzählt, dass Sati, die erste Frau von Giva, ihn so liebte, dass sie sich in dessen Scheiterhaufen stürzte, um mit ihm zu sterben. Nach ihr wurden die Frauen, die ihren Männern durch diesen Tod auf den Scheiterhaufen folgten bzw. sich kurz nach dem Tod ihrer Gatten umbrachten, Satis genannt. Erst unter Queen Victoria wurde dieser Brauch 1861 verboten. Die Inder verehren diese Frauen heute noch. Sicherlich würde der ein oder andere Inder gern haben, dass seine Frau dem Beispiel folgt. Der bedauerliche Haken an der Sache ist lediglich, dass er vorher selbst sterben muss.

Eine weitere Touristenattraktion soll die Kamelzuchtfarm außerhalb von Bikaner sein. Natürlich will Harjit sich diese ansehen. Ich selbst finde Kamele nun nicht gerade besonders unterhaltend.

Die Farm beherbergt ca. 450 Tiere. Kamelbesitzer können hier zu einem für sie erschwinglichen Preis ihre Tiere decken lassen. Hat ein Farmer mehr als 25 Stuten, bekommt er einen Zuchtbullen geschenkt. Die Tiere hier werden nicht verkauft. Sie sind überraschend sauber und gepflegt im Gegensatz zu ihren Wärtern.

Selbstverständlich begleitet uns unnachsichtig weiterhin der so ständig "fundiert" mit seiner quäkenden Stimme pausenlos quasselnde Führer Majeeb. Sowie wir die Eintrittstickets gekauft haben, will er uns sein großes Wissen unter Beweis stellen. Er bleibt stehen um an uns die Frage aller Fragen zu stellen: „Woran erkennt man im Wesentlichen ein Kamel?" Es juckt mich zu sagen: „Auf jeden Fall daran, dass es nicht quatscht." Ihm und mir zuliebe ziehe ich aber einfach wieder meiner Wege. Was gibt es da schon groß zu sehen? Kamele und ein paar Dromedare! All diese Tiere sind weder bewegungs- noch mitteilungsfreudig.

Ich habe keine Ahnung was er der ehrfürchtig lauschenden Harjit alles erzählt hat. Ich gehe zu ihr hin und frage, ob wir nicht langsam gehen können. Gott sei dank kann ich sie damit ködern, dass wir doch noch eine kleine Einkaufstour machen wollen. Umgehend war ihr Interesse an Kamelen, Dromedaren und ihrem netten Fremden-führer erloschen.

Der Wagen wartet, wir wollen heute nach Jaiselmer. Der Hotelbesitzer kommt heraus, um sich von uns zu verabschieden und bemerkt meine Wunde am Zeigefinger. Ich hatte sie nicht mehr verbunden, obwohl sie noch nicht gut aussieht. Er ist besorgt und besteht darauf, mit mir zu einer nahegelegenen kleinen Privatklinik zu gehen. Mir bleibt nichts anderes übrig. Ich muss mit.

Im Vergleich zu dieser Klinik ist jene von Jaipur ein Luxushospital. Wir gehen in ein halb zusammen gefallenes, barackenähnliches Gebäude. Alles aber auch alles ist so unglaublich schmutzig, dass ich gleich davonlaufen möchte.

Doch eine kleinwüchsige, alte, zahnlose Frau erwartet mich bereits im Verbandszimmer. Ihr einst wohl weißer Sari ist von Flecken übersät. Sie strahlt mich an, überglücklich, dass sich eine Europäerin in ihren allen hygienischen Regeln spottenden Verbandsraum verirrt hat. Sofort macht sie Anstalten mit einem vielleicht einmal weiß gewesenen gräulichen Wattebausch meine Wunde desinfizieren zu wollen. So schnell kann sie das allerdings nicht in die Tat umsetzen wie ich meinen Finger wegziehe. Ich habe Gott sei Dank eine Jodsalbe in meiner Handtasche und trage diese nun selbst dick auf. Enttäuscht, dass ich ihre Kenntnisse nicht zu schätzen weiß und doch auch froh, dass sie mir den Finger wenigstens verbinden darf, nimmt sie erstaunlicherweise einen blitzsauberen Verband aus einer sterilen Verpackung und wickelt meinen Finger ausdauernd und liebevoll ein. Sie strahlt, als ich ihr fachmännisches Meisterwerk lobe, will aber auch noch wissen, wie das passiert sei. Ich deute mit meiner anderen Hand die Bewegung des Nasebohrens an. Das hat das zu Späßen nur allzu bereite indische Seelchen so erfreut, dass sie sich lachend mit beiden Händen auf die kleinen Schenkelchen klopfend hinsetzen muss. Nachdem sie sich beruhigt hat, will ich bezahlen. Sie schüttelt den Kopf, das sei eine Lappalie, sie habe die Wunde ja noch nicht einmal desinfizieren dürfen.

Als wir zum Hotel zurück kommen, sitzt Harjit bereits im Auto. Es steht uns wieder einmal eine lange Fahrt, dieses Mal von Bikaner nach Jaisalmer, bevor.

Die Landschaft ist eintönig. Die üblichen Kühe, Ziegen, Hunde und Schafe, die wie immer entweder am Rande der Straße laufen oder spontan zur Freude aller Autofahrer, Motorräder, Fußgänger etc. auf die Idee kommen, schnell die Straße zu überqueren. Zu meiner großen Überraschung hält das laute Hupen die Tiere zumeist davon ab, ihr Vorhaben in die Tat umzusetzen, nicht so jedoch die Kühe. Mit größtem Gleichmut, als gäbe es keine Autos oder verrückten Motorradfahrer, schaukeln sie langsamen Schrittes über die Straße. Hin und wieder kommt die eine oder andere Kuh auf die Idee einfach mitten auf der Straße stehen zu bleiben und in intensiver Geistesabwesenheit in ein Auto zu glotzen. Es bleibt allen Autofahrern nichts anderes übrig als abzuwarten, bis die Heilige Wiederkäuerin sich in wilder Entschlossenheit einige Schritte weiter bewegt. Wobei das Wort „bewegen" entsetzlich übertrieben ist. Ihre Heiligkeit stellt sie dadurch unter Beweis, dass sie das Wunder vollbringt, stehend weiterzukommen!

Die Autobahn zwischen Bikaner und Jaisalmer ist teilweise neu angelegt worden. Unfassbar rüde sind die Behörden mit den Anwohnern umgegangen. Wenn ein Haus oder eine Hütte in dem zu erweiternden Bereich lag, wurde einfach der Teil abgerissen, der für den Ausbau der Autobahn nötig war. Im Rest der zumeist erbärmlichen Hütten hausen direkt am Straßenrand weiter die betroffenen Familien. Ausgleichszahlungen? Fehlanzeige!

Jaisalmer macht einen freundlichen, hellen Eindruck. Sämtliche Häuserfassaden der Stadt, einschließlich der Paläste, sind mit dem gelben Sand der Wüste errichtet.

Leider liegen wieder Unmengen von Unrat auf der Straße. Harjit wacht auf, als wir gerade an einer von dickem Müll übersäten Stelle vorbeifahren. Noch halb verschlafen schaut sie aus dem Fenster und ruft: „Oh, what a beautiful town." Ich muss schallend lachen und bitte den Fahrer den Rückwärtsgang einzulegen und an der Stelle mit dem Müll anzuhalten. Harjit ist leicht irritiert und meint verlegen: „Weißt du, mir war Bikaner viel zu sauber."

Wir steigen im einen der ehemaligen Gastpaläste des Maharadschas von Jaisalmer ab. Wie so viele Paläste in Rajasthan wurde er vor langer Zeit in ein Hotel umgewandelt. Die Frau des Maharadschas, eine Freundin von Harjit, hat uns eingeladen, ist aber leider gerade verreist.

JAISALMER
SAMSTAG 13.2.2016

Nach dem Frühstück in dem nach Renovierungsarbeiten lechzenden Palast-Hotel, kommt Shankar, der Privatsekretär des Maharadschas, zu uns. Ein serviler, gut aussehender Mann. Er wird uns ein Programm für die Tage unseres Aufenthaltes hier zusammenstellen. Um es kurz zu machen: nur das Programm des ersten Tages wird realisiert! Und um der Wahrheit die Ehre zu geben: es liegt wieder einmal vornehmlich an Harjit's ganz persönlichem Verhältnis zum Thema Zeit.

Zuerst schlägt er uns den Friedhof der verstorbenen Maharadschas und deren Frauen vor. Dieser ist den ortsansässigen Indern ebenfalls zugänglich, jedoch nicht den Touristen.

Am Friedhofseingang steht ein kleiner Tempel. Hier kommen die frisch verheirateten Ehepaare her, beten und opfern den Göttern Blumen. Harjit wendet sich einem jungen Mann zu, der ihr glaubhaft macht, dass er ihr alles erklären kann.

Er wird ihr wohl all die unter imposanten Monumenten liegenden Aschenreste der dahingeschiedenen Royals aufzählen, während ich mich mehr für die Lebenden interessierte. Gerade kommt eine farbenprächtig angezogene Frauengruppe auf das Gelände, begleitet von einem einzigen Mann. Sie steigen mehrere Stufen herauf zu einem kleinen Tempel. Eine der Frauen ist dicht behängt mit Goldschmuck und trägt das rot-gelbe mit goldenen Fäden durchzogene traditionelle Gewand einer Braut. Es handelt sich um eine Hochzeitsgesellschaft. Die Braut ist tief verschleiert. Sie kann ihren Schleier erst ablegen, wenn sie die Hausschwelle der Familie ihres Gatten überschritten hat. Vorher darf die Schwiegermutter ihr Gesicht nicht sehen.

Ich frage ihren Ehemann, der als einziger etwas englisch spricht weshalb alle anderen Frauen unverschleiert sind. „Die sind schon so alt. Für die interessiert sich kein Mann mehr", antwortet er lakonisch Da Inder sehr jung heiraten, dürften diese Frauen maximal 55 Jahre alt sein! Dass er diese fast zu ehrliche Auskunft einer „alten Frau" gibt, scheint ihn nicht zu irritieren.

Diese Gruppe möchte ich unbedingt fotografieren!

Da ich weiß, dass Inder sehr stolz sind, wenn man ihre Kinder ablichtet, frage ich eine junge Frau mit einem kleinen Mädchen an der Hand um die Erlaubnis dieses fotografieren zu dürfen. Wie nicht anders zu erwarten, strahlt nicht nur sie sondern die ganze Familie. Das Eis ist gebrochen. Ihre Worte prasseln auf mich herein, und obwohl wir uns kaum verständigen können, lachen wir viel miteinander. Mit Gesten, die letztlich bis auf wenige Ausnahmen in der Welt die gleichen sind, bringe ich sie so weit, dass sie sich alle freudig zu einem Gruppenfoto aufstellen und die Braut ihr schön geschminktes Gesicht zeigt. Wie ich es geschafft habe, dass die Braut ihren Schleier lüftet? Gott weiß! Die Schwiegermutter steht am äußersten Ende, lächelt mich an und stimmt zu, schaut die Braut aber nicht an. Abschließend beglückwünsche ich den frisch verheirateten Ehemann zu seiner schönen Frau, und schon ziehen sie lachend und winkend weiter.

Harjit hat diese Szene von weitem beobachtet. Als sie zurück kommt fragt sie mich was da gerade passiert sei. Sie wusste, dass ich kein Hindu verstehe und konnte erahnen, dass in dieser einfachen Familie auch wohl niemand englisch sprach. Ich muss schmunzeln: „Harjit, man kann sich auch ohne Sprache nur durch Gestik blendend verstehen." Sie scheint von meiner Eigeninitiative nicht besonders begeistert zu sein. Mit leichtem Tadel in der Stimmte meint sie, dass ich mich mehr für die historischen Daten interessieren sollte.

Wie so viele Sehenswürdigkeiten Indiens ist auch dieser Friedhof schon dem Zerfall anheim gefallen. Manche Monumente bestehen nur noch aus nachlässig aufeinander gestapelten Steinhaufen, zahlreiche liegen bereits zerbrochen um die Gräber herum.

Die Wüste frisst sich gnadenlos durch den Nachlass der vergangenen Jahrhunderte.

Kein Wunder, dass daher so viel Sehenswertes vergammelt, wie z.B. ein riesiger 1000 Jahre alter Swimmingpool zu dem wir jetzt gefahren sind. Unglaublich, dass jemand vor 1000 Jahren so einen riesigen Pool gebaut hat! Er grenzt an einen wunderschönen Garten mit Sommerhäusern für den jeweiligen Maharadscha und, im abgeteilten Bereich, seinen Frauen. Eine Attraktion wie diese einst herrliche Anlage und nicht zugänglich für die Öffentlichkeit!

Der Pool wurde durch das Wasser in der Regenzeit gefüllt. Den dortigen Aufseher frage ich, weshalb sich in diesem unzählige kleine Treppen befänden. Sie winden sich innen in unterschiedlichen Höhen um das Becken. Auf seine Erklärung hätte ich eigentlich selbst kommen können. Natürlich! Dem Wasserstand entsprechend konnte man die Treppen heruntersteigen und sich erfrischen! Seine Architektur wirkt hochmodern. Nichts Verschnörkeltes, keine Skulpturen. Seine klaren, geometrischen Linien erinnern an die Zeit des Art Deko. Wieder bedaure ich, dass dieses einmalige Denkmal den Zahn der Zeit bereits merklich zu spüren bekommen hat.

Der Chauffeur des Maharadschas fährt uns weiter zu einem Garten mit jahrhunderte alten Bäumen und herrlichen Rosenbeeten. In allen Ecken und auf den Wegen liegen Berge von Schutt. Die Maharadscha-Familie bezahlt zwar die Wächter und Gärtner, aber sie selbst ist seit Jahren nicht mehr hier gewesen.

Warum also allzu viel arbeiten? Dass sich der Müll hier stapelt stört die Bewohner am wenigsten.

Welch ein Kontrast zwischen der Schönheit der farbenfrohen Saris auch der einfachsten Dorfbewohnerinnen und dem unglaublichen Schutt, Staub und Müll! Inder haben scheinbar ein für uns nicht ganz nachvollziehbares Verhältnis zur Sauberkeit. Selbst in den teuren Hotels, wo das Personal zumeist prächtige Uniformen trägt, sind diese nicht frei von Flecken. Schuhen wird schon gar keine Aufmerksamkeit geschenkt. Sie sehen aus, als seien die Angestellten gleich von der Feldarbeit in ihre Uniformen geschlüpft. Gepflegte Schuhe scheinen ein Zeichen der Oberschicht zu sein.

Mir ist es unverständlich, dass in perfekt geführten Luxushotels die Manager selbst elegant gekleidet sind, sich aber um eine gepflegte Erscheinung ihres Personals nur bedingt kümmern. Ich fühle, ich muss mir endlich abgewöhnen in Indien mit europäischen Augen zu schauen!

JAISALMER
SONNTAG 14.2.2016

Um 9 Uhr in der Früh klopft es an meine Tür. Jemand ruft: "Machen sie auf, die Masseurin der Maharani ist da." Harjit hat dies am Tag vorher mit Shankar, dem Privatsekretär, organisiert, doch vergessen es mir zu sagen. Ich bitte die kleine, zarte Frau noch etwas Platz zu nehmen. Ich will schnell duschen. Sie schüttelt heftig den Kopf und macht mir durch Gesten klar, dass es besser ist, nicht vorher zu duschen

Auf dem Bett breitet sie behänd mehrere Handtücher aus und fordert mich auf mich auszuziehen. Splitterfasernackt überlasse ich mich ihren unerwartet kräftigen Händen. Zu meiner Überraschung ist die Behandlung teilweise sehr schmerzhaft. Woher nimmt diese zerbrechlich wirkende Frau nur diese Kraft? Sie walkt mich dermaßen nachhaltig durch, dass mir danach erst einmal gründlich schlecht wird. Ich muss mich hinlegen. Harjit kommt herein und meint, dass durch die Massage so einige Giftdepots in meinem Körper in Bewegung geraten seien.

Auf meinen Einwand, dass ich mich eigentlich sehr bewusst ernähre, gibt Harjit zu bedenken, dass es wohl das ungewohnte Essen hier in Indien ist. Ich soll mich einfach eine Weile ausruhen. Mir ist zeitweise so schlecht, dass ich fürchte, ernsthaft krank zu werden. Vielleicht ist gar nicht die Massage schuld, vielleicht ist es die fast alle Touristen ereilende Darmgrippe, von der ich bis jetzt glücklicherweise verschont geblieben bin! Doch so heftig diese Übelkeitsattacken eingesetzt haben, so schnell sind sie auch wieder vorbei. Ich falle in einen tiefen, erholsamen Schlaf.

Es war eine harte Kur, die mich diesen ganzen Sonntag schachmatt gesetzt hat. Zur großen Freude von Harjit, die es mit Besichtigungen oder anderen Unternehmungen bekanntermaßen ja nie eilig hat.

Zur Folge dieses „Ruhetages" bekomme ich das Fort nicht zu sehen, was selbigem und mir nicht geschadet hat.

Zum Abendessen hat sich der Maharadscha angesagt. Im Hotel ist das Personal hektisch mit aufräumen und putzen beschäftigt. Sie haben alle große Angst. Er ist bekannt als exzessiver Alkoholiker. Im betrunkenen Zustand wird er unberechenbar und cholerisch.

Das Personal bekommt zu diesem Anlass frische Uniformen, was auch dringend notwendig war. Harjit, die alles liebt, was königlicher Abstammung ist, bittet mich, mich ganz besonders fein zu machen. Der wichtige Mann werde um 20.00 Uhr mit uns dinieren. Wir putzen uns heraus, als seien wir die wichtigsten Damen der hiesigen Gesellschaft.

Wer dann nicht kommt, ist seine Hoheit. Um 21.00 Uhr hat

er die Güte uns durch seinen Privatsekretär mitteilen zu lassen, dass er wegen zu großer Rückenschmerzen das Bett hüten muss. Er bedaure das, werde uns aber gerne für den nächsten Tag zum Dinner einladen. Netterweise lässt er jeder von uns, da heute Valentinstag ist, rote Rosen zukommen.

Wir sind in unseren schicken Outfits so gefrustet, dass wir das bereits zubereitete abendliche Dinner ausschlagen und uns von unserem Fahrer in ein schickes Luxusrestaurant bringen lassen.

JAISALMER
MONTAG 15.2 2016

Nachdem uns seine Hoheit, der Maharadscha, so schnöde hat hängen lassen, benötigt Harjit erst einmal den ganzen Vormittag zur Rekonvaleszenz. Mittags fahren wir endlich in die Wüste zu den Dünen. Es ist ein Anblick wie aus 1000 und einer Nacht als wir um eine Kurve kommen und eine Reihe von großen, weißen Zelten vor uns steht. Unweit davon sehe ich Kamele, die mit spöttischem Gleichmut gelangweilt vor sich hin kauen. Sie liegen im weichen Wüstensand und scheinen die pralle Sonne gar nicht wahrzunehmen. Ihre Gesichter erinnern mich an die verachtenden Blicke und eingefallenen Münder alter Dorfweiber, die mit einem leicht abschätzenden, missgünstigen Ausdruck die frohe und unbeschwerte Jugend betrachten.

Auf der Weiterfahrt dann entlang der Straße in geringem Abstand ein Zeltressort neben dem anderen. Wir halten bei zwei, drei an, weil geplant ist, dass wir eine Nacht in der Wüste schlafen werden. Wir sollen uns aussuchen, wo wir am liebsten die Nacht verbringen möchten. Die Zelte sind innen geschmackvoll im beduinischen Stil eingerichtet.

Diskret versprühen die Manager auf dem Rundgang durch die Zelte Unmengen an übel riechendem Moskitospray. Sie wollen damit demonstrieren, dass wir uns keine Sorgen um Moskitos machen müssen. Bei mir erreichen sie, dass ich fluchtartig diese Zelte verlasse und liebend gerne bereit bin, auf dieses Abenteuer zu verzichten. Ein Abenteuer, das zudem nicht meiner Vorstellung von Authentizität entspricht. Alles ist für die Touristen perfekt organisiert. Abends wird draußen vor den Zelten bei offenem Feuer mit indischer Musik diniert. Danach werden „authentische" Tanzgruppen aus der Umgebung auftreten. TUI auf indisch, nein danke. Ich will zu den Kamelen. Ein Ritt auf einem Kamel durch die Wüste, das ist so ganz nach meinem Geschmack. Es ist inzwischen Mittagszeit. Die Wüste daher für einen solchen Ausritt zu heiß. Die Kamele werden erst wieder um 16.30 Uhr starten.

Harjit meint, dass es dann aber zu spät ist, denn der Maharadscha habe sich doch verbindlich zum Abendessen angesagt. Auf meinen Einwand, dass mir ein Ritt durch die Wüste wichtiger ist als ein letztendlich wohl wieder nicht stattfindendes Abendessen mit einer leicht neurotischen und noch so königlichen Exzellenz, stößt auf ihr vollkommenes Unverständnis. Mit Nachdruck bestehe ich darauf, dass ich zu den Kamelen will. Sie solle nicht meinen, dass ich mich wegen dieses noblen Herrn nochmals in Schale werfen werde. Mein Mangel an Bewunderung für ihre indischen Aristokraten missfällt ihr.

Meinen Hinweis, dass der Ritt durch die Wüste um 18 Uhr stattfindet, die beste Zeit um in den Sonnenuntergang zu reiten, kann sie nicht widerlegen. Garantiert werden wir rechtzeitig zurück sein, um dem Herrscher von Jaisalmer unsere gewaschenen Pfoten hinzuhalten. Dem weiß sie nichts entgegen zu setzen. Sie sieht, dass ich wild entschlossen bin den Kamelen den Vorzug zu geben.

Ich bin überglücklich endlich auf einem dieser stoischen Tiere reiten zu dürfen. Im ersten Moment habe ich etwas Angst. Als sich das Kamel dann plötzlich ohne Vorwarnung durch den Kameltreiber erhebt, drohe ich mit einem nicht allzu eleganten Salto vornüber zu kippen. Rechtzeitig kann ich mich noch am Sattel festhalten und finde wieder mein Gleichgewicht.

Dieser Ritt durch die Wüste wird zu einem der schönsten Erlebnisse meiner Reise gehören, geht es mir durch den Sinn. Der Kamelrücken schwankt gemächlich von einer Seite zur anderen. Ich habe bald meinen Rhythmus mit ihm gefunden. Das Kamel und ich finden zu einer Einheit, die vermuten lässt, dass ich mein Lebtag nichts anderes getan habe als Kamele zu reiten. Anfangs halte ich mich noch krampfhaft am Sattel fest, doch schon bald genieße ich den Ritt durch die Dünen dem Sonnenuntergang entgegen. Dieses Licht, der Blick vom Kamelrücken auf die sich in die Unendlichkeit ausdehnende Wüste, das ist einer der Momente, wo Worte nur noch albern und banal sind.

Ich wäre nach dem Dunkelwerden noch gerne weiter geritten, aber den Genuss verderben mir die nun aufkommenden Moskitoschwärme gründlich. Beim Absteigen bedanke ich mich bei Rocket, dem Kamel, das mich aber nur wie ein übel gelaunter, alter Mann angrunzt, um dann noch eins drauf zu setzen, indem es mich mit tödlicher Missachtung und weit aufgerissenem Maul angähnt. Unweigerlich fällt mir eine bekannte Reklame gegen Mundgeruch ein. Die Warnung vor Gebrauch einen Arzt oder Apotheker zu konsultieren wäre auf Grund des akuten Gestanks überflüssig.

Harjit wartet schon ungeduldig im Auto. Sie befürchtet, dass wir noch nicht einmal mehr Zeit zum Händewaschen haben werden. Bei einem Maharadscha setzt Harjit auf Pünktlichkeit. Ich wünsche mir, er würde täglich mit uns reisen!

Als wir im Hotel ankommen, läuft der Privatsekretär schon nervös in der Rezeption auf und ab. Er ist erleichtert, dass wir endlich da sind. Sein Boss wird jeden Moment hier sein. Dass dieser evtl. auf uns warten muss wäre eine absolute Katastrophe! Ich habe Harjit auf der 20-minütigen Rückfahrt immer wieder damit trösten müssen, dass der gute Mann, wenn er denn überhaupt kommt, sicherlich wieder verspätet sein wird. Das tut ihrer Nervosität aber keinen wesentlichen Abbruch. Die Ehrfurcht vor seiner Exzellenz scheint grenzenlos.

Glücklich darüber, dass er noch nicht eingetroffen ist, eilt sie, die sie sonst vorgibt nicht laufen zu können, schnell auf ihr

Zimmer. Im Gegensatz zu mir will sie sich noch einen schicken Sari anziehen. Ich hingegen bleibe meinem Versprechen treu und wasche mir lediglich von Händen und Gesicht den Sand und Staub der Wüste ab. Was zählt ist innere Schönheit, und diesbezüglich finde ich mich in meiner mir bescheidenen Art schier unwiderstehlich!

Am überdimensional großen Pool hat das Personal in einem eisernen Becken ein großes Feuer entfacht. Holz ist hier in der Wüste Mangelware. Abholzen von Bäumen und Sträuchern sogar verboten. Diese Feuerschale symbolisiert somit, dass der heutige Abend ein besonderer ist.

Die Kellner haben sich farbenfrohe rot-goldene Turbane aufgesetzt. Sie geleiten uns zu einem mit frischen Blumen dekorierten Tisch mit Snacks und Drinks, gleich neben dem Feuer. Um uns bauen sich drei Bodyguards in starrer Position und mit undurchdringlichen Gesichtern auf. Seine Exzellenz lässt natürlich noch um eine weitere königliche Stunde auf sich warten. Ich beginne mich zu langweilen, stehe auf und nehme neben einem dieser Wächter für Leib und Leben des ehrenwerten Herrn dieselbe Position ein wie jener: mit unbewegtem starren Blick, breit gespreizten Beinen und fest verschränkten Händen vor meinem Brustkorb. Er findet das ganz und gar nicht komisch. Sein Blick verfinstert sich. Harjit lächelt gequält. Ich nehme ihr die Situation zu wenig ernst.

Inzwischen ist ein kühler Wüstenwind aufgekommen und auch der sternenklare Himmel kann von einem leise in die Glieder fahrenden Frösteln nicht ablenken. Gerade will ich Harjit sagen, dass ich jetzt endgültig genug von der Warterei am Pool habe, da steht der hohe Herr wie aus dem Nichts plötzlich neben uns. Er begrüßt Harjit mit einer innigen Umarmung. Eine Entschuldigung für seine Verspätung kommt ihm natürlich nicht über die Lippen. Ich habe genügend Zeit, ihn mir im Schein der aufsteigenden Flammen anzusehen. Was ich sehe enttäuscht mich. Vor mir steht ein dicklicher, mittelgroßer Mann, mit aufgequollenen Gesichtszügen. Sein quer gestreifter grün-blauer Pullover betont seinen unköniglichen Bauchumfang. Er wirkt auf mich eher schüchtern und verklemmt. Lediglich sein pechschwarz nach oben gekämmtes Haar und seine Haltung lassen den Gedanken zu, dass dieser Typ von Anfang 50 bei öffentlichen Anlässen die Rolle des Maharadschas ausfüllen kann.

Er dreht sich zu mir um und begrüßt die Freundin seiner lieben Harjit mit Handschlag. Normalerweise berührt ein Maharadscha keine unbekannte Person. In der Regel hat man sich vor ihm mit gefalteten Händen vor der Brust tief zu verbeugen. Das Personal verrenkt sich dabei in einer Weise, dass ich befürchte, dass den armen Kerlchen gleich die Turbane von den Köpfen fallen.

Das Gespräch plätschert eine Weile vor sich hin. Harjit und er unterhalten sich über Gemeinsames aus der Vergangenheit, sowie über Familie und Freunde. Bei Indern dies eine mir inzwischen schon allzu vertraute rituelle Begrüßungsform.

Unvermittelt wendet er sich mir zu und will wissen wo genau Mallorca liegt. Harjit hat ihm vorab wohl schon ein paar Informationen über mich zukommen lassen. Er ist erstaunt, dass Mallorca eine Insel ist. Auf meine Frage welche europäischen Länder er bereits besucht hat, kommt nach etwas längerem Überlegen die Antwort: „Genf". Das sei aber sehr langweilig gewesen und schon über 20 Jahre her. Nicht zu fassen, dass ein Mann mit diesem Reichtum, ausgebildet an den besten Privatschulen Indiens, nur einmal in Europa war! In der Regel gehört in den königlichen Häusern Ratjasthan's wenigstens London zum Pflichtprogramm.

Es gelingt mir diesen melancholischen Mann einige Male herzlich zum Lachen zu bringen, aber alles in allem ist die Unterhaltung mühsam. Gewohnt, dass alles nach seinen Wünschen geschieht, überhört er geflissentlich, dass mir langsam kalt wird, und ich gerne ins Restaurant gehen möchte. Natürlich ist das einer so hoch gestellten Person gegenüber anmaßend, doch der Umgang mit Maharadschas gehört nun mal nicht zu meiner täglichen Routine. Der einzige, der entscheidet, ob es Zeit ist, zu Tisch zu schreiten oder nicht, ist seine Exzellenz! Dass das Küchen- und Bedienungspersonal schon seit geraumer Zeit wartet und nervös wird, weil es schwierig ist das Essen länger geschmackvoll warm zu halten, interessiert ihn schon gar nicht.

Nachdem ein zweiter Einwand meinerseits hinsichtlich des kühlen Wüstenwindes wieder ungehört verhallt, werde ich zu seinem Erstaunen nachdrücklicher und sage, bereits aufstehend: „Es tut mir schrecklich leid, aber eine Erkältung möchte ich mir in meinem Urlaub nicht einfangen."

Die Bodyguards zucken erschrocken zusammen, Harjit wird schneeweiß vor Schreck und zur Überraschung der Anwesenden - außer mir -, erhebt sich seine Hoheit und zeigt lächelnd sein Verständnis. Dass das ein außergewöhnliches Verhalten seinerseits ist, erfahre ich erst später. Harjit ist entsetzt. Sie hätte mir halt vorher einen kleinen Benimmkurs geben sollen. Ob ich ihn befolgt hätte, sei allerdings dahingestellt.

Ich sehe hinter der herrischen Fassade dieses Mannes nur einen unglücklichen, sehr sensiblen und in gewisser Weise scheuen Menschen. Wir haben inzwischen jedoch so einen guten Draht zueinander, dass wir irgendwann auf Literatur zu sprechen kommen. Er fragt mich, ob ich ein Lieblingsbuch habe. Den von mir so sehr geliebten „Kleinen Prinzen" kennt er nicht. Er will etwas über die Handlung wissen und hört plötzlich sehr aufmerksam zu. Ich breche die Schilderung mit dem Kommentar ab, dass ich ihm nichts weiter erzählen und ihm stattdessen als Dank für die heutige Einladung das Buch nach meiner Rückkehr zusenden werde. Er zeigt sich sichtlich erfreut und bittet mich das auf keinen Fall zu vergessen.

Es ist für mich befremdlich zu sehen, welche Angst und welchen Respekt alle vor diesem Mann haben. Mir gegenüber „menschelt" er mehr und mehr. Wahrscheinlich ist das in einem hohen Masse der Tatsache zu verdanken, dass er mir gegenüber nicht die Rolle des Maharadschas spielen muss.

Von ihm geht eine tiefe Traurigkeit aus, die ich beginne zu verstehen, als ich erfahre, dass sein jüngerer Bruder, der auch Alkoholiker war, vor kurzem an Leberzirrhose gestorben ist. Er hat ihn sehr geliebt und trinkt seitdem noch mehr.

Während des Essens erzählt er mir, dass er um halb zwei Uhr

in der Nacht zu Bett geht, aber nicht länger als bis drei maximal vier Uhr schlafen kann. Ich fasse natürlich nach und will wissen, was er denn dann machen würde. Seine mich entwaffnende Antwort: er ginge meistens in seinen Kuhstall mit über 30 Kühen, dort könne er sich entspannen. Die Kühe würden sehr beruhigend auf ihn wirken. Ihre großen Augen schauten ihn kritiklos und freundlich an. Er könne ihnen alles erzählen. Sie verrieten ihn nicht, intrigierten nicht. Sie hörten kommentarlos zu. Bei ihnen fühle er sich wohl.

Betroffen höre ich zu. Wie einsam ist dieser Mann.

Nebenan im Pferdestall stehen die edelsten Reittiere. Ich frage ihn daher, ob er denn auch gerne ausreiten würde. "Nein, die sind nur für Gäste und Festtage".

Vermutlich trinkt er auch, weil er alles lieber wäre als ein Maharadscha. Der Alkohol hat ihn charakterlich so launisch gemacht, dass er seiner devoten Umgebung mit wilden Wutausbrüchen das Leben schwer macht. Trauen kann er niemandem.

Wie so oft bei solchen Menschen, vertraut er nur einer Person, der falschesten, seinem Privatsekretär. Dieser betrügt ihn, wo er nur kann. Die Einnahmen aus seinem Hotel bekommt er z.B. nie zu Gesicht. Offiziell fährt das Hotel nur Verluste ein .

Abschließend bittet Harjit ihren Freund, ob wir noch ein paar Fotos mit ihm machen dürfen. Er stimmt zu, aber ich merke wie unangenehm ihm das ist. Mir nebenbei bemerkt auch.

Als er sich dann in Richtung seines großen, weißen Geländewagens in Bewegung setzt, begleiten ihn bis zum Wagen rückwärts buckelnd der Hotelmanager, der Privatsekretär und die Kellner. Dieser Anblick macht mich unglaublich betroffen.

Der weiße, blitzsaubere Geländewagen ist mit einer Fahne versehen, auf welchem das königliche Wappen prangt. Der Chauffeur, in prächtiger Uniform, hält ihm den Wagenschlag auf. Dieser im Grunde seines Herzens so einsame, depressive Mann, der in der Nacht am liebsten Zwiesprache mit seinen Kühen hält, fährt uns noch einmal freundlich zunickend davon.

Es fällt mir die Parabel von Kurt Tucholsky ein, der beschreibt wie ein Riesenaufwand betrieben wird, weil man eine wichtige Person erwartet. Am Höhepunkt der Story fährt eine dunkle Limousine vor. Gewichtig werden die Türen aufgerissen und auf dem Höhepunkt der Spannung, weshalb ein solcher Aufwand betrieben wurde, stellt der Schriftsteller lapidar fest: „…..und was ausstieg was nur ein Mensch."

VON JAISALMER NACH JODHPUR
DIENSTAG, 16.2 2016

Der Abschied von Jaisalmer fällt mir nicht schwer. Bis auf die Wüste mit ihren imposanten Dünen und dem vor allem für immer unvergesslichen Ritt auf dem Kamel gibt es nichts, was mich veranlassen könnte, diese Stadt jemals wieder besuchen zu wollen.

Weiter geht es nach Jodhpur, das eine 6-stündige Autofahrt entfernt liegt. Auf den Straßen stets dasselbe Chaos. Daher kommt es trotz gut ausgebauter Straßen immer wieder zu endlosen Staus.

Es wird ebenfalls emsig wieder an Straßenverbreiterungen und Autobahnbrücken gebaut. Wieder sieht man eine Unzahl abgezehrter, dürrer Gestalten, die für einen Hungerlohn Schwerstarbeit leisten. Da die menschliche Arbeitskraft in diesem bevölkerungsstarken Land billiger ist als modernes Gerät, kommt dieses auch kaum zum Einsatz.

Der gigantische Straßenausbau in Stadt und Land kann nur auf Grund dieser billigen Arbeitskräfte so intensiv betrieben werden.

Doch es gibt noch einen anderen, wesentlicheren Grund: die Korruption! Unsummen versickern in den Taschen der Politiker und Unternehmer.

Unserem Fahrer wird auf der Strecke mal wieder einiges abverlangt. Ich bewundere seine schnellen Reaktionen. Taucht plötzlich ein aus einer Hecke rasender Hund auf oder eine Ziege springt völlig unerwartet über die Straße, bremst er rechtzeitig oder weicht aus. Häufig liegen tote Hunde mit aufgequollenen Leibern auf der Straße. Tote Kühe hingegen habe ich nie gesehen. „Harjit, was passiert eigentlich mit den Kühen, wenn sie tot sind?" „Nichts" antwortet sie und schaut mich an als hätte ich die dümmste aller Fragen gestellt. Ihre Heiligkeit wird scheinbar durch ihr ganz spezielles Karma entsorgt.

Besonders traurig macht mich das harte Leben der Straßenhunde. Durch zähes Nachfragen, ob sich denn niemand um die Tiere kümmert, bekomme ich immer wieder die gleiche Antwort: „Mach dir da mal keine Sorgen. Jeden Morgen, wenn die Menschen aus dem Haus gehen, haben sie immer etwas für die streunenden Hunde in ihren Taschen. Das ist gut für ihr eigenes Karma." Diese von Hunger, Krankheit und Ungeziefer gezeichneten Tiere sind nie aggressiv. Dass diese armen, heimatlosen Tiere aber letztlich nicht genug zu fressen bekommen und somit langsam dahinsiechen, das liegt nicht im Verantwortungsbereich des Einzelnen. Nie habe ich gesehen, dass Hunde geschlagen oder getreten wurden. Sie leben ihr eigenes, sehr elendes Leben. Gleichzeitig gehören sie neben den Kühen und Ziegen zu den "Müllmännern" der Dörfer. Den Kühen geht es insofern besser als sie nie überfahren werden.

Bisher dachte ich, dass Inder gar keine Haustiere wie Hunde oder Katzen mögen. Umso überraschter bin ich, bei einer Familie von Harjits Freunden zwei Dackel vorzufinden und zu erfahren, dass der deutsche Dackel ein Statussymbol der privilegierten Schichten ist.

Die Haustiere haben ein wunderbares Leben. Sie werden gehegt und gepflegt, dürfen aber verständlicherweise nie auf die Straße. Der vierbeinige „Pöbel" würde sie umgehend zerfleischen.

Bei all dem Unrat in Indien fragt man sich, ob die überall gegenwärtigen Kühe mit ihrem Kot nicht bestialischen Gestank begleitet von nicht zu ertragenden Fliegenschwärmen verbreiten.

Die Antwort ist: nein. Auf der ganzen Fahrt durch die Dörfer sehe ich nicht einen einzigen Kuhfladen. Hierfür gibt es eine einfache Erklärung. Die Kuhfladen sind ein begehrtes Material, das zum kochen und heizen verwendet wird. Sie werden umgehend aufgesammelt und getrocknet. Nach dem Trocknen werden sie wie Kaminholz an den Wänden der Hütten und Häuser aufgestapelt. In der Monsunzeit, wenn es unterbrochen regnet und kalt ist, spenden sie den Dorfbewohnern ausreichende Wärme. Das mit den getrockneten Kuhfladen zubereitete Essen soll im übrigen besser schmecken als das auf einem elektrischen Herd oder Gasofen.

Indien ist täglich aufs Neue voller Kontraste. In einem Dorf halten wir an um etwas Obst zu kaufen. Bei dieser Gelegenheit schaue ich in eine der armseligen Hütten, hinein. Am Fußende des mit Stroh geflochtenen Holzbettes, übersät mit unordentlich übereinander geworfenen, schmuddeligen Kleidern, steht ein überdimensionaler Fernseher! Das darf doch nicht wahr sein!

In diesem kleinen Raum, möbliert mit nur einem Bett, dieser riesige Fernseher! Hier wohnen und schlafen zwei noch kleine Kinder mit ihren Eltern. Der Boden ist aus festgetretenem Lehm. Keine Möbel, keine Bilder, keine Vorhänge. Armut pur, aber ein luxuriöses Fernsehgerät!

Draußen vor der Hütte befindet sich, fern von jedem Luxus, die Kochstelle. Von Küche kann nicht die Rede sein. Der Herd besteht auf einem kleinen, quadratischen aus Ton oder Lehm geformten Rahmen, der direkt auf der Erde aufliegt. In der oberen Hälfte befindet sich nochmals ein kleines Quadrat. Hierin brennt das Feuer und auf einem kleinen Eisengestell. Die Frauen kochen dort in einem Blechtopf das Essen . Bereits zubereitetes Gemüse oder Fleisch wird in einem größeren, quadratischen Tonrahmen neben der Feuerstelle warm gehalten. Die Frauen hocken während der ganzen Zubereitung auf dem nackten Lehmboden. Schon beim

Zuschauen tuen mir sämtliche Knochen weh. Seit Jahrhunderten haben die indischen Frauen ihr Essen so zubereitet.

Küchengeräte gibt es so gut wie keine. Die traditionellen Brotfladen werden auf einem kleinen Holzbrett geformt, Gemüse wird ebenfalls darauf klein geschnitten. Zum umrühren der Speisen im Kochtopf gibt es einen langen Blechlöffel. Gegessen wird mit den Händen.

Nebenbei bemerkt essen auch die vornehmsten Inder gern mit den Händen, wickeln aber ihren Reis oder ihr Gemüse elegant in einen Brotfladen, genannt Ruti, ein, während bei den normalen Indern alles zu einem unappetitlichen Brei zwischen den Fingerspitzen verknetet wird. Die dazugehörenden Soßen tropfen ihnen an den Fingern entlang und werden schlürfend abgeleckt.

Schaut man in die Küchen der wohlhabenderen Inder, entspricht sie bei weitem nicht unserem Standard. Es gibt zwar Kühlschrank und einen elektrischen oder Gas-Herd, Eine Geschirrspülmaschine ist überflüssig. Die schlecht bezahlten Hausgeister sind billiger. Ihnen eine schöne, moderne Küche einzurichten wäre zudem eine Verschwendung. In kürzester Zeit würden sie alles wieder auf den ihnen gewohnten indischen Standard zu Grunde richten.

JODHPUR
MITTWOCH 17.2.2016

Da ich fest entschlossen bin mir hier alles anzuschauen, was mir wichtig ist, habe ich den Fahrer gebeten um 10 Uhr bereit zu sein und mich zur Besichtigung des hiesigen Forts zu begleiten. Harjit kann ich plausibel machen, dass sie Erholung braucht. Sie ist sichtlich erleichtert.

Im Fort treffe ich vorwiegend indische Touristen an. Viele kommen aus sehr einfachen Verhältnissen. Ich frage den Fahrer, wie sich diese Menschen so eine Reise leisten können. Er erzählt mir, dass das mehr oder weniger Familien auf Hochzeitsreisen sind. In Indien teilen sich die Eltern von Braut und Bräutigam die Hochzeitskosten. Die Reise von und zum Ort der Hochzeitszeremonie bezahlen jeweils die Familien der Braut bzw. des Bräutigams. Liegen die beiden Elternhäuser weit auseinander, können auch ein paar Übernachtungen hinzukommen. Die eingeladenen Gäste, und sie sind meist sehr zahlreich, müssen ebenfalls auf der Reise verpflegt und untergebracht werden. Auf dem Weg zum Fest wird gerne Halt gemacht um Tempel und andere attraktive Sehenswürdigkeiten zu besuchen.

Langsam wird mir klar, weshalb mir ständig große Gruppen von schwatzenden Männern, Frauen und Kindern entgegen kommen, die von ihrem Auftreten her eher auf einfache Bauern und Händler schließen lassen. Besonders die Frauen haben häufig sehr harte Gesichtszüge und auffallend oft schlechte Zähne. Die ein oder andere lächelt mich an, aber die Mehrzahl ist mir gegenüber eher verschlossen, schaut fast feindselig. Teilweise stoßen sie mich sogar unwirsch zur Seite.

Ich kann verstehen, dass für diese einfachen Menschen, die sicherlich selten, evtl. sogar nie, eine Europäerin zu Gesicht bekommen, ich eine Herausforderung darstelle.

Ratjasthan ist schließlich noch immer ein traditionelles, sittenstrenges Land. Die Frauen müssen sich in der Öffentlichkeit verschleiern. Die meisten Ehen werden durch die Eltern beider Seiten geschlossen, wie in ganz Indien mehrheitlich noch üblich ist. Nur in den Großstädten beginnen sich Liebesheiraten mehr und mehr durchzusetzen.

Ich frage eine einigermaßen verständlich englisch sprechende Frau, ob ihre Ehe eine arrangierte sei. Sie bejaht dies und fügt umgehend hinzu, dass das die zu bevorzugende Lösung für beide Seiten sei, da die Eltern für ihre Kinder immer nur das Beste wollen. Sie kennen die zukünftigen Ehepaare von Kleinauf und können somit eher beurteilen wer am besten zu wem passt. Irgendwie scheint das zu funktionieren, denn Scheidungen von arrangierten Ehen gibt es nur selten. Allerdings frage ich mich inwieweit eine Frau eine solche überhaupt durchsetzen könnte.

Müde von all den Eindrücken, bitte ich den Fahrer mich zu einem netten Lokal mit Garten zu bringen.

Er hält vor einem Gebäude mit dem wenig ansprechenden Namen „on the rocks" an. Als ich den Eingangsbereich sehe, will ich gar nicht erst aussteigen. Dieser ist aus grauem Plastikfelsen gegossen und soll mit seiner Struktur den Eingang in eine Felsenhöhle erwecken. Geschmacklos und kitschig. Da kann sich kein gutes Restaurant hinter verbergen. Der Fahrer bemerkt mein Zögern und versichert mir nachdrücklich, dass das Lokal mir ganz bestimmt gefallen wird. Das Essen sei ausgezeichnet. Er habe schon viele Fahrgäste hierher gebracht. Alle seien begeistert gewesen. Zögernd gehe ich auf diesen düsteren, tunnelartigen Eingang zu, in Gedanken schon umkehrend. Dahinter erwartet mich sicherlich eine verstaubte, indische Räuberhöhle. Doch welche Überraschung! Kaum habe ich diesen schmutzigen, dunklen Gang passiert, öffnet sich mir wie bei Aladdin im Wunderland ein großer, mit vielen schattenspendenden Bäumen versehener Garten. Die schicken Rattan Möbel und weißen Tischtücher lassen mich auf eine gute Küche hoffen. Die Kellner tragen saubere Uniformen. Einer von ihnen kommt gleich freundlich auf mich zu und geleitet mich zu einem eingedeckten Tisch. Zu meiner angenehmen Überraschung stehen auf der Speisekarte auch internationale Gerichte. All die Curries und Linsengerichte (Dal) bedürfen mal der Abwechslung. Ich bestelle Nudeln mit getrockneten Tomaten in einer frischen Tomatensoße. Ob die schmecken werden? Oh ja, sie sind himmlisch und lassen mich vergessen, dass ich in Indien bin. Ein italienischer Koch hätte sie nicht besser zubereiten können.

Nach diesem unvergleichlich guten Essen fahre ich bestens gelaunt zurück zu unserem Guesthouse. Ich hatte Harjit versprochen mit ihr noch den Bazar zu besuchen.

Auf der Fahrt in die Stadt erzähle ich Harjit von meinem

leckeren Lunch. Sie schmunzelt und meint, wir seien morgen bei einer Freundin von ihr zum Abendessen eingeladen. Dieser gehöre das Restaurant und ein unweit von dort gelegenes Luxushotel. Das erklärt natürlich alles.

Harjit liebt nichts mehr als einkaufen. Ich habe den Verdacht, dass ihr die ganze Aufmerksamkeit um ihre Person dabei besonders gefällt. Sie hat kein Problem sich stundenlang den halben Laden zeigen zu lassen und dann mit einer leicht abschätzenden, fast verächtlichen Handbewegung grußlos davon zu eilen.

Was heißt hier Shop? Was heißt hier Laden? Es handelt sich nur um eng aneinander gereihte Buden, mit Waren die in schmucklosen, randvoll gestopften Regalen auf ihre Käufer warten. Wenn ich auch nur kurz stehenbleibe, zieht einer der Verkäufer gleich den ganzen Bestand seiner Kollektion aus dem Regal. Mit fahrigen Bewegungen reißt er die Verpackungen auf. Bei Nichtgefallen lässt er achtlos alles fallen und im Nu versinkt der Laden in ein riesiges Chaos. Anfangs versuche ich die Händler jeweils aufzuhalten und bitte sie mir nur zu zeigen, was mich wirklich interessiert, aber sie lassen sich nicht bremsen. Sie gehen davon aus: irgendetwas wird der Kundin schon gefallen. Nur nicht aufgeben! Meist haben sie recht.

Irgendwann verstehe ich auch den nonchalanten Umgang mit der Ware. Es stehen immer ein paar Jungs bereit, die einzig und allein die Aufgabe haben, dieses ganze Durcheinander wieder in die überall verstreuten Tüten zu verstauen. Ein paar von ihnen eilen davon, um den nötigen Nachschub aus den Lagern in der Nähe zu holen.

Der Boss des jeweiligen Ladens sitzt währenddessen kaum wahrnehmbar in einer dunklen Ecke. Von dort beobachtet er alles. Zu Leben erwacht er - und dann vollständig! - wenn es ans Bezahlen geht. Der bisher emsige, umtriebige Verkäufer wird zur Nebensache. Mit den Händen hinterm Rücken verschränkt steht er neben der Kasse und wartet, dass er seine Kommission erhält. Der Inhaber händigt ihm diese, kaum wahrnehmbar für den Kunden, sofort aus.

Dieses System ist genial. Es erspart Angestellte, die damit verbundenen Personalkosten und motiviert den Verkäufer den Kunden auf gar keinen Fall ohne etwas verkauft zu haben gehen zu lassen. Die in dieser Hierarchie unbedeutenden jungen Kerlchen erhalten lediglich für den ganzen Tag ein paar Rupees. Genug, um sich ein Handy zuzulegen und nicht zu verhungern.

Der Fahrer im übrigen, der die Touristen zu den Bazaren oder anderen Geschäften begleitet, tut das nicht aus Hilfsbereitschaft. Er hofft lediglich, dass diese möglichst viel kaufen. Der Ladenbesitzer zahlt ihm dafür eine gute Kommission. Gelockt werden die nur gerne Hilfe annehmendem Reisenden mit: „I know a good shop, good price" etc.) Es ist daher ratsam ohne diese guten Geister einkaufen zu gehen. Die Kommission liegt je nach Laden zwischen 20 - 50% vom Endpreis! Wer mit Fahrer kommt, dem sind somit beim Handeln ziemliche Grenzen gesetzt.

Wir haben genug vom Bazar und lassen uns zu einem mir bekannten Warehouse bringen. Verständlicherweise ist der Fahrer dazu nur allzu gern bereit. Ausdrücklich fordere ich ihn aus gegebenem Grunde auf draußen im Wagen zu warten. Kaum habe ich jedoch angefangen mich mit dem Verkäufer zu unterhalten, steht er schon im Laden. Es ist ihm etwas unangenehm, dass ich sehe wie er versucht mit dem Besitzer des Ladens zu sprechen. Ärgerlich schaue ich ihn an und schon ist er verschwunden. Natürlich ist mir sofort klar, dass er sich seine Kommission sichern wollte. Der Boss grinst und meint: „Ich habe schon gesehen, dass sie nicht wollten, dass er in den Laden kommt. Ich weiß, dass er keine Kommission einfordern kann."

Es ist einer der wirklich sehr ermüdenden Aspekte in Indien, dass man den Leuten im Dienstleistungs- und Händlergewerbe nichts aber auch gar nichts glauben kann, d.h. ich habe allmählich, das Gefühl, dass die indische Gesellschaft durch alle sozialen Klassen hindurch ein ziemlich dehnbares Gewissen hat.

Auch aus dem Auto unseres Fahrers, der uns durch Rajasthan begleitet, müssen wir bei Ankunft in unseren jeweiligen Unterkünften all unsere Taschen und Koffer mit aufs Zimmer nehmen. Harjit besteht darauf. Auf meinen Protest hin, dass unser Fahrer sicherlich ehrlich ist, zuckt sie nur leicht mit den Schultern.

In den Hotels, Guesthouses und Privathäusern muss man beim dortigen Personal immer vorsichtig sein. Sie stehlen und betrügen ohne Hemmungen. Ihrer Freundlichkeit und Hilfsbereitschaft kann man nur sehr bedingt Glauben schenken. So mancher Europäer, bes. die meist etwas hilfloseren Senioren und Seniorinnen, sind dankbare Opfer. Oft sehe ich auf meiner Reise wie besonders die älteren Touristinnen sich beschützt fühlen und dadurch zu zutraulich werden. Mit dieser ihrer Leichtgläubigkeit sind nur allzu leichte Opfer dieser zahllosen Halunken. Nirgendwo können diese Kreaturen schamloser und schneller ihr Geld verdienen.

Dieses Land hält so einige Tücken bereit. Eines kann man leider generalisierend sagen: vertraue keinem Inder, der aus diesem Milieu kommt und mit dem Rest sei vorsichtig. Dass Indien bis in die höchsten Etagen der sozialen Schichten korrupt ist, ist hinlänglich bekannt.

JODHPUR
DONNERSTAG, 18.2.2016

Heute sind wir ausgebucht mit Besuchen bei Freunden von Harjit. Das erfahre ich von ihr so ganz nebenbei beim Frühstück. Damit ist mein eigener Tagesplan hinfällig. Harjit geht in der den indischen Frauen typischen Uninteressiertheit am anderen davon aus, dass solche Besuche wichtiger für sie und somit auch für mich sind als irgendwelche Besichtigungen. Ich kann diese Ansicht immer weniger teilen. Muss ich auch nicht, denn meine Meinung ist eh nicht gefragt. Es macht immer großen Eindruck, wenn man einen europäischen Freund mitbringt, und Eindruck macht Harjit für ihr Leben gern.

Einladungen beinhalten jeweils Lunch oder Abendessen, beginnen aber unweigerlich stets den üblichen Gesprächen über Familienangelegenheiten, gemeinsame Freunde, Verstorbene und Hochzeiten, die gerade gefeiert wurden oder bevorstehen.

In der Zwischenzeit hat das Personal genügend Zeit den Tisch zu decken und die zahlreichen Schüsseln mit den Speisen und Soßen aufzutragen. Ein Essen, egal ob Lunch oder Dinner, wird mit jeweils mehreren Gemüsesorten serviert. Besonders bekannt ist uns Europäern Dal (Linsengericht), das, abhängig von der Region, verschieden zubereitet wird. Ich beginne nach einigen Tagen jede Form dieses Gerichts zu verweigern. Von den damit unweigerlich verbundenen Blähungen hatte ich im wahrsten Sinne des Wortes die Nase voll. Fast bei jedem Essen wird Spinat mit dicken Käsewürfeln dem sogenannten Pneer (sie nennen ihn Cottage Cheese) gereicht. Wenn dieses Gericht aus frischem Spinat zubereitet wird, zergeht es auf der Zunge.

Da die wenigsten Inder Vegetarier sind fehlt auch nie ein Chickencurry. Zu jedem Essen werden Reis sowie verschiedene Brotfladen wie Ruti, Maaka (Mais), Bagara (Millet), Gehun (Wheet) serviert. Die Fladen werden häufig als Löffelersatz benutzt.

Selbstverständlich benutzt die Oberschicht auch Besteck, allerdings selten Messer.

Auf keinen Fall fehlen darf zum Abschluss ein Dessert. Alle Desserts sind entsetzlich süß. Ich lasse sie nach höflichem Probieren immer mit dem Hinweis stehen, dass ich mit meiner Diabetes leider nicht viel davon essen darf. Auf diese kleine Lüge, auch diese möge mein Karma mir verzeihen, kam ich, nachdem ich merkte, dass eine Verweigerung ihrer Nachspeisen als Kritik an ihrem Essen angesehen wird.

Es ist ihnen eine Ehre, einen europäischen Gast zu bewirten. Ihm werden immer die besten Gerichte des Hauses vorgesetzt. Isst man von allem nicht reichlich, sind sie der Meinung, dass es nicht geschmeckt hat. Kein Wunder also, dass Magenverstimmungen herhalten müssen, um meinen für sie nicht ausreichenden Appetit zu erklären.

Inzwischen häuft sich so einiges an schlechtem Karma bei mir an, aber ich ticke schon indisch genug, um dem in meinen Augen gutes entgegen setzen zu können.

So endlos vor dem Essen palavert wird, so wenig danach. Ein Europäer würde es als unhöflich ansehen, wenn die ganze Gesellschaft sofort nach dem letzten Bissen unvermittelt aufsteht und die Gastgeber die Gäste direkt zum Ausgang begleiten.

Dort hält man nochmals an und erinnert sich gegenseitig erneut an alle Familienmitglieder etc. Dieses Abschiedszeremoniell nimmt mindestens weitere 10 Minuten in Anspruch. Da ich nicht gerne einfach so rumstehe, verkürze ich mir die Wartezeit meist mit der leise gemurmelten Frage nach dem Waschraum. So belaste ich weder das schlechte Karma noch bringt es allerdings ein nennenswertes Guthaben. Dass mein Verschwinden meist bis zum endgültigen Einsteigen in den bereitstehenden Wagen dauert, fällt bei dem sich so lange Verabschieden nicht weiter auf. Es spricht im Zweifelsfall eher dafür, dass ich einen bemerkenswerten Sinn für Hygiene habe. Körperliche Reinlichkeit geht den Indern nämlich über alles. Das betrifft alle Schichten. Es ist Teil ihrer Religion, dem Hinduismus.

Selbst die Ärmsten legen großen Wert darauf sich täglich einmal gründlich zu waschen. An öffentlichen Wasserstellen ziehen sich die Männer bis auf ihre Unterhosen aus, seifen sich von Kopf bis Fuß ein und schütten sodann einen Eimer Wasser über sich. Ihr Prunkstück wird ebenfalls innerhalb ihres Slips mit beiden Händen eingeseift und erhält eine wohltuende Ladung frischen Wassers. Ja, ja, ich habe mir das schon genau angesehen!

Frauen ziehen ihre Saris nie aus. Wie sie so vollkommen angezogen sauber werden können, ist mir schleierhaft. Ihre Notdurft erledigen alle irgendwo in der Nähe ihrer Hütten, auf dem Feld oder am Straßenrand.

Auffallend viele Freunde von Harjit kommen aus adeligen Kreisen. Es ist daher an der Zeit sie zu fragen, was es auf sich hat, dass sie so viele Prinzen und Prinzessinnen kennt. Bereitwilligst erklärt sie mir, dass sie 16 Jahre lang Betreuerin der kleinen Prinzen an der angesehensten Privatschule Indiens in Dehradun war. Die Dehradun Boy School hat heute noch einen ausgezeichneten Ruf.

Die jungen Prinzen wurden dort ab dem 4. Lebensjahr zur Erziehung und Ausbildung hingeschickt. Kein Wunder also, dass diese ihre ehemaligen Schützlinge ihr Leben lang an ihr hängen, wie z.B. der Maharadscha von Jaiselmer. denn Harjit fungierte mehr oder weniger als Mutterersatz.

Überall wird sie daher mit sehr viel Hochachtung empfangen. Meist begrüßen ihre ehemaligen Schüler sie mit einer tiefen Verbeugung und dem symbolischen Berühren ihrer Fußfesseln, der höchsten Form der Ehrfurcht gegenüber einer Respektperson. Dass sie das sichtlich genießt, ist ihrem strahlenden Gesicht anzusehen.

Unvermittelt erklärt sie mir, dass sie in ihrem früheren Leben Königin Victoria von England gewesen sei. Ich könne das z.B. an ihren aristokratischen Bewegungen sehen. Verdutzt schaue ich sie stirnrunzelnd an. „Ja, deshalb bin ich auch wieder in aristokratische Kreise inkarniert worden. Als Queen Elizabeth von England vor vielen Jahren zu Besuch in Indien war, stand ich in einer Menschenmenge um sie sehen zu können. Sie kam geradewegs auf mich zu und sprach ein paar Worte mit mir."

Da ich mir bei so einem geballten adeligen Umfeld doch etwas sehr ärmlich vorkomme, besinne ich mich, das ich mich auch nicht auf eine rein proletarische Herkunft berufen sollte und versichere ihr mit todernstem Gesicht: „Jetzt muss ich dir auch etwas anvertrauen. Ich war in einem anderen Leben die Kaiserin von Österreich." Ein Lachen kann ich mir dabei kaum verkneifen, doch sie bleibt wie vom Donner gerührt stehen, schaut mich mit großer Wärme an und meint: „Ich hatte mir schon so etwas gedacht. Du bist ebenfalls eine sehr aristokratische Erscheinung, und ich ziehe diese Menschen an. Es freut mich, dass wir so viel gemeinsam haben." Insgeheim denke ich: habe einen Gang wie eine watschelnde Ente und Hände wie ein Bauer (oder doch eher Landjunker?), von Aristokratie kann da nun wirklich nicht die Rede sein. Sei's drum, ich gefalle ihr nun noch besser. Mein Karma, da bin ich mir in diesem Fall ganz sicher, zwinkert mit den Augen und vergibt mir schmunzelnd diese dicke Lüge.

Nach diesem stundenlangen Mittagessen will Harjit sich etwas hinlegen. Danach steht ein Teebesuch bei einer weiteren Freundin an. Da ich nicht wieder bei irgendwelchen netten Damen mir die ganzen Familiengeschichten anhören mag, frage ich sie, ob es ihr recht ist, wenn ich mir derweilen einen Kaffee in einem bekannten Luxushotel in der Stadt gönne. Ich schlage vor, dass der Fahrer sie zuerst zu ihrer Freundin fährt und mich danach am Hotel absetzt. Danach wäre dann noch genügend Zeit für einen ausführlichen Einkaufsbummel durch die Altstadt. Zum Abschluss könnten wir uns ein schönes Essen in einem der bekannten Restaurants gönnen. Sie stimmt begeistert zu.

Wer sich fragt wie ich die Zeit finde, täglich mehr oder weniger ausführliche Reiseberichte zu schreiben, der möge sich daran erinnern, dass ich in einer anderen Zeiteinheit lebe, der Harjit-Zeit. Ich sitze nun geschlagene drei Stunden hier im Café des Hotels und warte darauf von Harjit abgeholt zu werden. Würde ich nicht schreiben, wäre ich wohl langsam reif für die Irrenanstalt.

Drei Stunden! Das wird auch mir allmählich zu viel. In meiner Schreiberei versunken waren die ersten zwei Stunden wie im Fluge vergangen. Jetzt werde ich jedoch unruhig. Ich kann mir nur noch vorstellen, dass etwas passiert sein muss und mache mir zunehmend große Sorgen. Mich allein auf den Weg zu machen ist unmöglich. Ich habe weder die Telefonnummer von Harjit noch von unserer Bleibe dabei. Den Namen unserer Unterkunft habe ich mir dummerweise auch nicht gemerkt, denn bisher war ich nie alleine unterwegs. Der Verzweiflung nahe fällt mir ein, dass ich vielleicht den Zimmerschlüssel mitgenommen haben könnte. Nach längerem kramen in meiner Handtasche finde ich ihn glücklicherweise. An seinem Anhänger steht zu meiner Erleichterung der Name des Guesthouses. Die Besitzerfamilie gehört ebenfalls zur indischen Aristokratie, daher ist es hinreichend bekannt. Zu meiner großen Enttäuschung steht kein Taxi vor dem Hotel. Ich gehe zurück zur Rezeption und wende mich an einen der Angestellten mit der Bitte mir ein Taxi zu rufen. Er bedauert dies mit äußerster Liebenswürdigkeit. Momentan sei keine Taxe verfügbar. Ich schildre ihm meine Situation und frage ihn, ob er meinen Herbergsvater anrufen könne. Dieser ist nach wenigen Minuten da. Er kann es nicht fassen, dass Harjit mich hier drei Stunden hat warten lassen.

Nach einer weiteren halben Stunde trifft diese mit Fahrer und unzähligen Tüten bepackt im Guesthouse ein. Kahmet sagt ihr, dass er nicht verstehe wie sie mich dort im Hotel so lange habe warten lassen. Sie redet sich damit heraus, dass der Fahrer Schuld sei. Er habe Freunde in Jodhpur und um diese sehen zu können habe er sie angelogen und gesagt, dass er mich nicht mehr im Hotel angetroffen habe. Sie will mir und Kahmet weismachen, dass sie davon ausgegangen war, dass ich schon selbst zum Guesthouse zurückgefunden hatte.

Bisher habe ich ihre Art mich warten zu lassen und den Tag letztendlich jeweils nur nach ihren Wünschen zu gestalten unter dem Gesichtspunkt hingenommen, dass sie halt etwas verpeilt ist. Diese Geschichte irritiert mich gelinde gesagt. Ich bin stinke-sauer. Kann ich meiner Freundin noch trauen? Immer mehr entdecke ich eine Fähigkeit an ihr, die so vielen Indern zueigen ist: alles zu drehen und zu wenden wie es für sie selbst genehm ist. Ihr Stolz, europäisch zu leben und zu denken, beruht wohl eher auf ihrer ureigenen Illusion.

Ich will den Fahrer selbst ansprechen, doch Harjit hält mich vehement zurück. Das solle ich besser ihr überlassen. Dieser junge Mann gehöre zu jener ganz besonderen Spezies Mensch, denen man kein Wort glauben darf. Zudem seien diese auch unbere-chenbar. Wenn man zu nett zu ihnen ist, machen sie Dinge wie mir eben jetzt geschehen sei.

Ich nehme mir vor gegenüber dem Fahrer noch zurückhaltender zu sein, obwohl mir mein Bauchgefühl sagt, dass da irgendetwas nicht stimmt. Bei allem Respekt vor der Tatsache, dass ich als Europäerin Harjit's Verhalten oft genug nicht einordnen kann, bleibt doch ein unguter Geschmack zurück.

Wem von den Beiden soll ich hier vertrauen können? Kurz

darauf habe ich das Glück allein mit dem Fahrer zu sein. Ich nehme augenblicklich die Gelegenheit beim Schopf und frage ihn, weshalb er mich nicht abgeholt habe. Überrascht und fast beleidigt schaut er mich an. Harjit habe ihn mit der Bemerkung zurückgehalten, dass ich schon allein zum Hotel zurückgehen würde. Sie sei dann mit ihm drei Stunden durch den Bazar gefahren. Wer von den beiden sagt nun die Wahrheit? Ich bin entsetzt, will das aber nicht vertiefen.

Gegenüber Harjit schleicht sich ein Gefühl der Verunsicherung ein. Handelt so eine Freundin? Ich beschließe in die Sache nicht weiter einzudringen. Es stehen noch zwei Wochen gemeinsamer Fahrt bevor, und ich möchte mir meinen Urlaub nicht verderben. Mein Gefühl, in ihr eine gute Freundin zu haben, hat jedoch einen beachtlichen Riss bekommen.

JODHPUR
FREITAG, 19.2.2016

Für den Vormittag habe ich eine Tour mit einem Jeep gebucht. Ich will allein sein, Abstand haben. Prinz Kahmet, der Hausherr, hat sie mir schmackhaft gemacht, nachdem ich ihm gestern bei der Heimfahrt erzählte, dass ich gerne mehr über die Menschen in dieser Gegend wissen möchte. Er erzählt mir von einer vom Indischen Tourismusministerium betreuten Jeep Tour. Ich könnte durch abgelegene Dörfer fahren. Könnte sehen wie die Menschen auf dem Land leben. Sehen, wie sie weitestgehend ihren Lebensunterhalt mit in den Städten längst ausgestorbenen Handwerkskünsten bestreiten.

Freudig bitte ich ihn sie mir zu buchen und zur vereinbarten Zeit steht ein Jeep mit Deepak, dem Fahrer und Guide in Personalunion, vor der Tür. Er spricht fließend englisch. Mit breitem Grinsen und ein paar der üblichen Floskeln (woher? Name? etc.) hält er mir die Wagentüre offen. Ab jetzt bin ich für die nächsten Stunden einem Menschen ausgeliefert, der scheinbar ohne Luft holen zu müssen unablässig reden kann. Der Lärm im offenen Jeep übertönt gnädig seine Mitteilungsfreudigkeit. Ich schalte innerlich auf Durchzug. Wenn er wüsste wie wenig ich dieses Fremden-führer-gequassel schätze! Sein Redefluss ist sicherlich von der Hoffnung auf ein üppiges Trinkgeld geleitet. Ich werde aber, wenn das so weitergeht, ihm eher ein großzügiges Schweigegeld anbieten.

Nach ein paar Kilometern auf der Autobahn biegen wir in staubige und wie immer und überall nach Müll stinkende Feldwege ein. Die uns entgegenkommenden Frauen ziehen sich hastig ihre Schleier vors Gesicht. Die Kinder, schmutzig und mit dunklen, funkelnden Augen, rennen hinter unserem Jeep her. Unmissverständlich reiben sie Daumen und Zeigefinger aneinander und halten mir ihre kleinen, von Schmutz überzogenen Händchen entgegen. Gerne würde ich ihnen ein paar Rupees in die Hand drücken. Deepak bittet mich aber das zu unterlassen. Nach ein paar Minuten liegt jede Art dörflicher Siedlungen hinter uns.

Bald darauf halten wir vor einer Töpferei. Das Töpferhandwerk liegt ausschließlich in den Händen der Muslime, erklärt Deepak. Als diese sich in Ratjasthan ansiedelten, arbeiteten sie anfangs für die dort ansässigen Hindus um im Lauf der Zeit das Töpferhandwerk ganz zu übernehmen. Die Fahrt zu ihnen gelte dem Zweck, diesen, die durch keine Genossenschaften organisiert sind, zu helfen zu überleben. Ihr Handwerk sei nicht mehr besonders gefragt. Maschinen würden inzwischen diese Arbeiten billiger erledigen. Er habe sich eines Tages diese ganze Sache mit der Safari ausgedacht um diesen armen Menschen auf dem Land zu helfen. Die Gelder aus diesem Projekt würden zur Unterstützung der armen Landbevölkerung verwendet. Dass die dort nur zu einem geringen Umfang landen würden, wenn er der Verantwortliche wäre, verkneife ich mir zu sagen. Er fährt fort, dass das Gouver-nement ihm dankbar dafür sei und ihn unterstütze.

Wenn ich ihm vielleicht bisher alles geglaubt habe, dann

bestimmt nicht, dass die Safari auf seine Initiative zurückgeht, weiß ich doch von Kahmet, dass die Regierung zu diesem Zweck Jeeps bereitstellt und die jeweiligen Fahrer Angestellte der Verwaltung sind.

Auch ist es falsch zu behaupten, dass die handwerkliche Töpferarbeit nicht mehr gefragt ist. Sie wird lediglich schlecht bezahlt. Ich habe schließlich genügend handgefertigte Keramik auf meiner bisherigen Reise gesehen!

Die Töpferei macht einen ärmlichen Eindruck. In einer Ecke des Hofes sind dickbauchige Tonkrüge gestapelt, welche für die Händler der nahegelegenen Dörfer und Städte bestimmt sind. In ihnen wird das Wasser abgefüllt, dass die Frauen auf ihren Köpfen von den in den Orten verteilten Wasserpumpen zu ihren Hütten tragen. Gebrannt werden diese Behälter in einem ganz besonderen, sehr alten Verfahren, welche gewährleistet, dass das Wasser in den heißen Tagen des Jahres kühl und frisch bleibt.

Die örtlichen Wasserpumpen werden übrigens immer noch von Hand betrieben. Diese Aufgabe übernehmen Frauen und Kinder. Gleichzeitig sind diese Pumpstationen auch der öffentliche Waschplatz für alle Dorfbewohner.

Deepak erklärt mir, dass die Töpferarbeit reine Männersache sei. Die Frauen richten lediglich den Ton her und bemalen die fertigen Krüge in Jahrhunderte alten, einfachen Motiven.

Die sehr schlecht bezahlten Töpfer leben mit ihren Familien erbärmlich. Aus einem Verschlag kommt ein ausgezehrter Mann. Er mag höchstens Mitte 30 sein, doch in seinem eingefallenen Mund hat er nur noch zwei Zähne, die Haut ist ledern, die Wangen blass. Vor mir steht ein im Grunde schon alter Mann. Wortlos setzt er sich hin und führt mir mit freundlichem Lächeln die Herstellung von ein paar kleineren Ölvasen vor. Mit einem langen Stab bringt er die Töpferscheibe in Schwingung und formt mit seinen Händen eine kleine Vase. Ich stelle mir vor, wie dies seit Jahrhunderten schon seine Vorfahren getan haben. Selbstverständlich kaufe ich ihm ein paar kleinere Tongegenstände ab.

Es macht mich traurig zu sehen, dass der arme Mann von diesem lächerlichen Betrag noch eine Kommission an Deepak abdrücken muss. Dem ist es etwas peinlich, dass ich mich in dem Moment zu den beiden umdrehe, als der Töpfer aus seiner geflickten und von Tonerde verschmierten Hose ein paar Rupees nestelt und sie Deepak übergibt. Am liebsten hätte ich diesem satten, listigen Jeepfahrer gründlich die Meinung gesagt. Immer wieder betont er, dass er alles selbstlos für die armen Leute tut. Schämt sich jedoch nicht seinen Anteil von diesen jämmerlichen paar Rupees zu verlangen!

Weiter geht es zu den Teppichwebern. Da mir inzwischen klar wird wie aufrichtig diese Charitynummer ist, sage ich Deepak, dass ich keinen Teppich kaufen werde. Ich wolle lieber ein anderes Handwerk sehen. Daraufhin folgt der nächste Redeschwall. Ich müsse doch sehen wie wichtig es für diese Menschen ist, dass man sich für ihre Arbeit interessiert. Die Wahrheit dahinter ist nur zu offensichtlich: bei einem Teppichkauf wird für ihn eine saftigere Kommission abfallen als bei dem armen Töpfer.

Er lässt sich auf keine weitere Diskussion ein. Forsch setzt er sich über meinen Einwand hinweg. Schließlich ist er fest davon überzeugt ist, dass ich, wenn ich erst einmal dort bin, auch was kaufen werde. Ein Denken, das den geschäftstüchtigen Indern im Blute liegt. Von weitem erkenne ich bereits, dass hier nicht arme kleine Inder an irgendwelchen veralteten Webstühlen ihr karges Brot verdienen. Der ungewöhnlich saubere Parkplatz spricht schon dagegen. Dann stehe ich vor einem original nachgebildeten Hütten-Komplex aus Lehm und Strohdächern. Zu schön und sauber um authentisch zu sein. Alles so gepflegt, dass man sprichwörtlich vom Boden hätte essen können. Das Ganze wirkt eher wie eine Mustersiedlung in einem Freilichtmuseum. Nichts, was auch nur im Entferntesten an arme sauer ihre paar Rupees verdienende Weber denken lässt.

Wie dumm sind eigentlich die Touristen, dass sie eine so offensichtlich nicht nach armem Handwerk aussehende Touristenfalle nicht als solche wahrnehmen?

Hinter den sauber aufgereihten Webstühle sehe ich einen ganz in Weiß gekleideten, gut aussehenden Mann. Seine Gesichtszüge verraten unmissverständlich, dass er der Boss ist. Mit eleganter Bewegung setzt er sich an den Webstuhl. Nach zwei mehr oder weniger symbolischen Handlungen mit dem Weberschiffchen, wirft er dieses achtlos zur Seite und zieht routiniert einen Stapel kleinerer Teppiche unter seinem Sitz hervor. Kompromisslos ist er der Meinung, dass verkaufen wichtiger ist als eine für ihn langweilige und umsatzverzögernde Demonstration dieses alten Handwerks. Seine unglaubwürdige Freundlichkeit nimmt ein jähes Ende, als ich ihn unumwunden wissen lasse, dass ich an Teppichen absolut nicht interessiert bin. Abrupt steht er auf und will grußlos davon gehen.

Mir sitzt jedoch ein kleiner Teufel im Nacken, der nach Revanche schreit. Ich rufe ihm nach, dass ich eigentlich schon kaufwillig bin. Da er mir aber sein Handwerk nicht ausführlich gezeigt habe, mir die Lust daran vergangen sei. Das Gesicht wird mir unvergesslich bleiben! Wie gerne würde er jetzt die Sache irgendwie geradebiegen. Seine Versuche sind erheiternd dämlich. Ich nehme ihm seine Fassung vollkommen als ich ihm jovial auf die Schulter klopfe und ihn mit den Worten tröste, dass das nicht weiter schlimm für mich sei. Ich hätte auf dem Weg zu ihm einen schönen Teppichladen gesehen, da werde ich morgen hinfahren. Oh, süß ist die Rache des kleinen Mannes! Ich habe gleich zwei Fliegen mit einer Klappe geschlagen, denn mein so selbstlos den Armen helfender Begleiter versucht nun die Kurve zu kriegen. Er bietet mir an mich morgen zu dem Laden zu begleiten. Den Besitzer kenne er und werde dafür sorgen, dass ich den Teppich viel billiger bekomme. Für die Fahrt wird er mir nichts berechnen, denn ich sei eine so besondere und sympathische Frau. Ich verkneife mir ein Lachen und lasse mich zur nächsten "Charitystation" fahren.

Die Beschreibung klingt exotisch und macht mich neugierig. Eine Demonstration zur Herstellung von flüssigem Opium steht auf dem Programm.

Da Opium, wie alles Rauschgift, in Indien verboten ist, frage ich den Fahrer wie es denn möglich sei diese Tour anzubieten. Ich

erhalte folgenden zur Abwechslung auch mal wahren geschicht-
lichen Grundkurs von ihm: 1450 gründete der Mönch Jambheshwar
die erste Gemeinschaft genannt Bishnoi. Dieser Mönch stellte 29
Regeln für seine Gefolgsleute auf. Der Name Bishnoi bedeutet
demnach in der hier gesprochenen Sprache Mawari folgendes: bis
steht für die Zahl 20 und hoi für die 9.

Ihre Regeln beinhalten u.a., dass keine Bäume abgeholzt sowie
keine Tiere geschlachtet werden dürfen. Die Bishnoi-Männer
haben sich weiß zu kleiden, was für Frieden steht, ihre Frauen
dagegen rote Saris. Rot ist das Symbol für Glück. Blau ist verboten,
da es zum Einfärben tierischer Substanzen bedarf. Die Bishnoi sind
die erste Dorfgemeinschaft der Welt, die seit ihrer Gründung nach
ökologischen Prinzipien lebt.

Es gibt von ihnen auch eine sehr traurige Geschichte, die den
Bishnois jedoch den Schutz des Maharadschas eingebracht hat.
Während der kriegerischen Auseinandersetzungen 1763 mit den
Moguln waren die Truppen des Maharadschas in die Gegend der
Bishnois gekommen um Bäume zu fällen. Als sie ins Dorf einfielen,
hat sich ein junges Mädchen schützend vor einen Baum gestellt.
Als sie nicht weichen wollte, töteten sie sie und weitere 363
Menschen, welche, dem Beispiel des jungen Mädchens gefolgt
waren. Als das dem Maharadscha von Jodhpur zu Ohren kam, war
er sehr erbost und erließ ein bis heute gültiges Gesetz, das den
Bishnoi erlaubt Opium für ihren Eigenverbrauch anzubauen und
zu trinken.

Misstrauisch geworden gegenüber Deepak's Erzählkunst will
ich das mit dem Opium noch etwas genauer wissen. Es kommt mir
eigenartig vor, dass hier offiziell, laut Deepak von der Regierung
als Ausnahme genehmigt, die Herstellung von flüssigem Opium für
den Verkauf an Touristen erlaubt ist. Die Wahrheit sieht dann auch
mal wieder etwas anders aus.

Alle Inder haben das Recht eine kleine Menge Opium zu kaufen
und zu verbrauchen, jedoch nur für den Eigenbedarf. Jeder kann
diese Menge im Übrigen offiziell in den Apotheken erwerben.
Natürlich reicht sie nicht für den Handel mit Drogen aus. Die

Anbaugebiete für Opium werden vom Staat streng überwacht, jede einzelne Ernte registriert. Das Rauschgift wird in der Medizin für Heilzwecke benötigt. Den Bishnois ist lediglich erlaubt den Prozess für die Gewinnung von flüssigem Opium zu demonstrieren.

Da hat sich Deepak also eine weitere nette Story ausgedacht, die wohl von den meisten Reisenden geglaubt bzw. nicht überprüft wird. Ich bin mir sicher, dass es seine Idee war unter der Hand eine weitere kleine Einnahmequelle für beide Seiten zu schaffen.

Der Bishnoi, der uns empfängt, um die eine Minute dauernde Vorführung zur Filterung des flüssigen Opiums zu zelebrieren, sitzt in einem schmuddeligen einstmals wohl weiß gewesenen, traditionellen Lunghi mit langem Hemd auf einem zerschlissenen Kissen. Er bittet mich ihm gegenüber Platz zu nehmen. Die Vorführung findet unter einem zeltartigen, schmutzigen Dach, welches aus irgendwelchen Lumpen zusammen gestückelt ist, statt. Ein ins Auge springendes immenses Geschwulst am rechten Ohr, das sich über die ganze Wange ausgebreitet hat, gibt dem imposanten, hochgewachsenen Mann ein leicht dämonisches Aussehen. Sein akkurat gezwirbelter weißer Bart, seine auffallend grade Haltung, verleihen ihm eine, in diesem Umfeld befremdliche, Würde.

Eine Weile geschieht erst einmal gar nichts. Ein paar Spätzchen setzen sich neben ein kleines Tonschälchen in seiner Nähe. Aus diesem wirft er ihnen ab und an mit müder, nachlässiger Bewegung ein paar Körner hin. Mich beachtet er nicht. Er scheint vollkommen versunken. In Zeitlupe entschließt er sich mit der Vorführung zu beginnen. Bedächtig nimmt er aus derselben Schale mit der er die Vögel gefüttert hat, einige Körner. Diese filtert er höchst geheimnisvoll etwas vor sich hinmurmelnd abwechselnd von einem aus Tüchern gefertigten Sieb ins andere. Das Ganze dauert ca. eine halbe Minute. Sodann gießt er das „Opium"-Wasser in seine große rechte Hand und trinkt es laut schlürfend. Dass er dabei die Hälfte verschüttet ist ihm bedeutungslos. Mit der nächsten Portion in seiner ungepflegten Hand, bietet er mir das Zeug ebenfalls an. Ich weigere mich entschieden, denn mir wäre garantiert anders geworden, doch hätte das eher mein allgemeines Befinden im Magen- / Darmtrakt betroffen als mich high werden zu lassen.

Er insistiert. Ich lehne nochmals nachdrücklich ab. Verständlicherweise hofft er, dass ich ihm ein paar Rupees geben werde. Ich will aufstehen und denke insgeheim, dass er da sicherlich kein Opium filtriert hat, sondern die den Vögeln hingestreuten Körner als solches ausgibt. Echtes Opiumwasser darf er mir gar nicht anbieten. Da wollten zwei herrliche Schlitzohren mal wieder Kasse machen.

Ich erhebe mich, doch Deepak bittet mich noch nicht aufzubrechen. Der Opiummann habe noch eine Überraschung parat. Diese, so stellt sich heraus, besteht darin, dass er sich ein unglaublich langes, verschwitztes, buntes, 30 m langes Tuch turbanartig um sein Haupt wickelt und mir zum krönenden Abschluss so überraschend auf meinen Kopf setzt, dass ich nicht einmal protestieren kann.

Nachdem ich mich als Opiumverweigerer geoutet habe, soll wenigstens diese Turban Vorführung etwas Geld in die Kasse spülen. Gut, ein paar Rupees hätte ich auch ohne diese faszinierende Vorführung hingelegt. Im Gegensatz zum so agilen Teppichverkäufer, ist dieser weiße Riese hier ein armer Mann, dem jede Rupie wirklich gut tut. Dieses Mal passe ich aber auf, dass Deepak keine Gelegenheit bekommt sich von diesen paar Geldscheinen etwas ab zu zwicken.

Am Ende der Fahrt fragt mich Deepak, ob ich daran interessiert sei noch ein authentisches Mittagessen bei lokalen Bauern zu mir zu nehmen? Da ich immer neugierig bin, stimme ich zu, unter der einen Bedingung: Ich akzeptiere nur gekochtes Essen. Diesbezüglich kann er mich beruhigen. Weiß er doch durch jahrelange Erfahrung mit den Touristen was europäische Mägen vertragen.

Nach Verlassen der „Opiumhöhle" kommt nun die dreisteste Nummer: essen bei einfachen Leuten.

Er fährt mit mir in ein anderes Dorf. Am Dorfrand hält er vor einem großen, eisernen Gartentor, springt aus dem Jeep, läutet am Eingang und eine in einen ländlichen rot- blauen Sari gekleidete Frau von ca. Ende 30 öffnet uns. Sie verschwindet nach kurzem Gruß sofort in eine kleine Hütte. In dieser befindet sich lediglich eine mit einfachsten Utensilien ausgestattete Kochstelle. Sie hockt sich davor und beendet die Zubereitung eines einfachen Mittagsmahls unter einem dafür typischen Holzfeuer. Deepak platziert mich inzwischen auf einen von drei herumstehenden, verkommenen Plastikstühlen inmitten eines authentisch schmutzigen Hofes! Auf einem kleinen Blechteller serviert die junge Frau fast umgehend ihre lokalen Gerichte in homöopathischen Dosen und setzt sich nicht gerade schüchtern neben uns. Aus der Art und Weise wie sie sich benimmt, kommt ein Verdacht in mir auf. Ich frage Deepak: „Ist das deine Frau?" Er weiß vor Verlegenheit nicht mehr wohin er schauen soll und versucht sich mit der Unverfrorenheit zu retten: „Das sollte eine Überraschung sein, ich wollte dir das nach dem Essen gesagt haben."

Bei so viel Unverschämtheit bleibt auch der Rest meines sonst immer noch abrufbereiten Humors auf der Strecke. Ich stehe ohne ein weiteres Wort auf und steige in den Jeep. Auf dem halbstündigen Rückweg wechsle ich mit ihm kein weiteres Wort mehr. Trinkgeld gibt es selbstverständlich keins.

Scheinbar ist ihm bisher keiner der Touristen auf die Schliche gekommen. Wer eine organisierte Reise nach Indien macht, vertraut den unzähligen Lügnern nur zu gern. Die indische Mentalität kennen die wenigsten. Deepak hat somit in der Regel ein leichtes Spiel.

Zurückgekehrt berichte ich Kahmet umgehend alles brühwarm. Er ist geschockt und sagt mir, dass er diese Sache seinem Neffen, der in der örtlichen Verwaltung von Jodhpur arbeitet, vortragen wird. Die Behörden legen großen Wert darauf, den Touristen ihre historischen Handwerksberufe auf den abgelegenen Dörfern vorzuführen. Man will ihnen nahebringen, dass Indien nicht nur aus Tempeln und Palästen besteht. Den Fahrern, die streng überwacht würden, sei es untersagt zum Kauf zu animieren. Ein etwas naives Verbot unter Berücksichtigung der Tatsache, dass der Inder die Korruption im Blut hat.

Über Deepak habe es bisher nie Klagen gegeben, erklärt mir

Kahmet. Kein Wunder erwidere ich ihm, wenn man bedenkt, dass die meisten Touristen solchen Spitzbuben voll vertrauen und ihnen mehr oder weniger ausgeliefert sind. Wer nimmt sich außerdem die Zeit oder hat die Kontakte sich zu beschweren? Reist man als normaler Urlauber durch Indien, macht man sich sicherlich auch keine großen Gedanken, sondern freut sich, dass alles mehr oder weniger gut klappt.

Selten sind die Menschen im Dienstgewerbe hier aber so einfallsreich wie Deepak. Ihm wird seine Schamlosigkeit, verbunden mit einer skrupellosen Intelligenz und dem Unterschätzen seiner Kundin, zum Verhängnis werden. Wie heißt es so schön unter Kriminalbeamten: "Irgendwann macht jeder mal einen Fehler, dann schnappen wir ihn."

VON JODHPUR NACH PALI
SAMSTAG, 20.2.2016

Mal wieder Koffer packen. Dieses Mal liegt eine Fahrt zu einem abgelegenen Ressort in der Nähe von Pali vor uns. Von Harjit in irgendeiner Weise Vorinformationen zu erhalten ist ungefähr so aussichtslos wie mit einem Fahrrad auf den Mount Everest zu radeln. Immerhin ist sie zu der Aussage bereit, dass wir wieder von irgendwelchen netten Menschen königlicher Abstammung eingeladen sind. Meine bescheidene Frage um welche Art von Ressort es sich handelt, wird vielleicht im nächsten Leben beantwortet werden.

Dieses ignorieren meiner Fragen bringt mich mehr und mehr auf die Palme. Ich sage etwas ungehalten zu ihr: „Warum antwortest du nie auf meine Fragen? Ich finde das schon langsam sehr unhöflich." Sie setzt darauf ihr entwaffnendstes Lächeln auf und sagt mit leicht tadelndem Unterton: „Das liegt an deinem Akzent, du bist schwer verständlich. Ich möchte dich aber nicht beleidigen, indem ich nachfasse, wenn ich dich nicht verstehe." Mir bleibt der Mund offen stehen. Ich reise bereits seit drei Wochen mit ihr. Auf der ganzen Strecke hat mich jeder verstanden. Bei jedweder Konversation hat sie keine Probleme mit mir. Nur bei Fragen, da spreche ich ein unverständliches Englisch.

Des lieben Friedens willen nehme ich das erst einmal so hin. Ihr Verständnis für meine Aussprache verbessert sich jedoch nicht. Irgendwann komme ich auf die Idee den Fahrer anzusprechen. Er lächelt mich an und sagt: „Mir antwortet sie auch nie, sie hat mit mal gesagt, sie sei schwerhörig." Ich grinse in mich hinein. Bei meiner nächsten Frage erhebe ich meine Stimme und prompt wirft sie mir vorwurfsvoll vor, weshalb ich so anschreie. Da der graue Herr dort oben hinter den Wolken mir, gedankt sei ihm, eine üppige Portion Humor mit auf den manchmal holprigen Lebensweg gegeben hat, kann ich entsprechend mit ihr umgehen. Der gute Mann muss gewusst haben, dass ich davon ganz besonders viel in Indien benötige.

Trotzdem bin ich mir inzwischen sicher, dass Harjit meinen „unverständlichen Akzent" häufig zum Vorwand nimmt. Sie weiß einfach Vieles nicht. Bevor ein Inder zugibt, dass er was nicht weiß, erfindet er Ausreden oder antwortet eben, wie im Fall Harjit, einfach nicht. Sie befindet sich somit in guter Gesellschaft.

Nach zwei Stunden erreichen wir endlich das abgelegene Ressort. Unser Fahrer muss unsägliche Male anhalten und nachfragen. In mir kommt der leise Zweifel auf, ob wir wirklich in einem von Prinzen geführten Luxusressort landen werden. Habe ich doch gerade einen ziemlichen Reinfall mit dem herunter gekommenen Palast des Maharadschas von Jaiselmer hinter mir. Diese „Luxusherberge" hatte Harjit in höchsten Tönen gepriesen. Die triste Wirklichkeit kommentierte sie dann einfach nicht.

Verständlich daher, dass ich anlässlich dieser Erfahrung und der Ankündigung, dass wir hier in einem „königlichen Ressort" mit allem erdenklichen Luxus nächtigen werden, aufs Schlimmste gefasst bin.

Der Wagen hält unvermittelt im Nirwana zwischen Feldern und an einem Wall welcher jegliche weitere Sicht versperrt. Mir wird etwas mulmig. Wird das nun wieder eine unangenehme Überraschung werden? Wo ist das Zeltressort? Gegen welche Enttäuschung werde ich mich nun wieder wappnen müssen? Ganz in diese Gedanken und Befürchtungen versunken, sehe ich einen attraktiven, hochgewachsenen Mann von ca. Mitte 40 über eine steile, graue Steintreppe, die ich vorher nicht wahrgenommen hatte, auf uns zu kommen. Er begrüßt uns sehr herzlich und weist einen seiner stets dienstbereiten Angestellten an, das Gepäck aus dem Wagen zu unseren Zelten zu tragen. Mit einem leisen Stoßgebete zum Himmel folge ich.

Umgehend lösen sich meine Befürchtungen in ein grenzenloses Staunen auf. Es ist als sei ich im Märchen von 1001 Nacht gelandet. Ich bin überwältigt beim Anblick einer langen Reihe weißer Zelte, elf an der Zahl. Sie stehen auf einem Plateau, das den Blick freigibt in eine schier grenzenlose, von leichtem Nebel verhangene, Oase. Ich fühle mich in den Film "Out of Africa" versetzt. Es ist heiß, doch eine leichte Brise umschmeichelt uns als wir uns für eine kleine Erfrischung in die in einem riesigen Zelt befindliche Lobby setzen. An sie anschließend befindet sich das in dezentem Kolonialstil gehaltene Restaurant. Der ganze Komplex wirkt gepflegt, geschmackvoll und passt sich perfekt der fast baumlosen, steppenähnlichen Landschaft an.

In der Regenzeit verwandelt sich dieses Tal in einen großen See. Das Zeltresort steht auf einem Staudamm, den ein Vorfahre der jetzigen Besitzerfamilie vor über 150 Jahren angelegt hatte. Hier traf sich die adelige Gesellschaft zur Jagd. Auf dem Damm wurde ein Gästehaus sowie ein gesonderter Bereich für die Familie errichtet. Die Nachfahren leben immer noch in diesen Häusern. Zwei Söhne der Familie kamen 1980 bei der Suche nach einer Geldquelle für die zahlreichen Familienmitglieder auf die Idee eine exklusive Zeltstadt mit allem Komfort zu errichten und das Gelände von seinem jahrzehntelangen Dornröschenschlaf zu erlösen.

Die Familie, die Unmengen von Land sowie ein dazu gehöriges Dorf besitzt, hat jegliche Jagd im Bereich ihrer Ländereien verboten, damit die zu erwartenden Touristen einen interessanten Ausblick auf alle möglichen Arten von Tieren werden genießen können. Die Dorfbevölkerung verehrt ihre Herren seit Jahrhunderten. Diese haben immer genügend Arbeit für sie gehabt und sich um sie gekümmert. Jetzt wacht sie zuverlässig darüber, dass die Anordnungen der Besitzer eingehalten werden.

Wir bekommen unser Zelt zugewiesen, und ich komme ich aus dem Staunen nicht heraus. Es ist wunderschön dezent mit Motiven aus dem City Palace von Jaipur bemalt. Die Betten sind überraschend bequem, die Tagesdecken sowie Polster und Kissen wurden passend abgestimmt zu dem Dekor der Zeltwände. Nichts wirkt prunkvoll oder überladen. Alles ist von schlichter Eleganz, passt sich der Atmosphäre dieses paradiesischen Naturparks an. Eine weitere Überraschung sind die aus grauem Stein gebauten Bäder. Große Duschen mit heißem und kaltem Wasser, ein Waschbecken mit dunkelbraunem, sehr schönem Holz umkleidet, eine lange Ablage für Kleider mit darunter befindlichem Stauraum für die Koffer und an einer Holzstange hängt sogar ein flauschiger, weißer Bademantel. Luxus pur ohne Gold und all diesem oft neureichen Schnick-Schnack. Als ich Prinz Hash, der uns als einer der Familienmitglieder empfangen hat, frage, wer das alles entworfen und dekoriert hat bekam ich mit einem lustigen Augenzwinkern zur Antwort: „Wir".

Ich frage Harjit später, ob die Familie von Hash das wirklich alles allein aufgebaut und dekoriert habe, denn einen so exquisiten, der Landschaft so perfekt angepassten Stil, hatte ich bisher hier in Indien noch nicht angetroffen. Viele Luxushotels, die ich bis dahin gesehen habe, waren zwar chic, aber im Grunde in Stil und Geschmack vergleichbar mit internationalen Standards. Dies hier war etwas ganz Eigenes, geprägt von einem sehr sicheren Gefühl für Einfachheit und Schönheit. Sie erzählt mir, dass es für die Mitglieder der königlichen Familien inzwischen eine sehr angesehene Hotelfachschule gibt. Da diese nach den Reformen der indischen Präsidentin Indira Gandhi, ihrer Privilegien beraubt wurden, mussten sie sich neue Geldquellen suchen. Was lag näher als ihre Paläste und Besitzungen in Hotelbetriebe umzuwandeln und ihre Söhne entsprechend ausbilden zu lassen?

Hash erzählt ganz nebenbei ungeniert, dass das Hotelgeschäft, respektive ein Ressort, gute Möglichkeit für Schwarzgeldeinnehmen bietet Außerdem fällt die Besteuerung weit geringer aus. Da Korruption in Indien fast zum guten Ton gehört, ist dieses "Geständnis" nicht weiter verwunderlich.

Nach einem ausgiebigen und leckeren Lunch, macht Harjit erst einmal ein Mittagsnickerchen. Ich entscheide mich an einer Exkursion durch den Naturpark teilzunehmen.

Zur Unterhaltung der Gäste gibt es das Angebot sich die dortige Tierwelt wie wilde Antilopen, Wildschweine, Pfauen und die unzähligen, teilweise sehr seltenen Vogelarten, anzusehen. Täglich führt ein kundiger Feldhüter interessierte Gäste durch diese öde und doch faszinierende Landschaft.

Ich begebe mich zum vereinbarten Treffpunkt. Von weitem sehe ich zwei sichtbar versnobte englische Ehepaare zum Aufbruch bereit. Mit abschätzender Mimik lassen sie mich spüren, dass sie es nicht gewohnt sind zu warten! Es handelt sich um skandalöse fünf Minuten! Bei mir, die ich es mit der Zeit nicht zu pedantisch nehme, läuft das noch unter der Rubrik Pünktlichkeit.

Die Damen stellen sich vor, die Herren übersehen mich geflissentlich, worauf ich beschließe es ihnen gleich zu tun. Sie machen mir in ihrer herablassenden Art klar, dass ich eher ein störender Faktor in ihrer Gruppe bin und zu allem Überfluss auch noch Deutsche. Wären sie in ihrer kolonialen Arroganz wenigstens ein klein wenig attraktiv, würde mich das sicherlich nur amüsieren. Stattdessen wappne ich mich innerlich mit diesen Langweilern auf „Safari" gehen zu müssen.

Ausgerüstet mit so wichtigen Utensilien wie einem Feldstecher mit Stativ, einem Spazierstock und einem Fachbuch über die Vogelwelt Ratjasthan's bleiben sie bei jedem sich auch nur irgendwo in einem Baum oder Strauch bewegenden Vogelvieh stehen, um dann alle und alles um sich herum ignorierend nachzuschlagen, ob sie vielleicht ein besonders seltenes Exemplar entdeckt haben.

Ihr Interesse weckt ein kleines, unscheinbares Vögelchen. Sofort schlagen sie in ihrem schlauen Buch nach. Da sie sich nicht ganz sicher sind, ob sie diesen Piepmatz richtig zugeordnet haben, muss der die Exkursion leitende Führer sein auf ein Stativ geschraubtes, schärferes Fernglas genau auf dieses so ungemein wichtige kleine Federvieh einstellen. Natürlich macht der das nicht selbst. In Anbetracht der Tatsache, dass es mehr Menschen als Arbeit gibt, werden Posten geschaffen, die eigentlich unnötig sind. Sie ernähren aber wenigstens die jeweiligen Familien und kosten nicht viel. Somit hat er einen Assistenten. Der ist sich seiner Wichtigkeit bewusst und stellt die Geduld dieser noblen Herren mit seiner Umständlichkeit ziemlich auf die Probe. Am liebsten hätten sie zugepackt und das Stativ mit dem Feldstecher selbst aufgestellt doch das verbietet ihnen natürlich ihr von verkrusteten Traditionen geprägtes Standesbewusstsein.

Endlich ist das Stativ zu ihrer Zufriedenheit ausgerichtet. Sofort schauen beide Ehepaare abwechselnd und miteinander fachsimpelnd auf dieses sich seiner Seltenheit so gar nicht bewusste Federknäulchen. Das sachkundige Palavern will kein Ende nehmen. Es wird in dem dafür mitgenommenem Vogel-Fachbuch wieder und wieder nachgeschlagen. Sie sind ratlos und versuchen durch ständiges Wechseln vom Fernrohr zu ihrem Buch das Tierchen einzuordnen. Dass ich existiere, ist nur mir bewusst. Da es uns Deutschen auch immer noch zu Genüge gibt, kann ich mit einer wissenschaftlichen Neugier an meiner Person, und wenn auch nur durchs Fernglas, kaum rechnen.

Nachdem sie sich schlussendlich nicht sicher sind welch großer Entdeckung sie da scheinbar auf der Spur zu sein scheinen und sich auch in ihrem schlauen Buch keines dieser scheinbar seltenen Exemplare finden lässt, gehe ich nonchalant zum Fernrohr. Mit bescheidener Mine frage ich sie, ob ich ihnen vielleicht helfen kann. Sie sind erstaunt, dass diese ihnen eher lästige Deutsche scheinbar etwas von der hiesigen Ornithologie versteht und machen mir respekt- und erwartungsvoll Platz.

Lange schaue ich angespannt durch den Feldstecher und murmele Unverständliches vor mich hin, was die beiden arroganten Gentlemen dazu verleitet mit nervöser Anspannung auf meine Erklärung zu warten. Ich treibe das Spiel weiter und wechsle mehrfach zweifelnd von meinem Blick durch das Fernglas zu dem unbeweglich dasitzenden Vögelchen. Die Herren können ihre Anspannung kaum mehr unterdrücken und warten ungeduldig auf mein fachkundiges Urteil. Es ist ihnen anzusehen, dass sie sich etwas genieren mich scheinbar verkannt zu haben. Wie komme ich bloß aus dieser Nummer raus, die mir zugegebenermaßen unbändigen Spaß macht? Ich räuspere mich bedeutungsvoll, wiege meinen Kopf bedachtsam hin und her und lasse die Anspannung steigen. Sodann trete ich mit siegesgewisser Mine zurück vom Stativ. Langsam wende ich mich zu den beiden Ehepaaren um. Mit angespannten Gesichtern und freudiger Erwartung sind sie sich sicher, dass ich ihnen den korrekten Namen des kleinen Vogels nun nennen werde. Der Wichtigkeit meiner Erkenntnis verschaffe ich mir noch mehr Aufmerksamkeit, indem ich mich wieder einige Male nachdenklich räuspere, eine kleine die Spannung steigernde Pause einlege und sodann mit der Stimme eines seines kompetenten Urteils sicheren Menschen verkünde: „Ja, ich bin mir jetzt ganz sicher, das ist ein Vogel."

Die vernichtenden Blicke der Herren prallen an mir ab. Wenn Blicke töten könnten, wäre ich jetzt platt. Eine der Damen hat immerhin die Courage, ein Lächeln leicht andeutend, zu bemerken: „You are a naughty girl."

Nachdem ich meine profunden ornithologischen Kenntnisse so überzeugend unter Beweis gestellt habe, setze ich den Weg durch diesen einmaligen Naturpark fluchtartig allein fort. Ich höre noch von weitem, dass einer dieser Herren sich beim Führer beklagt, dass ich alle Tiere verscheuchen werde. Er solle mich gefälligst zur Gruppe zurückrufen. Auf den zaghaften Versuch des guten Mannes mich mit vager Geste bittend wenigstens auf sie zu warten, bleibe ich kurz stehen, winke freundlich zurück und ziehe weiter meines Weges. Ich muss zugeben, mir hat die Sache einen diebischen Spaß gemacht.

Später sehe ich, dass sich meine neuen Freunde mit Lord und Lady soundso ins Gästebuch eingetragen haben. Mit dem

Kommentar wie „lovely" und „amazing" der Aufenthalt hier im Ressort gewesen sei, hatten sie sich verewigt. Ob sich das auf mich bezogen hat?

Hash, der nach dem Abendessen nochmals zu uns kommt, erzählt uns, dass sich sein Personal über mein Verhalten köstlich amüsiert habe.

MIT DEM ZUG NACH KATNI, STATE PRADESH
SONNTAG, 21.2.2016

Der Abschied aus Pali bzw. diesem Ressort fernab von Straßenlärm und Schmutz fällt mir ungemein schwer.

Wieder werden wir für die nächsten vier bis fünf Stunden unterwegs sein. In Jaipur wollen wir den Zug erster Klasse nach Katn nehmen. Um 17.30 Uhr ist die offizielle Zugabfahrt. Ob wir das schaffen? Wir sind mal wieder viel zu spät aufgebrochen.

Harjit besteht trotzdem auf einen halbstündigen Lunch an einer freundlich aussehenden Raststätte. Nachdem sie in einem ihr genehmen Tempo endlich gegessen hat, muss ich sie sehr nachdrücklich mit Verweis auf unsere Verspätung davon abhalten dem angrenzenden Verkaufsshop noch einen Besuch abzustatten.

In wirklich allerletzter Sekunde springen wir in den Zug, der, für Indien äußerst ungewöhnlich, auf die Minute in den Bahnhof einfährt. Es bleibt mir noch nicht einmal mehr Zeit, mich von unserem Fahrer zu verabschieden, der uns immerhin 11 Tage unfallfrei durch Ratjasthan begleitet hat.

Harjit hat ein Schlafabteil in der ersten Klasse gebucht. Wer von europäischem Standard ausgeht und hier von einem Zug erster Klasse erwartet, darin wenigstens einen gewissen Komfort vorzufinden, der sollte möglichst bald die Strecke einmal selbst fahren. Ratsamer ist es allerdings erst gar nicht in einen indischen Zug einzusteigen. Schon auf den ersten Stufen des Waggons schlägt mir der Gestank nach Kloake entgegen. Harjit versucht mich damit zu trösten, dass man den bald nicht mehr wahrnimmt. Scheinbar sind die indischen Nasen nicht so geruchsempfindlich. Ich jedenfalls kann mich die ganze schlaflose Nacht nicht daran gewöhnen.

Das während der Fahrt gereichte warme Essen, trostlos verpackt in billigem Plastik, bekomme ich in Verbindung mit dem immer penetranter werdenden Gestank bei bestem Willen nicht herunter. Nein, danke, es geht ungeöffnet zurück, während Harjit in Seelenruhe ihre Portion mit großem Appetit verzehrt.

Davon abgesehen, dass der Zustand dieser Zugabteile mehr als grenzwertig ist, bin ich bass erstaunt, als plötzlich ein korpulenter, älterer Mann unsere Abteiltür schwer atmend aufstößt. Dieses Indien, wo die Rollen von Frauen und Männern nicht unterschiedlicher sein können, wo Frauen sich in der Öffentlichkeit weitestgehend nur in Saris und zumal in Ratjasthan nur verschleiert zeigen dürfen, lässt in seinen Schlafwagen gemeinsam Männer wie Frauen in einer kleinen Kabine schlafen? Dieses Indien, das widersprüchlicher nicht sein kann, hält immer und immer wieder Überraschungen bereit. Ich bin entsetzt, dass wir das Abteil mit diesem Mann teilen sollen.

Er grüßt nicht, schaut mich wütend an und schon redet, nein brüllt er, mich in ärgerlichem Ton an. Was hat er gegen mich? Ich kenne ihn doch gar nicht, habe kein Wort mit ihm gesprochen! Ich meine zu verstehen, dass er ausgerechnet das Bett reserviert hat, auf dem ich sitze. Mit unwilliger, keinen Widerspruch duldender

Geste fordert er mich auf, in das Bett darüber zu klettern. Da ich inzwischen doch so einiges von den Indern gelernt habe, reagiere ich nicht. Harjit blickt nicht einmal auf. Schließlich greift dieser gewichtige Mann ja mich und nicht sie an.

Gebieterisch macht er mir nun klar, dass er eine wichtige Person bei der Indian Railway sei. Ich rühre mich nicht. Ich lese stattdessen hoch konzentriert in meinem Buch. Nachdem seine Autorität bei mir abprallt, ruft er ungeduldig den Schaffner. Dieser soll sich gefälligst dafür sorgen, dass ich umgehend das Feld räume. Zaghaft berührt er meine Schulter. Unbeeindruckt lese ich weiter. Das Buch ist doch zu spannend. Harjit stellt sich schlafend. Die beiden Männer kommen nicht auf die Idee, dass wir zusammen gehören. Wäre ich Inderin, würde die Sache sicherlich schlecht für mich ausgehen. Bei dieser Fremden trauen sie sich letztlich nicht nachdrücklicher zu werden. Sie sind ratlos. Eine Weile scheinen sie sich zu beraten, was zu tun sei, dann murmelt der Schaffner mir Unverständliches, verschwindet und ward nicht mehr gesehen.

Der fette, so wichtige wie gewichtige Mann wälzt sich ächzend und schnaubend hinauf auf sein Bett. Ein bisschen befürchte ich, dass dieses unter seiner Last zusammenkrachen und mich zermalmen wird, doch wunderbarerweise hält es dem mindestens 100 kg schweren „Obelisk" stand.

Ich versuche zu schlafen. Doch dieser Fettsack und Harjit beginnen um die Wette zu schnarchen. Die ganze Nacht mache ich kein Auge zu. Wie sehne ich mich nach meinem schönen großen Bett daheim!

Gerne würde ich mir etwas die Beine vertreten, doch das Zugabteil zu verlassen ist nicht ratsam. Wir haben durch die Mitreisenden aus der 3. Klasse immer gegenwärtig zu sein, dass wir bestohlen werden. Die Kabine muss über Nacht von innen verriegelt werden. Weise vorausschauend hatte ich seit der Mittagszeit nichts mehr getrunken. In der Nacht auf die Toilette zu gehen wäre gerade für eine Frau zu gefährlich.

Die Indian Railway wirbt damit, dass sie sicher für die Reisenden sei, da jeder Waggon seinen eigenen Zugbegleiter habe. In der indischen Realität ist aber nur dieser sicher. Ich traue meinen Augen nicht als ich in seine Kabine hineinschaue. Die winzige und, wie der ganze Zug, dreckige Kabine, schließt er mit einem metallenen Scherengitter hinter sich ab. So kann er ungestört schlafen. Um sicher zu gehen, dass ihn auch wirklich keiner ermorden, berauben oder stören kann, hängt er noch ein großes Betttuch davor. Spätestens um 7 Uhr in der Früh soll er uns wecken. Harjit hatte bereits erfahren, dass der Zug eine halbe Verspätung haben wird. Bar jeden Verantwortungsgefühls schläft er himmlisch in seinem Abteil. Harjit wird glücklicherweise rechtzeitig wach und geht zu seiner Kabine. Nur unter nachhaltigem Rütteln am Gitter kann sie ihn zum Aufstehen bewegen. Sie will von ihm nur wissen, ob der nächste Stopp bereits Katni sein wird.

Er scheint kein schlechtes Gewissen zu haben bei dem Gedanken, dass die ihm anvertrauten Fahrgäste sich auf ihn verlassen. Im besten Fall geht er davon aus, dass diese eh nicht viel Schlaf finden werden. Warum also unnötig aufstehen? Angst um seinen Job bei mangelnder Pflichterfüllung muss er nicht haben. Er ist wie alle bei der Bahn Beschäftigten verbeamtet. Insoweit ist auch er einer von vielen Beamten, deren es bekanntermaßen eine Unzahl auf unserem netten kleinen Planeten gibt, die ihr Geld energiesparend im Schlaf verdienen.

Als ich Harjit sage, dass der Zustand der Züge bei meiner Reise vor 20 Jahren der gleiche gewesen ist, erwidert sie lakonisch, dass dieser Zug einem der ärmsten Staaten Indiens gehöre. Die Züge von Delhi ausgehend seien luxuriöser. Wieder mal blieb mir der Mund ob dieser Antwort offenstehen. Wie sehr hatte sie doch immer wieder bei unseren verschiedenen Telefonaten und Mails zur Vorbereitung der Reise betont, dass wir von Jaipur aus eine Nacht mit der ersten Klasse nach Katni fahren werden. Die Bahn sei sehr bequem. Sie machte mir den Zug in den höchsten Tönen schmackhaft. Naiver weise hatte ich mir auf Grund ihrer Schilderungen schon ein bisschen das Ambiente vom Orient Express vorgestellt.

Und jetzt? Kein Wort der Entschuldigung, keine Erklärung. Erneut entdecke ich den für Inder nicht untypischen Charakterzug an ihr der besagt: bloß keinen Fehler eingestehen!

Ich habe das sichere Gefühl, dass Harjit vormals nie mit einem Nachtzug gefahren ist. Vor Ankunft des Zuges hatte sie mir nochmals stolz ausgemalt, dass unser Abteil aus einem kleinen Salon und zwei Betten besteht. Hätte ich Harjit jetzt darauf angesprochen, wäre ihr dieses Mal ihre nicht wirklich vorhandene Schwerhörigkeit sicherlich zu Hilfe gekommen.

ANKUNFT IN KATNI
MONTAG, 22.2.2016

Endlich ging diese qualvolle Nacht zu Ende. Wie wunderbar bei unserer Ankunft von dem Chauffeur unseres Gastgebers mit einem schönen Blumenstrauß für jede von uns empfangen zu werden. Ich hatte buchstäblich die ganze Nacht kein Auge zugetan und war todmüde. Es muntert mich etwas auf als ich erfahre, dass wir zuerst zum Gästehaus des Parlaments der hiesigen Provinz gebracht werden um uns zu erfrischen. Wir können uns duschen und werden dann mit Kaffee und Keksen verwöhnt. Nach dieser Nacht mit all dem Gestank, Schmutz und dem Unterhaltungskonzert von Harjit und diesem dicken, sich selbst bedeutend empfindenden Mann der Indischen Railway, fühlte ich mich mit dem uns sodann servierten kargen Frühstück so verwöhnt als sei ich in einem 5 Sterne Hotel abgestiegen.

So sehr mich die Blumen freuen, wundere mich doch über diesen Empfang. Ich riskiere es Harjit darauf anzusprechen und oh Wunder über Wunder, ich bekomme eine Antwort. „Der Bruder von Chattu, dem Mann, der uns hier in sein Fort eingeladen hat, ist Mitglied des Parlaments der hiesigen Provinz. Sie waren beide einst meine Schüler. Er hat sicherlich seinen Sekretär angewiesen uns mit Blumen zu empfangen."

Nach der angenehmen Erfrischungspause steigen wir in einen nagelneuen, blitzsauberen Land Rover ein. Auf der vor uns liegenden zweistündigen Fahrt begleiten uns der Sekretär und ein Chauffeur. Schon nach wenigen Kilometern jedoch kämpft der Fahrer mit dem Schlaf. Nach mehreren Sekunden Nickerchen und einem Fastunfall übernimmt endlich der andere das Steuer. Sein Kollege zieht sich laut schnarchend auf den hinteren Sitz zurück. Langsam bekomme ich das Gefühl, dass ganz Indien schnarcht.

Nur der Vollständigkeit halber erwähne ich, dass es sich bei dem neuen Ziel ebenfalls wieder um das Haus einer adeligen Familie handelt. Chattu, der Besitzer des seine besten Zeiten bereits gesehenen Forts, ist selbstverständlich ein Prinz und zwar von Nagod in Madhya Pradesh (Madhya bedeutet zentral, Pradesh Provinz). Seine Ehefrau ist eine Prinzessin aus Rajkot in Gujrat. Chattu ist Prinz von Nagod in Madhya Pradesh (Madhya bedeutet zentral und Pradesh Provinz).

Der Sohn Kanaar (heißt: zukünftiger Prinz) Krishna ist verheiratet mit Kasturika, Prinzessin von Jaipur, einer Angehörigen des Hochadels. Für die Hochzeit der Beiden hat sich Chattu vor zwei Jahren hoch verschuldet. Fotos, die er mir später zeigt, lassen erahnen, dass es im wahrsten Sinne des Wortes eine Märchenhochzeit war.

Diese ganzen Prinzen, Prinzessinnen und Könige (= Maharadschas) haben Indien, bevor Indira Gandhi deren Privilegien abschaffte, so ähnlich regiert wie unsere früheren Adeligen ihre Kleinfürstentümer bis Bismarck 1815 das Deutsche Reich gründete.

Den Maharadschas gehörte bis 1947, dem Jahr der Unabhängigkeitserklärung, zwei Drittel Indiens.

Die Engländer hatten das vom Großmogul übernommene Herrschaftssystem geschickt genutzt und überließen den Maharadschas die Verwaltung. Das von ihnen nach dem Aufstand von 1857 gegründete Kaiserreich Indien mit 600 Kleinstaaten unterstand der britischen Krone. Ihren weitestgehend luxuriösen Lebensstil konnte der indische Adel weiterhin durch den ihnen überlassenen großzügigen Steueranteil finanzieren. Einige Fürsten unterhielten sogar ein eigenes Heer. Die politische Gewalt und den

Großteil der Einkünfte behielt sich jedoch die Ostindien-Kompanie vor.

Jeder erstgeborene Sohn eines Maharadschas oder Prinzen trug und trägt den Titel Prinz, jede Tochter wurde und erhält automatisch bei der Geburt den Titel einer Prinzessin. Die Brüder der Prinzen bekamen andere Titel, die auf königliche Abstammung schließen ließen. Wie bei unseren damaligen Fürstenhäusern sind darunter reichere und weniger reiche Adelige, bedeutende und weniger bedeutende, vergleichbar mit unserem Klein- und Hochadel. Die Angehörigen der Maharadscha-Familien repräsentier(t)en selbstverständlich den Hochadel. Die Maharadschas von Ratjasthan gehörten zu den reichsten. Ihr unglaublicher Reichtum basierte auf den üppigen Einnahmen durch die Zollgebühren auf der berühmten Seidenstraße. Dieser prägte unser Bild vom märchenhaften Reichtum dieser Häuser.

Als Indien 1947 seine Unabhängigkeit erhielt, verloren sie sämtliche steuerlichen Privilegien und mussten beginnen ihr Vermögen sinnvoll zu verwalten.

Die Adeligen schienen Indira Gandhi im Übrigen nicht böse wegen der Wegnahme ihrer Privilegien 1971 gewesen zu sein. Sie habe damit Indien vor der Gefahr des Kommunismus bewahrt. So erzählte mir jedenfalls einer der Prinzen, den ich im Laufe meiner Reise kennengelernt habe. Mir erscheint das nicht so ganz glaubhaft. Sämtliche Titel, die sie ihnen abnahm, sind bis heute als Höflichkeitstitel erhalten geblieben. Nicht nur der Adel unter sich legt Wert darauf, nein, auch das indische Volk zeigt ihnen gegenüber immer noch den größten Respekt.

Indira Gandhi ließ ihnen ihre Paläste und Ländereien, welche bei einem evtl. Erfolg der Kommunisten verloren gegangen wären. Viele verarmten aber, weil sie nichts mehr aus dem Steuertopf (0,5%) abbekamen und nun selbst Steuern auf ihr gesamtes Vermögen zu leisten hatten. Sie mussten sich ab sofort darum kümmern, dass ihre Besitzungen Geld einbrachten. Der seinerzeitige Maharadscha von Jaipur, Jai, war der erste, der einen Teil seines Palastes in ein Luxushotel umbauen ließ.

Heute ist der Tourismus einer der Haupteinnahmequellen der Maharadschas besonders in Ratjasthan.

Indien, das heute eine am 26. Januar 1950 in Kraft getretene verfassungsmäßig festgelegte, parlamentarisch-demokratische Republik mit 29 Bundesstaaten, 7 Unionsterritorien und dem Hauptstadtterritorium ist, hat selbstverständlich in seinen Parlamenten bis hin zum Parlament in Delhi viele Positionen mit Mitgliedern der Aristokratie besetzt. Da Korruption bekanntermaßen zum täglichen Leben Indiens gehört, funktioniert dies, bes. in den einzelnen Provinzen, natürlich nicht so ganz nach dem, was wir uns unter Demokratie vorstellen. Im Übrigen werden die Politiker auch nicht direkt vom Volk gewählt sondern von den Parlamenten der einzelnen Bundesstaaten. Immerhin besteht seit 2010 eine Frauenquote. Dies bedeutet, das ein Drittel der Abgeordneten Frauen sein müssen.

Die erfolgreichen Adeligen führen ihre Geschäfte wie jeder Unternehmer, allerdings mit der weniger einengenden Tatsache, dass es keine Krankenversicherungen sowie Sozialabgaben gibt, auch keine Gewerkschaften, die für die Landbevölkerung mehr Lohn fordern könnten. Die Maharadschas und der Adel fühlen sich in der Mehrzahl für das Wohl und Wehe ihrer Arbeiter und Angestellten auf ihren Ländereien und Besitzungen verantwortlich. Viele, wie Chattu, nehmen diese Aufgabe sehr ernst.

Es gehört zur Tradition der indischen Aristokratie, dass sie ihre „Untergebenen" in der Regel nicht brutal behandeln, sondern meist einen zwar distanzierten aber doch freundlichen Umgang mit ihnen pflegen

Weniger geschäftstüchtige Maharadschas halten sich mit dem Verkauf von Land und, wenn noch vorhanden, Juwelen über Wasser. Mir wurde mehrfach Schmuck angeboten, der aus alten Steinen von Maharadscha-Juwelen stammt. Harjit bestätigte mir das.

Die unser Bild von Indien so prägende unfassbare Armut hat sich verstärkt durch die Zuwanderung der Landarbeiter in die

Städte. Auf dem Land gab und gibt es noch große Armut, jedoch muss hier niemand verhungern. In den Dörfern begegnet man nur selten Bettlern. Die Städte locken an, weil die Menschen meinen, dass man dort ein besseres Auskommen haben wird und schnell zu Wohlstand kommt. Es handelt sich bei diesen Zuwanderern fast ausschließlich um Analphabeten, die nicht die geringste Vorstellung vom wirklichen Leben in den Städten haben. Die große Anziehungskraft der Städte, wo so mancher arme Landbewohner meint ein besseres Leben zu finden, führt zu dem nicht enden wollenden Zustrom in die Slums der Groß- und Industriestädte.

Arbeit finden diese ungebildeten und entwurzelten Menschen natürlich kaum. Wer Glück hat kann für einen Hungerlohn einen Job als Straßenarbeiter(in), Straßenkehrer(in) oder auf dem Bau finden. Mit dem täglichen Leben in den Städten kommen sie nicht klar. Das gewohnte Eingebundensein in Familie und Dorfgemeinschaft tauschen sie gegen ein anonymes, gesellschaftsfeindliches Leben am Rande der Großstadt ein. Der indische Staat versucht diesem Elend etwas Abhilfe zu schaffen, indem jeder, der sich registrieren lässt, für sich und seine Familie täglich 1 kg Weizen oder Reis erhält. Doch lassen sich viele aus Angst vor Abschiebung oder aus Unkenntnis, dass es diese Hilfe gibt, gar nicht registrieren. Eine Chance hinwiederum für diejenigen, die sich den staatlich subventionierten Reis abholen und ihn dann an die Hungerleidenden verkaufen, falls diese sich ein paar Rupees erbetteln konnten. Indien ist im Alltag ein brutales, rücksichtsloses Land. Jeder ist nur auf seinen eigenen Vorteil bedacht. Zu korrumpieren gehört zur Tagesordnung.

Die Armut zu bewältigen ist auch insofern schwierig als Inder in diesen sozialen Schichten, generell nicht besonders arbeitswütig sind, schon gar nicht die Männer. In allen Dörfern, durch die ich nun einen Monat lang gefahren bin, sehe ich immer wieder Gruppen von Männern zusammensitzen und lethargisch in den Tag hinein starren oder auf Pritschen vor ihren Hütten liegen und dahindämmern. Ohne den unermüdlichen Arbeitseinsatz der Frauen im Haus und auf den Feldern, würden diese Dörfer bei dem exzessiven Einsatz der männlichen Arbeitskraft wohl nicht existenzfähig sein.

Lediglich in Handel und Verkauf haben Frauen nichts zu suchen, das ist Männersache.

Doch zurück zu unserem neuen Besuchsziel.

Einigermaßen erholt von der schauerlichen Zugfahrt, fahren wir durch eine wunderschöne, grüne Landschaft, die kaum besiedelt ist. Die zwei Dörfer, die wir auf der zweistündigen Fahrt zum Fort von Chattu und seiner Familie sehen, lassen auf große Armut schließen. Viele Wohnstätten bestehen nur aus mit Lumpen und mit Plastikplanen abgedeckten Dächern, gehalten von Wänden aus Lehm, oft auch nur aus Stofffetzen. Die Straßen entlang lagern jedoch weder Bettler noch begegnen uns Kühe, Hunde oder Ziegen. Erstmals sehe ich Schweine. Später frage ich, weshalb ich auf der ganzen Fahrt nie Hühner gesehen habe, wo doch so viele Arten von Omelett serviert werden. Harjit lacht mich an: „Na, ganz einfach, die würden von Frauen und Kindern umgehend gestohlen!" Kurz darauf sehe ich diese armen, bejammernswerten Kreaturen zusammengepfercht in kleinen Käfigen auf den Märkten zum Verkauf. Sie haben kaum Federn und sehen erbärmlich aus. Ihr Fleisch muss zäh sein. Ihre Eier schmecken sehr eigenartig, was sicherlich an einem minderwertigen Futter liegt. Das Eigelb macht seinem Namen keine Ehre, es lässt sich kaum vom Eiweiß unterscheiden. Mir kommt der zynische Gedanke, dass dagegen unsere Masttiere in fast paradiesischen Verhältnissen leben.

Auf dem weiteren Weg über saubere, gut ausgebaute Straßen erzählt mir Harjit, dass die Provinz Madhya Pradesh eine der ärmsten Indiens sei. Man lebe hier fast ausschließlich von der Landwirtschaft und damit ist für den kleinen Mann nicht das große Geld zu verdienen. Tourismus, der Rajasthan mit seinen Maharadschas so wohlhabend gemacht hat, gibt es hier nicht.

Wir erreichen das Dorf Unchera, das zum Fort unseres Gastgebers gehört. Ich bin bass erstaunt. Die Hauptstraßen des Ortes sind asphaltiert. Seitlich der vier Straßen verlaufen rechts und links Abfallrinnen, die sich durch den kleinen Ort ziehen. Ein Dorfbewohner, von Chattu fest angestellt, muss sie täglich säubern. Keinen einen sonst immer und überall verfolgenden Kloakegeruch.

Erstaunt frage ich Harjit:

„Wie ist das denn möglich?" Trocken meint sie: „Diese Straßen hat Chattu, der Fortbesitzer, anlegen können, da der Staat ihn damals finanziell großzügig unterstützt hat." „Und warum wurde nur ein Dorf in dieser Gemeinde mit asphaltierten Straßen beglückt?", will ich wissen. „Sehr einfach. Zu der fraglichen Zeit saß ein Onkel von Chattu an maßgeblicher Stelle im Parlament, und Chattu ist der Chef dieses Ortes." Lachend erwidre ich: „Ach ja, das hätte ich mir eigentlich denken können!"

Das Dorf besteht aus lauter kleinen Häusern. Die meisten sind in weiß oder einem schönen Blau, wie wir es von Griechenland her kennen bzw. pistaziengrün und hellrosa gestrichen. Ich bin sehr gespannt darauf den Herrn, der so viel Wert auf einen gepflegten Wohnort legt, kennenzulernen. Von Harjit erfahre ich, dass er unglaublich geliebt und verehrt wird.

Wir biegen kurz darauf zum Fort ein und sehen Chattu und seine Frau empfangsbereit im Innenhof stehen.

Chattu, ein Mann von untersetzter Statur, besser gesagt so breit wie lang, geht sofort auf Harjit zu und begrüßt sie herzlich. Nachdem auch ich ihm vorgestellt werde, kommt seine zarte, kleine Frau in einem pinkfarbenen mit Goldfäden durchwirkten Sari auf uns zu. Mit einem Glöckchen, das eine junge Frau läutet und einem jungen Mann, der auf einem Tablett Blumen und in kleinen Gefäßen alle möglichen für die nun folgende Zeremonie notwendigen Pülverchen bereithält, beginnt seine Frau Rani (bedeutet Königin, Fürstin, Herrin, d.h. sie ist aus der höchsten aristokratischen Schicht) Uma Devi uns nach hinduistischem Ritus mit einem traditionellen Lied, von kleinen Glöckchen untermalt, zu begrüßen. Abschließend küsst sie, die Hausherrin, unsere Füße und malt jedem von uns einen roten Punkt (den Bindi) auf die Stirn. Sie heißt uns, unsere Hände umfassend, willkommen mit dem innigen Wunsch, dass sie hoffentlich alles für uns tun kann, damit wir uns in ihrem Hause wohlfühlen. Der Hausherr steht leicht lächelnd daneben. Später bemerke ich, dass ihm diese ein wenig ausufernde Frömmigkeit seiner Frau etwas auf die Nerven zu gehen scheint.

Kann es mir auch nicht besonders prickelnd vorstellen mit einer Frau verheiratet zu sein, die zweimal am Tag für je fünf Stunden in ihren Tempel zum beten und meditieren verschwindet. Das geht weit über das übliche Maß der täglich zu verrichtenden Gebete hinaus. Mir kommt der Gedanke, dass er wohl deshalb so füllig ist. Heißt es doch: ein guter Hahn wird nicht fett.

Chattu ist ein erdverbundener Mensch, der sein Geld vorwiegend mit den in seinen Ländereien arbeitenden Dorf- und Landbewohnern verdient. Im weitesten Sinne ist er ein Farmer, der sich auf ökologischen Gemüse- und Getreideanbau spezialisiert hat. Als wir später mit ihm unterwegs sind, winken ihm die Leute zu, oft muss er sogar anhalten. Sie lieben ihn ganz offensichtlich. Durch ihn haben sie Arbeit. Er hat mit seinem Sohn kürzlich erst eine Dorfschule eröffnet. Waisen und Kranke unterstützt er aus seiner Privatschatulle.

Auf dem Land kommt es immer wieder vor, dass kleine oder größere Kinder auf der Straße als Waisen leben. Wenn die Eltern sterben, lassen die Onkel oder Tanten sie oft im Stich. Sie können mit ihrem geringen Einkommen nicht noch weitere Mäuler stopfen. Hier springt Chattu's Familie helfend ein. Einige, inzwischen erwachsen geworden, beschäftigt er in seinem Haushalt. Andere arbeiten auf dem Land. Keiner ist bei ihm ohne Beschäftigung.

Gerade hat er einer jungen Frau, einem ehemaligem Waisenkind, einen Mann ausgesucht und die ganze Hochzeit bezahlt. Ich komme mir wie in feudalistische Zeiten versetzt vor.

Auch das Fort ist eher mit einem Landsitz zu vergleichen als mit einem Palast. Als wir den Innenhof betreten denke ich: gleich wird man die Oper „Carmen" aufführen. Es ist die perfekte Kulisse. Stattdessen klingen durch den fast andalusisch wirkenden Innenhof Tag und Nacht indische Tempelgesänge aus irgendwelchen Lautsprechern.

Chattu führt uns unmittelbar nach der Begrüßung in eine weitläufige Halle, die mit Bildern und vergilbten Fotos der Vorfahren überladen ist. Unter dem zähnefletschenden, ausgestopften Kopf eines Tigers nimmt er Platz. Hinter meinem ausladenden Sessel steht ein friedlich für die Ewigkeit im Laufen ausgestopftes weiteres Exemplar.

Auch wenn Chattu selbst nicht mehr auf Großwildjagd geht, so wäre es doch ein Sakrileg diese verstaubten Zeugen verflossener Jahrhunderte zu entsorgen. Aus Respekt vor den Vorfahren, die immer hoch geehrt werden, ist das gänzlich unmöglich.

Kaum, dass wir uns hingesetzt haben, geht das übliche stundenlange Geplauder über sämtliche Familienangelegenheiten in die erste Runde. Der Höflichkeit halber sprechen sie in meiner Gegenwart alle englisch, so dass ich Interesse vortäuschend nicht vor mich hin dösen kann. Nach nichts steht mir aber mehr der Sinn. Ich habe schließlich die ganze Nacht kein Auge zugetan. All die Namen und wer mit wem wann verheiratet wurde und wer noch nicht, das zu erfahren liegt mir natürlich brennend am Herzen! Verdammt, können die nicht mal ein paar Onkels oder Tanten überspringen? Endlich, endlich steht der Hausherr auf, geht mit uns ins Nebenzimmer und dort wartet bereits ein üppig gedeckter Tisch mit einem ausgiebigen Frühstück auf uns. Vor Müdigkeit kann ich jedoch nicht viel essen. Ich will nur duschen und eine Runde schlafen!

Das Ende einer Mahlzeit bestimmt der Herr des Hauses. Es kostet mich unglaubliche Selbstdisziplin nicht aufzuspringen und in mein Zimmer zu laufen. Endlich steht er auf. Er nimmt scheinbar an, dass ich um einiges jünger bin als Harjit und schlägt zu meinem Entsetzen vor, dass Harjit sich ein bisschen ausruht. Für mich habe er eine Fahrt zu seiner privaten Tempelanlage organisiert. Bei all den zahllosen Göttern des Hinduismus frage ich mich, ob das denn wirklich jetzt sein muss!? Die Tempel können mich mal, ich will schlafen! Wäre ich doch bloß so alt wie Harjit! Ach nein, dann doch lieber ab und an „tempeln".

Der Ausflug ist schließlich als Ehrerbietung an den Gast aus dem fernen Europa gedacht. Also: Augen zu und durch.

Zwei Angestellte fahren mich zu einer 15 Minuten vom Fort

entfernten Anlage. In vier Tempeln sind die vier wichtigsten hinduistischen Götter untergebracht, nämlich Brahma, Vishnu, Shiva und Devi. Daneben befinden sich einige kleinere Gebäude für das dortige Dienstpersonal. Diese Tempelpfleger bringen wohl, ähnlich wie ihre Herrin im Fort, die meiste Zeit des Tages mit beten zu und vernachlässigen die Pflege der Anlage sowie ihre eigene in sträflichster Weise. Die Götter scheinen es ihnen zu verzeihen, denn sie sind trotzdem bisher noch nicht ausgezogen.

Meine Begleiter nehmen es sehr genau mit ihrem Auftrag. Ich komme nicht umhin jedem Gott meine Ehrerbietung zu erweisen. Als mir jedoch ein alter, verzottelter Mann mit struppigem Bart Gebete murmelnd klarmachen will, dass ich das von ihm gerade gesegnete Wasser trinken soll, ist es um meine Frömmigkeit geschehen. Ich lehne die heilige Gabe mit deutlichem Schrecken ab und mache dem Alten unmissverständlich klar, dass ich bei all seinen Göttern keinen einzigen Schluck nehmen werde. Der hinduistische Rübezahl schaut mich wütend an und spuckt mir voller Wut über mein despektierliches Verhalten vor die Füße. Bei allem Respekt für die hiesigen Götter will ich mir aber dennoch keinen verdorbenen Magen mit all seinen Nebenwirkungen einhandeln. Meine Begleiter sind entsetzt, reden mit heftigem Redeschwall auf ihn ein. Ich bitte sie diesem armen Mann zu erklären, dass ich als Europäerin leider krank werde, wenn ich sein Wasser probiere. Einer von ihnen antwortet, dass jener gar nicht weiß, wo und was Europa ist. Ich sei der erste und einzige weiße Ausländer, den dieser je zu Gesicht bekommen habe.

Zurück im Fort hoffe ich auf eine kleine Ruhepause sehe aber, dass der Mittagstisch bereits gedeckt ist. Harjit, Chattu und seine Frau Uma Devi, warten bereits auf mich. Der Koch hat sein Bestes gegeben, dabei sehne ich mich nur nach einem Nickerchen.

Chattu, der liebevoll bemüht ist seine Gäste zu verwöhnen, meint während des Tischgesprächs, er würde die Deutschen ganz besonders mögen. Erstaunt frage ich ihn weshalb. Er versucht mir dies sodann ausgerechnet am Beispiel unserer jüngsten Geschichte zu erläutern. Bewundernd erklärt er ganz unbefangen, dass Deutschland große Männer hervorgebracht habe. Und dann traue ich meinen Ohren nicht als er ausgerechnet die Größe Adolf Hitler's lobt, der das Land so vorbildlich und konsequent regiert habe. Jetzt hat mich seine Hoheit aber umgehend hellwach gemacht. Ich frage mit zynischem Unterton, ob er glaube, dass Millionen von Juden zu vernichten eine große Tat gewesen sei bzw. ein vorzeigbares Beispiel für eine gute Staatsführung? Es stellt sich heraus, dass er davon gar keine Ahnung hat! Auf der damaligen Kaderschmiede der zukünftigen Maharadschas und Prinzen hatte man Hitler - Deutschland lediglich als Beispiel für ein gut organisiertes Staatsgebilde angeführt. Von meiner kleinen Nachhilfestunde in Sachen Jüngster Deutscher Geschichte ist er dann sehr betroffen. Es ist erstaunlich wie wenig in den indischen Fürstenhäusern für eine umfassende Bildung gesorgt wurde. In den exquisiten, teuren Privatschulen schien sich alles eher darauf zu konzentrieren, dass die jungen Prinzen und zukünftigen Maharadschas lernten ihre mehr oder weniger großen Besitzungen gewinnbringend zu verwalten.

Ich wechsle schnell das Thema, denn es ist ihm sehr unangenehm, dass er das nicht wusste und wende mich mit der Frage an ihn, weshalb es trotz aller seiner Reformen in seiner ihm anvertrauten Dorf- und Landbevölkerung immer noch eine teilweise erdrückende Armut gibt? Seine einem Landesfürsten und Unternehmer angemessene Antwort: „Wer bereit ist was zu leisten, der kommt in der jetzigen Zeit auch weiter." Unter Berücksichtigung der Tatsache, dass die Inder besonders in den untersten sozialen Schichten eher faul sind, kann man sein Argument verstehen. Bedenkt man aber, dass Kinder unter diesen sozialen Umständen nicht die entsprechende Anregung erhalten, wird die Sache schon etwas komplizierter. Immerhin bemüht sich Chattu, dass die, die lernen wollen, in seiner Schule ihre Chance bekommen.

Der indische Staat, so erzählt mir Chattu, hat im Herbst 2009 die allgemeine Schulpflicht eingeführt. Die Kinder des Bevölkerungsteils, deren Eltern sich keine Privatschule leisten können, werden staatlich unterstützt. Kinder aus entfernten Gegenden werden mit Schulbussen abgeholt, erhalten kostenfrei Bücher und Schuluniformen und bekommen mittags eine ebenfalls kostenlose Mahlzeit, sobald die Unterrichtszeit über die üblichen vier bis fünf

Stunden hinausgeht. Die offizielle Schulpflicht erstreckt sich über 8 Jahre. Die Qualität dieser Schulen ist leider bei weitem nicht so gut wie an den Privatschulen, was u.a. sicherlich auch daran liegt, dass die staatlichen Schulen ihr Lehrpersonal jämmerlich bezahlen. Der größte Teil des Lehrkörpers erscheint daher auch meist gar nicht zum Unterricht. Die Krankmeldungen liegen bei über 50%. Kürzlich erst ging folgender Fall durch die Presse: ein Lehrer bekam jahrelang sein Gehalt und Niemandem war aufgefallen, dass er nie zum Unterricht erschienen war!

Chattu´s Schule ist für alle von ihm aufgenommenen Kinder selbstverständlich kostenlos. Hinsichtlich des Interesses der Eltern an der Teilnahme am Unterricht sagt er mir, dass die unteren Schichten in Indien inzwischen auch immer mehr ihren Kindern eine gute Ausbildung ermöglichen möchten. Laut seiner Aussage schicken die Eltern ihre Kinder daher weitestgehend gerne zur Schule. Das mag allerdings nur für sein Dorf gelten, denn ca. 50 Millionen Kinder in Indien müssen arbeiten! Auf Grund der großen Armut lassen viele Eltern ihre Kinder nicht zur Schule gehen. Die miserabel bezahlte Kinderarbeit trägt immerhin dazu bei, dass die Familien mehr recht als schlecht überleben können.

Der indische Staat ist außerdem überfordert, die generelle Schulpflicht lückenlos zu kontrollieren. Viele Geburten innerhalb dieser am untersten Rand der sozialen Schichten vegetierenden Menschen werden nicht einmal den Behörden gemeldet! Kein Wunder also, dass immer noch ein Drittel der indischen Einwohner Analphabeten sind.

Natürlich vertiefe ich als Gast von Chattu dieses Gespräch nicht. Ich bin noch nicht einmal sicher, ob er das so genau weiß, geht es doch den Kindern wie Erwachsenen bei ihm für indische Verhältnisse unglaublich gut.

Endlich kann ich mein heiß ersehntes Mittagsschläfchen halten. Ein Klopfen an der Tür weckt mich. Chattu schickt zwei Angestellte, die mir das Dorf zeigen sollen. Bei Tisch hatte ich ihm erzählt, dass ich es mir nach der Siesta ansehen möchte. Da eine Frau nicht ohne Begleitung ausgeht und schon gar nicht eine

Fremde, hat er mir diese beiden „Leibwächter" zur Seite gestellt, mit der Erklärung, dass ich für das kleine Dörfchen eine Sensation sei. Man habe hier noch nie einen Europäer zu Gesicht bekommen, denn touristisch ist die Provinz unergiebig. Keine Tempel! Keine Gurus! Keine Ashrams! Keine Paläste!

Schon bald darauf stelle ich fest wie Recht Chattu hatte, mich nicht allein gehen zu lassen. Die Menschen bleiben in den Türen stehen. Ein paar Männer verziehen ihre Mienen zu einem schiefen Grinsen. Der größte Teil der hiesigen Bewohner schaut erschreckt, fast misstrauisch, die Mutigeren ein wenig neugierig.

Immer wieder versuchen die uns nachlaufenden Kinder mich anzufassen. Besonders glücklich sind sie, wenn ich mein iPad zücke und Fotos von ihnen mache. Im Nu bin ich von Kindern umringt. Alle wollen aufs Bild. Sie sind stolz fotografiert zu werden und leicht verschämt lachend schauen sie sich ihr Abbild an. Ein bisschen kann ich jetzt nachvollziehen was es heißt berühmt und somit umschwärmt zu sein. Ich bin glücklich, dass sich das für mich auf diese kleine Dorfgemeinde beschränkt.

KEN RIVER LODGE
DIENSTAG, 23.2.2016

Chattu hatte uns am Abend vorher erklärt, dass uns ein Verwandter von ihm zu einem zweitägigen Ausflug in seine Lodge einladen möchte, die dieser mit seiner Frau betreibt.

Optimistin, wie ich nun mal bin, versuche ich aus Harjit wieder einmal etwas mehr über dieses Reiseziel heraus zu locken. Das einzige, was ich erfahre ist, dass sie vor ein paar Jahren schon einmal dort zu einer Hochzeit eingeladen war. Winny, der Besitzer der Lodge, sei einst ebenfalls wie Chattu ihr Schüler gewesen. Mehr bekomme ich nicht aus ihr raus. Somit nehme ich weder warme Kleidung noch meinen Badeanzug mit. Dort angekommen sehe ich, dass die Lodge an einem großen Fluss liegt. Ich bin begeistert und frage sofort, ob man dort auch schwimmen könne. Stolz erklärt mir Winny, dass er dafür extra einen Teil abgegrenzt habe. Harjit hatte das natürlich mit keinem Wort erwähnt. Ich bin darüber sehr wütend, weiß sie doch, dass ich für mein Leben gern schwimme. Ich kann nicht verstehen, weshalb sie mir das nicht gesagt hat und frage sie leicht ungehalten: „Harjit, du weißt doch wie gerne ich schwimme. Du hättest mir das wirklich sagen können." Kommentarlos lässt sie mich stehen. Um mein inneres Gleichgewicht wieder zu finden, gehe ich hinunter zum Fluss und beobachte wie ein Mann an der anderen Uferseite bemüht ist, seine Büffelherde zusammen zu treiben. Erst als man mich zum essen ruft gehe ich zurück.

Uns wird ein unvergesslich köstliches Mahl mit frischem Gemüse und Fisch aus der Region serviert. Zufrieden und einem Schläfchen nicht abgeneigt, mache ich mich auf den Weg zu meinem Zimmer, doch da höre ich Chattu fröhlich rufen: „Tamara, mach dich fertig, wir fahren gleich mit dem Jeep in den nahegelegenen Wildpark. Da kannst du, wenn wir Glück haben, vielleicht sogar einen Tiger, Leopard oder Bär sehen. Du musst eine warme Jacke mitnehmen, da es gegen Abend kalt wird." Was? Eine warme Jacke? Woher nehmen? Ich werfe Harjit einen vorwurfsvollen Blick zu, den sie, stoisch auf das Zurechtlegen einer Strickjacke konzentriert, selbstverständlich nicht wahrnimmt. Dem immer um uns besorgten Chattu entgeht nicht, dass ich nichts Warmes dabei habe. Kurze Zeit später drückt er mir wortlos eine Safarijacke in die Hand.

Drei Stunden lang fahren wir über holprige Wege durch diese geschützte Wildnis. Wir bekommen jede Menge Hirsche und Rehe mit ihren Jungen, Affen, Pfauen und Wildschweine zu sehen. Tiger, Leoparden oder Bären, lassen sich jedoch nicht blicken.

In der Abenddämmerung erreichen wir mit unserem Jeep einen Aussichtspunkt, von welchem man eine Wasserstelle gut beobachten kann. Hierher kommen besonders gerne die Wildkatzen gegen Abend. Sie haben Sender eingepflanzt bekommen und somit lassen sie sich gut orten. Unsere Spannung steigt, als der Angestellte des Naturparks uns zuflüstert, dass ein Tiger in der Nähe sei. Die sich inzwischen neben uns eingefundenen weiteren fünf Jeeps, besetzt mit einheimischen und englischen Touristen, haben wohl durch ihre Begleiter dieselbe Information erhalten. Ich denke bei mir, dass der Tiger oder Leopard schon den Charakter einer Hauskatze haben muss, wenn er bei all dem Lärm, den die aufgeregten Touristen hier machen, erscheinen wird. Nach einer guten halben Stunde vergeblichen Wartens beuge ich mich zu Chattu vor und meine, ob wir nicht vielleicht mehr Glück mit einer dieser majestätischen Katzen haben werden, wenn wir diese Meute hier verlassen. Dankbar nimmt er meine Anregung auf. Er sagt, dass er nur uns zuliebe so lange hier ausgehalten habe.

Jetzt sind wir im Dämmerlicht des Sonnenuntergangs allein unterwegs und haben Glück. Als wir um eine scharfe Kurve kommen entdeckt Chattu einen auf einem großen Steinplateau lang dahingestreckten Leoparden.

Welch ein Anblick! Der Leopard ist nur ca. 50 m von uns entfernt, stellt seine Ohren auf und betrachtet uns unentwegt, zur Flucht bereit. Es ist ein ganz besonderes Gefühl so ein königliches Tier entspannt auf einem Felsen liegend in der Wildnis zu sehen. Wer weiß wie lange er uns noch beobachtet hätte, doch plötzlich kommt ein Wildhüter mit seinem Motorrad lärmend um die Kurve und der Leopard sucht das Weite.

Diese abschließende Krönung unserer Wildlife Safari hat uns noch den ganzen Abend in eine Art Euphorie versetzt.

KEN RIVER LODGE UND FORT NAGOD
MITTWOCH, 24.2.2016

Am frühen Morgen werde ich durch einen Heidenlärm wach. Es hört sich an, als wollten irgendwelche Diebe das Dach mit schweren Steinen einwerfen. Ich springe erschrocken aus dem Bett. Meine gute Harjit schläft ungestört weiter, ihr Schnarchen schützt sie vor der Wahrnehmung jedweder anderer Geräusche. Ich schüttle sie an der Schulter, doch außer einem kurzen Aufseufzen rührt sich nichts. Wieder kracht es so sehr, dass ich instinktiv meinen Kopf einziehe. In meiner Not weiß ich nicht weiter und öffne mit letzter Courage die Tür. Nichts zu hören, nichts zu sehen. Eine paradiesische Ruhe breitet sich aus, der Lärm kommt nicht zurück. Verwundert lege ich mich wieder hin.

Beim Frühstück erzähle ich Chattu und Winnie von diesem fürchterlichen Lärm. Sie schauen mich amüsiert an und erklären mir, das seien die Affen. Sie haben einen Mordsspaß daran die auf den Dächern liegenden Ziegelsteine, welche Hausdächer vom Abdecken durch teilweise heftige Stürme schützen sollen, durch die Gegend zu schmeißen. Je heftiger sie die Steine werfen, desto größer der Lärm, desto mehr Spaß.

Unter einigen Programmpunkten bietet Winnie seinen Gästen auch eine „Wildlife Water Safari" an. Da mich Wasser ja immer ungemein anzieht und ich dank Harjit nicht im abgeteilten Bereich des Flusses schwimmen kann, will ich wenigstens diese Safari mitmachen. Außer mir scheint sich niemand dafür zu interessieren. Schon freue mich auf eine gemütliche Stunde allein auf dem Wasser, in dem angeblich auch Krokodile schwimmen. Allerdings hatte ich nicht mit der all umfassenden Gastfreundschaft von Chattu gerechnet! Bereits mit dem Bootsjungen auf dem Weg zum Fluss, höre ich ihn rufen: „Warte Tamara, ich komme mit dir mit." Für ihn ist es ein Ding der Unmöglichkeit mich allein auf den See zu lassen. Indische Gastfreundschaft kennt keine Pausen. Es ist den Indern absolut fremd, dass man auch manchmal gern alleine sein möchte.

Eine Tatsache, die letztlich für beide Seiten anstrengend ist.

Wir werden von dem jungen Mann mit größter Gemächlichkeit über den Fluss geschippert, der hier die Ausmaße eines Sees hat. In einem Rhythmus, der mich unweigerlich an den lähmend langweiligen Gang der hier und überall vorhandenen Heiligen Kühe erinnert, treiben wir dahin. Statt die Ruhe auf diesem fast stehenden Wasser genießen zu können, fängt Chattu an mich zu unterhalten. Er erzählt mir einige Geschichten aus seiner Familie, denen ich höflicherweise zuhöre. Innerlich schalte ich dabei komplett auf Sendepause. Schließlich kenne ich all die Menschen ja gar nicht. Wen wundert's, wenn diese Schilderungen für mich eher einschläfernd sind. Gott sei dank erwartet er von mir keinen größeren Beitrag. Ab und zu ein verständnisvolles Nicken reicht vollkommen aus.

Während er glaubt, dass ich ihm voller Wissensdurst lausche, schaue ich angespannt ins Wasser um nicht evtl. ein Krokodil zu verpassen. Irgendwann fällt das Chattu auf. „Weshalb schaust du denn so konzentriert ins Wasser?" will er wissen. „Nun ich halte nach Krokodilen Ausschau." Lauthals lacht er auf: „Tamara, da wirst du kein Glück haben. Es gibt hier (und er macht eine weit ausladende Handbewegung) lediglich ein Krokodil. Die Chancen das zu sehen, sind 1000 zu eins."

Er sieht mein enttäuschtes Gesicht und tröstet mich damit, dass wir nach einer kurzen Autofahrt zu einem leckeren Essen bei einem seiner Freunde eingeladen sind. Ein schwacher Trost. Weiß ich doch schon jetzt wie langweilig das wieder für mich werden wird.

Dem Ruderer gibt er die Anweisung zum Ressort zurück zu paddeln. Ich sehe Chattu seine Erleichterung an, endlich wieder an Land gehen zu können. Die Bootsfahrt war gar nicht sein Ding. Wie gerne hätte ich sie ihm erspart gehabt!

Kurz darauf müssen wir packen. Chattu hat seinem Freund versprochen, dass wir zum Lunch eintreffen werden. Er hält es mit der Pünktlichkeit etwas genauer als die gute Harjit. Wieder steht uns eine längere Fahrt bevor. Auf meine Frage wie lange die Fahrt dauern wird, bekomme ich die lakonische Antwort, dass wir es nicht weit haben. Zwei/drei Stunden Fahrt sind für Inder normal.

Der Besuch beim „ Ruler of the Place Bamri" gibt mir einen tiefen Einblick in eine sehr traditionell lebende indische Familie, der mich in ungläubiges Erstaunen versetzt. Der Vater des Hausherrn war der Bruder eines Maharadschas. Er selbst ist der jüngste von fünf Söhnen und hat somit keinen Anspruch auf den Titel Prinz. Er darf sich lediglich Ruler nennen, da er ein paar Ländereien in Bamri geerbt hat. Chattu's Vater und sein Vater gingen in dieselbe Klasse.

Die Kinder aus den adeligen Häusern wurden zumeist schon sehr früh in eine Boarding Schule geschickt. Chattu war z.B. erst vier Jahre alt, als er in das Internat kam, in welchem Harjit für die Kleinen verantwortlich war. Für viele Kinder wurden die Lehrer, mit denen sie sich bes. gut verstanden, zu Ersatzvätern und -müttern. Das erklärt auch, weshalb die meisten ehemaligen Schüler heute noch an Harjit hängen, obwohl sie inzwischen alle über 50 Jahre alt sind.

Kontakte aus der Schulzeit, auch die der Eltern, werden über Generationen gepflegt.

Der hoch gewachsene, gut 2 m große Hausherr empfängt uns mit einem breiten Willkommensgrinsen in einer traditionellen, blitzsauberen weißen Kleidung. Sie besteht aus Dhoti und Kurta. Er spricht ein hervorragendes Englisch und sein Grinsen scheint in sein grobes Gesicht eingemeißelt zu sein. Er ist unglaublich stolz, dass Chattu und seine Gäste ihn mit einem Besuch beehren. Das Haus sieht von außen schon eher bescheiden aus, doch als wir eintreten bin ich geschockt. Die Einrichtung ist mehr als ärmlich. Es hängen weder Bilder an den Wänden noch gibt es irgendwelche dekorativen Gegenstände. Am Eingang stehen zwei Monstersofas mit je zwei Sesseln unterschiedlichen Stils, d.h. sie haben eins gemeinsam, sie sind abgrundtief hässlich. Solche einfachen, billigen Möbel habe ich in Sri Lanka vor drei Jahren bei einem Getreidehändler gesehen. Dieser Mann hier ist aber in einem königlichen Palast aufgewachsen! Gegenüber diesen monströsen Scheußlichkeiten thront ein großer, altmodischer Fernseher. In einer dunklen Ecke ist der Tisch gedeckt, d.h. gedeckt ist maßlos übertrieben. Auf einer befleckten, geblümten

Plastikdecke stehen billige Porzellanteller mit grässlichem Muster aufgestapelt, daneben liegt schäbiges Blechbesteck. Der Hausherr in seiner blütenweißen Kleidung bildet dazu einen eigentümlichen Kontrast.

Das überraschend schmackhafte Essen wird von zwei dünnen, schmutzigen Dorfjungen aufgetragen. Ich staune über Chattu mit welcher Liebenswürdigkeit er das alles hinnimmt. Mir hingegen schwirrt der Kopf. Wie kann man hier von einem Haushalt mit königlicher Abstammung sprechen? Bei uns in Deutschland leben die Sozialempfänger besser!

Vor dem Essen bitte ich den Ruler, (habe erst gar nicht nach seinem genauen Namen gefragt, da er mir umgehend unsympathisch war) mir meine Hände waschen zu dürfen. Er führt mich die Treppe in den ersten Stock hinauf. Die Toilette liegt gleich neben seinem Schlafzimmer, was bedeutet, dass das Haus offenbar nur über eine Toilette verfügt.

Das Ehebett selbst besteht aus einem tristen Holzgestell, abgedeckt mit einem hässlichen, vergilbten, einstmals gemusterten Bettüberwurf. Kein Wunder, dass dieses Ehepaar nur eine, 8-jährige, Tochter hat. Ganz davon abgesehen, kann ich mir diesen Mann mit dem kantigen Gesicht eines Holzfällers auch nicht gerade als atemberaubenden Liebhaber vorstellen.

Die noch junge Hausfrau, die eigenhändig das Essen zubereitet hat, kommt kurz aus der Küche um uns sehr zurückhaltend, fast schüchtern, zu begrüßen und huscht umgehend zurück in ihr Reich. Sofort frage ich in die Runde, weshalb sie nicht mit uns isst. Der Ruler of the Place Bamri rollt unwillig mit seinen Augen unter buschigen Rübezahlbrauen und erklärt mir, dass das nicht geht. Seine Ehefrau dürfe sich erst zu einer Mahlzeit hinsetzen, wenn ihre Schwiegermutter gegessen habe. Diese alte, gebrechliche Dame ist bereits über 80 Jahre, schläft viel und isst zu unregelmäßigen Zeiten.

Auf die Einhaltung dieser Regel besteht im Übrigen nur der Ruler und nicht seine Mutter. Er geht mir mit seiner aufgesetzten Freundlichkeit und seinem eingefrorenen Grinsen in seinem grobschlächtigen

Gesicht mächtig auf die Nerven, doch jetzt hat er total verspielt. Ein widerlicher Despot! Als wir einen Augenblick allein sind, spreche ich Chattu auf das unangenehme Verhalten dieses Mannes an. Chattu erklärt mir, dass jener noch sehr auf die Einhaltung alter Traditionen bestehe. Seine sympathische und viel jüngere Frau beachtet er gar nicht. Sie hat nichts zu sagen. Wahrscheinlich durfte sie noch nicht einmal bei der Einrichtung des Hauses helfen, ach, was heißt hier Einrichtung!

Ich kann es nicht lassen diesen Riesen zu fragen, ob seine Ehe eine arrangierte sei. Voller Entrüstung klappt seine ganze Freundlichkeit zusammen, und er meint, dass er sich nichts anderes vorstellen könne. Ich brumme ein „ach, deshalb „, was er natürlich nicht einordnen kann oder will. Schließlich bin ich ja nur eine Frau.

Beim Abschied werden wieder die obligatorischen Fotos geschossen. Ich bin froh, als wir endlich dieses deprimierende Haus verlassen können.

Da ich nicht verstehen kann warum eine Familie aus adeligen Kreisen in so einem schäbigen Ambiente lebt, will ich von Chattu auf der Weiterfahrt wissen, wie das möglich ist. Chattu erzählt mir, dass dieser Typ sein ganzes Vermögen verspielt hat und versucht sich so langsam wieder finanziell zu erholen. Der gutmütige Chattu greift ihm dabei immer wieder unter die Arme.

FORT NAGOD
DONNERSTAG, 25.2 2016

Chattu ist nicht nur ein umsichtiger und sehr beschäftigter Unternehmer; er hat auch sehr viel Sinn für Kunst, verständlicherweise besonders für indische, zeitgenössische Künstler.

Ein mit ihm befreundeter einst sehr erfolgreicher Architekt hat sich mit Chattu's finanzieller Unterstützung zum Ende seines Lebens einen Traum erfüllt. Er baute zwei wunderschöne, sehr moderne Häuser mit einer geradlinigen, honigfarbenen Holzverkleidung. Im vorderen, größeren Haus, befinden sich Ausstellungsflächen und die Rezeption. In einem weiter zurückliegenden, kleineren Haus im gleichen Stil sind drei Apartments mit Salon, Küche und einem großen Schlafzimmer untergebracht. Auf den ungewöhnlich gepflegten Rasenflächen stehen Skulpturen verschiedener Künstler. Den ganzen Komplex hat dieser Mann gebaut, damit Künstler, auch Ausländer, dort arbeiten und ausstellen können.

Die Apartments sollen etwas Geld einbringen, indem man hofft, sie an kunstinteressierte Menschen für 100 Dollar am Tag vermieten zu können. Bei unserer Besichtigung stehen alle Apartments leer und werden das sicherlich auch die meiste Zeit bleiben. Um dieses kleine „Inselchen der Kunst" herum gibt es nämlich nichts. Es mutet etwas eigenartig an hier auf dem platten Lande, umringt von Landwirtschaft und Hütten der Landarbeiter, Nähe der Zuggleise und direkt an einer lauten Landstraße ein solches Projekt gebaut zu haben.

Diese kleine Kunstoase zeigt auf rührende Weise, wie dieser hier in der Gegend geborene Mann seine Wunschvorstellungen umsetzte. Das Schöne an realisierten Träumen ist, dass sie sich zumeist nicht an Renditen orientieren.

Mich hat es trotzdem sehr traurig gestimmt zu ahnen, dass diese einmalige, mit so viel Geschmack konzipierte Anlage, schon in wenigen Jahren ein tristes Dasein führen wird. Es wird nicht lange dauern und alles wird dem immer und überall und durch alle Ritzen gnadenlos sich durchfressenden Staub anheimfallen.

Chattu will uns abschließend seine in der Nähe befindliche Farm zeigen. Die dort beschäftigten Landarbeiterinnen und ebenfalls mithelfenden größeren Kinder kommen sofort angelaufen, um sich tief vor ihm zu verbeugen und seine

Fußfesseln zu berühren. Chattu lässt es über sich ergehen, obwohl er es gerne abschaffen würde. Das würden die Dorf- und Landarbeiter jedoch nicht verstehen und denken, dass er sie nicht mag.

Traditionen in Indien, und nicht nur dort, sterben bekanntlich zuletzt, daher kann das Kastenwesen auch immer noch überleben. Die Prinzen bleiben Prinzen, die Maharadschas Maharadschas. Darin sind sich Adel und das gemeine Volk einig.

Als Chattu immer wieder davon spricht uns seine Farm, zu zeigen, hatte ich mir ein großes Wohnhaus mit Stallungen vorgestellt. Stattdessen sehe ich ein kleines Ziegelsteinhaus, in welchem ein paar Familien leben und einen Schuppen für alle möglichen Gartengerätschaften. Etwas weiter entfernt stehen unter einem offenen Blechdach fünf oder sechs fast neue imposante Traktoren. Vor uns liegen, soweit der Blick reicht, riesige Gemüsefelder. Er hat rechtzeitig einen Trend der Großstädte erkannt und auf ökologischen Getreide- und Gemüseanbau gesetzt. Von einer Lagerhalle in gewaltigem Ausmaß wird die Ware in großen Lastwagen vorwiegend nach Delhi transportiert.

Beim weiteren Rundgang fällt mir eine Bauruine auf. Es scheint, dass hier wohl ebenfalls ein weiteres Gebäude zur landwirtschaftlichen Nutzung geplant war. Auf meine Frage hin, was er hier realisieren wollte, sieht mich Chattu mit einer weit ausholenden Geste wie ein hilfloses Kind an und seufzt: „Tamara, ich habe keine Idee. Vielleicht, fällt dir ja was dazu ein." Ich schaue ihn erstaunt an und meine, dass er doch, als er mit der Konstruktion angefangen hat, eine Vorstellung gehabt haben muss. Ein Gedanke, der so treffend zeigt, dass ich eine Europäerin bin. Verlegen grinsend antwortet er: „Ja, schon. Eigentlich hatte ich mal gedacht, dass ich mir für meine Familie hier ein neues Haus baue und das Fort an eine Hotelgruppe verkaufe. Später kam der Gedanke an weitere Lagerhallen. Was meinst du, wenn ich das Hotel hier baue?" Mit anderen Worten er hatte einst mit einem eher vagen Plan losgelegt. Durch die sehr kostspielige Heirat seines Sohnes mit der Prinzessin aus Ratjasthan ging ihm dazu auch irgendwann das Geld aus. Seit Jahren liegt das angefangene Projekt brach, zum Segen der Landarbeiter, die sich darin mit ein paar Zeltplanen neue Behausungen geschaffen haben.

Ich sehe Chattu ratlos an und sage ihm unverblümt, dass hier an der Landstraße mit den Zuggleisen in der Nähe und der ganzen Landwirtschaft drum herum ein Hotel niemals profitabel sein wird. Dazu der Blick auf die nahe gelegenen Lagerhallen und der Lärm von Tag und Nacht vor- bzw. abfahrenden großen Lastwagen. Das wird keine Gäste anlocken. Entmutigt schaut er mich an und sagt mehr zu sich selbst als zu mir: „Was soll ich denn nun damit machen?" Meine Anregung weitere Kühlhallen für Gemüse anzulegen, will er sich jetzt überlegen. Den um ihn herumstehenden Arbeitern, an deren besorgten Blicken ich sehen kann, dass sie verstanden haben, dass es bei unserem Gespräch auch um ihre provisorischen Hütten geht, hätte ich gerne gesagt: „Macht euch mal keine Sorgen, da passiert in absehbarer Zeit gar nichts."

Chattu und sein Freund, der Architekt, haben eines gemeinsam: sie haben sich die

Fähigkeit zum träumen erhalten. Allerdings gibt es davon in Indien noch einige mehr, was auch seinen Charme hat.

Durch Chattu und seine Bauruine beginne ich zu verstehen, warum mir so viele halbfertige Gebäude auf meiner Reise durch Ratjasthan aufgefallen sind. U.a. sah ich einmal einen mir besonders in Erinnerung gebliebenen im Stile des Taj Mahal errichteten großen Hotel-Rohbau in unmittelbarer Nachbarschaft einer Tankstelle. Es fehlte nur noch der Innenausbau. Ich konnte sehen, dass hier seit Jahren die Baustelle still stand. Unkraut und Unrat hatten sich schon breit gemacht. Wahrscheinlich hatte ein cleverer Bauunternehmer einem anderen zu Geld gekommenen Träumer vorgeschwärmt wie gut sich ein Hotel mitten in den Pampas rechnen würde. Ein gutes Verkaufsargument war vielleicht der Hinweis, dass die direkt danebenbefindliche Tankstelle viele Gäste dazu bewegen würde, gleich hier zu übernachten.

Es mag seine Vorteile haben wenn man einen Gastgeber hat, der sich so viel wie möglich um einen kümmern möchte. Für eine so selbstbestimmte Europäerin wie mich, die gerne meine eigenen Wege gehe, ist das aber eher schwierig. Verständlicherweise versuche ich seiner Fürsorglichkeit endlich mal zu entkommen und versuche heimlich mich selbständig zu machen. Doch ich habe meinen Fuß noch nicht aus dem Tor gesetzt, höre ich auch schon Chattu's besorgte Stimme: „Tamara, was hast du vor? Willst du etwa nochmals allein ins Dorf gehen?" Ganz unbefangen sage ich: „Ja, Chattu, ich will mir einfach nochmals das Dorf anschauen." Er winkt mich nachdrücklich zurück, ruft wieder einen seiner Angestellten und sagt zu mir: „Der Junge hier wird dich begleiten. Du weißt doch, dass du nicht allein in den Ort gehen kannst." Ein „Warum" war zwecklos, somit wird wieder ein kleiner Leibwächter neben mir her traben.

Meine liebe Harjit hat scheinbar die Worte Chattu's gehört. Urplötzlich steht sie in der Eingangstüre, sie will mit. Hätte ich eigentlich wissen müssen, wenn es nur andeutungsweise nach einkaufen aussieht, dann ist meine Harjit nicht zu halten. Der einzige Haken: sie meint sich für den Ort umziehen zu müssen. Das bedeutet mindestens 1/2 Stunde warten! Gottergeben fülle ich die Zeit mit einem Schwätzchen mit Chattu aus. Ihm ist es unverständlich, dass eine Frau allein einen Einkaufsbummel machen will. Die indischen Frauen gehen immer nur in Begleitung von Freundinnen aus. Achselzuckend und doch ein bisschen ungläubig hört er sich meine Erklärung zu unseren Gewohnheiten in Europa an.

Um das Thema zu wechseln, bewundere ich seine Hemden (Kurtis), und schon ruft er seinen gleich nebenan in einem kleinen Häuschen lebenden Schneider. Chattu lässt sich nicht davon abbringen, dass er mir ein paar Kurtis nähen lassen will.

Fast umgehend steht das Schneiderlein mit einigen Farbmustern unter dem Arm neben uns. Ich muss Farben aussuchen. Mit einem alten, halb zerfetzten Zentimetermaß nimmt er für Schulterbreite, Hemd- und Ärmellänge Maß. Erstaunlicherweise scheint er das alles in seinem Kopf zu speichern, denn er schreibt sich nichts auf. Na, da bin ich mal gespannt, was ich da geliefert bekomme. Umso überraschter bin ich, als er mir gegen Abend einen perfekt sitzenden Kurti vorbeibringt.

Endlich, endlich erscheint Harjit. Sie meint zwar, dass wir in dem Ort sicherlich nichts finden werden, will aber trotzdem mit. Ich erwidere, dass ich nicht unbedingt vorhabe etwas zu kaufen. Ich möchte mir einfach sehen wie die Menschen hier leben. Sie schüttelt verständnislos den Kopf.

Sollten wir einen Juwelier finden, sage ich ihr, will ich mir drei Silberreifen machen lassen. Bei dem Wort „Juwelier" wird Harjit hellwach. Sie drängt mich förmlich diesen sofort aufzusuchen. Da sie mit dem begleitenden Burschen Hindu sprechen kann, gibt sie ihm auch gleich den Auftrag einen zu finden. Sie ist erleichtert, dass wir doch noch etwas shoppen werden. Kurze Zeit später stehen wir auch schon vor einem kleinen Juwelierlädchen. Diesen darf man sich nicht mit Schaufenster und glitzernden Vitrinen vorstellen. Es ist ein über zwei Stufen erreichbarer offener, schmuckloser Raum mit einem niedrigen und wackeligen Tischchen, abgedeckt mit einem schmuddeligen und fleckigen Tuch. Dahinter sitzt im Schneidersitz ein kümmerlicher, kleiner Verkäufer. Vor ihm hocken auf schäbigen Schemeln zwei junge Landschönheiten. Sie scheinen sich für Brautschmuck zu interessieren, stehen aber sofort auf um uns Platz zu machen. Neugierig und schüchtern setzen sie sich in eine Ecke auf den Boden.

Harjit macht mit gebieterischer Geste klar, dass sie einen Stuhl braucht, der dann auch wunderbarerweise von irgendwoher organisiert wird. Ich sitze hingegen zu ihren Füssen mit überkreuzten Beinen. Ziemlich enttäuscht stellt Harjit fest, dass es hier keinen Goldschmuck gibt. Wie konnte sie das nur annehmen? In diesem Dorf Gold? Hatte sie erwartet in einem so ärmlichen kleinen Dorf einen goldfunkelnden Juwelierladen vorzufinden?

Vielleicht zeigt dies wie wenig die indischen Frauen der gehobenen Gesellschaft die realen wirtschaftlichen und sozialen Verhältnisse ihrer Umgebung wahrnehmen. Ihr Interesse sinkt auf Null. Am liebsten würde sie sofort aufstehen und gehen. Meine Vorliebe für Silber ist ihr unverständlich. Inderinnen legen Wert auf Gold als ein Zeichen ihres Wohlstands.

Neben einer Vitrine mit billigem Gold bemaltem Silberschmuck steht eine kleine Werkbank. Meine heimliche Hoffnung, dass ich mir hier ein paar handgefertigte Silberreifen anfertigen lassen kann, geht in Erfüllung! Bescheiden meint der Verkäufer, dass er mir welche klopfen könne, er habe nicht das Werkzeug für einen perfekten Armreif. Ich bin begeistert. Nochmals gibt er zu bedenken, dass er sie weder polieren noch wirklich ganz glätten kann. Er befürchtet scheinbar, dass ich ihn nicht verstehe und zum Schluss ihm seine Arbeit nicht abnehmen werde. Ich lasse mich aber nicht aufhalten und bestelle zu seinem Erstaunen gleich drei Silberreifen. Verständnislos schaut er mich an. Er zweifelt, ob ich ihn wirklich verstehe, denn eine Inderin würde ihm niemals eine nach Handwerk aussehende Arbeit abnehmen. Da muss alles perfekt glänzen und möglichst aus Gold. Mit seinen Befürchtungen steht er nicht allein da. Harjit warnt mich ebenfalls ausdrücklich, dass ich keine perfekte Arbeit bekommen werde. Ist ihr schon unbegreiflich, dass ich Silber Gold vorziehe, so schüttelt sie jetzt nur noch verständnislos den Kopf. Am Abend, so meint der Verkäufer, wird der Schmuck fertig sein, er wird ihn zum Fort bringen.

Harjit war schon ungeduldig geworden. Jetzt drängt sie mich, kaum, dass wir das Lädchen verlassen haben, zu einem gegenüber liegenden Geschäft mit lauter billigen Metall- und Blechartikeln für den Haushalt.

Ich schaue sie verwundert an, woraufhin sie ganz trocken sagt: „Ich brauche für ein Bad im Gästehaus in Dehradun einen Abfallbehälter. „Hier bei all diesen Eimern, Löffeln, Töpfen und Schüsseln? Was soll das denn?" Klar, keine Antwort. Harjit vertieft sich in die für sie wichtige Frage wie groß ihr Abfalleimer für das Gäste Bad sein soll. Meinem schwachen Einwand, dass die Dinger ziemlich sperrig sind, und wir ja noch eine etwas längere Reise vor uns haben werden, begegnet sie ungeduldig aufblickend mit dem Hinweis: „Tamara, wir haben einen Fahrer und später fahren wir mit dem Zug. In Dehradun habe ich keine Zeit einzukaufen." Ich erinnere sie zaghaft, dass bereits vier Taschen neben ihrem Koffer und ihrer Reisetasche im Zug verstaut werden müssen. Ihre entwaffnende Antwort: „Tamara, wir haben doch Gepäckträger." Ich hatte eher daran gedacht, dass ein Zugabteil nur sehr beschränkt Platz für all dies Gepäck haben wird, gab aber jeden Versuch auf sie von diesem dämlichen Eimer abzuhalten.

Wenn Harjit sich was in den Kopf setzt, dann ist da eh nichts zu machen.

FORT NAGOD
SAMSTAG. 27.2.2016

Heute nimmt Uma Devi sich die Zeit uns das Fort zu zeigen. Wir haben uns bisher immer nur im privaten Wohnbereich und im großen Patio aufgehalten. Das ganze Fort ist jedoch riesig. Uma weist mich auf zwei halb verfallene Wehrtürme und Festungsmauern hin, die vor 2000 Jahren errichtet wurden.

Die schier unüberschaubare Anzahl von Räumen ist überwältigend. Größtenteils sind sie ungenutzt und halb verfallen. Trotzdem wohnt in einigen das aus fünfzehn Personen bestehende Hauspersonal.

Neben dem großen Esszimmer befindet sich eine kleine relativ moderne Teeküche. Die Hauptküche hat sich seit dem Mittelalter unwesentlich verändert. Lediglich ein Kocher, Kühlschrank und fließendes Wasser geben Zeugnis vom technischen Standard der heutigen Zeit. Sie ist in einer kleinen Hütte am Rande des fast unüberschaubaren Forts untergebracht. Hier bereiten vorwiegend Frauen die Mahlzeiten für die Herrschaft und deren Gäste zu. Beim Betrachten eines ebenfalls noch aus dem Mittelalter stammenden Ofens für Rutis, fühle ich mich komplett in jene Zeit zurück versetzt. Selbst die in einem bunten Sari vor der Feuerstelle hockende junge Frau sieht wie eine nachgestellte Szene aus jener Zeit aus.

Uma, die ja mindestens 10 Stunden am Tag betend in ihrem Tempel zubringt, lebt zurückgezogen in einem Bereich des Forts, dessen Wände übersät sind mit Bildern und Fotos der Vorfahren. Eine Wand ist besteht aus teilweise 100 Jahre alten, größtenteils vergilbten Fotos, die weitestgehend die Erfolge der Jagdausflüge der Ahnen darstellen. Eine Aufnahme irritiert mich besonders. Sie zeigt einen sehr gut aussehenden jungen Mann. Ein toter Tiger liegt ihm zu Füßen. Der Text darunter besagt, dass der stolz dreinblickende Junge hier zu seinem 18. Geburtstag seinen ersten Tiger erlegt hat.

Auf vielen Bildern sind Jagdgesellschaften zu sehen, die sich mit ihrer Beute wie Tigern und Leoparden stolz dem Fotografen stellen. Die ganze Wand stellt nur eines dar: die ehemalige Lieblingsbeschäftigung der adeligen Gesellschaft, das Jagen. Aus heutiger Sicht ist die Jagd auf Großwild verwerflich, verabscheuungswürdig. Zu jener Zeit gehörte dies jedoch zum gesellschaftlichen Leben der Adeligen. Nichtsdestotrotz finde ich die ausgestopften Tiere im Fort sowie die an den Wänden hängenden Hirschgeweihe gruselig.

Chattu gesteht mir, dass er als junger Mann noch einen Leoparden geschossen habe. Heute, selbst wenn es erlaubt wäre, würde er das nicht mehr tun.

Immer wieder bin ich verwundert nicht nur im Hause von Chattu und seiner Frau, sondern ebenfalls in den meisten anderen Privathäusern, dass man nur sehr einfaches Tischgeschirr und billiges Besteck benutzt. Die Tischdecken sind meist dunkelgrün oder dunkelrot und werden so selten gewechselt, dass Staub und Flecken freie Bahn haben. Setdeckchen, die bei allen Einladungen noch über diese unsäglichen Tischtücher gelegt werden, passen weder zu diesen noch sind sie einheitlich in einer Farbe oder einem

Muster gehalten. Servietten bestehen aus billigen, dünnen, weißen Papierfetzen.

Erstaunt frage ich Harjit, wie das möglich ist bei den wunderbaren Saris, die unser Bild von einem farbenfrohen Indien prägen. Ihre Erklärung: als Indira Gandhi den Maharadschas und Adeligen ihre Privilegien nahm, mussten diese nicht nur oft ihren Schmuck sondern auch ihr Tafelsilber weitestgehend verkaufen, um die nun anfallenden Steuern bezahlen und ihren Lebensunterhalt finanzieren zu können.

Dass dabei aber scheinbar jeglicher Sinn für Ästhetik verloren ging, kann ich nicht ganz verstehen. Tischkultur scheint in Indien weniger wichtig zu sein als möglichst viele Speisen auftischen zu können.

VON FORT NAGOD NACH ALLAHABAD
SONNTAG 28.2.2016

Der Abschied von Chattu und seiner Frau Uma fällt mir einerseits schwer. Sie haben uns so sehr verwöhnt, waren ständig um unser Wohl besorgt. Andererseits freue ich mich, dass unsere Reise nun langsam zu Ende geht. Noch zwei Tage Allahabad, dann nochmals eine schrecklich lange Nacht mit dem Zug nach Dehradun. Dort angekommen werde ich wieder Herr über meine Zeit sein, mir den Tag nach meinem Rhythmus einteilen können.

Die Fahrt nach Allahabad soll dreieinhalb maximal vier Stunden dauern. Niemand hat damit gerechnet, dass über die Hälfte der Strecke die Straßen erweitert werden. Teilweise wurden ganze Steilabhänge abgetragen. Selbstverständlich liegen riesige Felsblöcke oft im Weg, so dass sie umfahren werden müssen. Folglich kommen wir von einem Stau in den anderen. Feinster Staub drängt durch sämtliche Türritzen. Die Augen brennen, die Kehle trocknet aus. Oft verschwinden die Autos total in einem wüstenähnlichen Sandsturm. Nur das nie und nirgends aussetzende Hupen der anderen Verkehrsteilnehmer lässt erahnen, dass wir nicht alleine unterwegs sind. Zu allem Überfluss scheint auch dieser, unser Fahrer mal wieder übermüdet zu sein. Dreimal entgehen wir einem Beinahe-Unfall. Chattu hatte, wohl weise vorausschauend, darauf bestanden, dass ein Fahrer und sein persönlichen Sekretär uns zu unserem neuen Ziel begleiten. Somit konnte dieser ihn ablösen.

Die neue Autobahn führt vorwiegend durch bewohnte Gegenden. Davon abgesehen, dass wir wieder an unzähligen Häusern vorbei kommen, von denen ein Teil einfach abgerissen wurde, die einer neuen Straße im Wege standen, versinken die Dörfer und ihre Bewohner in einer klebrigen Staubschicht.

In den Bereichen, in denen die Straße fertiggestellt ist spielen sich wunderliche Szenen ab. Alte Männer auf ihren Motor- und Fahrrädern fahren unbeirrt im Gegenverkehr ihre gewohnte Strecke. Sie benehmen sich als gäbe es die Autobahn nicht. Kinder nutzen den schönen, neuen Asphalt für Ball- und andere Spiele. Junge Männer sitzen auf den aus Betonsockeln gegossenen Abgrenzungen mit verschränkten Armen und scheinen die Autobahn für ein Live Kino zu halten. Frauen in ihren Saris stehen in ganzen Gruppen auf der Straße und halten ihr kleines Pläuschchen, ignorieren ebenfalls den Verkehr. Nirgendwo ist Polizei zu sehen. Dagegen gibt es jede Menge inzwischen genervter Autofahrer, die so gerne wenigstens mal kurzfristig Gas geben würden. Lediglich an ihren Hupen können sie sich etwas austoben.

Dass es auf dieser Autobahn keine Kühe gibt überrascht mich. Bald darauf finde ich die Erklärung: Die Dorfbewohner haben sie wohlweislich an langen Stricken vor ihren Häusern festgebunden. Bei all den die Sicht nehmenden unsäglichen Staubschwaden könnten sie sonst verloren gehen.

Plötzlich kommt ein Blaulicht auf uns zu. Selbstverständlich hält auch dafür niemand an. Dieser Wagen, ein rotes Kreuz kennzeichnet ihn als Krankenwagen, sieht fast wie ein Spielzeugauto aus. Er ist so klein, dass ich mir nicht vorstellen kann, dass da überhaupt jemand drin transportiert werden kann. Wahrscheinlich können die Patienten darin nur sitzen. Harjit sagt mir, dass es sich bei diesen Fahrzeugen um einen von der Regierung eingerichteten Service handle, der Schwangere zur Entbindung in die nächstgelegene Klinik bringe. Bei den vielen Staus kann ich mir allerdings nicht vorstellen, dass die werdende Mutter noch rechtzeitig in der Klinik ankommen wird.

Nachdem klar ist, dass wir niemals in vier Stunden in Allahabad sein werden, versuchen wir ein auch für mich magenfreundliches Restaurant zu finden. Das ist jedoch schier aussichtslos. Die zukünftigen Raststätten befinden sich alle noch im Bau. Der Hunger lässt mich toleranter werden. Wir halten an einem primitiven, ziemlich überfüllten Kochstand mit ein paar schmuddeligen Plastiktischen und -stühlen an. Wir bestellen gekochten Gemüsereis mit Tomaten, und es schmeckt vorzüglich, besonders gut sind die würzigen Soßen. Dazu werden Ruti, die beliebten Teigfladen, gereicht. Diese hier sind die besten, die ich bisher gegessen habe. Wahrscheinlich liegt es daran, dass sie noch in einem uralten Steinofen gebacken werden.

Mich bestaunt man wieder wie ein seltenes aus einem exotischen Museum entlaufenes Wunderwesen. Die Landbevölkerung sieht auch hier kaum Ausländer. Wer also trotz Ferrari, Zweithaus auf Mallorca und längster Jacht auf dem Mittelmeer es nicht geschafft haben sollte, öffentliches Interesse zu erregen, der komme am besten hierher. Die pure Anwesenheit lässt jeden Auflauf um Prominente in unseren Breiten verblassen. Nur hinsichtlich des Publikums sollte man nicht wählerisch sein und sich sagen: Quantität geht vor Qualität.

Erfrischt von unserer kleinen Lunchpause hoffen wir, dass wir jetzt endlich freie Fahrt haben werden. Bekanntlich aber stirbt die Hoffnung zuletzt. Es kommt noch schlimmer. Am unerträglichsten wird es, als mitten im tiefsten Staub, in einer scharfen Kurve und auf stark abfallendem Gelände, gar nichts mehr geht. Wir können uns nicht erklären warum. Der Verkehr kämpft sich in zeitlupenartiger Zähigkeit vorwärts. Endlich sehen wir, was diesen schier endlosen Stau ausgelöst hat. Wir trauen unseren Augen nicht.

Just in der Mitte dieser engen und unübersichtlichen Kurve steht ein ausgeschlachtetes Buswrack! Da werden zentnerweise Felsen weggesprengt, doch den Bus lässt man achtlos mitten auf der Straße stehen! Ja, ich wiederhole mich: Indien ist voller Überraschungen.

In dem Moment, da wir die Grenze nach Uttrah Pradesh erreicht haben, können wir den Rest der noch ca. 45 Minuten dauernden Fahrt ohne weitere Behinderungen hinter uns bringen. Kurz vor Allahabad staut sich rechts und links von der Straße km-lang ein Laster hinter dem anderen. Erst denke ich, dass die Fahrer in ihren Kabinen hier halten um zu übernachten, da es vielleicht keine Raststätten für Trucks gibt. In Wahrheit aber dürfen die LKW's bis 8 Uhr abends nicht in die Stadt. Das gilt im Übrigen für alle größeren indischen Städte. So will man einen totalen Verkehrskollaps während der Rush Hour vermeiden. Es reicht schon der tägliche "normale" Wahnsinn. Die Burschen in den grauenvoll überladenen LKW's sehen fast zum fürchten aus. Ihr Fahrtempo ist beängstigend. Sie fahren rücksichtlos und nach dem Motto: Weg da! Wir sind die stärkeren! Täglich tagein und tagaus sich sein Geld in diesem Höllenverkehr verdienen zu müssen, erfordert wohl solch harte Burschen. Wenn man bedenkt, dass ein Hotelangestellter im günstigsten Fall 10.000 Rupees verdient, dann ist das Gehalt der „Höllenhunde" mit 30 bis 40.000 Rupees ein recht üppiges. Nachwuchsprobleme haben sie daher nicht.

ALLAHABAD
MONTAG, 29.2.2016

Anish, der Inhaber eines sehr schönen Hotels hier in Allahabad, hat uns für 2 Tage eingeladen. Er ist auch einer von Harjit's ehemaligen Schülern und ausnahmsweise mal nicht adelig, dafür aber umso reicher.

Er bittet uns um 13 Uhr zu ihm zu kommen. Die Familie wohnt in einem Seitenflügel des Hotels. Harjit klopft exakt Punkt 1 Uhr an meine Tür und wird sehr ungehalten, als ich noch schnell die Hände waschen will. Das entspricht so gar nicht ihrer ansonsten eher phlegmatischen Einstellung zu Verabredungen. Sie wird äußerst unduldsam, als ich auch noch nachsehen will, ob ich genügend Geld eingesteckt habe. Ich, die ich ansonsten diejenige bin, die täglich aufs Neue sämtliche Götter Indiens darum bitten muss, die Warterei stoisch zu ertragen, lasse mich nicht aus der Ruhe bringen. Mir ist schon bei anderen Gelegenheiten aufgefallen, dass meine liebe Freundin dann auf äußerste Pünktlichkeit Wert legt, wenn es um ein mit einem Mann vereinbartes Treffen geht. Es erstaunt mich, wie tief es doch in den indischen Frauen verwurzelt ist, den Männern zu gehorchen. Sogar bei einer Frau wie Harjit, die im Vergleich zur Mehrzahl der indischen Frauen sehr emanzipiert ist.

Ein Hotelangestellter begleitet uns zu Anish´ Wohnung. Dieser kommt uns schon fröhlich winkend entgegen. Bei der umgehend vorgenommenen Führung durch sein privates Reich fällt mir auf, dass in jedem Zimmer ein großer, nein riesiger, Fernseher steht. Die Einrichtung zeugt von einem sehr wohlhabenden Hausherrn, der sein Reich mit allen für mich unbegreiflichen goldglänzenden Geschmacklosigkeiten ausgestattet hat. Neureich auf indisch. In einem kleinen Atrium inmitten des Salons stehen die überall anzutreffenden, schaurigen, beigen Plastikstühle mit einem ovalen Tisch, der mit einer grässlichen Plastikdecke meine Geschmacksnerven aufs Äußerste strapaziert. Das Schärfste ist jedoch eine vergoldete Theke mitten im Wohnzimmer! Der Hausherr strahlt einem auf einem lebensgroßen Bild, aufgedruckt auf einen Spiel, an; seitlich mit dem Hinweis, dass er sein 50. Lebensjahr erreicht habe. Das ist nun vier Jahre her.

Anish hat spät geheiratet und mit seiner ebenfalls schon älteren Frau Zwillingsmädchen, jetzt 3 Jahre alt, bekommen, die sein ganzer Stolz sind. Diese beiden kleinen Nervensägen haben jede ein Kindermädchen und eine Frau, die fürs Aufräumen der mit rosa Riesenbären und Prinzessinnen in Lebensgröße ausgestatteten Kinderzimmer zuständig sind. Den Atem verschlägt es mir aber, als er uns stolz in einem Nebenraum den für diese beiden Zucker-püppchen gebauten Pool zeigt. Er meint, dass sie hier ungestört schwimmen lernen können. Wohlgemerkt verfügt das Hotel gleich nebenan über einen schönen großen Pool!

Erträglich wird das Ganze, wenn man den Hausherrn näher kennenlernt. Er ist von einer unbändigen Freude und Energie, immer schalkhaft lachend, wie ein verspielter, großer Junge. Nachdem ich mir ein paar Bemerkungen vor allem über die Notwendigkeit des Kinderpools nicht verkneifen kann, meint er, dass er an allem was er mache Spaß habe. Es freut ihn eben, wenn die Kinder im eigenen Pool schwimmen lernen, und er ihn zuschauen kann. Entwaffnend strahlt er mich an und meint: "Weißt du, ich gebe einfach gerne Geld aus." Stolz zeigt er uns seinen Fuhrpark, wo vorwiegend Autos der Marken BMW und Mercedes stehen. Teilweise wurden sie nur bis in seine Garage gefahren und seitdem nicht mehr bewegt. Er fährt am liebsten seinen alten Geländewagen.

Besonderes Vergnügen bereite es ihm, so erzählt er mit jungen-haftem Schalk in den Augen, Schnäppchen einzukaufen. Wenn er z.B. ein günstiges T-Shirt sieht, dann kaufe er gleich mindestens ein halbes Dutzend. Sein Kleiderschrank, der einen Raum von 30 qm ausfüllt, reicht aus um mindestens 20 Männer bestens ausgestattet einzukleiden. Ich habe noch nie einen Menschen gesehen, der nicht kauft und sammelt, weil er beeindrucken will, sondern weil er seinen Wohlstand in vollen Zügen auf seine Art genießt. Dabei gibt Anish gern und viel (z. B. hat er eine Schule für begabte Kinder gegründet, die aus armen Familien kommen). Seinen Angestellten bezahlt er Krankenhaus - und Arztkosten, ebenso Urlaubsgeld und gibt reichlich, wenn einer von ihnen heiratet. Gleichzeitig ist er erstaunlich bescheiden in seinem Auftreten. Nie würde man denken, dass man hier einen schwerreichen Mann vor sich hat.

Nicht nur dieses Hotel gehört ihm, sondern ebenfalls ganze Einkaufszentren und Apartmentanlagen. Mit Bau und Verkauf der Immobilien verdient er Unmengen Schwarzgeld, was er auf seine Weise verjubelt. Dieser Mann hat mich insofern sehr beeindruckt, als er rundum glücklich und in seiner Lust am Leben so ansteckend ist, dass er Menschen schon durch sein Temperament glücklich macht.

Während wir hier sitzen läuft sehr laut der Fernseher. Keiner hört hin, jeder

überbrüllt den anderen. Dass jeder Raum ein TV-Gerät hat, hatte ich ja bereits gesehen. Schier umgehauen hat es mich aber als ich im Bad sogar zwei jeweils in der Größe einer Leinwand rechts und links von einer doppelt großen Badewanne hängen sehe. Ich schaue ihn erstaunt an und frage fassungslos: "Wieso hast du hier zwei Fernseher stehen?" Seine amüsierte Antwort: "Meine Frau und ich baden gerne, wollen aber oft unterschiedliche Programme sehen."

Bei all den vielen Geräten hier im Haus werde ich den Eindruck nicht los, dass der gute Mann sich den ganzen Tag zudröhnt, damit er nicht doch irgendwann eine innere Leere empfindet.

Während wir darauf warten, dass diese beiden kleinen, verwöhnten Prinzessinnen fertig werden, servieren die Hausangestellten unentwegt Knabbereien und Getränke. Wir sitzen bereits seit 1 1/2 Stunden auf einem der zahllosen Sofas. Die wohlhabenden Inder haben eine Vorliebe für diese. In einem Zimmer von 40 qm stehen mindestens drei von diesen Ungetümen, dazwischen noch riesige Sessel und kleine Beistelltischchen. Bei all meinen Besuchen habe ich nur düstere Möbel und kitschige Accessoires gesehen. Selbst Antiquitäten stehen eher halb vergessen herum.

Es ist geplant, dass wir alle mit einem Boot zum Ganges, der sich hier in Allahabad mit zwei anderen Flüssen kreuzt, fahren. Im übrigen ist das die einzige Attraktion, die dieses Industriestädtchen zu bieten hat.

Harjit hatte sich ja mit ungewöhnlichem Eifer bemüht pünktlich zu sein. Nun verkürzt sie sich die Wartezeit, wie immer, mit einem Nickerchen. Sowie sie hört, dass es eine kleine Programmänderung mit Zeitverzögerung gibt, lehnt sie sich in ihrem gemütlichen Sessel zurück und schläft mit der zu ihr gehörenden Begleitmusik. Ihre Fähigkeit immer und überall in Sekundenschnelle einzuschlafen ist frappierend.

Endlich schaut Anish´ Frau herein und bittet um noch etwas Geduld, da den Mädels noch die Haare gewaschen werden müssten, sie seien gerade aus der Schule gekommen und schmutzig. Harjit überschläft diesen neuerlichen Grund für eine weitere Zeitverzögerung. Was bleibt mir anderes übrig: ich nehme es gelassen hin. Wenn ich eines in Indien gelernt haben, dann Geduld, Geduld, Geduld. Ich bin gespannt, ob wir hier überhaupt noch wegkommen. Den Kindern könnte ich so langsam den Hals umdrehen, ach nein, besser der Glucken-Mama. Nach einer weiteren Stunde kommen die kleinen Barbies endlich in rosa Tüllkleidchen gehüllt an den Händen ihrer Nannys zu uns, und wir können aufbrechen.

Doch nein, jetzt gibt es erst Mittagessen. Folglich fahren wir endlich um 16.45 Uhr los. Rechtzeitig um noch vom Boot aus den Sonnenuntergang zu genießen. Dass sich da drei Flüsse kreuzen und man das durch die unterschiedliche Färbung des Wassers sehen kann, ist dank der hereinbrechenden Abenddämmerung lediglich eine Information des immer fröhlichen Gastgebers.

Ich glaube, dass Anish nicht umsonst einer der Lieblingsschüler von Harjit gewesen ist. Ihr Zeitgefühl liegt auf der gleichen Wellenlänge.

ALLAHABAD
DIENSTAG 1.3.2016

Endlich habe ich es geschafft mal alleine zu frühstücken. Wie ich das angestellt habe? Ich klopfte an Harjits Türe und rief:" Gleich gibt es kein Frühstück mehr, ich habe aber Hunger, ich gehe jetzt schon mal vor." Sie öffnet, schaut überrascht und bittet mich herein zu kommen und kurz zu warten, um dann intensiv weiter ihre schönen, langen Haare Strähne für Strähne mit einem Kamm in sorgfältigster

Langsamkeit zu ordnen. Dazwischen hält sie unsagbar lange Minuten ein um sich im Spiegel von allen Seiten zu betrachten.

Man könnte meinen, dass sie sich auf einen Staatsempfang vorbereitet, doch sie behauptet aber, dass dies zu ihrer täglichen, morgendlichen Routine gehöre. Mit großer Sicherheit hält sie sich für unwiderstehlich und lässt sich das in einem stummen Zwiegespräch von ihrem ,Spieglein, Spieglein an der Wand' tagein tagaus bestätigen. Ein bisschen regt sich in mir aber auch der Gedanke, dass sie das macht, weil sie mich scheinbar zu gerne warten lässt. Ich, die ich bei all diesem ihrem Aufwand nur meine natürliche Schönheit entgegenhalten kann, habe nur den einen Gedanken: endlich meinen leeren Magen zu füllen. Ich bin nicht mehr gewillt noch länger zu warten. Abrupt stehe ich auf und kann dabei einen kleinen Seitenhieb nicht ganz unterlassen: "Mein knurrender Magen kann deine schönen Haare nicht länger bewundern", schnell schlage ich die Türe hinter mir zu.

Erleichtert über meine eigene Befreiung suche ich mir ein übersichtliches Plätzchen in der Nähe des reichhaltigen Frühstücksbüffets. Der Frühstückssaal ist ziemlich leer. Doch plötzlich kommt Bewegung in den Raum. Drei bedrohlich aussehende Typen kommen herein und inspizieren jede Ecke, als sei hier irgendwo eine Bombe versteckt. Durch eine Handbewegung verständigen sie einen vierten, bulligen Typen, dass die Luft rein sei. Sie rennen alle zur Türe, reißen sie auf und mit einem Riesenschwall an Wichtigkeit betritt ein sehr gut aussehender, zarter junger Mann das Lokal. Herr Wichtig setzt sich allein an eines der Tischchen. Sich seiner Autorität bewusst macht er den Herren Leibwächtern mit herrischer Gestik klar, dass sie an den anderen leeren Tischen um ihn herum Platz zu nehmen haben. Außer mir ist niemand da. Mich ignorieren sie. Ich bin geschmeichelt halten sie mich doch für ungefährlich. Auf jeden Fall ist gewährleistet, dass Leib und Leben für mich und ihren Schützling gesichert sind.

Beflissen kümmern sich diese Furcht einflößenden Gestalten dann darum, dass das scheinbar so bedeutende und noch recht junge Menschlein umgehend alles, was es anordnet, vom Büffet gebracht bekommt.

Während ich das Schauspiel amüsiert beobachte, fällt mir auf, dass dieser junge Mann äußerst elegant gekleidet ist. Zwar im indischen Stil: weißes Hemd, weiße Hose, darüber eine ärmellose dunkelrote längere Jacke, doch alles in auserlesenem, hochwertigem Leinen. Ich liebe Leinen, möchte mir einiges gerne daraus anfertigen lassen und sehe erstmals eine solche Qualität. Hin und her überlege ich wie ich in Erfahrung bringen kann, woher dieser elegante Gentleman sein Leinen bezieht. Wer mich kennt und weiß, dass Schüchternheit nicht gerade meine hervorstechendste Charaktereigenschaft ist, wird verstehen, dass der gute Mann recht erschrocken aufsieht, als ich plötzlich vor ihm stehe. Seine Aufpasser, wohl mehr geschult auf evtl. bedrohlich werdende Männer, springen erschrocken auf. Sie hatten mich scheinbar unterschätzt. Ich, davon mäßig irritiert, stelle mich grinsend vor und schmeichele ihrem Herrn und Gebieter umgehend mit der Feststellung, dass er mir in seiner eleganten Kleidung aufgefallen sei.

Ich bin mir bewusst, dass meine Frechheit ihn anzusprechen mehr als aufgewogen wird durch die Tatsache, dass ich ihm meine Bewunderung für seine elegante Erscheinung ausdrücke. Er fragt mich geschmeichelt, wo ich her sei und stellt sich ebenso behände als „Member of the Parlament of Delhi" vor. Eine der höchsten politischen Positionen, die man in Indien erreichen kann. Jetzt verstehe ich diesen ganzen Sicherheitsaufwand. Ich hinwiederum bin für ihn interessant, da ich Europäerin bin. Schon bevor ich ihn anspreche, habe ich diesen zweiten Aspekt einkalkuliert. Ich war mir bereits im Vorhinein sicher, dass ich alles andere als eine Abfuhr erhalten werde. Er gibt mir bereitwillig auf meine neugierige Frage hin die Adresse des Geschäftes, das dieses Leinen führt. Glücklicherweise gibt es eine Zweigstelle hier in Allahabad. Ansonsten kann man diese Qualität nur noch bei einem Maßschneider in Delhi erhalten. Umgehend lädt er mich nach Delhi ein, dort könne er dafür sorgen, dass sein Schneider mir meine Sachen näht. Diese Art, dem Gast, und als solchen sieht er mich jetzt wohl, Hilfe anzubieten, ist sehr typisch für die überaus gastfreundlichen Inder. Bedauernd fügt er noch hinzu, dass er leider keine Zeit habe mich hier in den Stoffladen zu begleiten, da er jetzt umgehend abreise. Bevor wir uns verabschieden besteht er darauf, dass ich mir seine Telefonnummer aufschreibe und notiert sich auch gleich in sein Handy meine spanische als auch meine indische Nummer. Seine Leibwächter erwachen aus ihrer Erstarrung und mein kleiner Parlamentarier rauscht, noch freundlich in der Tür winkend, davon.

(Überrascht bin ich, dass er mich am nächsten Tag anruft und wissen will, ob ich mit seiner Empfehlung zufrieden gewesen sei.)

Nach dem Frühstück gehe ich zu Harjit und erwähne so ganz nebenbei, wen ich da mal so locker angesprochen habe. Mit einem bedauernden Blick meint sie: „Ach, da hätte ich doch mit frühstücken gehen sollen, so einen wichtigen Mann, einen MP von Dehli kennenzulernen, das hätte mir schon auch gefallen." Ich tröste sie mit der Tatsache, dass sie mir garantiert nicht erlaubt haben würde diesen so streng geschützten Mann anzusprechen. Kleinlaut gibt sie mir Recht. Erzählt aber nun voller Stolz jedem die Geschichte, wenn sie mich bei einem ihrer Freunde vorstellt. Jetzt bin ich nicht nur ihre gute Freundin aus Europa, on top habe ich auch noch einen Freund im Parlament von Delhi sitzen!

IM ZUG NACH DEHRADUN
MITTWOCH, 2.3.2016.

Unser Zug nach Dehradun soll nachmittags um 17.35 Uhr von Allahabad abfahren. Am Bahnhof angekommen heißt es, dass er fünf Stunden Verspätung hat. Also zurück zum Hotel. Wieder am Bahnhof um 23 Uhr und dort die nette Nachricht, dass der Zug noch eine weitere nicht vorhersehbare Verzögerung haben wird. Dieses Mal ohne Zeitangabe. Na, das kann ja was werden!

In Europa könnte man sich jetzt an eine Bar setzen oder ein Restaurant aufsuchen. Hier gibt es noch nicht einmal einen

Wartesaal, nur ein paar unzureichende Bänke für all die geduldig Wartenden. Folglich ist der Bahnsteig übersät mit auf dem dreckigen und harten Beton schlafenden Menschen. Einen internationalen Standard hatte die Indian Railway allerdings zu bieten: die Durchsagen waren in Hindi und englisch und ein rot über den Bahnsteig laufendes Leuchtband wünschte einem unentwegt eine gute Reise. Man könnte das als glatten Zynismus ansehen. Mit indischen Augen ist es wohl eher eine höfliche Geste.

Während wir mit zwei Hotelangestellten und Gepäckträgern auf den Zug warten, sehe ich, dass es wenigstens zwei Arten von Kreaturen auf dem Bahnhof gibt, die sich hier wohlfühlen: ein paar Hunde und zahllose Ratten.

Harjit überrascht mich ganz unerwartet mit der Hiobsbotschaft, dass unser Freund Chattu uns eigentlich ein Coupé im Zug erster Klasse gebucht hatte, damit wir nicht nochmals einen oder zwei männliche Mitreisende im Abteil haben. Da wir uns aber nun kurzfristig entschieden hatten einen Tag länger zu bleiben, wäre dem Rezeptionisten des Hotels bei der Umbuchung leider ein „kleiner" Fehler unterlaufen. Er habe nicht gesehen, dass Chattu ein Coupé reserviert hatte, das heißt somit   werden wir wieder in ein Abteil mit vier Betten steigen, mit der Aussicht auf zwei weitere evtl. männliche Mitreisende. Sie sagt mir das ganz unvermittelt. Wahrscheinlich hatte sie sich den ganzen Tag davor gegraut. Jetzt kommt diese Schauermeldung wie eine kleine recht nebensächliche Bemerkung aus ihrem Munde. Ein „kleiner" Fehler! Vier Wochen der täglichen Geduld mit ihren teilweise für mich oft nicht nachvollziehbaren Verhaltensweisen, bin ich dieser Meldung dann doch nicht mehr gewachsen. Ich bin sichtlich geschockt, was Harjit nur dazu veranlasst in ihrer Handtasche nach nichts suchend zu wühlen. Um nicht zu explodieren, gehe ich erst einmal eine Weile auf dem Bahnsteig zwischen all den auf dem nackten Boden liegenden und sitzenden Menschen hin und her. Es ist mir egal, dass mich alle anstarren. Ich versuche mein Gleichgewicht wiederzufinden. Langsam einatmen, bis vier zählen und wieder ausatmen. Ein entspannender Rhythmus will sich jedoch nicht einstellen. Es gelingt mir etwas mich mit der Betrachtung der überall herumlaufenden Ratten abzulenken. Plötzlich steht Harjit neben mir. Sie hat sich überlegt, dass wir zum Hotel zurückfahren und in der Früh ein Taxi Richtung Dehradun nehmen könnten. Ich lache auf und frage sie, ob das ihr Ernst sei. Es galt eine Strecke von 800 km zurück zu legen. Das würde mit dem Taxi und den indischen Verkehrsverhältnissen mindestens zwei Tage dauern. Sie solle lieber nachher dem Fahrstreckenleiter ein paar tausend Rupees anbieten, damit er niemanden zu uns ins Abteil lässt. Der Gedanke war ihr eigenartigerweise noch nicht gekommen. Einer Inderin, die weiß, dass man in ihrem Land mit Bakschisch alles regeln kann!

Um 0.30 Uhr fährt der Zug endlich in den Bahnhof ein. Wir bekommen ein Viererabteil für uns allein, dank meiner für Indien so abwegigen Idee dazu etwas nachzuhelfen! Harjit beginnt die Reise abwechselnd wie immer schnarchend und essend zu genießen.

Die Fahrt nach Dehradun wird, so sagt der Zugführer, dank weiteren zu erwartenden Verspätungen mit großer Wahrscheinlichkeit ca.19 Stunden dauern. Im Zug, obwohl wir erster Klasse fahren, wird uns lange nichts angeboten. Gott sei Dank hatte Anish die Hotelküche in weiser Voraussicht angewiesen uns ein üppiges Lunchpaket zusammen zu stellen.

Die Nacht ist nicht besonders schlafintensiv. Wenn der Zug hält, und er hält oft, steigen Leute lautstark ein und aus. Rücksicht auf Schlafende? Kein Gedanke! Rücksicht untereinander kennt man außerhalb der eigenen vier Wände eh nicht.

Inzwischen ist es hell, und wir fahren an extrem armen Dörfern und riesigen Getreidefeldern vorbei. Auf einigen Äckern sehe ich Kinder, die Kartoffeln aufsammeln und andere, die sie in Säcke füllen. Meine erstaunte Frage, ob die Kinder nicht in der Schule sein müssen, es sei doch allgemeine Schulpflicht, beantwortet Harjit auf ihre typische Weise: ja, die gäbe es, Punkt. Keine Erklärung, keine weiteren Worte. Harjit lässt Dinge, die ihr auszusprechen peinlich oder unangenehm sind bzw. die sie nicht weiß, stets im Raume stehen. Es hat mich einige Zeit gekostet, bis ich das kapiert habe. Mit diesem „Talent" steht sie nicht allein da, sie teilt es mit den meisten Indern. So wie man so gut wie nie ein „Nein" erhalten wird, wenn man etwas fragt oder wissen will. Die lieben

Inder lügen lieber das Blaue vom Himmel herunter. Man wird auch von einem Inder bei einer an ihn gerichteten Bitte nie abgewiesen, z.B. sollte man sich niemals bei der Frage nach einer bestimmten Straße darauf verlassen, dass die sofort hilfsbereite Auskunft stimmt. Egal, ob derjenige die Adresse kennt oder nicht, er wird immer den Eindruck hinterlassen, dass er es genau weiß. Will man etwas angefertigt oder repariert haben oder wissen, wo man dies oder jenes erwerben kann, so verweist der Befragte umgehend auf seine große Familie und flugs mutiert irgendein Nachbar oder Bekannter zum kompetenten, engen Verwandten. Anfangs war ich überrascht, dass immer irgendwo ein Bruder, eine Schwester, ein Onkel oder Vater bereitstand, bis ich das Spielchen endlich durchschaut habe. Die vielen Tanten, Onkels, Brüder stellen sicher, dass durch untereinander geregelte Kommissionen der Hilfesuchende als evtl. Einnahmequelle nicht verloren geht.

Endlich haben wir eine größere Bahnstation erreicht und der Mann für alles Grobe im Schlafwagen kommt ins Abteil um zu fragen, wer Tee trinken wolle. Harjit bestellt einen Tee mit Milch und Zucker und einen ohne alles für mich. Sie meint, dass ich keine Bedenken haben müsse. Das Teewasser sei ja abgekocht. Der ungepflegte aber sehr liebe Mann muss die Bestellung auf Aufforderung von Harjit hin zweimal wiederholen, damit er sie auf dem kurzen Weg zum Kiosk nicht vergisst. Was bringt er an? Klar, zwei Becher Tee mit Zucker und Milch. Als ich meinen ersten Schluck nehme, ekelt es mich. Das Gebräu besteht mehr aus Zucker denn aus Tee. Ich finde es bei all den auf dieser Reise bereits ertragenen Strapazen nicht gerade lustig, dass dieses schmuddelige Kerlchen unsere Bestellung nicht richtig ausführen konnte. Harjits Reaktion aber ist göttlich und so typisch für sie und das ganze Land. Sie ignoriert meine Entrüstung einfach und meint lapidar: „Ach, ok, lass den Tee stehen, ich trinke den auch noch." Kein Wort über die Unfähigkeit dieses Menschen, kein bedauern, dass ich jetzt nichts zu trinken habe.

Tja, Humor ist, wenn man trotzdem lacht.

Wir fahren durch üppiges Grün. Ganze Mangoplantagen säumen den Weg. Leider ist jetzt keine Mangozeit. Die Bäume stehen in voller Blüte und sind wunderschön gewachsen. Stundenlang erstreckt sich vor uns diese so satte, von Wasser gesegnete Landschaft. Die Farmer hier sind sehr vermögend. Ihre Bevölkerung hingegen bitterarm. Man sieht im Vorbeifahren viele nur aus Lumpen und löcherigem Stroh bestehende Hütten. Mir fällt auf, dass in vielen Dörfern die einzelnen Häuser durch hohe Ziegelsteinmauern voneinander getrennt sind. In ihren Innenhöfen befindet sich jeweils ein kleines Gebäude mit flachem Dach. Das ganze wirkt abweisend. Es stellt sich heraus, dass diese Gegend vorwiegend von Moslems besiedelt ist.

Inzwischen ist es 21.35 Uhr. Nachdem Harjit mir erst sagte, dass wir gegen 19 Uhr in Dehradun ankommen werden, wird dies im Laufe der Fahrt von ihr auf 19.30 Uhr, 20 Uhr und letztlich 21.30 Uhr korrigiert. Sie hat wohl Angst mir die volle Wahrheit zu sagen. Infolgedessen nerve ich sie bei Erreichen jeder von ihr genannten Ankunftszeit mit der Frage: „Sind wir gleich da?"

Harjit meistert die vielen Stunden mit essen und dösen bzw. schlafen. Sie hat zwei große Tüten mit Chips, jede Menge Sandwiches und Kekse und und und eingepackt. Beide Taschen sind in kürzester Zeit leer! Ich habe mich mit ein paar Mandeln, Mandarinen, Bananen und einigen Keksen über Wasser gehalten. Das andere Zeug bekomme ich beim besten Willen nicht runter. Apropos Wasser. Ich habe fast nichts getrunken, da mir nur beim Gedanken an die Toilette schon übel wird. Harjit kam indes einmal mit der Bemerkung zurück, dass der Waschraum (welch hehres Wort bei knappen 0,50 qm für Toilette und klitzekleines Waschbecken) schön sauber sei. Ich glaube sie sucht verzweifelt nach irgendetwas Nettem in dieser Indischen Railway. Es setzt ihr zu, was ich hier erlebe. Sie spürt, dass das alles hier keinen besonders guten Eindruck auf mich macht. Auf Grund meines sparsamen Wasserhaushalts kann ich darauf verzichten ihre Feststellung hinsichtlich der Toilette zu überprüfen.

Während der Zugfahrt tröstet sie mich immer wieder damit, dass wir am Ende dieser langen Fahrt bei ihr zu Hause rechtzeitig zu einem schönen Frühstück ankommen werden. Sie habe bei ihren Angestellten schon alles organisiert.

Es ist bereits nach 9 Uhr als ich sie mit der Bemerkung aufwecke, dass wir doch wohl gleich ankommen werden. Sie wühlt sich aus ihrer Liege hoch und schlurft zum Schaffner. Als sie nach einer ganzen Weile zurückkommt, schaue ich sie erwartungsvoll an in der Hoffnung, dass sie mir jetzt mitteilen wird, dass wir in wenigen Minuten unser Ziel erreicht haben. Da sie aber hochkonzentriert auf ihre Schlappen schaut, ahne ich Schlimmstes.

Ich kann ermessen wie unwohl sie sich fühlt als sie mir sagen muss, dass wir noch etwas Zeit brauchen werden. Ich fasse ungehalten nach und bekomme zu hören, dass wir in 45 Minuten in Lakser sind. Das ist für mich Ortsunkundige natürlich eine sehr aussagekräftige Information. Ich gebe nicht auf und frage: „Wie weit ist es dann noch nach Dehradun?" Keine Antwort. „Harjit, wie weit ist es noch nach Dehradun?" Ein leicht grunzendes Geräusch lässt immerhin vermuten, dass sie meine Frage gehört hat. Ich unternehme noch einen weiteren sehr nachdrücklichen Anlauf. Es ist ihr sichtlich unangenehm mir sagen zu müssen, dass es von dieser Station aus nochmals 45 Minuten sein werden, daher vertieft sie sich umgehend in ein Buch. Ich kann getrost davon ausgehen, dass wir nicht vor 11 Uhr ankommen werden.

Nach einiger Zeit blickt sie unvermittelt auf und meint: „Hm, man kommt sich langsam wie in einem Gefängnis vor." Das lässt meinen Humor kurzfristig aufflackern. Ich schwärme ihr vor, dass wir im Gefängnis schon mindestens drei Mahlzeiten gegessen und Ausgang gehabt hätten, außerdem stünden uns dort Duschen und saubere Betten zur Verfügung. Konnte gar nicht aufhören das Leben dort in höchsten Tönen zu loben. Dass die indischen Gefängnisse von diesem Luxus weit entfernt sind, habe ich wohlwollend außer acht gelassen. Harjit schien auch kein sonderliches Interesse daran zu haben, mich zu korrigieren. Sie war eher froh, dass ich scheinbar eine so hohe Meinung von diesen habe. Mein leidenschaftliches Eintreten für ein so viel schöneres Leben im Gefängnis hat unsere Lebensgeister für einige Minuten beflügelt. Die Realität der vor sich hin tuckernden altersschwachen Eisenbahn holt uns jedoch schnell wieder ein. Wir haben noch nicht einmal mehr Lust zum Reden.

Ein kleiner Nachtrag: ich bin und bleibe eine unverbesserliche Optimistin, habe ich doch Harjit geglaubt, dass wir nur noch 45 Minuten zur Ankunft brauchen. Es ist 0.30 Uhr als wir endlich den Bahnhof von Dehradun erreichen!

DEHRADUN
DONNERSTAG, 3.3.2016

Bei der Ankunft im Gästehaus vergesse ich umgehend den Gestank, den Dreck, den Lärm, die Zugfahrt. Schon die Anfahrt lässt erahnen, dass ich stilistisch in die englische Kolonialzeit eintauchen werde.

Ich bekomme ein Zimmer mit Vier-Poster-Bett, Kamin, kleinem angrenzendem Salon mit Sekretär und einem riesigen Duschbad. Die Angestellten zaubern noch ein Essen auf den Tisch, doch ich will möglichst schnell duschen und schlafen.

Beim Aufwachen höre ich Hundegebell und Vogelgezwitscher. Erst kann ich mich nicht orientieren, habe immer noch das Rattern des Zuges in den Ohren. Es klopft zaghaft an meiner Tür. Ich stehe auf und öffne leicht verschlafen. Welche Überraschung! Einer der Bediensteten des Hauses steht mit einer dampfenden Tasse Kaffee vor mir. Gestenreich schaut er mich etwas verlegen an und meint mit Blick auf seine Armbanduhr, er habe gedacht, ich sei jetzt um 11 Uhr sicherlich wach und würde gern einen Kaffee trinken. Er kann nicht wissen, dass man den indischen Kaffee zu j e d e r Tageszeit trinken und unbeeindruckt sofort weiterschlafen kann. Die Inder nehmen einen Teelöffel Nescafé, schütten heißes Wasser darüber und das ganze Gebräu sieht eher nach einem kurz aufgegossenen, blassen Tee aus. Heute jedoch auf diese nette Art geweckt zu werden kommt dem Gefühl im Paradies zu sein sehr nahe. Nach all den Strapazen schmeckt mir sogar diese durchsichtig-braune Plörre umwerfend gut. Sie erscheint mir der Gipfel allen Luxus.

Wenn ich meine Reise beendet habe, werde ich wohl erst einmal wieder lernen müssen mir Frühstück zuzubereiten, mein Bett zu machen und selbst zu kochen (das ist, Indien hin oder her, nicht gerade meine größte Leidenschaft). Seit meiner Landung in New Delhi bin ich es gewohnt, dass stets für jeden Handgriff wie aus dem Nichts ein Hausgeist erscheint und alles erledigt. Anfangs finde ich das sehr angenehm, doch mein Verlangen ungestört zu sein, ist nur bedingt realisierbar. Englisch, und das nur sehr rudimentär, spricht von den 8 jungen Männern, die sich neben dem Koch um das Wohl der Gäste kümmern, nur einer.

Sowie ich mich außerhalb meiner Räume befinde, werde ich alle 15 Minuten gefragt, ob ich Tee, Kaffee, Saft will. Damit sie nicht immer enttäuscht abziehen müssen, trinke ich ausreichend! Erst später sagt mir Harjit, dass ihr Personal nicht genug davon bekommen könne mich zu sehen, steigen in diesem Guesthouse doch in der Regel nur Inder ab.

Sie sind rührend bemüht, dass es mir an nichts fehlt. Noch! Ich bin gespannt, wie lange das anhält und weiß schon jetzt, dass das eine kurzfristige Freude sein wird.

Es amüsiert mich wie sie sich bemühen mir beim Mittagessen alle aufgetragenen Gerichte zu erklären, doch verstehe ich nur Bahnhof und bitte sie wiederholt, mir die Namen aufzuschreiben, ich würde sie mir ins Englische übersetzen. Jedes Mal strahlen sie mich an und nicken bejahend. Natürlich passiert nichts! Nach einer Weile gebe ich es auf sie daran zu erinnern. Ich lerne, dass ein zustimmendes Nicken oder Lächeln nur bedeutet, dass sie mich nicht verstehen, was sie aber nicht zugeben wollen, weshalb sie sich natürlich auf „indische Art" durchschwindeln.

Heute früh fragt mich der Koch, ob ich Joghurt haben will, benutzt dafür aber natürlich ein Hinduwort. Ich verstehe nur Bahnhof. Klingt irgendwie nach Kohl und den will ich in der Früh nun wirklich nicht. Daher winke ich mit der Bemerkung ab, dass ich keine „Vegetable" will. Das Wort „Vegetable" kennt er. Gestenreich macht er mir klar, dass er nicht Vechääbell (denglisch) meine. Er werde einen Kollegen holen, der spreche englisch. Zurück kommt er mit einem Mann, den ich bisher noch nicht gesehen habe, und der angeblich ein erweitertes Vokabular an englischen Wörtern hat. Immerhin kann dieser dann fließend „please, good good, tea and coffee" aussprechen. Das half also auch nicht weiter. Ich stehe auf und gehe mit meinem Zeigefinger an mein Auge tippend mit ihnen in die Küche. Körti, das habe ich heute gelernt, heißt Joghurt. Sie strahlen mich an, wiederholen jedes Mal, wenn sie an den Tisch kommen stolz „Körti! Ogurt!"

Da ich mich heute verständlicherweise ausruhen will, genieße ich den Garten, die Sonne, das Vogelgezwitscher und das Nichtstun. Ich habe bis jetzt noch nicht einmal meinen Koffer ausgepackt. Das werde ich nicht vor 17 Uhr in Angriff nehmen, denn erst dann lässt die Hitze allmählich nach. Gott sei dank sind die Abende und Nächte noch verhältnismäßig frisch.

Als ich anfange dem Leben aus dem Koffer nach 1 Monat endlich ein Ende zu machen klopft es. Was wollen denn die netten Jungs jetzt schon wieder? Etwas unwirsch öffne ich die Tür - und Harjit steht vor mir! Sie lächelt mich an und bittet mich sofort ganz schnell zu kommen, ihr Fahrer stünde schon bereit. Ich erhalte wie gewohnt keine weitere Erklärung, bitte sie jedoch einen Moment zu warten, da ich noch schnell den Rest aus dem Koffer in den Schrank räumen möchte. Davon will sie jedoch nichts wissen. Sie drängt zur Eile. Sie lässt sich lediglich zu der Erklärung hinreißen, dass es bald dunkel würde."Warum müssen wir so plötzlich aufbrechen?" Die Antwort verflüchtigt sich wie üblich in den Weiten des Universums. Da sie mir mit keinem Wort sagt, was sie vorhat, gehe ich davon aus, dass sie mir die Stadt zeigen will.

Vor dem Eingang wartet ungeduldig der Fahrer. Bei unserem Anblick reißt er die Wagentüren geflissentlich weit auf. Wie eine Königin mit ihrer Kammerjungfrau im Gefolge nimmt meine gute Harjit würdevoll hinter dem Fahrer Platz. Ich kann es nicht lassen sie nochmals zu fragen, wohin es geht: „Werden wir einkaufen fahren?" „Nein", und geheimnisvoll fügt sie hinzu: „Lass dich überraschen."

Ihr Chauffeur fährt ungeduldig hupend und alle Lücken ausnutzend mit waghalsigem Tempo durch den wie immer chaotischen Verkehr. Er scheint die Anweisung erhalten zu haben, dass wir es sehr eilig haben. Ich kann im Vorbeifahren einige Labels wie Pizza Hut, Lewis und Lacoste erkennen, Marken, die bereits hier vertreten zu sein scheinen. Am Wegesrand liegen ebenfalls einige 5-Sterne-Hotels. Doch weiter geht es stadtauswärts. Wir kommen an Tempeln vorbei, an Ashrams sowie buddhistischen Mönchen und ihren Schülern, die zu ihren Meditationsübungen schlendern. Inzwischen ist es stockdunkel geworden.

Nachdem wir uns ungefähr 20 Minuten durch diesen zähen Verkehr vorwärts gekämpft haben, kenne ich immer noch nicht den Grund unseres kleinen Ausflugs. Plötzlich dreht der Fahrer. Wir fahren wieder zurück!

Ich höre Harjit brummeln, dass es jetzt doch zu spät geworden sei. „Wofür?", will ich wissen. Sie wendet sich zu mir und meint bedauernd: „Ich wollte dir die Hillstation Mussoorie, die an den steilen Ausläufen des Himalajas liegt, zeigen. Dabei deutet sie auf einige Lichter, die irgendwo in finsterer Höhe und weiter Ferne auszumachen sind.

Nonchalant tröstet sie mich mit den Worten, dass ich jetzt noch genug Zeit habe vor dem Abendessen meinen Koffer auszupacken.

DEHRADUN
FREITAG. 4.3.2016

Es ist noch immer ungewohnt für mich wach zu werden und nicht schnell den Koffer wieder zum nächsten Reiseziel packen zu müssen. Während ich mich dusche höre ich, dass draußen auf der

Terrasse bereits mein Frühstück eingedeckt wird. „Oh", denke ich: „Super, endlich werde ich mal ganz allein am Tisch sitzen, muss nicht reden und kann meine morgendliche Kaffee-Illusion in aller Ruhe genießen."

Jimmy, eine Hündin, die sinnigerweise auf diesen Männernamen hört, hat gerade 8 Welpen bekommen. Ewig hungrig schaut sie vorbei. Klar, dass mir zufälligerweise was vom Tisch herunterfällt. Ihr Verlangen nach mehr kann ich nicht stillen, da einer der leider so aufmerksamen Servicejungen um die Ecke kommt. Jimmy verdrückt sich wohlweislich schnell. Kamlesh, der einzige Junge mit ein paar Brocken englisch, lächelt verstohlen. Er hat selbstverständlich bemerkt, was da gerade abgegangen ist. Mit meinem exotischen Status als Europäerin habe ich jedoch seine volle Sympathie.

Er ist zum Verschwörer geworden und scheint sich zu denken jetzt das Recht zu haben sich mit mir zu unterhalten. Mein Wunsch nach Ruhe ist mal wieder dahin. Er ist stolz auf seine Englischkenntnisse, wobei "Kenntnisse" ein hehres Wort ist. Sein Repertoire umfasst ca. 10 Wörter. Unsere Konversation besteht somit mehr aus Missverständnissen, die wir beide lachend hinnehmen. Er ist nicht gewillt so schnell wieder zu gehen. Es macht ihn glücklich sich mit mir unterhalten zu können. Ich bekomme wieder mal eine Lektion darüber, dass man in Indien, jenseits von Ashrams und Tourismus, sich nicht nach Alleinsein sehnen sollte.

Auf mich aufmerksam geworden, kommt jetzt auch noch der Gärtner, ein 85-jähriger alter Mann, hinzu. Er hat schon bei Harjits Eltern gearbeitet. Niemand versteht so viel von Pflanzen wie er. Diesen gilt seine ganze Liebe und Aufmerksamkeit. Stundenlang sitzt er trotz seines hohen Alters bei glühender Hitze in der Hocke um dem Unkraut zu Leibe zu rücken. Welke Blätter entfernt er mit einer einfachen Rasierklinge. Das geht blitzschnell. Da er durch 50 Jahre Gartenarbeit ganz krumm geworden ist, gebe ich ihm insgeheim den Spitznamen "Rumpelstilzchen".

Während er an seinen Pflanzen zupft, will er unbedingt mehr über mich erfahren. Kamlesh beginnt zu erzählen. Was? Keine

Ahnung! Garantiert fabuliert er sich da etwas zusammen, denn mit seinen wenigen englischen Vokabeln konnte er nicht allzu viel über mich in Erfahrung bringen. Trotz seines hohen Alters hat Rumpelstilzchen erstaunlich wache und warme Augen. Nachdem Kamlesh endlich mit seinen Auskünften über mich zu Ende gekommen ist, möchte ich den kleinen Mann gerne fotografieren. Eigentlich überflüssig um Erlaubnis zu bitten. Weiß ich doch bereits, dass es allen Indern schmeichelt, ob Mann, ob Frau, ob Kindern, wenn man sie ablichtet. Als ich ihm dann die Fotos von ihm auf meinem iPad zeige, strahlt er und klatscht aufgeregt wie ein kleines Kind in seine von Schwielen übersäten Hände. Er gerät vollkommen außer sich, macht seinem Namen Rumpelstilzchen alle Ehre, als ich noch ein Video mit ihm aufnehme. Ich muss ihm das kleine Filmchen wieder und wieder vorspielen.

Am Nachmittag bitte ich den Fahrer mich zum Bazar zu begleiten. Er ist etwas verwundert, wie mir Harjit später berichtet. In seinen Augen ist das doch nichts für eine reiche Lady aus Europa. Auf den Bazar gehen hier in der Regel nur die einfachen Leute. Die oberen Klassen suchen ihn eher selten auf. Bei den wohlhabenden Inderinnen sind die nach amerikanischem Muster erbauten Malls beliebter. Die Malls haben hier in Dehradun bei weitem nicht die Größe derer in Amerika. Man kann sie eher mit kleineren Einkaufszentren vergleichen. Meinem Beschützer sehe ich an, dass er es einfach nicht versteht, dass ich den Bazar vorziehe.

Schließlich gibt es hier nur wenige Touristen, die hier durch den Bazar gehen.   Dehradun ist eher eine Durchgangsstation zu den Ashrams und Tempeln von Rishikesh und Haridwar.

Langes Parkplatzsuchen bleibt uns durch den cleveren Geschäftssinn eines Grundstücksbesitzers inmitten des Bazars erspart. Er hat ein schmutziges, mit einer Ruine bestandenes Fleckchen Erde in einen Parkplatz umgewandelt und verlangt dafür ein paar Rupees.

Während ich durch die Verkaufsstände streife, folgt mir der Fahrer wie ein pflichtbewusster Leibwächter auf Schritt und Tritt. Ich schmunzle in mich hinein. Das geschieht sicherlich auf

Anweisung von Harjit, die wohl wusste welches Aufsehen eine Europäerin auf dem Bazar erregen wird.

Da es hier nur selten Europäer zu sehen gibt, kommt es teilweise zu Ansammlungen von Neugierigen, die mich verwundert anstarren. Die Frauen in ihren bunten Saris bleiben stehen und schauen mich mit offenstehenden Mündern und aufgerissenen Augen an. Ihre Gesichter drücken tiefste Verunsicherung aus. Manche erwidern mein Lächeln, die meisten aber scheinen sich voller Misstrauen zu fragen, was diese Ausländerin, die sich offensichtlich auch andere Geschäfte leisten kann, hier bei ihnen will.

Die Männer beäugen mich zwar ebenfalls, aber bei ihnen ist mehr Neugierde im Blick. Sie stoßen sich gegenseitig an um auf mich aufmerksam zu machen, grüßen oder rempeln mich an, damit ich sie wahrnehme, um mich dann breit anzugrinsen. Es hat sich scheinbar schnell im Bazar herum gesprochen, dass sich da eine ausländische Frau herumtreibt. Ich verstehe jetzt weshalb Harjit mir den Rat mit auf den Weg gegeben hat, Pantib, den Fahrer, nicht aus den Augen zu verlieren. Wer weiß, ob ich sonst bei all den Menschen, die mich berühren, anstarren oder auf ihre Weise begleiten, überhaupt einkaufen könnte. Sowie sie sehen, dass ich einen männlichen Aufpasser habe, weichen sie zur Seite und lassen mich ungestört die Verkaufsstände entlang gehen.

Die Händler hier sind äußerst zurückhaltend. Sie sind nicht so verdorben von den an touristischen Orten üblichen Massen an Ausländern, die ihre Stände überfluten. Sie wissen offensichtlich nicht wie sie sich mir gegenüber verhalten sollen. Will diese Frau da sich nur alles anschauen oder wird sie auch was kaufen? Ich genieße es, dass mir mal nicht rechts und links in die Ohren geschrien wird: „best prices for you". Wenn ich stehenbleibe und Interesse an ihren Waren zeige, erwacht natürlich auch bei ihnen umgehend ihr Händlerinstinkt. Sie beginnen ebenfalls, wie überall in den Bazaren, in Windeseile alles aus ihren Regalen zu reißen, doch eher unaufdringlich, fast scheu.

Bei einem Händler sehe ich wunderschöne, bestickte Kissen, die er mir für zu viel Geld verkaufen will. Er erhofft sich scheinbar mit dieser Fremden den Gewinn seines Lebens machen zu können. Für unsere Verhältnisse sind seine Bezüge zwar immer noch spottbillig, doch kenne ich mich im Laufe der Wochen, die ich nun schon in Indien herumreise, mit den Preisen gut aus. Da sie alle das Wort „Business" verstehen, mache ich ihm klar, dass ich den geforderten Preis, den er auf einen Fetzen Zeitungspapier geschrieben hat, überhöht finde. Es überrascht ihn, dass ich mich aufs Feilschen verstehe. Nach dem üblichen Hin und Her einige ich mich mit ihm auf eine für beide Seiten akzeptable Summe. Er verbeugt sich mit gefalteten Händen und einem respektvollen „Namaste". Meine Fähigkeit zu verhandeln hat ihm scheinbar gefallen. Mein „Leibwächter" schaut mich mit halb erstauntem und halb bewunderndem Blick an, um mir dann wortlos meinen Einkauf abzunehmen. Von seiner Seite ein Zeichen des Respekts, von meiner Seite genieße ich es keine Einkaufstüten schleppen zu müssen.

Pantib hatte scheinbar befürchtet, dass ich die örtliche Gewohnheit des Feilschens nicht kenne und daher zu viel zahlen würde. Sein Verhalten mir gegenüber verändert sich schlagartig. Ist er bisher nur gelangweilt vor mir an seinem Handy herumspielend hergelaufen, so schaut er auf einmal bei meinen Kaufgesprächen interessiert zu. Später erzählt er Harjit, dass er nicht nur überrascht gewesen sei über meine Art zu verhandeln sondern auch, dass ich scheinbar Dinge gefunden hätte, die einem Europäer gefallen.

Weiter fahren wir zu einer Straße, in der die Händler einer neben dem anderen, teilweise wunderschön dekoriert, Obst und Gemüse anbieten. Die meisten von ihnen sind Muslime. An jedem Stand sitzt ein alter, weißhaariger, langbärtiger Mann in einer versteckten Ecke. Diese griesgrämig schauenden Männer grüßen nicht, bewegen sich nicht, nur ihre Adleraugen verraten, dass ihnen nichts, aber auch gar nichts entgeht. Der Rest der jüngeren, männlichen Familienmitglieder versucht auf teilweise sehr zudringliche Weise einen zum Kauf am jeweiligen Stand zu überreden. Jeder von ihnen hält mir die Früchte teilweise so nah unter die Nase, dass ich öfters genervt zurückweichen muss. Die Stimmung bei diesen moslemischen Händlern auf dem Gemüse- und Fruchtmarkt, ist eher unangenehm. Sie haben nicht die Freundlichkeit der Hindus. Die Atmosphäre ist düster und angespannt. Es ist ganz offensichtlich, dass sie nur daran interessiert sind, ein Geschäft zu machen. Sie sind in keiner Weise zuvorkommend. Einer europäisch gekleideten Frau gegenüber schon gar nicht. Ich ernte missbilligende, verachtende Blicke. Sie wollen lediglich, dass ich schnell kaufe und sie mich umgehend wieder loshaben. Beim Bezahlen prüfen sie peinlich genau, ob ich ihnen auch die korrekte Anzahl an Rupees aushändige und reichen mir dann, ohne mich auch nur eines weiteren Blickes zu würdigen, die Tüte mit den Einkäufen. Grußlos wenden sie sich brüsk dem nächsten Kunden zu.

Zu ihren Gunsten nehme ich an, dass dieses Verhalten auch viel damit zu tun hat, dass die Moslems zwar in der indischen Gesellschaft geduldet aber nicht wirklich erwünscht sind. Überall begegne ich der mehr oder weniger versteckten Ablehnung den Moslems gegenüber. In den ganzen Wochen habe ich keinen Hindu getroffen, der mit einem Moslem befreundet war. Sie scheinen sich nur gegenseitig zu akzeptieren.

Die Angst des Staates vor terroristischen Anschlägen beginne ich mehr und mehr zu verstehen. In Delhi fand ich es eher verwunderlich, dass vor jeder Mall, jedem Kino ebenso die Sicherheitsbalken aufgebaut sind wie vor allen Hotels der gehobenen bzw. Luxusklasse und allen größeren Bürogebäuden. Doch auch hier in dieser Provinzhauptstadt trifft man auf dieselben Sicherheitsvorkehrungen. Beim Betreten eines Supermarktes oder größeren Geschäften muss man sämtliche Einkaufstaschen abgeben. Die Handtasche wird auf Waffen untersucht! Es hängt eine aggressive Atmosphäre in der Luft und es bedarf wohl nur des berühmten Funkens, zum Ausbruch größerer Konflikte. Den Indern steckt die Erfahrung mit der Gründung des Staates Pakistan noch in den Knochen, welches seinerzeit von Indien abgetrennt wurde, und - unter großen Blutverlusten der Hindus - ein rein moslemischer Staat wurde. Die Probleme, verursacht durch die gegenseitige Ablehnung, sind bis heute spürbar.

Das Erstarken des Islam macht dem indischen Staat unübersehbar große Sorgen. Diese nicht zu leugnende Gefahr vor

Terroranschlägen hat sich ebenfalls auf die Besucherzahlen aus dem Ausland ausgewirkt. Besonders die Deutschen, die von den Indern sehr bewundert werden, bleiben aus. Ich habe in den nun fast zwei Monaten meiner Reise nicht ein einziges Mal Deutsche getroffen.

Neben der großen Furcht vor terroristischen Anschlägen besteht bei den weiblichen Reisenden die nicht unberechtigte Angst vor Vergewaltigungen. In unseren Medien wird nur von Übergriffen auf Ausländer berichtet. Die traurige Tatsache aber ist, dass Vergewaltigungen in Indien an der Tagesordnung sind, so dass Eltern ihre Mädchen nie allein aus dem Haus gehen lassen. Es wird auch immer wieder darauf hingewiesen, dass die Mädels nur in Gruppen in der Öffentlichkeit auftreten sollen, in den Schulen ebenso wie im Verkehr, den Kinos usw.

Vergewaltigung von Mädchen ist nichts Neues in der indischen Gesellschaft. Männer wie Frauen dürfen bis zur Heirat keinen Geschlechtsverkehr haben. Nur wenigen jungen Männern ist es auf Grund des indischen Sittenkodex, aber auch aus finanziellen Gründen, möglich zu einer Prostituierten zu gehen. Somit stillen sie ihr Verlangen oft genug auf gewalttätige Weise.

In den ländlichen Gemeinden kommen diese Übergriffe auf kleine wie große Mädchen besonders häufig vor. Da die Frühehe inzwischen verboten ist, versuchen die jungen Männer häufig mit Gewalt ihre sexuellen Bedürfnisse zu befriedigen.

Trotz des Verbots werden immer noch -meist heimlich in der Nacht- Frühehen geschlossen. Schon Fünfjährige werden zwangsverheiratet, damit die Männer Sex haben können. Der Zusammenhalt der Familien auf dem Land ist so groß, dass nur wenige Daten an die Öffentlichkeit dringen. Auf Grund des offiziellen Verbots der Frühehen werden diese geheim gehalten. Für die armen Mädchen bedeutet das, dass sie zumeist nicht das Haus verlassen dürfen. Die Mehrzahl von ihnen wird wie kleine Sexsklavinnen gehalten. Indien hat mit 47%, den größten Anteil an Kinderehen weltweit.

Durch das Fernsehen, das Internet und die Filmindustrie

werden die Wünsche nach Sex und Geld immer gieriger, bes. in den Städten. Die jungen Männer schließen sich zu oft unberechenbaren Gangs zusammen. Die Zunahme der Kriminalität, gerade durch diese Jugendlichen, ist daher, neben den Vergewaltigungen, ein ebenfalls ernsthaftes Problem. Um sich das heiß ersehnte Mofa oder Motorrad leisten zu können wird gestohlen und eingebrochen. Auf Grund ihres Glaubens haben die Inder, die zwar vor Korruption nie zurückschrecken, das Eigentum der Nachbarn und Freunde nur in Ausnahmefällen angetastet. Die sogenannten Errungenschaften der zivilisierten Gesellschaft lassen die moralischen Schranken leider auch hier nur zu häufig fallen. Der krasse Unterschied von reich und arm wird von den Armen durch die virtuellen Medien nicht mehr so leicht hingenommen. Sie wollen auch ihren Anteil am Wohlstand der aufstrebenden indischen Gesellschaft. Kannte man früher keine verschlossenen Türen, so sichern die wohlhabenden Familien heutzutage ihr Eigentum noch zusätzlich durch Alarmanlagen.

Das Hauspersonal war früher seinen Herrschaften gegenüber meist lebenslang treu ergeben. Waren sie doch froh überhaupt eine Anstellung in einem Haushalt zu bekommen. Jetzt verlassen sie ihre Arbeitgeber umgehend, wenn sie einen Job im Dienstleistungsgewerbe wie in den Hotels und Restaurants ergattern können. Sie verdienen zwar im Grunde nicht bedeutend mehr, können aber mit Trinkgeldern rechnen und haben, wenn sie tüchtig sind, Aufstiegschancen. Der Traum von einem besseren Leben hat besonders die Jugend erfasst.

Viele junge Leute nehmen eine Stellung in einem Haushalt nur mit dem Ziel an so bald wie möglich eine andere Beschäftigung mit besserem Verdienst zu finden. Die im Privathaushalt gefundene Arbeit wird oft nur noch als Start in eine bessere Zukunft angesehen. Es ist verständlich, dass sie sich bei einem Monatsgehalt von 8 - 10.000 Rupees und wenig Chancen zur Gehaltsaufbesserung ständig nach einer lukrativeren Verdienstmöglichkeit umsehen. Ein Gehalt, das für ihre Brötchengeber noch nicht einmal ausreicht um sich gute Lederschuhe zu kaufen.

Die Mittel - und Oberschicht ist zwar besorgt, dass sie ihr

Personal nicht wie bisher problemlos und möglichst zeitlebens halten kann; aber trotzdem nicht vorausschauend genug, diese Leute besser zu bezahlen. Sie betreibt mehr oder weniger bewusst eine Vogel Strauß - Politik. Sie verschließt die Augen vor der Realität und hofft, weiterhin ein bequemes Leben führen zu können. Sie beklagt sich, dass Hotels und Geschäfte ihnen die Suche nach ihrem Dienstpersonal schwieriger machen. Dessen ungeachtet wiegt sie sich in der Sicherheit, dass letztendlich immer noch genug Nachschub an billigen Kräften in diesem überbevölkerten Land vorhanden ist.

Dem Hauspersonal gegenüber herrscht inzwischen wachsendes Misstrauen. Diebstähle haben erschreckend zugenommen. Man vertraut keinem seiner Hausangestellten mehr wie es in früheren Zeiten der Fall war. Diese sind inzwischen auch so clever, dass sie sich sagen: „Wir sind unterbezahlt; unsere Herrschaften leben in Saus und Braus, da fällt es nicht auf, wenn wir immer mal was mitgehen lassen." Ohne uns, das wissen inzwischen Viele von ihnen, können die Frauen der Mittel- und Oberschicht nicht ihren Haushalt führen. Diese Frauen sind es von Kleinauf gewöhnt, nichts zu tun. Sie lernen weder putzen, noch bügeln oder kochen. Sie sind noch nicht einmal in der Lage ihre Lebensmittel selbst einzukaufen. Ihre einzige Aufgabe besteht darin das Personal zu überwachen, Gäste zu empfangen, Kinder zu bekommen und gesellschaftliche Verpflichtungen zu erfüllen. Da die Wohlhabenden und Aristokraten ihre Kinder spätestens ab dem 10. Lebensjahr (häufig sogar schon früher) in Boardingschulen schicken und sie vorher zumeist nur vom Hauspersonal betreut werden, ist das für diese Ehefrauen auch keine den Tag ausfüllende Beschäftigung. Auf meine Frage an Harjit, wie die Frauen, die außer der Kontrolle über ihre Angestellten und die häuslichen Finanzen nichts zu tun haben, ihre Tage verbringen, reagiert sie entrüstet. Sie erzählt mir ernsthaft, dass es sehr anstrengend und mit hoher Verantwortung verbunden ist zu gewährleisten, dass der Haushalt reibungslos funktioniert. Generationen von Frauen hätten sich darin aufgerieben. Was für eine dumme Frage von mir!

Diese feudalen Tage sind ganz sicherlich gezählt. Eine der jungen Frauen, die ich in Harjit's Guesthouse kennenlernte, fragte mich ernsthaft wie wir in Europa ohne ausreichendes Personal leben können. Als ich erwiderte, dass wir ziemlich viel Personal in einer Person vereinen, nämlich der sogenannten Hausfrau, konnte sie diese kleine Provokation nicht verstehen und schaute mich verwirrt an. "Na, liebe Parvin, das ist ganz einfach. Unsere Hausfrauen sind gleichzeitig Mütter, Putzfrauen, Wäscherinnen, Köchinnen, Nachhilfelehrerinnen, Buchhalterinnen. Ich könnte dir noch mehr aufzählen, doch ich sehe, du wirst schon ganz blass. Glaubst du mir nicht?" Sie stotterte verlegen, dass das doch die Frauen überfordern müsse, sie könne sich das nicht vorstellen. Sie würde schon nicht mit ihren Verpflichtungen fertig. Lachend unterbreche ich sie und äußere provokativ: "Sie werden von ihren Ehemännern dafür mit gutem Sex entschädigt." Ihre Reaktion erschüttert mich: "Aber Tamara, das ist doch noch eine weitere Pflicht! Wie kannst du da von Entschädigung sprechen?" Nein, kann ich nicht, ich bin ausnahmsweise mal sprachlos.

Optimisten sprechen davon, dass Indien in fünf Jahren eine Weltmacht sein wird. Bei allen guten Wünschen für den Wohlstand Indiens wird das sicherlich nicht der Fall sein. Mehr als maximal zwei Generationen wird es aber wohl nicht brauchen. Man kann das schon hier in Dehradun erkennen. Schicke Geschäfte und schöne Cafés stehen zwar noch in scharfem Kontrast zur Armut um die Ecke, aber an den ansteigenden Grundstücks- und Hauspreisen lässt sich ebenso der aufkommende Wohlstand ablesen wie an dem stetig wachsenden Einkommen der aufstrebenden Mittelschicht. Die Jugendlichen und jungen Menschen der Großstädte wie New Delhi und Mubai sind in dieser neuen Welt, die sich jenseits der bisher bestehenden Traditionen entwickelt, bereits angekommen. Arrangierte Ehen sind hier eine zunehmende Seltenheit. Frauen legen den Sari nur noch zu Festen an. Die Jeans hat ihren Siegeszug bei ihnen unaufhaltsam angetreten. Der Tag wird kommen, da das Hauspersonal rar wird. Bleibt den Frauen nur zu wünschen, dass ihnen dann das eheliche "Pflichtprogramm" Spaß macht.

Es klopft an meiner Türe. Ich höre es nicht gleich, da ich im Bad bin. Doch ein ziemlich nachdrückliches Rütteln lässt mich aufhorchen. Jemand ruft laut: „Yoga!, Yoga!" Ach, ich habe total vergessen, dass heute ein Yogalehrer vorbei kommt. Er möchte mich kennenlernen und mit mir über unsere zukünftigen Trainingsstunden sprechen. Ich schlüpfe schnell in meine Jeans und gehe hinüber zum Salon, wo er bereits auf mich wartet. Damit er nicht zu viel voraussetzt, mache ich ihm gleich klar, dass ich von Yoga eher eine vage Vorstellung habe. Nur einmal habe ich vor ein paar Jahren an einem Yoga-Retreat teilgenommen. Warmherzig sieht er mich vergnügt an und meint, dass er mich ganz sicher nicht überfordern aber ganz bestimmt fordern wird. Das gefällt mir. Sein Vorschlag, dass ich ab 5 Uhr morgens meine Trainingsstunde aussuchen könnte, lässt mich allerdings in schallendes Gelächter ausbrechen. Ich sage ihm, dass ich in meinem Leben diese Stunde nur dann gesehen habe, wenn ich zum Flughafen musste, und selbst daran könne ich mich kaum erinnern. Unbeeindruckt wendet er ein, dass es aber besser ist, wenn ich gleich in der Früh noch nüchtern Yoga mache. Von 9 - 11 Uhr sei er bereits ausgebucht. Nachdem ich etwas mit meinem inneren Schweinehund gekämpft habe, einigen wir uns auf 7 Uhr morgens. Das ist ein harter Brocken für mich. Ich bin eine notorische Langschläferin, doch sich fordern hält ja bekanntlich jung!

Nachdem mir ein Astrologe an einem der touristischen Attraktionen im Schnellverfahren gesagt hatte, dass ich sehr alt werde, muss ich ja wohl etwas für mich tun! Ab Dienstag gibt es somit kein Entrinnen.

Nach einem kleinen Lunch auf der Gartenterrasse und ein paar Stunden, die ich mit lesen, schreiben, malen verbummle, fällt mir ein, dass Harjit mich gebeten hat, mich mal umzuschauen, ob man die Dekoration in den Gasträumen verbessern könne. Das im kolonialen Stil erbaute Haus ist überladen mit einer Unmenge von mehr oder weniger authentischen Antiquitäten, wobei die Betonung auf „weniger" liegt. Grottenhässlich und völlig daneben sind die überall auf den Sofa- und Sessellehnen verstreuten Schondeckchen. Gnadenlos räume ich sie alle weg. Da das Personal in seiner Mittagspause ist bin ich ungestört. Nachdem die Jungens von ihrer Siesta zurück sind, bitte ich Kamlesh, meinen bevorzugten Serviceboy, mir zu helfen einige etwas schwerere Möbel zu verschieben. Als ich ihm zeige, was ich bisher verändert habe, überrascht mich seine Reaktion. Er ist so begeistert, dass er zwei seiner Kollegen herbeiruft. Auch sie zeigen mit erhobenen Daumen und breitem Grinsen, dass ihnen meine Veränderungen gefallen. Hoch motiviert fassen auch sie umgehend mit an und nach einer weiteren halben Stunde haben die beiden Salons ein anderes, frischeres Aussehen. Dem Tonfall ihrer Unterhaltung kann ich entnehmen, dass sie ganz begeistert sind. Sie kratzen mithilfe von Kamlesh ihre paar englischen Vokabeln zusammen und loben mich abschließend mit den Worten: „Young, young, young, beautiful." Was wohl so viel heißen soll wie: „Endlich ist es nicht mehr so muffig hier."

Kaum sitze ich am Abendbrottisch, kommen aus der Küche fünf von den Jungens, angeführt von Kamlesh, herein. Sie gehen schwatzend an mir vorbei in die Räume, die ich gerade neu gestaltet habe. Ich höre sie flüstern und lachen. Neugierig geworden stehe ich auf und sehe, dass Kamlesh stolz wie ein selbstbewusster Fremdenführer, seinen Kollegen zeigt, was ich in den letzten Stunden geändert habe. Nachdem er ihnen alles, wirklich alles gezeigt hat, kommen sie zurück ins Esszimmer und stellen sich im Halbkreis um mich herum auf. Erstaunt und etwas irritiert sehe ich sie fragend an. Ein junger Mann, den ich bisher noch nicht gesehen habe, sagt mir mit einem etwas größeren englischen Wortschatz, dass sie alle sehr begeistert sind. Die Räume würden so frisch und freundlich aussehen. Es erstaunt mich, dass sie das sehen. Ich scheine an ihnen etwas angesprochen zu haben. Was? Keine Ahnung, denn von ihrem Zuhause her muss ihnen die Einrichtung hier schon vor meinen neuen Arrangements wie ein Schloss vorgekommen sein. Sie wuchsen in simplen Hütten auf, wo die einzigen Möbel aus den Betten der Familienmitglieder bestanden. Die wenigsten Hütten hatten mehr als einen Raum!

Sie bleiben weiter neben mir stehen, treten von einem Bein aufs andere, bis der in der englischen Sprache etwas versiertere Junge anfängt mir Fragen zu stellen. Ihre Scheu vor mir scheint gewichen. Sie wollen nun wissen wo ich herkomme, ob ich Familie habe usw., um mir daraufhin durch ihren „Übersetzer" alles über sich und ihre Angehörigen zu erzählen. Zum Schluss fragen sie mich, ob jeder von ihnen auf seinem Handy ein Selfie mit mir machen darf. Ich muss schmunzeln und stimme natürlich zu. Gut gelaunt ziehen sie palavernd ab.

DEHRADUN
SONNTAG, 6.3.2016

Heute wartet eine unangenehme Überraschung auf mich. Harjit ist gekommen um sich die Neugestaltung der Salons anzuschauen. Stolz will ich ihr das Ergebnis meiner gestrigen Arbeit zeigen, da muss ich entsetzt feststellen, dass fast alles wieder wie früher aussieht! Irgendjemand muss meine ganze Umräumaktion sabotiert haben. Ich bin völlig perplex. Kann mir nicht vorstellen, dass das jemand vom Personal gewesen ist, doch eine andere Erklärung gibt es nicht. Außer ihnen und mir ist augenblicklich niemand im Haus. Gäste kommen erst wieder in zwei Tagen. Ich bitte daher Harjit, ihre Jungs zu rufen. Jeder von ihnen beteuert jedoch seine Unschuld. Nur einer, Pratup, steht mit versteinerter Miene vor uns und schweigt, was ihn in meinen Augen verdächtig macht. Ich frage ihn daher direkt ins wie deine Kollegen!" Keine Antwort. Lediglich sein Blick verfinstert sich noch mehr. Ich schaue Harjit ratlos an. Sie knöpft ihn sich etwas barsch vor, doch er will nicht heraus mit der Sprache.

Harjit spricht ihn beim Mittagessen auf diese seine Aktion

nochmals an. Er verteidigt sich mit dem Hinweis, dass er dachte, ich hätte diese Veränderungen gegen ihren Willen vorgenommen. Aus diesem Grunde habe er versucht alles wieder in den Originalzustand zurück zu versetzen.

Sie schimpft ihn in meiner Gegenwart heftig aus, und das bekomme ich dann kurze Zeit später unangenehm zu spüren. Er grüßt mich nicht mehr, geht schnell weg, wenn er mich sieht. Das macht mir keinen Sinn. Ich kann das so nicht auf sich beruhen lassen.

Sowie ich Pratup alleine habhaft werde stelle ich ihn zur Rede. Erkläre ihm eingangs gestenreich, dass ich ihm nicht böse bin; doch bei seinen mehr als rudimentären Englischkenntnissen, komme ich nicht weit. Harjit muss mir nochmals bei der Verständigung helfen. Es stellt sich heraus, dass er mich ignoriert, weil Harjit ihn vor mir und all seinen Kollegen so bloßgestellt hat. Wie soll ich das denn verstehen? Harjit rügt ihn, und er empfindet das als Gesichtsverlust und ist sauer auf mich? Warum nicht auf sie? Natürlich, er kann es sich nicht leisten auf seine Chefin wütend zu sein, jedoch die Ausländerin, die im Grunde schuld daran ist, dass er so vorgeführt wurde, sie wird er in Zukunft meiden. Diese Logik ist für mich frappierend.

Auf keinen Fall will ich nun täglich angefeindet werden. Ich überlege hin und her, wie ich diese Geschichte aus der Welt schaffen kann. Zweifle auch etwas daran, dass Harjit mir die Wahrheit gesagt hat. Ein paar Stunden später bitte ich Pratup, mir einen Gingertee auf mein Zimmer zu bringen. Das kann er selbstverständlich nicht ablehnen. Grußlos kommt er bald darauf herein. Ohne mich eines Blickes zu würdigen stellt er den Tee auf mein Nachtkästchen. Ich halte ihn auf und stecke ihm 100 Rupees zu. Seine Miene hellt sich schlagartig auf. Dass ich trotz seines unfreundlichen Verhaltens ihm ein für ihn üppiges Trinkgeld zustecke, kann er kaum fassen.

Na, das hat mir gerade noch gefehlt! Ich wache mit schrecklichen Zahnschmerzen auf. Durch meine harmlose Fingerwunde
hatte ich ja bereits einige Erfahrung mit Hospital und Krankenhauspersonal hinter mir. Und nun zu einem Zahnarzt? Hier? Ich,
die ich schon bei dem Gedanken an einen solchen Herzrasen
bekomme soll mich ausgerechnet hier, in Indien, behandeln
lassen? Ich schlucke erst einmal Schmerztabletten, lege mir eine
Wärmflasche an die Wange und hoffe, dass ich das schon in den
Griff bekommen werde. Die Medizin hilft jedoch nur kurzfristig
und als Harjit zum Lunch vorbei kommt, muss ich sehr leidend
ausgesehen haben. Besorgt fragt sie mich, ob mir nicht wohl sei.
Ich nehme alle meine Selbstbeherrschung zusammen und quetsche
hervor, dass ich ein wenig Zahnschmerzen habe. Natürlich rät sie
mir, wie ich befürchtet habe, einen Zahnarzt aufzusuchen. Sie
versichert mir, dass ihrer sehr gut sei. Zum Beweis zeigt sie mir
ihre regelmäßigen, größtenteils überkronten, Zähne. Dem kann
ich nichts entgegen setzen und da die Schmerzen intensiver
werden, bin ich etwas später bereit ihn aufzusuchen. Sie hat
selbst keine Zeit und ordnet an, dass Pratup mich begleitet. Er soll
dafür sorgen, dass ich am Ende nicht doch noch ausbüchse! Mit
den Worten, dass ich wirklich keine Angst haben muss, denn sie
würde mich nicht zu jemandem schicken, dem sie nicht 100%- ig
vertrauen kann, gibt sie dem Fahrer die Adresse.

Nach endlos erscheinenden 15 Minuten Fahrt in sengender
Hitze, landen wir in einem heruntergekommenen Stadtviertel,
mit engen, dunklen und nach Latrine stinkenden Gassen. Ich sehe
immer mehr Gebäude, die entweder verfallen oder seit Ewigkeiten
nicht renoviert worden sind. Die meisten Häuser stehen leer.
Dazwischen sieht man provisorische, kleine Verkaufsstände,
Bettler und herumstrolchende Hunde. Wären die Schmerzen
nicht so unerträglich und hätte Harjit nicht betont, dass ich
ihrem Zahnarzt wirklich vertrauen kann, würde mich auch Pratup

nicht davon abhalten können umzukehren. Wir fahren scheinbar durch eine der ärmsten Viertel dieser Stadt.

Endlich halten wir vor einem Haus in einer wieder breiter werdenden Straße, das bewohnt scheint. Im Parterre sind sogar zwei Läden untergebracht. Eines davon ist eine Apotheke. Pratup geht hinein um zu erfahren, wo sich die Praxis befindet. Der Apotheker zeigt auf einen kaum wahrnehmbaren Eingang im selben Gebäude und erklärt, dass er der Vater des Zahnarztes sei. Wir öffnen eine mit undurchsichtigem Glas versehene Tür und blicken in einen schmuddeligen, dunklen, endlos erscheinenden langen Gang. Erneut muss ich meine Panik unter Kontrolle bringen. Die immer stärker werdenden Schmerzen halten mich davon ab, doch noch die Flucht zu ergreifen. Starr vor Schreck verharre ich und schaue Pratup hilfesuchend an. Der kann mein Verhalten natürlich nicht verstehen. Für ihn ist das hier ein ganz alltägliches Ambiente. Unbeirrt geht er weiter. Da ich aber immer noch wie gelähmt stehenbleibe, nimmt er mich verständnislos und unnachsichtig am Arm und führt mich mit leichtem Nachdruck durch diesen finsteren, mit vergilbten Bildern und einem mit billigem Linoleum ausgelegten nach Unrat stinkenden Schlauch. Zwei kleine, natürlich schmutzige und mit verschlissenem Lederimitat bezogene Bänke stehen vor der Tür zur Praxis. Pratup macht mir mit unmissverständlicher Geste klar, dass ich mich setzen soll. Er nimmt seinen Auftrag sehr ernst und scheint zu spüren, dass Fluchtgefahr besteht, denn er weicht mir nicht von der Seite.

Diffuses Licht dringt durch die Tür zum Behandlungszimmer. Alles wirkt unsäglich trostlos. Hier soll ein guter Zahnarzt sein?, der dazu noch nicht einmal einen Empfangs- und Warteraum mit Sprechstundenhilfe hat? Meine Angst lässt mich meine Schmerzen fast vergessen. Dank meinem unnachsichtigen Aufpasser kann ich aber nicht kneifen. Ich fühle mich verloren und bin versucht Pratup zu sagen, dass die Schmerzen magischerweise verschwunden sind. Ich würde das kennen, das passiere mir öfters. Sie werden ganz bestimmt nicht wiederkommen.

In diesem Moment geht die Tür auf, es gibt kein Entrinnen mehr. Vor mir steht ein kleiner Mann von vielleicht Anfang 40, bekleidet mit einem wohl von seiner Frau gestrickten, gemusterten Pullunder. Darunter ein sehr sauberes Hemd im westlichen Stil. Er sieht eher aus wie ein schüchterner, kleiner Barbier. Ich betrachte ihn voller Zweifel von oben bis unten. Mein Blick fällt voller Schreck auf seine Schuhe. Ach was, Schuhe! Er trägt alte Plastikschlappen! Seine Füße stecken in selbst gestrickten, dunkelgrauen Socken, die für die großen Zehen extra abgeteilt sind. Das ganze Männchen, welches mir gerade mal zur Schulter reicht, stellt sich vor und bekundet mit bescheidener Verbeugung, dass es der Zahnarzt ist! Oh Gott, der soll ein tüchtiger Mann seines Fachs sein? Mir scheint meine Angst im Gesicht zu stehen, denn er schaut mich sanft und fast liebevoll an. Das beruhigt mich etwas. In diesem Augenblick aber kommt der nicht mehr allzu moderne Zahnarztstuhl in mein Blickfeld. Nein, da werde ich mich ganz bestimmt nicht reinsetzen! Der Raum, der fast gänzlich von diesem immensen Stuhl eingenommen wird, lässt gerade noch Platz für einen kleinen, mit Papieren überladenen Schreibtisch und einem kümmerlichen, verstaubten, wackeligen Bücherregal. Ich schaue mir den Behandlungsstuhl genauer an. Er mag sauber sein, doch er ist so zerschlissen, dass ich meine erneut aufkommende Panik kaum unterdrücken kann.

Dr. Kumar, dem meine Situation scheinbar nicht auffällt, setzt sich und fordert mich ebenfalls auf an seinem Schreibtisch Platz zu nehmen. Er schaut mich fragend an, doch ich stammle nur noch „no pain anymore". Er überhört diese meine Bemerkung, wahrscheinlich kennt er diese Art von Patienten, und stellt mir einige allerdings sehr präzise Fragen. Nach seiner Anamnese weist er mit höflicher Geste auf diesen unsäglichen Stuhl. Ich gebe mich geschlagen.

Mit großer Gelassenheit und Ruhe streift er sich einen dünnen Plastik-Einweghandschuh über seine rechte Hand und fordert mich auf meinen Mund zu öffnen. Ich bin nur von einem Gedanken besessen: auf keinen Fall lass ich ihn bohren! Zu meiner Erleichterung stellt er fest, dass er mich nicht eher behandeln könne, bevor eine schon sehr weit fort geschrittene Entzündung an einem meiner Zähne nicht abgeklungen ist. Zuerst müsse diese medikamentös behandeln werden. Sollten meine

Schmerzen nachlassen, könnte ich mit der Weiterbehandlung bis zur Rückkehr nach Hause warten.

Zur Sicherheit will er aber noch eine Röntgenaufnahme machen. Das will ich schon gar nicht. Über seinem Behandlungsstuhl hängt ein Röntgengerät das bereits in die Jahre gekommen ist. Freundlich jedoch unnachsichtig und plötzlich sehr bestimmt besteht er darauf. Den aktuellen Zustand der Entzündung könne er nur mit einer Aufnahme feststellen. Resigniert knicke ich wieder ein und denke: " Ok, die kleine Röntgenbelastung wird mich schon nicht ins Grab bringen." Erstaunlicherweise hat er eine dicke Isolationsmatte, die er mir locker über die Brust legt. Er selbst bleibt seelenruhig und ungeschützt neben mir stehen.

Abschließend reibt er mir meine Entzündung mit irgendeiner unangenehm schmeckenden Paste ein. Umgehend verspüre ich eine große Erleichterung. Wie bei Entzündungen üblich, will er mir ein Antibiotikum verschreiben. Wieder protestiere ich, dieses Mal allerdings sehr heftig. Wahrscheinlich wundert er sich insgeheim über diese starrsinnige Patientin. Schnell beruhigt er mich mit der Feststellung, dass die Apotheke seines Vaters nebenan nur homöopathische Medikamente führt. Er werde mit ihm sprechen und mir von ihm einige Gläschen mit verschiedenen Kügelchen zusammenstellen lassen. Diese müsse ich zu ganz bestimmten Stunden jeweils im Mund zergehen lassen. Außerdem rät er mir nach jedem Essen die Zähne mit lauwarmem Wasser und etwas Salz vermischt zu spülen.

Mein kleiner, mir immer sympathischer werdende Zahnarzt setzt sich nochmals an seinen Schreibtisch und lässt es sich nicht nehmen auf einen Zettel einen handgeschriebenen Bericht für meinen Zahnarzt zu kritzeln.

Für diese ganze Konsultation inklusive der Medizin muss ich lediglich 1.000 Rupees berappen. Trotzdem ist mir im Falle des Falles die hochmoderne, blitzsaubere Praxis meines sehr viel kostspieligeren Zahnarztes lieber. Ich danke sämtlichen Göttern der indischen Welt, dass ich ohne Einsatz des Bohrers davon gekommen bin und verabschiede mich innerlich mit dem innigen Wunsch nicht nochmals hierher kommen zu müssen.

Dank der homöopathischen Kügelchen und Salzspülungen kann ich dann die Entzündung bis zu meiner Abreise einigermaßen im Zaume halten,

DEHRADUN
SAMSTAG, 18.3.2016

Während meines Frühstücks schickt mir Harjit eine SMS. Darin steht, dass sie mit mir einen Ausflug machen will. Ich solle mich umgehend bereithalten, sie werde in Kürze da sein. Nun, was das bedeutet habe ich oft genug beschrieben. Ich habe ihr allerdings bei der letzten längeren Wartezeit klipp und klar zu verstehen gegeben, dass ich meinen Urlaub nicht mehr mit weiterem Warten verbringen will. Ab sofort werde ich mich ausklinken, wenn sie mich länger als 15 Minuten warten lässt. Ihren leicht triumphierender Einwand, was ich denn dann allein schon unternehmen kann, erwidere ich lax mit: „Und wenn ich mich auf die Terrasse lege und Wolken zähle, genug ist genug." Sie lässt das auf sich beruhen und denkt wohl, dass das schon letztendlich nicht geschehen wird. Ich werde wie immer geduldig sein, was dann natürlich auch der Fall ist.

Immerhin trifft sie aber mit "nur" 1/2 Stunde Verspätung ein. Ich steige wortlos eins und will mich, wie gewohnt, zu ihr in den Wagenfond setzen. Sie hält mich mit einer Handbewegung zurück und meint liebenswürdig, ob ich nicht lieber vorne neben dem Fahrer sitzen möchte. Dann kann ich mehr sehen und habe genügend Platz für meine Beine. Mich verwundert diese ihre plötzliche Fürsorglichkeit. Weiß sie doch seit unserer Reise durch

Ratjashan, dass ich es vorziehe neben dem Fahrer zu sitzen, da mir schnell schlecht wird. In Dehradun bestand sie aber immer darauf, hinten neben ihr Platz zu nehmen. Warum jetzt plötzlich diese Rücksichtnahme?

Nach einer Weile im gewohnt zähflüssigen Verkehr wendet sie sich an ihren Fahrer und gibt im Anweisung noch eine Freundin von ihr, die etwas außerhalb der Stadt wohnt, abzuholen. Deshalb wollte sie also, dass ich vorne sitze!

Ich kann es nicht lassen sie nach unserem Reiseziel zu fragen. Immerhin antwortet sie, wenn auch mit einem unverständlichen Gemurmel. Ach, ist ja auch egal. Zu ihrem Glück liebe ich Überraschungen.

Nachdem wir schon eine ganze Weile die Stadtgrenze hinter uns gelassen haben, drehe ich mich zu ihr um und frage, ob es noch weit zu ihrer Freundin sei. Etwas unwirsch antwortet sie, dass diese vorhin angerufen habe. Sie habe eine 1/2 Stunde gewartet und sei nun wieder nach Hause gegangen. Trocken fügt sie hinzu: „I got my lesson today" und strahlt wie ein kleines Mädchen, dass endlich kapiert hat, dass es manchmal doch gut ist auf die Erwachsenen zu hören. Doch kleine Mädchen vergessen schnell....

Noch immer habe ich keine Ahnung wohin die Fahrt gehen soll. Ich lasse mich weiterhin treiben und genieße den Blick auf eine grüner und hügeliger werdende Landschaft mit vielen -meist ausgetrockneten- Flussbetten. Nach zwei Stunden halten wir an einem großen Staudamm. Harjit möchte hier erst einmal eine kleine Pause einlegen. Immerhin lässt sie mich wissen, dass unser Ziel noch nicht erreicht ist. Vor einem bescheidenen Kiosk sind ein paar wenig einladende Plastikstühle und -tische aufgestellt. Harjit holt zu meiner großen Freude einen Korb mit leckeren Sachen aus dem Wagen, und wir setzen uns zu einem gemütlichen Picknick hin.

Am Nebentisch unterhält sich ein frisch getrautes Brautpaar mit zwei Freunden. Plötzlich springt die junge Ehefrau kreischend auf. Ein Affe ist ihr wie aus dem Nichts kommend auf den Schoß gesprungen. Er stibitzt sich nicht irgendetwas von ihrem Essen, nein, er schnappt sich in Windeseile den ganzen Teller. Gleich in der Nähe, als wolle er zeigen wie gut es ihm schmeckt, setzt er sich schmatzend hin und beginnt überraschend manierlich seine Eroberung zu genießen. Umgehend kommen noch vier weitere Affen hinzu, die ihm dieses opulente Mahl nicht gönnen. Wie bei den lieben Menschlein auch nur zu oft üblich, lässt er keinen seiner Artgenossen näher kommen. Als der Teller leer ist, nimmt er ihn und lässt ihn achtlos vor seinen Kollegen fallen. Ich muss darüber so lachen, dass ich mich an meinem Mineralwasser verschlucke, was diesen Affen dazu veranlasst stehen zu bleiben, mich anzustarren und plötzlich seine Hand vor den Mund zu halten. Spätestens jetzt hat er mir gezeigt, dass Affen oft bessere Manieren haben als Menschen.

Die Fahrt geht weiter durch eine dschungelartige, dicht bewaldete Landschaft. Nach ca. 45 Minuten taucht an einem Flussufer ein großer, weißer Tempel vor uns auf. Ich schaue Harjit fragend an. Lächelnd meint sie, dass wir nun unser Ziel erreicht hätten: den bekanntesten Sikhtempel Indiens. Hier befindet sich der Guru. Von weither kommen Sikhfamilien um die Asche ihrer Liebsten in den Fluss zu streuen. So ganz nebenbei erwähnt sie, dass sie die ihrer Eltern auch hierher gebracht habe.

Der Name des Tempels: Gurdwara Paonto Sahib. Die ganze Anlage wird bevölkert von Turbanträgern (das Zeichen der Sikh-Männer), Frauen in Saris und zahllosen Kindern. Keine Touristen. Der Tempel liegt scheinbar nicht im Focus der europäischen Reisenden. Sikhs aus ganz Indien kommen hierher. Für sie, so Harjit, ist es eines der wichtigsten Pilgerzentren. Der Ort ist besonders heilig durch die Anwesenheit des Guru in diesen Gemäuern.

Vor dem Eingang zum Tempelkomplex dreht sich Harjit zu mir um und fordert mich auf, mir meinen Schal umzulegen. „Welchen Schal?", frage ich ziemlich überrascht. „Ich habe dir doch gesagt, dass du einen Schal mitnehmen musst, da wir einen Tempel besuchen." Jetzt fällt mir wirklich gar nichts mehr ein! Ich wusste bis jetzt noch nicht einmal wer oder was unser Reiseziel war!

Mit ihr zu diskutieren führt im besten Fall zu einem besonders intensiven Ausfall ihrer Hörfähigkeit. Provokativ erkläre ich daher, dass die Götter den Menschen u.a. zu einer mehr oder weniger schönen Haarpracht verholfen haben. Sie werden sich sicherlich an meiner ganz besonders erfreuen. Sie findet das nicht besonders spaßig und zaubert aus ihrer Tasche einen schönen, weißen Schal für mich hervor.

Im riesigen Tempelinnern befindet sich am Kopfende eine Art Baldachin auf den Harjit deutet und mir erklärt, dass sich dort der Guru befindet. Ich sehe aber nur einen noch relativ jungen, bärtigen Mann vor etwas sitzen, das aus meiner Perspektive nach einer mit einer schönen bestickten Stola überdeckten Truhe aussieht. Es erinnert mich an unsere Altäre in der katholischen Kirche. Verwundert schaue ich Harjit an und murmele, dass das aber ein noch recht junger Guru ist. Strafend schaut sie mich an und erklärt mir, dass der Guru keine Person sei, sondern ein Buch, das geöffnet vor diesem jungen Mönch liege. Mein Gesicht ist ein einziges Fragezeichen. Meine Freundin, die eine Sikh ist, nimmt mir meinen totalen Mangel an Bildung gegenüber ihrer Weltanschauung (keine Religion, wie sie mir klar macht, so wie auch Hindu keine Religion sei, sondern nur der Westen durch das Wort Hinduismus sie als solche ansieht) jedoch nicht übel. Erstmals erklärt sie mir geduldig und ausführlich, dass der letzte lebende Guru verfügte, dass nach seinem Ableben ein Buch der zukünftige Guru sein soll. Das würde verhindern, dass jeder Guru die Dinge anders auslegt. Dieses Buch wird auch insoweit wie ein Mensch behandelt, als es abends in ein Bett mit Kissen, Decke und Vorhängen hinter einer Glasscheibe zum Schlafen gelegt wird. Ich muss mir ein Grinsen verkneifen. Da legen diese Gläubigen ergriffen jede Nacht ein Buch schlafen, das in einem Bett zugedeckt wird wie ein Mensch! Manche religiösen Gebräuche sind schon recht skurril. Mich lässt es eher an ein absurdes Theaterstück denken. Wie vielschichtig wir Menschen doch in unseren Glaubensvorstellungen sind.

Harjit ist neben mir intensiv damit beschäftigt unzählige Treppen zu küssen. Wohl auch ein bedeutsames Ritual. Leider will sie es mir nicht erklären. All diese Regeln erinnern mich an die der Katholischen Kirche. Oft schon habe ich mich gefragt, was der liebe Gott sich wohl von all diesen Zeremonien wohl denken mag. Ich bin fest davon überzeugt, dass er viel Humor hat und sich somit liebevoll über die jeweiligen Sitten und Rituale seiner Geschöpfe amüsiert.

Meine sonst eher zum manipulieren anderer neigende Freundin ist von einer nicht wieder zu erkennenden Frömmigkeit. Nachdem sie alle ihre religiösen Übungen vollzogen hat, zieht sie mich zu einem Gebäude links vom Tempel. Auf dem Weg dorthin erfahre ich von ihr, dass es die Pilger beherbergt, die alle dort kostenlos verpflegt werden und, falls nötig, in einem großen Raum einen Schlafplatz zugewiesen bekommen. Wir betreten einen Saal in welchem ich in langen Reihen sitzende Menschen sehe. Freiwillige Helfer verteilen Essen in vor den Pilgern aufgestellten kleinen Blechschalen. Im hinteren Bereich des riesigen Saales befindet sich ein langes Wasserbecken mit vielen Wasserhähnen. Hier werden, ebenfalls von Freiwilligen, die kleinen Schüsseln für die nächsten Pilger ausgewaschen. Harjit erzählt mir, dass hier reich wie arm arbeitet. Eine von den Sikhs besonders gepflegte Tradition, die darauf beruht, dass jeder jedem dienen soll. Harjit verweist darauf, dass die Sikhs kein Kastenwesen kennen. Im täglichen indischen Alltag können aber auch sie sich dem nicht ganz entziehen, denn sie sind sehr stolz darauf Sikhs zu sein.

Ein weiteres Mal ist Harjit ob meiner Unkenntnis ihrer Bräuche entsetzt. Da wir beim Betreten der Tempelanlage unsere Schuhe ausziehen mussten, wasche ich mir beim Verlassen des Komplexes ganz unbefangen meine Füße in einer breiten Wasserrinne, die zum Tempelaufgang führt. Schließlich mag ich nicht mit all dem Dreck in meine sauberen Schuhe steigen. Harjit hat das nicht gesehen und konnte mich somit Gott sei Dank nicht vorher warnen. Zu Tode erschreckt mich daher der wilde Schrei einer der langbärtigen Tempelwächter. Vor Wut zitternd steht er vor mir, fast hätte er mich geschlagen. Da kommt Harjit herbeigelaufen. Ich schaue sie irritiert an. Mit kaum verhaltener Ungeduld macht auch sie ihrem Unmut Luft und fordert mich mit gebieterisch auf sofort die Wasserrinne zu verlassen. Das ist mir nun doch zu viel, und ich entscheide mich in Seelenruhe meine Schuhe anzuziehen, da meine Füße inzwischen sauber sind. Natürlich wollte ich nicht wissentlich religiöse Riten missachten, aber mich dann so anzuschnauzen, statt mir das – am besten schon vorher!- in Ruhe zu erklären, das ließ mich bockig werden. Wahrscheinlich hat mich der dort wohnende Guru für alle Zukunft verflucht, aber da ich keine Sikh bin, wird mir das sicherlich nicht weiter schaden.

DEHRADUN
MONTAG 21.3.2016

Allmählich kann ich die große Terrasse hier vor meinem Zimmer benutzen, denn es wird täglich wärmer. Keines der Zimmer hier oben ist belegt, die Terrasse gehört allein mir! Nach einem Frühstück mit Omelett und Haferbrei, hole ich mir mein Buch und will es mir so richtig gemütlich machen. Da kommt völlig unerwartet Harjit die Treppen herauf und setzt sich leicht stöhnend zu mir. Sie hat starke Schmerzen in den Kniegelenken und vermeidet es möglichst zu mir herauf zu steigen. Überrascht schaue ich sie an. Sie kommt sogleich zur Sache und erzählt mir, dass in ein paar Tagen ein wichtiger Gast aus der Schweiz anreisen wird. Er will die hier oben befindliche Suite für mindestens 6 Wochen mieten. Ihr Problem sei, dass diese seit Monaten nicht benutzt wurde und ihre Jungs jetzt alles gründlich säubern müssen.

Fragend schaue ich sie an und denke: „Was geht das mich an?" Schon rückt sie heraus mit der Sprache. Sie kann die Arbeiten nicht beaufsichtigen. Ihr fällt das Treppensteigen zu schwer. Sie sei mir sehr sehr dankbar, wenn ich das übernehmen könnte. Ihr Gast lege allergrößten Wert auf Sauberkeit, und ich würde die europäischen Standards besser kennen.

Meine Ruhe ist somit dahin. Natürlich werde ich ihr den Gefallen tun. Kurz darauf rücken vier Jungens mit unsäglich dreckigen Putzlumpen und einigen Eimern an. Sofort schicke ich sie zurück saubere Lappen zu holen. Sie können diese meine Aufforderung erst gar nicht begreifen. Entrüstet versuchen sie mir klar zu machen, dass sie diese Lappen schon seit Monaten benutzen. Ich muss lachen und antworte: "So sieht eure Putzerei auch aus!" Da ich lache können sie mit dieser Kritik umgehen und laufen miteinander scherzend brav davon um neue Wischtücher zu holen.

Obwohl ich sie dann ziemlich straff an die Hand nehme, folgen sie wie brave Kinder meinen Anweisungen. Sie erzählen mir, dass ihnen noch niemals jemand gezeigt hätte wie man die Zimmer reinigen muss. Ich grinse sie an und erwidre, dass sie das nicht sagen müssten, dass sähe ich dem ganzen Haus an. Erstaunt bin ich mit welchem Eifer sie loslegen. Es scheint ihnen regelrecht Spaß zu machen. Immer wieder wollen sie gelobt werden, nehmen meinen Tadel mit Humor hin. Kamlet kommt zu mir und meint, dass sie so begeistert bei der Arbeit seien, weil ich mitmachen würde. Fünf Stunden benötigen wir um die Suite gründlich zu reinigen. Zum Abschluss verabschieden sie sich von mir mit den Worten, dass sie noch nie so viel gelernt hätten.

Beim Abendessen haben die Jungs sich ein besonderes Dankeschön für mich ausgedacht. Der ganze Tisch ist mit Blumen und Kerzen wunderschön dekoriert. Ich sage ihnen nochmals, dass sie eine wirklich gute Arbeit gemacht haben und bewundere ihre Dekoration. Während ich esse, stellen sie sich um mich herum im Halbkreis auf und fragen unablässig, ob alles ok ist, ob ich mehr will, ob sie mir noch was anderes kochen können. Sie sind wie kleine Kinder, die eine Riesenfreude daran haben, dass ihre Mutter sie gelobt hat.

Harjit, die weder den Jungens noch mir dankt, bemerkt mit kritischem Unterton, dass sie unten in ihrem Büro sitzend immer nur fröhliche Stimmen gehört habe und will von mir versichert bekommen, dass die Suite auch wirklich blitzsauber sei. Selbst hinauf zu gehen und zu kontrollieren ist ihr zu beschwerlich.

Ich kann ihr nicht klarmachen, dass man seine Angestellten nur motivieren kann, wenn man immer wieder mal selbst mit anfasst und sie sich außerdem freuen, wenn man ihre gute Arbeit zu schätzen weiß. Indische Frauen scheinen ihr Personal nur zu kommandieren, anlernen können sie es schon gar nicht. Wie sollten sie auch? Sie sind von Kindesbeinen an Personal gewohnt, welches sich scheinbar untereinander die Arbeit mehr oder weniger gut erklärt.

DEHRADUN
DIENSTAG, 22.3.2016

Am nächsten Tag setzt Harjit sich beim Mittagessen im Patio zu mir. Sie redet anfangs über alles Mögliche, jedoch kein Wort über die gestrige "Putzorgie". Als sie dann aber loslegt, bin ich bass erstaunt, dass sie mich tadelt! Sie wirft mir vor, dass wir viel zu lange gebraucht hätten. Mir bleibt der Mund offen stehen. Ein, wenn auch nur kleines, Danke, hätte ich ganz nett gefunden. Doch es kam ihr weder gestern noch heute über die Lippen. Ich merke, dass es ihr scheinbar Probleme bereitet, dass das Personal so begeistert bei der Arbeit war. Heute würden die Jungens nun zu langsam arbeiten und nicht mehr umgehend ihren Anweisungen Folge leisten. So wie ich mit ihnen umgegangen sei brauche sie jetzt einige Zeit wieder Disziplin in die Bande zu bekommen. Auf meine Frage, ob sie sich die Suite (100 qm!) heute wenigstens einmal anschauen möchte, erwidert sie unwirsch, dass sie sich dann nur ärgern würde, dass wir so lange gebraucht haben.

Ich beschließe nicht mehr auch nur einen Finger für sie zu rühren. Werde also ab jetzt ungestört lesen, schreiben und die Sonne genießen können! So einfach ist es Menschen zu demotivieren!

Ein Charakterzug stellt sich immer klarer heraus: Eifersucht.

Das ist keine typische Eigenschaft von Harjit allein sondern stark verbreitet bei der Mehrzahl der indischen Frauen, wie mir eine Freundin später berichtet, die jahrelang in Indien gelebt hat.

DEHRADUN
MITTWOCH, 23.3.2016

In der Nähe des Guesthouses, unfern von Harjit´s eigenem Haus, befindet sich ein Kosmetikstudio. Harjit und ich wollen uns dort heute verwöhnen lassen. Überflüssig zu sagen, dass wir mit fast zweistündiger Verspätung endlich ankommen. Zu meiner freudigen Überraschung liegt es in einem schönen Garten mit einem netten kleinen Café. Die Außenfassade des bungalowartigen Gebäudeensembles, bestehend aus vier kleinen Häusern, ist in jungfräulichem Weiß gestrichen, Türen und Fenster blau umrahmt. Die ganze Anlage sieht aus wie eine aus einem Reiseprospekt für Griechenland herausgerissene Seite. Alle Stühle und Tische sind ebenfalls in diesem fröhlichen Blau gehalten und ein paar weiß getünchte Sitzbänke machen die Illusion von Urlaub in der Ägäis perfekt. Ich bin ganz begeistert und frage meine Freundin warum sie mir nie davon erzählt hat. Garantiert wäre ich da sicherlich schon öfters hingegangen. Was antwortet sie darauf? Wer errät es? Nichts!!!!

Während ich mir eine einfache Maniküre und Pediküre gönne, kann ich zusehen mit welchem Aufwand sich die Frauen hier ihre Nägel verzieren lassen. Da werden Pailletten und Farben in ausgeklügelten Mustern aufgetragen. Eine junge Frau ist spezialisiert auf diese Arbeit. Ich erfahren von ihr, dass sie für eine Kundin jeweils zwischen 1 1/2 bis 2 Stunden benötigt. Schon beim reinen Zuschauen werde ich kribbelig. Fühle mich wie eine Landpomeranze, die sich nur ihre natürlichen Nägel zurechtstutzen lässt.

Ein Gefühl, dass mich nicht einmal ansatzweise unglücklich macht.

Weil Harjit länger braucht, gehe ich hinaus um mich ein bisschen im Garten und einer dort befindlichen kleinen Boutique umzusehen. Neben dem Lädchen ist in einem der Häuser das Büro untergebracht. Da ich Jemanden sprechen höre, klopfe ich zögerlich an. Sofort öffnet mir eine junge Frau in einem atemberaubend eleganten, apricotfarbenen Sari und stellt sich als Sameena vor, sie sei die Besitzerin. Obwohl sie recht füllig ist, hat sie sehr schöne, regelmäßige Gesichtszüge. Ich sage ihr wie überrascht und begeistert ich von diesem wunderschönen Kleinod bin und füge hinzu, dass mich die ganze Ausstattung an Kreta erinnere. Lachend erwidert sie, dass sie dort ihre Flitterwochen verbracht habe. Sie habe sich spontan entschlossen bei der Gestaltung ihres Geschäftes diese Farben zu verwenden.

Da die Inder nicht leicht europäische Nationalitäten einordnen können, gebe ich mich erst einmal als Spanierin aus. Auf die Frage nach dem Woher in Spanien antworte ich wahrheitsgemäß "Mallorca" und bin bass erstaunt, dass sie weiß wo das liegt und dass es eine Insel ist. Setzt jedoch schnell erklärend hinzu, dass sie auf Ibiza gewesen sei und daher auch wisse wo Mallorca liegt. Sie erzählt begeistert von ihrem Urlaub dort.

Harjit, die endlich fertig ist, schaut leicht verwundert, dass ich mich bereits in einem anregenden Gespräch mit Sameena befinde, die ein sehr klares und gutes Englisch spricht.

Meine Freundin kann sich nicht daran gewöhnen, dass ich nicht die geringsten Hemmungen habe Menschen anzusprechen und mich bei gegenseitigem Nichtverstehen mit Händen und Füssen gestikulierend „unterhalte".

Sie nimmt mich etwas barsch am Arm um mich daran zu erinnern, dass ich sie doch zu einer Erfrischung im Café einladen wollte. Sameena ist verwundert, dass Harjit unser Gespräch fast unhöflich unterbricht. Sie ruft mir nach, dass ich mich bitte wieder bei ihr melden solle. Harjit zieht mich weiter zum Lokal. Sie hat mich gern für sich allein und das am liebsten ausschließlich. Das ist bisher in meinem Leben aber noch niemandem gelungen!

Wir setzen uns unter einen in voller Blüte stehenden Mangobaum. Er ist übersät mit wunderschönen, an zarten Stängeln verästelten kleinen Blumen. Auf Grund der großen, vollen Frucht hatte ich mir Mangoblüten immer als dicke Dolden vorgestellt. Es ist mir rätselhaft wie sich aus diesen zarten, zieliert wirkenden Blüten eine so große Frucht mit einem dicken Kern entwickeln kann.

Nach all dem Staub und den finster dekorierten Räumen im Gästehaus sowie in den Häusern und Wohnungen von Harjit's Freunden, fühle ich mich hier erstmals wohl und wie befreit. Die südlich-beschwingte Atmosphäre in diesem schönen Ambiente tut mir gut. Es fällt mir schwer mich von hier zu trennen. Am liebsten wäre ich den Rest des Tages hier geblieben, doch Harjit drängt zum Aufbruch.

DEHRADUN
SONNTAG, 27.3.2016

Die letzten Tage habe ich im Bett verbracht. Nicht nur dass mich Montezumas Rache ein wenig in den Griff bekam, erschwerend war ein sehr eigenartiger Virusinfekt. Fieber und Schüttelfrost wechselten sich ab. Ich konnte nichts essen, war totenblass und fast unfähig aufzustehen. Täglich schaute der Yogalehrer bei mir vorbei, massierte mir Beine und Arme und versuchte meinen Kreislauf wieder in Schwung zu bringen.

Heute, wo es mir endlich etwas besser geht, klopft es und Harjit kommt mit einem Strauß roter Nelken in der Hand herein. Sie meint, dass sie sich von ihren Angestellten täglich habe berichten lassen wie es mir ginge. Selbst sei sie bisher nicht heraufgekommen, da sie fürchtete sich anzustecken. Als ihr Kamlet heute früh mitteilte, dass es mir besser ginge, habe sie sich entschlossen mich zu besuchen.

Sie setzt sich an mein Bett, streichelt mir die Hände und sagt wieder und wieder wie lieb sie mich hat, beteuert wie sehr sie sich gesorgt hätte. Jetzt, so meint sie, würde sie bestimmt öfter nach mir sehen. Morgen hat ihr Fahrer leider frei. Sie kann somit nicht kommen und wird den ganzen Tag daheim sein. Als sie sich erhebt streicht sie mir mütterlich über meine Stirn und wiederholt im Hinausgehen nochmals wie sehr sie mich liebe. Ich bin über diesen Ausbruch an Zuneigung verwundert und gerührt zugleich.

Im Laufe des Tages fühle ich mich wieder kräftiger und noch beeindruckt von ihrem warmherzigen Besuch und voller Mitgefühl, dass sie morgen in ihrem Haus bleiben muss, rufe ich sie gegen Abend an. Möchte wissen, ob ich sie morgen in das nette kleine Café-Restaurant von Sameena zum Mittagessen einladen darf. Es liegt nur ein paar Minuten entfernt von ihrem Zuhause, so dass sie das Stückchen sicherlich zu Fuß gehen könne. Hocherfreut stimmt sie zu. Kamlet bitte ich dort für uns einen Tisch zu reservieren.

Vorsichtshalber schicke ich Harjit noch eine SMS in der ich ihr schreibe, dass ich sie 10 Minuten vor 1 Uhr abholen werde und sie hoffentlich pünktlich ist. "Don´t worry", war ihre Antwort.

DEHRADUN
MONTAG, 28.3.2016

Wie verabredet treffe ich zur vereinbarten Zeit bei ihr ein. Ich läute. Keine Antwort. Die Tür ist verschlossen. Ich rufe, klopfe immer nachhaltiger an ihrer Tür, doch nichts bewegt sich. Ihr Handy nimmt sie nicht ab. Nach weiteren 15 Minuten bin ich davon überzeugt, dass sie meine gestrige SMS wohl falsch verstanden hat und bereits im Lokal auf mich wartet.

Ich gehe los, doch ein guter Orientierungssinn gehörte noch nie zu meinen hervorragendsten Qualitäten. Wie nicht anders zu erwarten verlaufe ich mich hoffnungslos. Alle Straßen sehen gleich aus. Keine Anhaltspunkte, die eine Wiedererkennung möglich machen könnten. Allmählich bin ich verzweifelt. Mir bleibt nichts anders übrig als sie nochmals anzurufen, doch erneut keine Antwort. Verzweifelt sende ich eine SMS und hoffe, dass sie diese wenigstens liest. Es ist drückend heiß. Ich habe Durst. In dieser Gegend gibt es aber weit und breit keinen Supermarkt oder Kiosk. Ansprechen kann ich auch niemanden, denn dies ist eine reine Wohngegend und von den paar Touristen, die durch Dehradun reisen, verirrt sich hier garantiert keiner. Ein Tuk-Tuk kommt vorbei. Die Fahrer sprechen meistens ein paar Worte englisch. Doch dieser versteht noch nicht einmal den Namen des Lokals und lässt mich ungerührt in meiner Verzweiflung zurück. Ich fühle mich unendlich allein und verlassen. Was soll ich bloß machen? Scheinbar bewege ich mich im Kreis, denn immer wieder komme ich an einer kleinen Tuk-Tuk-Werkstatt vorbei. Da stoppt ganz plötzlich ein Wagen direkt neben mir. Erschrocken weiche ich zurück. Im selben Moment wird die Tür des Wagenfonds aufgerissen. Eine Sekunde geht mir der Gedanke des Kidnappings durch den Kopf, da sehe ich aus den Augenwinkeln Harjit im Wagen sitzen. Mit einer herrischen Handbewegung fordert sie mich auf zu ihr einzusteigen und fängt umgehend an mich lauthals zu beschimpfen. Sie scheint völlig außer sich zu sein. So unbeherrscht habe ich sie noch nie erlebt. Im ersten Moment denke ich, dass sie schauspielert um mir einen Schreck einzujagen.

Mit sich vor Wut überschlagender Stimme überschüttet sie mich mit Vorwürfen. Sie sei pünktlich am Guesthouse gewesen um mich abzuholen. Sie habe mich dort überall gesucht. Mein schwacher Einwand, dass ich ihr doch eine SMS geschickt hatte aus der hervorging, dass ich sie abholen würde, überhörte sie ebenso wie meine verwunderte Frage wieso sie denn jetzt doch mit ihrem Fahrer unterwegs sei. Dem Umstand, dass ich sehr ruhig bin, wenn Menschen ausfallend werden, ist es zu verdanken, dass die ganze Geschichte nicht ausartet.

Ich lächele sie um Verzeihung bittend an und meine: "Tut mir leid, dass wir da scheinbar ein Missverständnis hatten, komm lass uns jetzt was Schönes essen." Na, da habe ich wohl wieder ins Schwarze getroffen! Erneut legt sie los. Ihr sei der Appetit vergangen, soll der einzige Kommentar sein, den ich hier aus ihrem wortgewaltigen Ausbruch widergebe.

Sie gibt dem Fahrer im barschen Ton die Anweisung zum Restaurant zu fahren und wendet sich an mich mit den Worten: „Ich werde dich dort absetzen und in zwei Stunden wird der Fahrer dich wieder abholen und zurück ins Guesthouse bringen." Schweigend fahren wir weiter. Ich verstehe nichts mehr, mache beim Aussteigen nochmals den Versuch sie friedlich zu stimmen, der ebenfalls gänzlich misslingt.

Was ich gegessen habe? Ich weiß es nicht mehr. Dass ich aber nun seit drei Stunden hier auf den Fahrer warte, rüttelt langsam an meinen Nerven. Ob sie ihn letztlich doch nicht geschickt hat? Allein finde ich auf keinen Fall zurück. Da fällt mir ein, dass mein Yogalehrer in der Nähe wohnt. Ich rufe ihn an und frage ihn, ob er mich evtl. mit seinem Motorrad nach Haus fahren kann, der Fahrer von Harjit hätte mich nach zwei Stunden abholen sollen, jetzt seien aber bereits 3 Stunden verstrichen.

Schon nach fünf Minuten ist er da und kommt amüsiert grinsend auf mich zu mit den Worten: "Der Fahrer wartet seit einer Stunde hier auf dem Parkplatz auf dich. Er hat sich nicht getraut ins Restaurant zu kommen". Das kapiere ich nicht. Ich sitze hier durch eine kleine weiße Mauer getrennt vom Parkplatz auf einer allen zugänglichen, offenen Terrasse und dieser Mann konnte nicht um die Ecke kommen und mir sagen, dass er da ist?! Anil zuckt mit den Schultern. Sein englisch ist zu begrenzt um mehr zu erklären.

Heimgekommenen versuche ich Harjit umgehend anzurufen um ihr zu sagen, dass ich es sehr bedaure, dass der Fahrer so lange auf mich gewartet hat. Leider konnte ich doch nicht wissen, dass er um die Ecke auf dem Parkplatz auf mich wartete. Sie nimmt jedoch wieder nicht ab. Ich halte ihr zugute, dass sie wahrscheinlich ihr Mittagsnickerchen hält und versuche ihr die Geschichte per SMS zu schildern.

Lange warte ich auf eine Antwort. Erst am Abend, nach dem Essen, erreicht mich eine kurze SMS mit dem Kommentar "enough is enough". Damit kann ich so gar nichts anfangen und rufe sie umgehend an. Wieder ergebnislos. Ratlos gehe ich zu Bett, kann aber nicht einschlafen, da ich die ganze Situation nicht einzuordnen vermag.

Ich lade sie zum Essen ein und dann diese Reaktion!!! Es ist schlimm, dass ich mit niemandem sprechen kann. Irgendwann tröste ich mich mit dem Gedanken, dass wir morgen sicherlich ein klärendes Gespräch haben werden.

DEHDRADUN
DIENSTAG. 29.3.2016

Den ganzen Tag warte ich nun schon auf eine Reaktion von Harjit. Doch sie lässt sich weder hören noch sehen. Was hat sie denn nur? Ich lade sie ein und werde schlussendlich nur beschimpft?! Warum? Über den Tag verteilte Anrufe nimmt sie nicht an. Meine SMS scheint sie gelesen zu haben. Normalerweise kommt sie täglich zum Mittagessen. Heute meidet sie den ganzen Tag das Haus. Langsam wird mir die Sache unheimlich. Was soll das?

Zwei Nächte habe ich nun kaum geschlafen. Hoffe immer noch, dass Harjit mit mir über das Vorgefallene sprechen wird. Hoffe, dass wir evtl. Missverständnisse durch ein versöhnliches Gespräch aus dem Weg räumen können, doch langsam reicht es mir. Kurz entschlossen fahre ich zu einer Reiseagentur und buche einen Flug mit Hotel nach Udaipur.

Ihr gegenüber hatte ich mal erwähnt, dass ich mir diese Stadt, die auch die Perle Ratjasthans bzw. das "Venedig Indiens" genannt wird, noch vor meiner Rückkreise anschauen möchte. Der Vergleich mit Venedig beruht im übrigen auf der Tatsache, dass Udaipur von zwei großen Seen, die das Stadtbild bestimmen, eingerahmt ist. Harjit hatte dieses Kleinod nicht auf ihrer Reiseroute mit mir eingeplant, meinte aber, dass wir das bei meinem nächsten Besuch nachholen werden. Wahrscheinlich wird es ihr nicht sonderlich gefallen, dass ich mich jetzt selbständig mache. Trotzdem hoffe ich, dass sich ihre wie auch immer geartete Verstimmung bis zu meiner Rückkehr gelegt haben wird.

Da ich nicht weiß an wen ich mich für eine Reise wenden kann, rufe ich Sameena, die Inhaberin des Cafés und Kosmetikstudios an und frage sie, ob sie mir ein Reisebüro empfehlen kann. Kann sie und nun sitze ich seit eineinhalb Stunden hier. Rachit, der Inhaber, hat sich meinen Reisewunsch angehört und brütet nun schon gefühlte 45 Minuten über seinem Computer. Doch es bewegt sich nichts. Als sei ein Film mitten in einer Szene hängen geblieben, starrt er nur unverwandt auf den Bildschirm. Durch Harjit genügend in Geduld geübt, wage ich dann seine meditative Reisebuchung mit der Frage zu unterbrechen, ob es Probleme gäbe. Mit verlegenem Lächeln gesteht er mir, dass die Seite mit den Hotels sich so gut wie gar nicht öffnen lässt. Das Internet sei mal wieder sehr langsam. Ich weiß nicht wie lange ich noch dort gesessen wäre, wenn ich ihn nicht gefragt hätte.

Soll noch jemand sagen, dass Indien ein fortschrittlicher Technologie-Staat ist. Wie immer und überall das gleiche Problem! Wahrscheinlich sind die besten der besten Computerspezialisten in gut bezahlte Positionen in Europa untergekommen und die weniger begabten dürfen in Indien ihr Unwesen treiben.

Nach einer weiteren Unendlichkeit gibt Rachit auf und bittet mich in mein Guesthouse zurück zu fahren. Er werde mir die Links zu den Hotels, die er empfehlen kann, baldmöglichst mailen. Zwei Stunden ohne Ergebnis! kommt in mir Warum konnte er mir das nicht eher nahe legen? Ich gebe mir selbst die Antwort: weil die Uhren in Indien eben ganz anders gehen, nein, sie schleichen. Die Inder beweisen der mir an Effizienz gewöhnten Europäerin immer wieder, dass Gelassenheit das oberste Gebot des Lebens ist. Ich nehme mir ein Tuk-Tuk zurück zum Guesthouse und stehe dort angekommen vor dem nächsten Problem! Auch hier mal wieder kein WiFi!

Nachdem ich Harjit einen Monat in den Ohren gelegen habe, dass es in unserer heutigen Zeit nicht angeht Zimmer ohne einen kontinuierlich funktionierenden Internetanschluss zu vermieten, sind heute die Techniker von Airtel am Werk und verlegen in alle Zimmer Sendeboxen.

Zu verdanken habe ich das aber letztlich dem Besitzer des Hotels, der sehr ungehalten war, dass Harjit das noch immer nicht geregelt hatte. Er berücksichtigt dabei nicht, dass Harjit kein bes. ausgeprägtes technisches Verständnis hat. Sie erledigt alles mit ihrem Handy. Obwohl sie ein Facebook-Account hat und viel darüber kommuniziert, ist sie an einem Internetzugang nicht weiter interessiert. Das verstehe ich nicht ganz, doch dann erfahre ich durch Kamlesh, dass sie einen Handyvertrag hat, welcher auch den Zugang zum Internet beinhaltet.

Am Nachmittag ruft mich Rachit an. Er will wissen, welches seiner vorgeschlagenen Hotels mir gefällt. Ich erzähle ihm von den Anschlussarbeiten hier im Guesthouse. Er bittet mich im zu vertrauen und ihm Zeit zu lassen, denn er würde gern ein Sonderangebot von einem sehr schönen Hotel in Jaipur für mich buchen.

Es sei Nachsaison und doch seien diese Angebote immer nur kurzfristig im Netz. Natürlich vertraue ich ihm, was bleibt mir auch anderes übrig? Mein Wunsch so schnell wie möglich hier weg zu kommen ist vorrangig.

Kurz darauf meldet er sich:" Sorry, M-me, leider habe ich kein Glück mehr gehabt, das Angebot ist schon ausgelaufen oder kann ich sie einen Tag früher buchen?" Klar, ich will hier raus und ohnehin muss man flexibel sein, da man in diesem verrückten Land sonst verloren ist. Beharren, eine schlechte, europäische Eigenschaft, bringt mir im bestenfalls einen Herzinfarkt ein. Nicht umsonst kommt Yoga aus Indien.

VON DEHRADUN NACH UDAIPUR
MONTAG. 4. 4. 2016

Überraschenderweise ist der Fahrer, der mich zum Airport bringen soll, bereits eine Viertelstunde vor der verabredeten Zeit da. Er spricht sogar ein paar Worte englisch und legt mit seinem kleinen Auto ein ziemliches Tempo vor. Als müsse er beweisen, dass seine Klapperkiste normalerweise nur Rallyes fährt.

Wie immer verbiete ich mir auch nur ansatzweise dieses halsbrecherische Lavieren durch den Verkehr anzusehen.

Der Flughafen von Dehradun scheint in Vergessenheit geraten zu sein. Warten, wieder warten. Kein Flieger auf dem ganzen Rollfeld, keine Durchsagen vom Personal. Ich hatte den Flug auf Anraten Rachit´s bei Jetairway gebucht. Diese Fluglinie, so sagte er mir, sei die einzige, die keine Verspätungen kenne. Indien will mir aber mal wieder beweisen, dass man sich hier auf nichts wirklich verlassen kann. Nach über zwei Monaten weicht der Gelassenheit darob mehr ein hilfloses Resignieren.

Endlich, mit „nur" halbstündiger Verspätung, somit für hiesige Verhältnisse pünktlich, landet die Maschine. Viele Fluggäste hatten sich auf dem Rollfeld lustwandelnd ihre Zeit vertrieben. Jetzt schlendern sie ganz gemächlich zurück, ohne auch nur im Geringsten ungehalten zu sein. Wahrscheinlich sind sie einfach nur glücklich, dass die Maschine so gut wie keine Verspätung hatte.

Es ist kaum zu glauben: das Flugzeug startet sodann 15 Minuten früher! Der Flug dauert 4,5 Stunden. Ausreichend Zeit, um ein schmackhaftes Mittagessen gemächlich zu verspeisen. Die Nachspeise besteht aus einem unglaublich leckeren Schokoladenkuchen mit Kaffee. Der immer und überall als Kaffee servierte Nescafé wird mit reichlich Zucker und Milch serviert. Für mich ungenießbar. Die Inder bekommen diese braune Brühe wahrscheinlich nur auf diese Weise runter.

Mein Reiseziel, Udaipur, gilt als eines der Traumziele der Inder.

Die Hotelboys sagten mir bei der Abfahrt in der Früh ebenfalls, dass sie dort mal gerne hinfahren möchten. Bei den Gehältern, zwischen 8000 und 10.000 Rupees im Monat, dürfte das wohl ein Traum bleiben. Ich habe ihnen einmal versucht klar zu machen, dass sie aus diesem geringen Verdienst sich hocharbeiten können, wenn sie Englisch lernen. Ich bezweifle jedoch, dass sie die in ihrem Volk so verbreitete Lethargie überwinden werden.

Vor kurzem fragte ich Harjit, wie all diese Menschen mit einem so geringen Gehalt sich eigentlich ein Leben aufbauen können. Sie wurde daraufhin ziemlich schroff und meinte, dass sie bei ihr frei wohnen würden, nichts fürs fernsehen bezahlen müssten und ebenfalls nichts für ihr Essen. Das würde nochmals mindestens 10.000 Rupees ausmachen.

Diesen freien Wohnraum habe ich mir dann mal näher angeschaut. Zwei Jungens teilen sich jeweils ein Zimmer. Einer jämmerlichen Kammer bestehend aus einem fensterlosen, kargen, schmucklosen, vielleicht 8 qm großen Raum mit zwei Metallbetten. Als Zudecke dienen billige, grauenhaft bedruckte Acryldecken. Keine Kopfkissen, keine Bettlaken, kein Bild oder Foto an den Wänden. Wahrscheinlich würde die hohe Luftfeuchtigkeit diese auch schnell vergilben lassen. Neben den Betten steht für jeden ein wackeliger Stuhl. Das Fehlen eines Tisches und ein sich bereits in Auflösung befindlicher, kleiner Schrank lassen nicht den leisesten Gedanken an Wohnlichkeit aufkommen. Die Wände haben so etwas wie Farbe wohl noch nie gesehen. Der Boden ist aus grauem Zement. Im Winter gibt es keine Heizöfen, obwohl es in Dehradun empfindlich kalt wird. Im Sommer aber ist es in diesen Löchern unerträglich heiß. Zwischen hohen Bäumen, die diese Behausungen vor den Blicken der Gäste schützen, blinzelt durch die Eingangstüre kaum Licht. Für alle gemeinsam gibt es einen einfachen Duschraum mit Toilette. Eine Unterkunft, die bei uns als menschenunwürdig durch die Medien gehen würde. Hier ist man froh ein Dach über dem Kopf zu haben und dafür nicht zahlen zu müssen. Wenn man für diese Räuberhöhle 1.000 Rupees berechnen würde, dann käme das aus meiner Sicht schon einem Wucherpreis gleich. Harjit versichert nochmals, dass die Jungens auch noch einen Fernseher (einen für acht Personen und uralt) mit kostenlosem Programm haben und sehr gut untergebracht sind.

Sie betont in vollem Brustton der Überzeugung, dass sie ihnen ein üppiges Gehalt bezahlt. Ein Betrag von dem man gut und gerne drei Monate leben könne. Die von ihr benannte und in ihren Augen unglaubliche Summe von 8 bis maximal 10.000 Rupees zeigt mir, wie sehr die Menschen der Upper Class sich dafür zu rechtfertigen versuchen, dass sie ihr Personal weit unterbezahlen und in Menschen verachtenden Unterkünften unterbringen. Dieses Gehalt reicht gerade für die allernotwendigsten Dinge bis zum nächsten Zahltag. Für den Aufbau einer besseren Zukunft mit eigener Familie jedoch nicht annähernd.

10.000 Rupees, ein Betrag, den der Besitzer dieses Hauses, ein exzessiver Alkoholiker, täglich mit Whisky und Cognac um ein Vielfaches überschreitet.

Als Kamlesh, der noch am meisten daran interessiert ist weiter zu kommen, Harjit bittet, einen Computerkurs, der von seiner Heimatgemeinde bezahlt wird, besuchen zu können, untersagt sie ihm dies.

Ich fasse nach und erhalte zur Antwort, dass es dem Jungen bei ihr gut ginge. Sie bezahle und behandle ihn überdurchschnittlich gut. Der Computerkurs sei einfach eine dumme Idee von Kamlesh. Sie sorge sich um ihn, er sei für sie ein Teil ihrer Familie.

Das klingt sehr egoistisch und arrogant, repräsentiert jedoch das tief in der Erziehung der indischen Oberschicht verwurzelte Denken, dass diese Leute sich nicht weiterbilden müssen. In gewisser Weise verständlich, würden sie sich doch den Ast absägen, auf dem sie es sich seit Jahrhunderten gut gehen lassen.

Kurz darauf verschwindet Kamlesh für zwei Tage. Harjit ist außer sich und will ihn, sowie er zurückkommt, fristlos entlassen. Letztendlich passiert jedoch nichts. Sie macht ihm lediglich eine Riesenszene. Sie -wie Kamlesh!- wissen, dass die Suche nach einem neuen Jungen, der einigermaßen arbeitet und ein paar Brocken englisch spricht, schwierig ist. Kamlesh kommt, wie es nicht anders zu erwarten war, nach zwei Tagen zurück. Ich frage ihn bei seiner Rückkehr: „Weshalb bist du denn einfach abgehauen?" Er grinst mich an und meint, dass er die Prüfung zur Aufnahme in einen Computerkurs gemacht und dann noch seine Eltern besucht habe. „Ich musste fahren, auch gegen ihr Verbot. Durch den Kurs habe ich die Möglichkeit eine Anstellung bei meiner Gemeinde zu bekommen." Auf meine Frage, ob er denn keine Angst gehabt hätte den Job zu verlieren, meint er trocken: "Ich weiß doch, dass sie so schnell keinen Ersatz findet. Ich bin der einzige auf den sie sich hier verlassen kann." Ich schaue ihn ungläubig an. Er hat sich gerade einfach mal zwei Tage selbst beurlaubt und stellt ungerührt fest, dass sich Harjit nur auf ihn verlassen kann?! Wieder erhalte ich eine weitere Lektion zum dehnbaren indischen Moral- und Pflichtbegriff.

Bei der Gelegenheit frage ich ihn nach seinen Arbeitszeiten. Fast kann ich es nicht glauben, dass er und seine Kollegen täglich von 6 Uhr früh und bis der letzte Gast zu Bett geht, aufbleiben müssen. Freie Tage gibt es selten. Einer von ihnen ist verheiratet und darf daher jeden dritten Monat für fünf Tage zu seiner Frau fahren; die anderen können jeden dritten Monat zwei Tage ihre Familien sehen. Richtigen Urlaub gibt es nicht.

Kamlesh erzählt mir, dass er jetzt das zweite Jahr hier arbeitet. Zum Ende des Jahres suche er sich eine andere Arbeit. Er hoffe, dass die Heimatgemeinde ihn auf Grund der Teilnahme am Computerkurs einstellen wird. Eine Festanstellung bei einer Behörde würde bedeuten, ausgesorgt zu haben. Er sei dann Beamter und somit unkündbar.

Wie lange wird dieses feudale System noch funktionieren? Warum gibt es keine sozialen Unruhen? Ganz einfach: noch lässt sich genug aus der Überbevölkerung girieren und die Armen haben keine Lobby.

Wir erreichen Udaipur. Die Fluggesellschaft ist ihrem Ansehen wieder gerecht geworden und hat die Verspätung vollkommen aufgeholt.

Eine stickig-warme Luft empfängt mich beim Verlassen des Hangars, nur leider nicht das versprochene und gebuchte Taxi. Mal wieder darf ich warten, doch jetzt ist bereits nach 10 Minuten meine Geduld am Ende. Ich rufe Rachit an. Er kann das gar nicht verstehen, beruhigt mich aber mit den Worten, dass umgehend ein Fahrer vom Hotel kommen wird. „Umgehend?! „Ja umgehend". Oh mein Gott, es ist heiß, ich will ins Hotel. Resigniert setze ich mich auf meinen Koffer und wahrhaftig, "schon" nach 20 Minuten ist er da.

UDAIPUR
DIENSTAG, 5. 4. 2016

Nach einem reichhaltigen Frühstücksbüffet will ich ein ausgiebiges Bad in dem riesigen Hotelpool nehmen. Bereits von Weitem sehe ich, dass ein grauer, schleimiger Schleier über der Hälfte des Pools liegt. Näherkommend erkenne ich den Grund dafür: eine unüberschaubare Anzahl von Tauben genießt auf mehr oder wenige für mich erfreuliche Weise ein erfrischendes

Bad. Somit kein Gedanke, dass ich in diese Brühe eintauchen werde. Auf dem Absatz drehe ich mich um. Programmänderung! Ich entscheide mich in die Stadt zu fahren. Durch die Rezeption lasse ich mir ein Tuk-Tuk rufen. Sie garantiert mir einen fairen Preis und einen zuverlässigen Fahrer. Allein als Tourist würde man mindestens das Doppelte bezahlen. Für uns Reisende ist das immer noch eine lächerliche Summe. Auf sich gestellt ist man gern bereit mehr zu bezahlen. Die Hotelleitung bittet jedoch das möglichst zu unterlassen, da die Fahrer dann die Einheimischen nicht mitnehmen und Touristen begreiflicherweise vorziehen.

In vollen Zügen genieße ich es unabhängig zu sein, nicht mehr auf die Realisierung von Tagesprogrammen zu hoffen, die fast nie eingehalten werden.

Der pfiffige und mit wenigen Englischkenntnissen auf mich ein quatschende Tuk-Tuk-Fahrer setzt mich am Pichola Lake in der Nähe des Palastes ab. Zuerst einmal buche ich einen kleinen Bootsausflug. Doch bevor mein neuer Freund Asif wieder mit seinem Tuk-Tuk abbraust, rät er mir noch, nicht in der Altstadt einzukaufen. Da sei alles viel zu teuer. Er würde mich, wann immer ich wolle, zum neuen Markt bringen, da bekäme ich alles viel preiswerter. Ob ich das glauben soll? Meine Vermutung ist, dass er da eher eine Kommission bekommt. Ich habe Zeit, bin eine Woche hier, warum also nicht? Werde es morgen auf einen Versuch ankommen lassen. Dieser Junge ist auf jeden Fall hellwach, das gefällt mir. Soll er ruhig ein paar Rupees an meinen Einkäufen verdienen.

Am See wartet bereits ein kleines, sauberes Motorboot. Im Bug sitzt ein junges Pärchen aus Frankreich, das nicht bes. erfreut zu sein scheint, dass da noch jemand zusteigt. Sie schauen mich etwas grimmig an und erwidern meinen Gruß mit sichtlichem Missfallen. Verständlicherweise habe ich keine Lust mich neben ihnen die ganze Zeit unerwünscht zu fühlen. Frech wie ich nun mal bin, setze ich mich daher einfach vorne neben den Fahrer, der mir auch mit einer laschen Handbewegung zeigt, dass er letztendlich nichts dagegen hat. Eine monströse Schwimmweste versperrt mir aber den Platz. Ohne weiter nachzudenken, will ich sie nach hinten legen. Unmissverständlich macht mir Indra, der Bootsjunge, klar, dass ich sie anziehen muss. Ich schaue ihn an, lache schallend und sage ihm, dass ich mit der Weste garantiert untergehen werde. Schwach weist er darauf hin, dass das aber Vorschrift sei. Ich strahle ihn verschwörerisch an und meine: „Ja, verstehe ich, aber wir zwei sind ja Inder, wir müssen uns nicht daran halten". Diesem schlagenden Argument kann er sich nicht entziehen und gibt grinsend nach. Fast eine Stunde tuckert er mit uns über den See. Auf meine unstillbare Neugierde hin erklärt er mir während der Fahrt alle an den See angrenzenden Sehenswürdigkeiten.

Mitten im See erblicke ich ein stark zerfallenes Gebäude auf einem größeren Plafond mit einem wunderschönen, großen Baum vor dem ehemaligen Eingang. Natürlich will ich Näheres wissen. Geduldig erklärt mir Indra, dass das mal das Gefängnis von Udaipur gewesen sei.

Udaipur muss zu der Zeit ein sehr friedliches Städtchen gewesen sein, denn hier dürften höchstens 50 Gefangene gelebt haben. Dieser meiner Schätzung liegt allerdings zugrunde, dass sich mindestens jeweils 10 Gefangene eine winzige Zelle teilten. Das Gebäude kann nicht sehr groß gewesen sein. Seine Umrisse lassen sich noch an den Resten der Ruine erkennen. Für eine evtl. notwendige Erweiterung war dieses Inselchen zu klein.

Nach der Bootsfahrt will ich ein wenig durch den Ort streifen. Welch ein Genuss! Alle Straßen und Läden sind leer!

Kein Wunder, dass ich den Händlern sofort auffalle. Außer mir sieht man in den   Straßen rund um den Palast kaum Ausländer. Schon bald mag ich vor keinem Laden mehr stehenbleiben, denn augenblicklich kommt einer der Verkäufer heraus und will mich in ein Gespräch verwickeln. Selbstverständlich soll ich nur schauen, nichts kaufen. Die Händler haben hier scheinbar gelernt, dass die Touristen diese ständige „best price" –Anmache lästig finden. Hier rufen sie stattdessen: "only look, no buy". Einer Aufforderung, der man nur allzu bald auch überdrüssig wird, was sie nicht weiter irritiert. Sie wissen zu genau: ist der Vogel erst einmal im Käfig, heißt Laden, dann wird man ihm schon was verkaufen.

Zwischen diesen zahlreichen mehr oder weniger einfalls-
reichen Burschen gibt es immer welche, die sich eine originellere
Nummer ausdenken. Während ich mich durch die Gluthitze zum
City Palace schleppe, tritt plötzlich ein sehr gut aussehender junger
Mann aus seinem Geschäftchen heraus, lächelt mich freundlich an
und will sich einfach nur mit mir unterhalten! Ich hätte so eine
ganz besondere Ausstrahlung. Innerlich grinse ich, diese Anmache
ist mal etwas anders. Darauf fallen sicherlich viele allein reisende
Damen herein! Mich amüsiert 's. Ich bleibe stehen. Schließlich ist
er eine Augenweide! Somit habe ich auch was davon.

Sogleich erklärt er mir wortreich, dass er hier nur für ein paar
Wochen arbeitet. Er studiere und müsse sich etwas Geld verdienen.
Die Studentennummer kenne ich bereits in vielen Varianten, bin
gespannt, was ich weiter zu hören bekomme. Zu weiteren Ausfüh-
rungen muntere ich ihn mit der Frage auf, was er denn studiere. Er
murmelt Unverständliches. Stattdessen lädt er mich mit eleganter
Geste ein seinen Laden zu betreten. Er kann mir dort genau zeigen
was er studiert bzw. entwirft. Ich soll nicht denken, dass er mich
hereinlocken wolle, damit ich was kaufe. Wenn ich will bringe
er die Sachen auch raus. Ich sei zu sympathisch, daher wolle er
mich ganz bestimmt nicht austricksen. Kann mir ein Lachen kaum
verkneifen und folge meiner Lust an diesem Spiel. Behände bückt
er sich zu einem kleinen Korb in welchem Module zum Drucken
von Motiven für Batikstoffe liegen. Diese habe er selbst entworfen.
Er sei dabei dieses Handwerk von seinem Großvater zu erlernen.
Das sei ein unglaubliches schweres und langjähriges Studium. Man
könne fast sagen, es handele sich dabei um ein Lifetime-Studium.
Diese Geschichte trägt er mit so viel Charme vor, dass ich schon
gespannt bin, was noch folgen wird. Schließlich gibt es die
Batikmodule in jedem zweiten Souvenirladen. Sie sind maschinell
hergestellte Massenware.

Er spürt, dass mich diese Kunst nicht sonderlich beeindruckt
und führt mich zu seinem zweiten „Studierobjekt": Magnete,
die jeweils auf Metall galvanisierte typisch touristische Motive
von Udaipur darstellen. Nun will er mir weismachen, dass jeder
Magnet einzigartig und nach seinem Entwurf erstellt wird. Ich
werfe einen kurzen Blick auf diese Unikate, die in jedem Touris-

tenladen bergeweise in den Regalen liegen. Da ich beteure, dass ich Magnete nicht leiden kann, schließt er diesen Studiengang leicht enttäuscht schnell ab. Bevor er sich noch ein weiteres Studienfeld in seinem vollgestopften Laden überlegen kann, bringe ich ihn aus dem Konzept mit der unvermittelten Frage, ob der Laden ihm gehöre. Über sein unüberlegtes, spontanes „Ja" erschrickt er selbst. Sofort fällt ihm ein, was er mir anfangs erzählt hat und so schiebt er verlegen nach: „Na ja, er gehört der ganzen Familie." Ich will ihn nicht bloßstellen, doch jetzt ist's genug. Schnell verabschiede ich mich bevor seine merkantile Phantasie einen neuen Anlauf nimmt.

Müde von all den Eindrücken und der Hitze komme ich im Hotel an. Ich will mir meinen Schlüssel holen und mich zum Abendessen frisch machen. Der Rezeptionist bittet mich jedoch einen Moment zu warten, der Hotelmanager wolle mich sprechen. Ich habe diesen in der Früh vorm Verlassen des Hotels kurz gesehen. Jetzt wartet er in einem kleinen, gemütlichen Erker auf mich. Er bietet mir einen Platz in einem bequemen Sessel an und bestellt für uns einen Gingertee. Jitendra ist noch ein sehr junger, etwas zur Fülligkeit neigender Mann. Er hat Hotelmanagement studiert und für sein Alter schon eine beachtliche Karriere hinter sich.

Das Bestellen des Gingertees scheint ihn zu motivieren, mir einen kleinen Vortrag über gesunde Ernährung zu halten. Er kann nicht wissen, dass das Eulen nach Athen zu tragen gleichkommt. Ich höre ihm ein Weilchen geduldig zu, bringe ihn dann aber etwas aus der Fassung mit der Frage, weshalb es dann in seinem Restaurant nicht wenigstens einen frischen Salat auf der Speisekarte gibt. Schnell fängt er sich und versichert mir, dass er umgehend mit seinem Chefkoch darüber sprechen wird.

Unvermittelt wechselt er das Thema. Er will wissen, ob ich spirituell sei. Ich habe kaum Zeit das zu bejahen, da legt er auch schon los. Mit dieser Frage hätte er nochmals einen ganzen Zoo voller Eulen nach Athen bringen können, doch entschließe ich mich ihm einfach zuzuhören. Ein bisschen scheint sich Jitendra darin zu gefallen, mir nun einen langatmigen Vortrag über die Notwendigkeit eines spirituellen Lebens zu halten. Als er endlich zum Ende kommt frage ich ihn, warum er sich die Zeit genommen habe so lange mit mir zu sprechen. Seine nette und typisch indische Antwort: "Das Karma hat mich geleitet. Ich habe dich in der Früh gesehen und sofort gewusst, dass ich mit dir sprechen will." Abschließend kommen wir überein, dass Gott Energie ist, und wir daher eine große Verantwortung tragen.

Zufrieden mit mir und meiner Fähigkeit ihn verstanden zu haben, steht er plötzlich auf und begleitet mich zur Rezeption. Er weist seinen Angestellten dort an mich up zu graden. Von meinem kleinen, etwas dunklen Zimmer ziehe ich um in ein freistehendes, lichtdurchflutetes Cottage. Na, da hat mich das Universum gleich umgehend für meine Geduld belohnt!

UDAIPUR
MITTWOCH, 6.4.2016

Pünktlich um 10 Uhr wartet das Tuk-Tuk mit Asif wieder auf mich. Er muss sich noch etwas gedulden, denn als ich mit dem Frühstück fast fertig bin, kommt der Oberkellner zu meinem Tisch und meint, dass er eine Überraschung für mich habe. Über das ganze Gesicht strahlend stellt er einen großen Teller mit Pancakes vor mich hin. Ich bin perplex, denn ich kann mich nicht erinnern, dass ich ihm gegenüber am Tag zuvor meine Vorliebe für diese geäußert hätte. Ich schaue ihn verwundert an. Leicht verlegen fragt er mich, ob ich die denn nicht gerne esse.

Diensteifrig setzt er hinzu, dass es ihm so leid getan hat, dass ich gestern mit dem Abendessen nicht zufrieden war. Ich hatte eine Pizza bestellt, die total daneben gegangen war. Er hatte sie mir nicht berechnet und sich unzählige Male dafür entschuldigt. Jetzt bittet er mich auf diese Weise nochmals um Verzeihung und hofft, dass mir die Pancakes schmecken werden. Er habe bei anderen ausländischen Gästen beobachtet, dass sie diese gerne hätten. Ich bin gerührt und zwinge mich noch zwei davon zu essen. Solche Gesten sind für Inder ebenso charakteristisch wie totale Ignoranz. Denkt man sie endlich einschätzen zu können, wird man schnell eines besseren belehrt. Man muss auf alles und nichts gefasst sein.

Nach diesem fürsorglichen Erlebnis empfinde ich das unhöfliche, unpersönliche Verhalten des Personals im Restaurant AMBRAI in der Nähe des City Palace umso krasser. Unter einem riesigen, schattenspendenden Baum mit einem herrlichen Blick auf den City Palace, setze ich mich an einen der Tische am See. Das Restaurant wird in allen einschlägigen Reiseführern empfohlen. Heute ist es allerdings ziemlich leer. Die Kellner stehen schwatzend herum. Die Tische sind übersät mit Käfern und welken Blättern, selbst die Sitzpolster sind voller Schmutz. Sie beachten mich nicht, lassen sich in keiner Weise stören, sehen noch nicht einmal, dass ich erst die Kissen ausschütteln muss um mich hinsetzen zu können. Dann warte ich. Langsam glaube ich ein Geistwesen zu sein, dass den Tuk-Tuk-Fahrer gebeten hat, auf seinen verschwitzten und müden Körper aufzupassen.

Meine Geduld hat sich der indischen Zeiteinheit noch immer nicht angepasst. Nach scheinbar endlosen Minuten mache ich mich durch einen künstlich erzeugten Hustenanfall bemerkbar um zu signalisieren, dass ich ein ganz normales, menschliches Wesen bin, das gerne was zu essen haben möchte. Einer der Kellner dreht sich lethargisch um und kommt in gemäßigtem Eifer mit einer Speisekarte unterm Arm auf mich zu.

Des indischen Essens überdrüssig, bestelle ich Spaghetti, ohne die dazu angebotene weiße Soße, da sie garantiert fettig und sehr cremig sein wird. Ich bitte den Kellner das Öl für die Spaghetti separat zu bringen. Die Spaghetti, die er kurz darauf aufträgt, sind eiskalt und gleichen einem zähen Brei, der im besten Fall an verkochte chinesische Glasnudeln erinnert. Das Öl ist selbstverständlich bereits über die Nudeln gegeben. Das ganze ist absolut ungenießbar. Eine Weile sitze ich vor diesem unsäglichen Gericht. Irgendwann erinnert sich der Kellner wieder meiner und trägt wort- und emotionslos den vollen Teller ab. Keine Frage weshalb ich nichts angerührt habe. Ich existiere nicht. Er tut lediglich gelangweilt seinen Job. Welcher Kontrast zu dem netten Kellner heute morgen im Hotel. Um wenigstens etwas in meinen leeren Magen zu bekommen, bestelle ich mir ein assi und frage bei der Gelegenheit, ob das Restaurant über Wireless verfügt. Mit starrer Miene verneint der Kellner. Keine Erklärung, kein Bedauern.

Der Platz ist bekannt, die Preise viel zu hoch, die Qualität des Essens wie des Service unter aller Kanone. Hier scheint der Kellner König zu sein. Ach ja, egal ob es geschmeckt hat oder nicht: die Rechnung wird nach dem Abtragen des Essens sofort vorgelegt. Als kleine Rache, habe ich das Trinkgeld vergessen....

Nach diesem unerfreulichen Mittagslunch mache ich mich auf zum Princess Garden. Hier haben die Damen der Maharadschas im Sommer unter den kühlenden und Schatten spendenden Bäumen und einem großen Springbrunnen Zuflucht vor der schwülen Hitze gesucht.

Am Eingang stehen selbstverständlich wieder einige fliegende Händler. Mein Interesse weckt ein Gerät, mit welchem ich angeblich unterwegs ohne Steckdose mein iPad aufladen kann. Es soll 3.500 Rupees kosten. Dies sei ein ganz besonders günstiger Preis versichert mir einer der sofort herbei geeilten Männer. In den Spezialläden müsse ich für das Gerät mehr als das Doppelte hinlegen. Da ich von Ständen an der Straße niemals ein solches Gerät kaufen würde, gebe ich es ihm mit dem Kommentar zurück, dass ich mir das überlegen will und jetzt erst einmal den Garten genießen möchte. Beim Verlassen dieser Oase der Ruhe hat er mich wieder am Wickel und verkündet, dass er mir das Gerät als besondere Anerkennung meiner Person für 2.500 Rupees überlassen werde. Ich halte ihn mit der Bemerkung hin, dass ich in den nächsten Tagen darauf zurückkommen werde. Bevor er etwas darauf erwidern kann, bin ich auch schon weiter gegangen. Ich bestelle mir gerade eine Kokosnussmilch an einem der an allen Ecken stehenden simplen Karren, als schon wieder einer seiner Kollegen neben mir steht und mir das Gerät nun für 1.800 Rupees anbietet. Bemüht immer freundlich zu sein sage ich ihm, dass ich wirklich sehr angetan sei. Sein Kollege wisse jedoch bereits, dass ich mich trotzdem erst einmal im Fachhandel umsehen möchte. Sollte ich feststellen, dass dieses hier wirklich günstiger ist, werde ich zurückkommen – umgehend verliert er sein Interesse an mir und eilt davon! Mit ziemlicher Sicherheit handelt es sich um einen billigen, chinesischen Apparat, welcher nach kurzem Gebrauch seinen Geist aufgeben wird. Dass er in einer Schachtel mit dem Originallogo von Apple verkauft wird, sagt nichts über seine Authentizität aus.

UDAIPUR,
FREITAG, 8. 4. 2016

Heute habe ich mich endlich aufgerafft, den City Palace trotz großer Hitze zu besuchen. Nachdem ich einen Schwarm von kenntnisreichen Fremdenführern abgewimmelt habe, betrete ich diesen imposanten Komplex. Es ist drückend heiß und schon sehe ich den ersten Guide, der zur Auflockerung einer Touristengruppe seine immer wieder gleichen und nicht besonders originellen Fragen nach dem Herkunftsland, der Dauer der Ferien usw. stellt. Wie schon so oft bin ich wieder erstaunt, dass die Touristen das Gefühl haben, der junge Mann sei wirklich an ihnen interessiert.

Der ganze Palast, an welchem 400 Jahre gebaut wurde und der im Laufe dieser Zeit zahlreiche Erweiterungen erfahren hat, nimmt mich nicht besonders gefangen. Nur ein Teil ist zudem der Öffentlichkeit zugänglich. Der schönere wurde in ein Luxushotel umgewandelt. Touristen können ihn aber nicht besichtigen, es sei denn sie übernachten dort, was das Budget für die meisten, mich inbegriffen, übersteigt.

Auf mich wirkt der für die Besucher freigegebene Bereich ungepflegt und trist. Die wenigen ausgestellten Waffen in einem kleinen Museum sind nicht der Rede wert. Ansonsten hängen nur immer wieder irgendwelche verstaubten und vergilbten Bilder von Maharadschas oder illustren Kriegsszenen an den Wänden. Gerade bleibt ein Führer vor einem großen Foto eines architektonischen Plans des gesamten Palastkomplexes stehen. Bedeutungsvoll beginnt er zu erklären, dass der Grundriss des ganzen Palastbereichs einem Schiff gleicht. Da muss man erst einmal drauf kommen, wo nichts offensichtlicher ist als das. Ich muss schmunzeln. Verstehe diese Jungens, denn viel gibt der ganze Palast nicht her und die wenigen wichtigen Daten kann man sich eigentlich im Internet durchlesen. Am schönsten ist der Palast vom See aus. Von dort kann man das riesige Ausmaß dieser Anlage erfassen, der längsten aller Paläste in Ratjasthan.

Warum, frage ich mich, verwendet man nicht größere Sorgfalt auf die Pflege dieser Monumente der indischen Geschichte? Wir sind gewöhnt, dass unsere Museen und die dort ausgestellten Sehenswürdigkeiten sauber und sorgfältig restauriert dem Publikum präsentiert werden. Hier befindet sich neben jedem Ausstellungsstück oder -bild kein erklärender Text. Unter dichtem Staub hinter vergilbten Glasscheiben liegen kaum erkennbare Schätze. Scheinbar wurden sie vor Ewigkeiten in diese Vitrinen gelegt und diese dann nie mehr geöffnet. Lediglich ein kleines Museum mit Waffen und Schwertern zeichnet sich mit blitzsauberen Glasscheiben aus.

200 Rupees kostet die Genehmigung fotografieren zu dürfen, doch da gibt es nichts, was man unbedingt ablichten möchte. Ich habe brav bezahlt und meine Kamera in der Tasche gelassen. Die Palastverwaltung befürchtet ständig, dass jemand ohne Genehmigung seinen Fotoapparat, sein iPad oder sein Handy zückt und kontrolliert fast in jedem Raum bis hin zur Lästigkeit. Wer behauptet keine Kamera dabei zu haben, muss seine Handtasche öffnen und tolerieren, dass der jeweilige Wächter akribisch den ganzen Inhalt nach einer versteckten Kamera durchwühlt.

Der Maharadscha und jetzige Besitzer des Palastes hat wohl mit großem Nachdruck seinen Angestellten klargemacht, dass sie genau aufpassen sollen, damit möglichst oft kassiert werden kann.

Es ist ihm nicht zu verübeln, denn der Unterhalt der ganzen Anlage verschlingt sicherlich Unsummen und verantwortlich dafür ist er allein. Der Staat saniert nur, wenn ihm der Besitz übertragen wird. Das erklärt, weshalb die zumeist privaten Monumente teilweise so ungepflegt sind und Vieles verfällt.

Entschädigt werde ich für die mich mehr oder weniger nicht besonders beeindruckenden Räumlichkeiten durch immer wieder atemberaubend schöne Ausblicke auf den an den Palast angrenzenden See.

Nach einem schmackhaften Lunch auf der Terrasse eines kleinen Restaurants im gepflegten und prachtvoll angelegten Garten der Palastanlage, gehe ich in die Altstadt. Hier reiht sich ein Lädchen an das andere. Die Hitze ist inzwischen so drückend, dass ich keine Lust zum shoppen habe. Mein Weg führt mich in die entlegendsten, schmalen Gässchen. Plötzlich stehe ich vor einem kleinen Café mit dem Namen "Edelweiß". Was? Wie ist das denn möglich? Angeboten werden deutsche Kuchen. Das ganze Ambiente sieht nicht sehr einladend aus, und deutschen Kuchen muss ich in Indien gewiss nicht haben. Ein Mann erhebt sich schwerfällig von seinem Stuhl. Er ist der Besitzer und kommt aus Deutschland. Scheinbar hofft er darauf, dass er mit diesem Namen alle deutschen Touristen anzieht. In seinem krass gestreiften Hemd mit einem Fez auf dem Kopf wirkt er jedoch lächerlich. Laut ruft er mir zu, ich solle in seinem Café Platz nehmen. Ich stoße auf sichtlich unhöfliches Unverständnis als ich dies freundlich ablehne. Verärgert setzt er sich wieder hin und murmelt etwas von „blöde Touristin" vor sich hin. Auf diese Weise dürfte sein Laden wohl kaum gut gefüllt werden. Außer dem Namen "Edelweiß" erinnert hier aber auch nichts an Deutschland. Die Stühle und Tische sind schmuddelig. Der Lärm sowie die Auspuffgase der ununterbrochen vorbei brausenden Mofas lassen den letzten Gedanken an Gemütlichkeit dahinschwinden.

Ein paar Schritte weiter, direkt am Wasser, entdecke ich ein anderes kleines Café. Es scheint besonders unter den jungen, europäischen Reisenden bekannt zu sein. Auf einer kleinen Terrasse am See stehen ein paar Stühle. Der richtige Ort um den Sonnenuntergang zu genießen. Bei einem Zitronentee mit frischer Minze schaue ich den sich im See tummelnden Jungens des Ortes zu. Sie haben einen Riesenspaß; dass die bei ihnen sitzenden Mädchen nicht ins Wasser dürfen, trübt ihre Lebensfreude nicht im geringsten.

Weiter ziehe ich, fernab von den touristischen Pfaden, durch die engen, dunklen Sträßchen. Hier sind die Bewohner keine Touristen gewohnt, grüßen freundlich, winken mir zu, freuen sich, dass ich ihren Gruß erwidere und gehen weiter ihrer Arbeit nach. Es ist der Stadtteil der kleinen Handwerker. Sie reparieren Schuhe, fädeln Schmuck auf, bedrucken Stoffe und in kleinen, bescheidenen Lebensmittellädchen decken sie ihren täglichen Bedarf. Plötzlich höre ich jemanden rufen „M-me". Ich bleibe nicht stehen, denn sicherlich will da jemand wieder was verkaufen. Die Stimme kommt näher und ruft: „ Bitte, bleiben sie doch einen Moment stehen. Ich möchte ihnen nichts verkaufen. Ich möchte ihnen was sagen." Darauf werde ich nun nicht mehr hereinfallen, doch da hat mich der junge Mann bereits eingeholt. Neben mir herlaufend sagt er: „Ich habe sie vorhin schon hier runtergehen sehen und möchte ihnen unbedingt sagen, dass sie eine sehr intensive Energie ausstrahlen. Sie machen Menschen glücklich." Ich schaue ihn verwundert an, er setzt noch eins drauf: „Wir haben uns hier schon unterhalten, dass sie ein ganz besonderer Mensch sind. Sie haben eine große Gabe Menschen anzuziehen." Wir sind in Indien, welche Absicht steckt nun wieder dahinter? Doch schon ist er wie vom Erdboden verschluckt. Ein wenig klingen seine Worte in mir nach und tuen meinem Ego zugegebenermaßen gut. Es ist mir immer wieder aufgefallen, dass man auf der Straße oft das Gefühl hat, jemand schaue einem direkt in die Seele. Indien, dieses Land, das so unglaublich hart sein kann, hat andererseits diese sensible, spirituelle Seite. Sicher einer der Gründe, weshalb wir Reisenden aus dem Westen so fasziniert sind.

Jetzt ist habe ich aber erst einmal genug von all den Besichtigungen und dem Schlendern durch die staubigen Gassen. Ich gehe zurück zum vereinbarten Platz und lasse mich von meinem Tuk-Tuk Fahrer zum Hotel bringen.

Beim Aufschließen meines kleinen Häuschens, erlebe ich eine große Überraschung. Das Personal hat mein ganzes Bett in ein Blumenmeer verwandelt! Es sieht aus als hätte man den Raum für eine Hochzeitsnacht hergerichtet. Schade, dass meine schon lange vorbei ist und kein neuer Kandidat sichtbar!

Sofort rufe ich bei der Rezeption an und frage, ob man evtl. mein Zimmer mit einem anderen verwechselt habe. Die junge Frau lacht fröhlich und meint: „Gefällt es ihnen? Das Personal wollte ihnen eine Freude machen, weil sie zu allen so nett sind." Was für ein Tag!

UDAIPUR
SONNTAG, 10. 4. 2016

Eine deutsche Künstlerin hat mich eingeladen. Eine Freundin von mir hatte mir von ihr erzählt und meinte, dass ich Fee, so ihr Name, unbedingt besuchen solle.

Nach einem leckeren Lunch in einem der Restaurants mit Blick auf den See, mache ich mich mit einem Tuk-Tuk auf den Weg. Fee scheint sehr versteckt außerhalb der Stadt zu wohnen und trotz mehrfachen Fragens braucht es eine Ewigkeit bis ich vor ihrem Eisentor stehe. Einer ihrer Hausangestellten öffnet und schon stehe ich Fee gegenüber. In diesem Falle ist Nomen nicht Omen, denn diese imposante Dame hat mit einer Fee gleich gar nichts gemeinsam. Von Kopf bis Fuß in ein knallrotes, wallendes Gewand gekleidet, das ihre recht ausladende Figur zu kaschieren versucht, ist man doch umgehend von ihr beeindruckt. Sie ist 74 Jahren alt. Ich mag sie sofort. Um ihren Kopf hat sie einen rotgoldenen Turban gewickelt. Kein Zweifel, sie entspricht dem Image einer Künstlerin. Sie nimmt mich herzlich in Empfang als seien wir alte

Bekannte. In ihrem verwunschenen Garten stehen zahlreiche, skurrile Sitzgruppen. Ihre Vorliebe für die Farben blau, rot und gelb ist unübersehbar. Zwischen all diesen Bäumen, Sträuchern und Sitzplätzen ist ihr Haus kaum ausfindig zu machen. Es schmiegt sich so unauffällig in eine Nische, dass ich sie frage, wo sie denn wohne. Sie lacht und zeigt auf ein kleines, weißes Häuschen, das mich einerseits an die Schlümpfe andererseits an Hundertwasser denken lässt. Alles wie Stühle, Tische, Lampen, Steine etc. in diesem verwunschenen kleinen Irrgarten ist in ihrer Lieblingsfarbe gestrichen. Besonders beeindruckend ist ein hoher Pfosten, eine Art Totempfahl, der die bösen Geister abhalten soll. Fast überflüssig zu betonen, dass sie sehr spirituell ist.

Das Haus besteht aus einem nierenförmig geschnittenen, kleinen Salon, mit angrenzendem ebenfalls nicht sehr großem Schlafzimmer und einem winzigen, kleinen Bad. Die Küche ist außerhalb im Garten untergebracht. Erstaunt frage ich mich, wie diese ausladend gebaute Frau sich in so kleinen Räumlichkeiten wohlfühlen kann. Ob sie diesen meinen Gedanken an meinem Blick erkennt? Als hätte sie den sechsten Sinn fragt sie mich, ob es für mich nicht gemütlicher sei mit ihr in einer der in ihrem Garten verteilten Sitzecken zu plaudern. Sie halte sich selbst nur sehr wenig im Haus auf.

Der Boy bringt Tee und Kekse, und ich fange an sie auszufragen. Ein bisschen befürchte ich, dass sie diese Fragen, die sie bestimmt nicht das erste Mal gestellt bekommt, nerven könnten. Doch Fee ist weit entfernt von irgendeiner arroganten Attitüde.

Sie erzählt, dass sie seit über 20 Jahren hier in Udaipur wohnt. In ihrem Leben davor sei sie eine erfolgreiche Geschäftsfrau in Düsseldorf gewesen. Während einer Reise nach Sri Lanka und einer kurz davor gescheiterten Ehe spürte sie, dass sie ihr Leben umstellen wollte. Sie orientierte sich erst einmal 8 Jahre in Sri Lanka und Bali und landete letztendlich in Udaipur. Hier, so sagt sie, erfuhr sie, dass sie ein neues Leben und zwar als Künstlerin, beginnen wolle. Sie belegte für ein paar Monate einen Kurs bei einem Silberschmied, um dieses Handwerk zu erlernen. Seitdem entwirft sie ihren eigenwilligen, spirituellen Schmuck aus Silber und Halbedelsteinen. Auf den Weihnachtsmärkten in Berlin und München sowie einer Ausstellung im Mai jeden Jahres ebenfalls in Berlin, verkauft sie ihre Unikate. Sie kann davon gut leben und hat sich inzwischen ein zweites Häuschen in ihrem über 2000 qm großen Garten gebaut. Dieses will sie an Urlauber vermieten. Mit einer gehörigen Portion Selbstironie stellt sie fest, dass sie daran seit 4 Jahren arbeitet. In Indien habe man es nicht eilig.

Nachdem sie nun schon so lange in Indien wohnt, frage ich sie, ob sie im Laufe der vielen Jahre, die sie hier sei, auch Hindu verstehen könne. „Nein", sagt sie ohne Bedauern, „ich spreche und verstehe kein Wort!" Mit ihren Hausangestellten unterhält sie sich in rudimentärem englisch. Hier leben seit 15 Jahren vier Menschen zusammen und können sich nicht miteinander unterhalten!? Warum hat sie kein Hindu gelernt? Sie schaut mich an und meint: "Es reicht doch, dass sie verstehen, was ich will." Indische Freunde, sagt sie, habe sie auch keine, das sei schwierig.

„Ach, somit besteht dein Freundeskreis mehr aus hier lebenden Ausländern." Fehlanzeige! Ihre Antwort macht mich traurig. "Ich bin hier sehr allein". Das habe ihr früher nicht so viel ausgemacht, doch jetzt fühle sie sich schon oft sehr einsam. Sie sei zu krank um noch viel zu reisen und nun vorwiegend das ganze Jahr hier. Nur durch ihre Beschäftigung mit der spirituellen und kulturellen indischen Welt würde sie das aushalten. Meine Frage, ob sie somit nicht langsam daran denke, nach Europa zurück zu gehen, verneint sie vehement. Dafür habe sie mit den Bäumen und Blumen, die sie hier gepflanzt hat, zu tiefe Wurzeln geschlagen.

Mir ist bekannt, dass man in Indien als Ausländer kein Eigentum haben kann, sondern immer einen "Strohmann" benötigt. Daher will ich wissen, wie sicher sie sich ist, dass nicht eines Tages der offizielle, indische Grund- und Hausbesitzer ihr alles streitig machen wird? Achselzuckend gibt sie zu, dass diese Gefahr besteht.

Es beunruhige sie jedoch nicht sehr, sie habe einen sehr guten Kontakt zu den Göttern, die würden das schon nicht geschehen lassen.

Während sie das sagt, sehe ich vor mir, wie spätestens nach ihrem Ableben das ganze Anwesen entweder verfällt oder der offizielle Besitzer es gewinnbringend an einen dieser Immobilien- und Investmenthaie verkaufen wird. Dass ihr in Deutschland lebender Sohn und ihr Enkel einen Erbanspruch sicherlich nicht werden geltend machen können, stört sie nicht. Das Universum wird schon die richtige Entscheidung treffen.

Häufig sind mir in diesen nun schon 2 1/2 Monaten meiner Reise Ausländer begegnet, die meinen, dass sie hier in Indien ihr Karma zu erfüllen haben. Fee ist eine von ihnen. Beeindruckt und bedrückt zugleich verlasse ich eine Frau, die sich in eine Welt zurückgezogen hat, die sie sich nach vielen Enttäuschungen in ihrem Leben zurecht gebastelt hat. Eine Welt, die bereits den Atem des Verfalls in sich trägt.

DEHRADUN
MONTAG. 11.4.2016

Es ist nicht leicht nach dieser Reise wieder nach Dehradun zurück zu kommen. Udaipur hat mir mit seiner Leichtigkeit, seinem südlichen Flair, die Schwere der letzten Zeit genommen.

Wie anders dagegen Dehradun. Eine graue, schmutzige Stadt mit überborden-dem Verkehr. Nichts Freundliches, nichts Mitrei- ßendes. Ich habe ihr heimlich den Namen „Stadt ohne Gesicht" gegeben. Sie hat keine Ausstrahlung. Wirkt abweisend, dunkel, ohne Lebensfreude. Das fällt mir jetzt, nach diesen wunderbaren Tagen in Udaipur, noch krasser auf.

Meine einwöchige Abwesenheit vom Guesthouse hatte ich dem Besitzer mitgeteilt, da ich zu Harjit keinen Kontakt mehr bekam.

Kaum bin ich wieder auf meinem Zimmer angekommen, läutet das Telefon. In einem mir bisher von Harjit unbekannten Befehlston meldet sie sich. Ich glaube nicht richtig zu hören: "Komm sofort herunter, ich muss umgehend mit dir sprechen!". Jetzt ist es an mir ungehalten zu sein. Ich hatte erwartet, dass sie nach meiner Reise wieder zur Normalität zurückfinden würde. Schließlich war der Anlass ihrer Verstimmtheit nicht nachvollziehbar gewesen. Ich hatte mich darauf vorbereitet, dass wir bei meiner Rückkehr darüber lachen werden. Ihr Ton lässt aber keinen Zweifel daran, dass ich mich gründlich geirrt habe. Ruhig doch unnachgiebig antworte ich: "Nein, Harjit, bitte komm du herauf". Mit schriller Stimme schreit sie daraufhin ins Telefon: "Gut, dann sage ich es dir durchs Telefon. Du musst das Zimmer umgehend räumen. Es hat seit langem ein anderer Gast gebucht." Erst einmal bleibt mir der Atem stocken. Das kann doch nicht wahr sein! Ist das etwa ein schlechter Scherz?

"Nein," sage ich, "ich habe das Zimmer bis Ende April gebucht, du hast das Geld bereits. Bisher war nie die Rede davon, dass es eine andere Reservierung für das Zimmer gibt. Du hast mir sogar im Gegenteil versichert, dass ich so lange wie ich mag bleiben kann. Du würdest dich sogar freuen, wenn ich verlängere." Sie geht darauf nicht ein und wiederholt nur: "Räume das Zimmer, es ist vergeben" und legt auf. Ich bin wie vor den Kopf gestoßen. Was soll ich machen? Ich entschließe mich zu bleiben und teile ihr das per SMS mit.

Am Abend habe ich meistens auf meinem Zimmer gegessen. Wie gewohnt versuche ich daher telefonisch mein Essen zu bestellen. Das Telefon läutet hörbar durch den ganzen Garten bis hin zu den Personalunterkünften. Niemand nimmt ab. Wo treiben sich die Jungens denn wieder rum? Sie wissen doch, dass ich immer um diese Zeit esse! Nach ein paar Minuten versuche ich es wieder. Einen der jungen Männer sehe ich sogar durch den Garten gehen. Er tut als höre er nichts. Was ist denn jetzt los? Die können mich doch nicht vergessen haben! Ich bin augenblicklich der einzige Gast im Haus. Ich gehe hinunter um nachzusehen, warum ich kein Essen bekomme. Die Angestellten scheinen sich aufgelöst zu haben. Die Küche ist leer. Das Esszimmer verwaist. Jetzt habe ich die Nase voll. Mir wird langsam klar, dass Harjit scheinbar angeordnet hat mir nichts zu servieren. Da jeder vor ihr Angst hat, kuschen sie. Sie wollen nicht ihren Job verlieren. Ich gebe auf, begnüge mich mit ein paar Keksen, die ich noch auf meinem Zimmer finde und hoffe, dass sich das morgen noch alles regeln lässt.

DEHRADUN
DIENSTAG. 11.4.2016

Mit ziemlichem Magenknurren werde ich wach und rufe in der Küche an um mein Frühstück zu bestellen. Wieder bekomme ich keine Antwort! Ich versuche es unzählige Male. Durch mein Fenster sehe ich die Jungens geschäftig durch den Garten laufen. Auf mein Rufen hin reagieren sie auch nicht. Sie sind scheinbar über Nacht alle taub geworden. Allmählich dämmert mir, dass Harjit wohl angeordnet hat mich nicht mehr zu bedienen. Meine Enttäuschung und Ratlosigkeit über dieses ihr Verhalten, die ich sie für eine Freundin hielt, ist grösser als mein Appetit. Immer noch bereit nicht das Schlechteste anzunehmen, dusche ich mich, verspeise meine restlichen Kekse und versuche Harjit anzurufen. Klar, ergebnislos. Auch das Personal bleibt unsichtbar. Bis zur Mittagszeit versuche ich sie einige Male zu erreichen, schicke ihr mehrere SMS, dass wir reden sollten; doch scheinbar hat mich das überbevölkerte Indien allein auf diesem Planeten zurück gelassen.

Da ich nicht willens bin mir meinen Urlaub total verderben zu lassen, bestelle ich ein Taxi, das mich zu Rachit's Reisebüro bringt. Er sieht mir an, dass was nicht stimmt und schon sprudelt es aus mir heraus. Ich bin froh nun endlich mal mit jemandem sprechen zu können und erzähle ihm haarklein das Vorgefallene. Immer wieder schüttelt er den Kopf. „Weißt du, was du mir da erzählst, überrascht mich nicht. Sie ist in ganz Dehradun unbeliebt und als

ziemliche Intrigantin bekannt. Das schöne Guesthouse ist weitestgehend immer leer, denn sie hat keinen guten Ruf. Am besten
ziehst du umgehend dort aus." „Und wohin?", will ich wissen. Er
lächelt mich an: „Lass das mal meine Sorge sein. Ich besorge dir
ganz schnell was." Wir einigen uns, dass ich jetzt erst einmal was
essen gehe, und bis zu meiner Rückkehr würde er etwas gefunden
haben. Schon geht es mir bedeutend besser. Ich fühle mich nicht
mehr so verloren und befehle mir, nicht mehr über das Warum?,
Wieso?, Weshalb? von Harjit's Handeln nachzudenken.

Im Restaurant kommt auch der Appetit zurück und mit einem
wohlig gefüllten Magen gehe ich zurück zu Rachit's Büro. Er
empfängt mich mit der freudigen Nachricht, dass er ein schönes
Gästehaus, das sehr zentral liegt, gefunden habe. „Dort wird es
dir gefallen. Die Besitzerin ist eine junge, fröhliche Frau und ihr
Haus ist meistens ausgebucht. Ich bin sehr sehr froh, dass ich dich
dort unterbringen konnte. Ich habe ihr alles erzählt. Dort wirst
du dich ganz bestimmt wohlfühlen." Ohne Zögern sage ich zu.
Sofort bestellt er mir ein Taxi. Der Fahrer bringt mich zu Harjit's
Guesthouse, und ich packe blitzschnell meine Sachen, da ich ihr
auf gar keinen Fall mehr begegnen möchte. Als ich mit gepacktem
Koffer wieder in den wartenden Wagen steige, sehe ich aus den
Augenwinkeln wie das ganze Personal betroffen zu mir herüber
schaut. Ich, die ich sie in der Zeit meines Aufenthalts reichlich
beschenkt habe, ignoriere sie. Natürlich ist mir klar, dass sie sich aus
Angst um ihre Jobs nicht loyal verhalten können. Wahrscheinlich
verstehen sie auch gar nicht, was da vorgefallen ist. Von einer
Stunde auf die andere durften sie die Freundin ihrer Chefin nicht
mehr bedienen, ihr weder zu essen noch zu trinken bringen. Wie
sollen sie sich daraus einen Reim machen? Grußlos und erleichtert
fahre ich davon.

In meinem neuen Zuhause, welches in einem üppig blühenden
Garten liegt, empfängt man mich sehr herzlich. Da Rachit der
Besitzerin mein Erlebnis mit Harjit erzählt hat, spricht sie mich
gleich darauf an. Tröstend meint sie: „Nimm dir die ganze Angelegenheit nicht weiter zu Herzen. Harjit ist eine egoistische und
hochmütige Frau. Was du mit ihr erlebt hast, wundert mich nicht
weiter, es bestätigt mir nur ihren schlechten Ruf."

Diese ganze Aufmerksamkeit und das Verständnis für mich tun mir zugegebenermaßen recht gut.

Mein neuer Aufenthaltsort ist wirklich so viel angenehmer. Rachit hatte nicht zu viel versprochen. Davon abgesehen, dass ich eine schöne, große Terrasse vor der Türe habe, genieße ich die Tatsache, dass der ganze Raum lichtdurchflutet und freundlich eingerichtet ist. Das Bad, frisch renoviert, entspricht dem Standard eines besseren Hotels. Schnell erfrische ich mich und fahre zurück zu Rachit um meine nächste Reise zu buchen.

Freudig kommt er auf mich zu und meint, dass ich jetzt schon viel besser aussehen würde. Er werde sein Möglichstes tun, dass die nächste Reise für mich ebenfalls eine unvergessliche sein wird.

Dass ich nach Rishikesh und Haridwar möchte, zwei der wichtigsten religiösen Stätten der Hindus, motiviert ihn ganz besonders. Diese beiden für die Hindus bedeutsamen Orte liegen nicht weit voneinander entfernt am heiligsten Fluss Indiens, dem Ganges. Rachit wird mir eine dreitägige Tour mit Hotel und Fahrer zusammenstellen.

Da ich bereits weiß, dass er dafür wieder Zeit braucht, sage ich ihm, dass ich etwas durch die umliegenden Läden streifen werde. Grinsend bestätigt er mir, dass er darüber froh ist, denn das Internet sei wie immer extrem langsam. Als ich ihn frage, warum dies überall hier in Indien scheinbar ein Problem ist, verweist er lakonisch auf die große Bevölkerungsdichte. Indien hat 1,3 Milliarden! Einwohner und viele Millionen sind täglich im Netz. Das leuchtet mir ein.

Das Reisebüro liegt an der Hauptgeschäftsstraße von Dehradun und hat daher jede Menge größerer und kleinerer Juwelier- und Sariläden. Die Juweliergeschäfte sind jedoch seit mehr als einem Monat geschlossen. Die Inhaber haben sich in ganz Indien geeinigt gegen ein neues Steuergesetz, das besonders ihren Geschäftszweig betrifft, auf diese Weise ihren Unmut auszudrücken. Sie wollen ihre Läden so lange geschlossen halten, bis der Staat nachgibt. Ich frage einen der Ladenbesitzer erstaunt, ob diese Aktion denn Aussicht auf Erfolg haben kann. Völlig unaufgeregt meint er: "Natürlich nicht, aber der Staat soll wenigstens sehen, dass uns das nicht gefällt."

Noch unter dem Eindruck der beschwingten Tage in Udaipur habe ich keine besondere Lust mich in den Geschäften weiter umzusehen. Gedankenverloren bummle ich vor mich hin. Plötzlich fällt mir ein kleines Holzschild auf: „Bookshop". Einer Buchhandlung habe ich noch nie widerstehen können und gehe geradewegs darauf zu. Ich öffne die Türe und stehe in einem netten, kleinen Café. Irritiert schaue ich mich um.

Der Kellner bemerkt meinen suchenden Blick und zeigt mit einer ausladenden Handbewegung nach hinten. Was soll das denn nun bedeuten? Im gleichen Augenblick erkenne ich, dass an der Stirnseite durch eine große Glaswand getrennt, lauter Bücher zu sehen sind. Kaum zu glauben, da kann man sich Bücher als Leseprobe holen und bei einem hoffentlich guten italienischen Kaffee mit Kuchen oder Sandwich gemütlich die ausgesuchten Bücher durchblättern. Fast könnte man meinen in einem der altmodischen Buchhandlungen in England zu sein.

Zuerst werde ich mir ein paar Bücher aussuchen. Beim Öffnen der Tür begrüßt mich auch schon eine freundliche Dame in einem schönen, hellgelben Sari. Ihre zarte Gestalt wird fast von einem hohen Pult verschluckt hinter welchem sie sitzt und an einem Schal häkelt. Sie nimmt meinen erstaunten Blick auf ihre Handarbeit wahr, lacht mich an und erklärt, dass sie einfach immer was zu tun haben muss und am allerliebsten Stolen häkelt. Damit würde sie sämtliche Familienmitglieder und Freunde beglücken.

Ich weiß ja nicht wie groß ihr Freundeskreis ist, aber wenn ich bedenke, dass sie schon seit mindestens 20 Jahren hinter ihrem Tresen häkelt, dürfte sich da bereits einiges bei ihren lieben Mitmenschen angesammelt haben.

Erstaunt stelle ich fest, dass sie eine aktuelle, gut sortierte Buchhandlung für ihre hindi und englisch lesenden Kunden hat. Die Oberschicht liest im übrigen bevorzugt englische Bücher, so wie sie sich auch gerne englisch unterhält.

Von der guten Auswahl beeindruckt, suche ich mir ein paar Bücher aus und will ins Café zurückgehen. Da hält mich die nette häkelnde Besitzerin mit der Frage zurück, ob ich nicht mit ihr einen Tee trinken möchte, sie würde sich gerne mit mir unterhalten. So häufig schneie bei ihr Besuch aus Europa nicht herein.

Gerne nehme ich die Einladung an. Vielleicht kann sie mir einige Fragen beantworten, die mir schon länger am Herzen liegen.

Während unserer Unterhaltung erfahre ich, dass sie seit 20 Jahren verwitwet ist. Damit schneidet sie ein Thema an, das mich brennend interessiert. Ich will wissen, ob die verwitweten Frauen irgendwelche Probleme nach dem Tode ihrer Männer hätten. Zuerst scheint sie meine Frage nicht zu verstehen. Sie ist schließlich eine selbständige Unternehmerin. Doch ich fasse nach woraufhin sie meint, dass die Witwen in der Gesellschaft inzwischen voll anerkannt sind. In der Regel würden die indischen Frauen jedoch nicht wieder heiraten wollen, da sie sich mit ihren Ehemännern auch noch nach deren Tod verbunden fühlten. Das kann nur die halbe Wahrheit sein. Von anderer Seite weiß ich, dass niemand eine Witwe heiraten will, das bringe Unglück, sie ziehe den Tod an.

Auf meine Frage, ob sie nicht davon gehört habe, dass Frauen nach dem Ableben ihrer Männer oft von dessen Brüdern missbraucht und ebenfalls häufig zur Prostitution gezwungen würden, schaut sie mich groß an und meint, dass das schon lange her sein muss. Um ihr nicht zu nahe zu treten, unterdrücke ich es ihr zu sagen, dass es immerhin diesbezüglich in Delhi eine Organisation gibt, die diesen Witwen ein neues Zuhause bietet. Der Ort ist als "Stadt der Witwen" bekannt. Wieder einmal merke ich, dass die Mittel- und Oberschicht nicht viel von den wirklichen Problemen der Bevölkerung weiß oder wissen will. Sie erscheint erfolgreich zu verdrängen, dass in 65% der Haushalte noch häusliche Gewalt an der Tagesordnung ist. Diese Prozentzahl bezieht sich auf alle indischen Schichten.

Am Abend im Guesthouse treffe ich eine sehr sympathische, viel gereiste, moderne junge Inderin, die mir auf meine Frage nach der Lage der Witwen hier in Indien netterweise eine Stunde später folgende Notiz in die Hand drückt:

„Über Witwen in Indien kann ich nur auf Grund meiner Situation um mich herum, meinen Reisen durch Indien sowie einigen Filmen und Dokumentarsendungen sprechen.

Circa 50 - 80 Jahre zurückgehend war die Lage für die Witwen hier sehr hart. Sie bekamen nach dem Tod ihrer Ehemänner ihre Haare abrasiert, hatten dunkle und simple Saris zu tragen. Sie mussten auf dem nackten Boden schlafen, bekamen nur das einfachste Essen und durften sich auch nicht schminken. Alles, was Freude gemacht hätte, war ihnen verboten.

Ich habe von einem jungen Mädchen gehört, das in seiner Kindheit wie eine kleine Prinzessin von ihrem Vater verwöhnt worden war. In dem Moment, wo sie kurz nach der Heirat verwitwete, wurde ihr jedes Vergnügen verboten. Sie wurde in einen kleinen Raum eingesperrt und bekam nur das einfachste Essen und ärmliche Kleider. Ihr Vater konnte die Tochter nicht davor schützen, dass ihr die Haare abrasiert wurden, und sie nun so leben musste. Er hatte nicht die Courage sich gegen die gesellschaftlichen Regeln zu wehren.

Eine andere junge Frau hatte eine sehr gute Ausbildung genossen, schrieb Gedichte und Kurzgeschichten. Als ihr Mann starb, wurde ihr das alles untersagt. Ihr Lieblingsgetränk war Tee, auch den bekam sie nicht mehr.

Es gab Witwenhäuser, die Vidhura Ashrams (und gibt sie noch! Anm. von mir) genannt wurden. Dort lebten Frauen, die von ihren Familien verlassen wurden. Sie lebten in ziemlich schlechten Verhältnissen, unter unmenschlichen Bedingungen. Die hübscheren unter ihnen wurden zu den reichen Landbesitzern geschickt und wurden zur Prostitution gezwungen.

Jedoch hat sich die Situation allmählich verändert. Die Frauen werden sich langsam mehr ihrer Rechte bewusst und akzeptieren diese sozialen Einschränkungen immer weniger. Durch die immer bessere Ausbildung und der Tatsache, dass die Regierung ihre Rechte mehr und mehr schützt, verbessert sich die Lage der Frauen zunehmend."

Die Situation hat sich sicherlich zum Positiven verändert, ganz besonders in den größeren Städten, wo eine selbstbewusste, junge Frauengeneration heranwächst. Auf dem Lande sieht das allerdings weitgehend immer noch sehr traurig aus. Die Landbevölkerung ist ein vollkommen anders funktionierendes Gesellschaftsgefüge. Noch haben die Alten dort das Sagen. Die junge Generation jedoch, die erst seit wenigen Jahren ein Recht auf Bildung hat, und das zumeist von schlechter Qualität in den staatlichen Schulen, wird allmählich das Leben in den ländlichen Gemeinden wandeln. Ein weiteres werden der Besitz von Handy, TV und Zugang zum Internet dazu tun. Spürbar ändern werden sich die Dinge aber sicherlich erst in der übernächsten Generation

Bisher bestehen mehr oder weniger immer noch dieselben Verhältnisse wie früher nach dem Motto: wo kein Kläger da kein Richter. In diesen teilweise sehr abgelegenen und armen Gegenden verändern sich die alten Strukturen nur zäh. Noch vor wenigen Wochen habe ich gelesen, dass die Brüder eines Verstorbenen der Witwe alles genommen hatten. Ihr Haus, ihr Land. Sie musste darüber hinaus noch diesen Männern unumschränkt zu Diensten stehen.

Die Angelegenheit wurde öffentlich, weil eines Tages eine ihrer Schwestern, die in Delhi lebt, zu Besuch kam. Sie brachte die Brüder vors Gericht, die Witwe erhielt wieder ihren ganzen Besitz, und die Brüder wurden verhaftet. Obwohl die Situation alle kannten, hatte keiner sich gewagt den Mund aufzumachen aus Angst vor der Rache der betroffenen Familie und Verwandten.

Immerhin wird den Frauen inzwischen vor Gericht Gehör geschenkt - wenn ein Fall zur Anklage kommt! Dann und wann gelingt es einer Frau sich aus ihrer unglücklichen Lage zu befreien. Die wenigsten aber versuchen es, da sie nicht wissen, dass es inzwischen Frauenschutzorganisationen gibt, die sich ihrer Not und Probleme annehmen. Der Staat hat staatliche Frauenhäuser gebaut, in denen die Frauen Schutz vor Nachstellungen oder Repressalien bis hin zu Mord finden, doch nicht viele finden den Weg dorthin. Durch Aufklärung und Vorträge, vor allem in den ländlichen Gemeinden, versuchen die Frauenverbände, die von der

Regierung sehr unterstützt werden, diese Missstände mehr und mehr in den Griff zu bekommen.

In den Städten ist das selbstverständlich nicht mehr ganz so dramatisch. Die Erkenntnis, dass Frauen dem Gesetz nach gleichberechtigt zu behandeln sind, hat sich hier schon viel stärker durchgesetzt. Frauen, die unter den Verhältnissen leiden geschlagen oder missachtet zu werden, wissen hier zunehmend um ihre Rechte.

Witwen, egal ob arm oder reich, erhalten seit ein paar Jahren vom Staat eine monatliche Unterstützung von ca. 1000 bis 1500 Rupees. Natürlich kann davon niemand leben, aber um das Ansehen und die Akzeptanz dieser armen Frauen innerhalb ihrer Familien zu stärken, hat sich die Regierung diese regelmäßige Zuwendung ausgedacht.

In Indien gibt es nach dem neuesten Stand der Statistik um die 40 Millionen Witwen. Wenn man sie zumeist auch nicht mehr misshandelt, so werden sie doch immer noch, und das zieht sich durch alle Schichten der Gesellschaft, für den Tod ihrer Männer verantwortlich gemacht. Man betitelt sie „husband eater" und erwartet im Grunde, dass sie nicht wieder heiraten und den Rest ihres Lebens um ihre verstorbenen Ehemänner trauern werden. In sehr traditionellen Hindufamilien werden ihnen immer noch die Schädel rasiert.

Witwen sind in den meisten Familien bis heute das Symbol für bad luck. Die Selbstmordrate unter den Witwen liegt um 85% höher als bei verheirateten Frauen. Weiterhin sind sie immer noch häufig Opfer sexueller Übergriffe innerhalb der Familien.

Auch die Tatsache, dass es 95 km außerhalb Dehli's eine privat betriebene „City of widows" gibt oder über Indien verstreut diese bereits erwähnten Vidhura Asharams, spricht Bände. Es ist klar, dass die Situation der Frauen auch dort nicht die beste ist. Mögen das die Mittel- und Oberschichten auch gerne so sehen. Die Witwen gehen in diese Häuser, weil sie sich dort sicherer fühlen und von den öffentlichen Frauenhäusern nicht wissen. Tatsache ist jedoch, dass die Betreiber dieser Zufluchtsstätten die Frauen nur zu oft in die Prostitution treiben, damit sie hier leben dürfen und für die Besitzer noch weiteres Geld einbringen.

Zusammenfassend kann man aber feststellen, dass die krassen Verhältnisse in der Behandlung der Witwen sich verbessern. Ihre Situation ist jedoch noch weit entfernt von der rechtlichen, vollen Anerkennung in der indischen Gesellschaft. Es gilt: vor dem Gesetz sind alle gleich, im Alltag jedoch noch lange nicht. Auch die Polizei schützt die Witwen in den meisten Fällen nicht. Sie ist zumeist auf Seiten der männlichen Familienmitglieder.

RISHIKESH
FREITAG, 15.4.2016

Pünktlich um 9 Uhr steht der Fahrer vor dem Guesthouse um mich für meinen Ausflug nach Rishikesh und Haridware abzuholen. Glücklicherweise spricht er ein paar Worte englisch.

Während der Fahrt erfahre ich, dass er 47 Jahre alt ist. Ich bin geschockt, denn ich hätte ihn auf Anfang 60 geschätzt. Ein freundliches, aber abgehärmtes Gesicht, ein paar faule Zähne. Das Leben für die untersten Schichten (geschweige den Ärmsten der Armen) ist unfassbar hart.

Schon bald erzählt er mir, dass er eine 19- jährige Tochter hat, sein einziges Kind, die gerade aus dem Hospital entlassen worden ist. Sie hatte einen Allergieschock.

Er muss für alle Kosten allein aufkommen. Es gibt keine staatliche Krankenversicherung und in den offiziellen Hospitälern ist die Korruption so groß, dass die Ärzte für alles kassieren. Schon überhaupt aufgenommen zu werden, geht nur über korruptes Krankenhauspersonal.

Im Hotel angekommen, empfangen mich zwei nette, kleine Mädels in hübschen Saris und sagen mir freundlich lächelnd, dass ich ein Zimmer mit herrlichem Blick auf den Ganges habe. Im Bad finde ich dann auch noch zu meinem Erstaunen eine große, schöne Badewanne vor. Na, nicht schlecht, da nehme ich mal gleich ein schönes Vollbad. Habe dabei in meiner Begeisterung völlig außeracht gelassen, dass in Indien nie etwas perfekt ist. Das Wasser läuft wunderbar mit einem starken Strahl ein, nur wird es auch nach 10 Minuten nicht heiß. Ich rufe den Zimmerservice. Die sehr freundliche Hausdame fummelt planlos an den Wasserhähnen herum und versichert mir, dass ich in 15 Minuten heißes Wasser haben werde. Weder nach 15 noch nach 20 Minuten wird das Wasser warm. Es verharrt in seinem badefeindlichen Zustand. Also nochmals anrufen. Jetzt sagt sie mir, dass sie mir nicht mehr helfen könne, sie habe Dienstschluss. Ich schmunzle in mich hinein, denn ich bin mir sicher, dass die gute Frau „15" Minuten sagte, weil sie wusste, dass sie dann Feierabend hat. Ebenso wusste sie sicherlich, dass es überhaupt kein heißes Wasser geben wird. Diese Art Problemen auszuweichen ist so typisch, dass ich mich nur noch mit lachen retten kann.

Trotzdem beschwere mich bei der Rezeption. Kurz darauf kommt wieder einer von diesen "no problem"-Angestellten. Verspricht ebenfalls, dass das heiße Wasser in Kürze bereit sei und einlaufen werde und ist sodann nicht mehr erreichbar! Ich gebe auf nach dem Motto: und wenn sie nicht gestorben sind, dann warten sie noch heute. Scheinbar wurde die schöne große Wanne nur eingebaut, um dem Anspruch europäischer Reisender genüge zu tun.

Fest entschlossen wenigstens den Nachmittag zu genießen, mache ich mich auf die Sehenswürdigkeiten von Rishikesh abzuklappern. Zuerst fährt mich mein Fahrer zur 450 Fuß (ca. 137 m) langen Lakshman Jhula Brücke. Sie wurde 1939 erbaut und ist eine der bekanntesten Sehenswürdigkeiten von Rishikesh. Die Brücke ist so schmal, dass gerade mal zwei Personen knapp aneinander vorbeigehen können. Auf ihr bewegen sich täglich hunderte von Menschen und dazwischen, was den Übergang zur anderen Seite des Ganges höchst unerfreulich macht, die ewig hupenden und rücksichtslos fahrenden jungen Inder mit ihren lauten, stinkenden Mofas. Auf der anderen Seite liegen einige Tempel und jede Menge Ashrams. Zahlreiche Männer, alt wie jung, sitzen oder liegen an den Straßenrändern und auf den Treppen zum Ganges. Den Touristen signalisieren sie durch ihre orangen Gewänder, dass sie heilige Männer sind. In Wirklichkeit handelt es sich um Faulenzer, Alkoholiker und Drogenabhängige. Ihr Blick erscheint den meist sehr jungen, europäischen Heilsuchenden "heilig". Dabei beruht er auf der Tatsache, dass sie rund um die Uhr vollgedröhnt und/oder betrunken sind. Die von der Spiritualität der Inder beeindruckten Touristen versorgen sie täglich mit genügend Geld in ihren Blechnäpfen. Es lebt sich gut in Rishikesh für heilige Männer!

Einer dieser verlausten Heiligen hatte sich in seinem Suff ein T-Shirt über sein orangenes Gewand gezogen auf dem bezeichnenderweise stand: „Be stupid, be in love".

Die ganze Frömmigkeit der Hindus, die sich nur auf ihre Gebete in den Tempeln beschränkt, geht mir allmählich auf die Nerven. Sie erinnert mich an die der Katholiken, die sich nach jeder Beichte wieder frei für neue Untaten fühlen. Gott vergibt dem Sünder und schon geht's weiter mit dem(n) Go(ö)tter(n) weniger gefälligen Leben.

Ich beschließe daher mich nicht mehr für Tempel zu interessieren. Doch schon kurz darauf betrete ich geistesabwesend ein großes Gebäude direkt am Fluss.

Gedanken verloren, betrete ich das Gebäude hoffend, dass ich dort sicherlich einen schönen Blick auf den Ganges haben werde. Kaum bin ich ein paar Meter durch einen langen, dreckigen, schlauchartigen Flur gegangen, hält mich auch schon ein junger Mann an und weist mich mit groben Gesten darauf hin, dass ich gefälligst meine Schuhe ausziehen soll. Ach du liebe Zeit, bin ich nun doch wieder in einen Tempel geraten? Oh Gott, es fällt mir wie

Schuppen von den Augen: natürlich dieser Tempel ist DER Tempel von Rishikesh!

Schnell ziehe ich brav meine Schlappen aus, nehme sie in meine Hand und gehe weiter. Aus dem Nichts heraus steht ein verfilzter, aggressiv fuchtelnder Mann vor mir, stößt mich heftig an meiner Schulter und schreit mich an. Ich bin ärgerlich und begreife nicht, was er will. Ich versuche ihn abzuschütteln. Schon macht er eine Handbewegung als wolle er mich schlagen, doch glücklicherweise tritt ein junger Mann dazwischen und macht mir in gebrochenem Englisch klar, dass ich die Schuhe auch nicht in der Hand tragen darf, sondern am Eingang abgeben muss.

Jetzt habe ich die Nase endgültig voll von diesen heiligen Stätten und nehme es als Zeichen meines Karmas, dass diese Himmelgeschöpfe mich ebenfalls nicht sehen wollen und verlasse wütend das hinduistische „Haus der Götter".

Um 18.30 Uhr, so hatte ich in meinem Fremdenführer gelesen, findet jeden Abend am Ganges eine spezielle Zeremonie statt während der man entweder im Ganges badet oder sich zumindest das Gesicht mit dem heiligen Wasser benetzt und sich dann auf den Stufen des Ganges niederlässt um dem monotonen Gesang der nun ans Ufer tretenden Mönche zu lauschen. Doch um mir das anzusehen, muss ich zur anderen, im selben Stil, aber später erbauten Brücke, der Rham Jhula, fahren.

Hier treffe ich Hunderte von Menschen an. Mich erstaunt immer wieder wie ernsthaft die Europäer sich in Indien spirituell angesprochen fühlen. Ich, die ich ein „göttlicher Freigeist" bin, kann mit allen diesen teilweise nicht besonders toleranten, religiösen Gebräuchen nicht viel anfangen. Auch hier, im Bereich der Mönche, muss man sich seiner Schuhe entledigen. Mit meinem verwerflichen Charakter ziehe ich es vor, mir meine Füße im Ganges zu kühlen, dem es in seinem gleichmütigen Dahinfließen ziemlich egal ist, ob man an seine Heiligkeit glaubt oder nicht.

Bis jetzt hat mich die ganze Atmosphäre dieses so heiligen Ortes nicht sonderlich berührt, doch dann geschieht etwas, auf das ich nicht gefasst bin. Es gibt hier viele heilige Kühe die, sowie sie meiner ansichtig werden, auf mich zu gehen, ihre Häupter senken und mir unmissverständlich klarmachen, dass sie gestreichelt werden wollen. Einige laufen weiter hinter mir her. Ob sie mich auch für heilig halten? Ich fühle mich mit den hinter mir her bummelnden Tieren eher etwas ungemütlich. Ein kleines Kalb hat es ganz besonders auf mich abgesehen. Ich lasse mich dazu hinreißen ihm zwei Bananen zu spendieren, was sich als großer Fehler herausstellt. Jetzt steigt meine heilige Ausstrahlung auf diese Vierbeinerschar ins Unermessliche. Gibt ja Menschen, die sind geschmeichelt, wenn sie ein paar Groupies haben. Bei mir hält sich dies auf Grund der tierischen, dazu noch nicht besonders gut duftenden Verehrer ziemlich in Grenzen. Die Händler stoßen sich an, begrüßen mich mit ehrfürchtig gefalteten Händen vor ihrer Brust. Einer meint andächtig: „Das habe ich noch nie gesehen, dass die Kühe sich für jemanden hier interessieren." Da kommt mir kurzfristig der Gedanke, ob ich nicht schnell ein paar, am besten gut betuchte, westliche Heilsuchende an meiner so positiven Ausstrahlung mit entsprechendem Obolus teilhaben lassen soll? Das wäre ein leichtes Spiel, auch wenn die Konkurrenz bei all diesen Erleuchteten nicht schläft. Entscheide mich dann aber doch, meiner Heiligkeit gerecht zu werden und ihnen nicht ins Geschäft zu pfuschen.

Eilig verkrümele ich mich zur anderen Uferseite. Es wird Zeit für das Auftreten der Mönche am Ganges.

Schließlich will ich mir die jeden Abend stark besuchte und den Göttern gewidmete Zeremonie am Ganges mit Musik, Lichtern und den Gesängen der Mönche nicht entgehen lassen. Schnell suche ich mir daher auf den zum Fluss führenden Stufen ein Plätzchen zwischen all den vielen Menschen. Ich genieße die besondere Atmosphäre des Sonnenuntergangs vermischt mit dem Geruch von Weihrauch, den die Mönche während ihrer Gesänge verbrennen. Völlig versunken in ein nichts denkendes Genießen, spüre ich eine eigenartige Bewegung neben mir.

Ein Hund zwängt sich unauffällig zwischen all den Menschen hindurch, kommt geradewegs auf mich zu und legt sich als sei ich sein lang gesuchtes Frauchen neben mich. Kurz darauf schmiegt er vertrauensvoll seinen Kopf in meinem Schoß und schläft mit einem tiefen Seufzer ein. Die um mich herum sitzenden Inder rücken fast andächtig etwas von mir ab und schauen mich an als sei ich entweder eine Heilige oder zumindest auf dem besten Weg dorthin. Eine junge Inderin neben mir sieht, dass ich nicht ganz verstehe, weshalb ich plötzlich mit solch einer scheuen Ehrfurcht angestarrt werde. Sie beugt sich zu mir und erklärt mir, dass das Verhalten dieses Hundes ungewöhnlich und ein Zeichen der Götter sei, dass sie diese Person sehr lieben. Ich für meinen Teil denke mir daraufhin, dass sich die göttlichen Herrschaften über mich unterhalten haben und zu dem Schluss gekommen sind, dass das rüde Verhalten ihres Tempelwächters entschuldigt werden muss. Ich signalisiere ihnen, dass ich dem Ekel verzeihe, erbitte aber ihr Verständnis dafür, dass ich in Zukunft brav meine Schuhchen anbehalten und außerhalb ihrer Tempel bleiben werde. So können sie mich auch viel besser sehen.

RISHIKESH,
SAMSTAG, 16.4.2016

Schon beim Aufstehen hat es 28 Grad und im Laufe des Tages soll die Temperatur auf 41 ansteigen. Ein absoluter Rekord für die Jahreszeit. Ich bleibe davon weitestgehend verschont, da ich eine Ganges Rafting Tour gebucht habe.

Um 12 Uhr holt mich der Besitzer eines kleinen vom Hotel unter Vertrag genommenen Unternehmens ab. Die Tour soll um 14 Uhr starten. Die Fahrt zum Anlegeplatz des Bootes befindet sich 15 km außerhalb von Rishikesh und dauert zwei Stunden. Es geht nur im Schneckentempo vorwärts, denn der Weg führt durch ein enges Tal, das hoffnungslos verstopft ist. Schleichwege gibt es nicht. Als wir endlich ankommen, wartet bereits eine Gruppe von acht jungen Männern aus Delhi auf uns.

Ich hatte gezaudert, dieses Abenteuer zu buchen. Schließlich sagte ich mir aber, dass Feigheit nicht zu mir passt und dass mir diese Selbstüberwindung letztendlich bestimmt einen Kick geben wird. Beim Anblick der jungen Männer überkommt mich jedoch ein flaues Gefühl. Diese kraftvollen, jungen Burschen aus Delhi sehen verdammt sportlich aus und werden auf mich bestimmt nicht gerne Rücksicht nehmen wollen. Leicht verunsichert steige ich ins Boot. Der Bootsführer platziert mich an der Bugspitze. Wahrscheinlich will er mich im Auge behalten, für den Fall, dass ich altes Weiblein der Sache nicht gewachsen bin oder, schlimmer noch, über Bord gehe.

Wir legen ab und den jungen Kerlen fällt nichts Besseres ein als mich erst einmal gründlich nass zu spritzen. Scheinbar wollen sie mich testen. Sie rechnen nicht damit, dass mir das jedoch einen Riesenspaß macht. Es beginnt eine kleine Wasserschlacht und schon ist das Eis gebrochen. Andere Boote kommen vorbei und schaufeln mit ihren Paddeln ebenfalls jede Menge Wasser in unser Boot. Unter lachen und kreischen revanchieren wir uns entsprechend. Bei besonders hohen Wellen wird das ganze Boot hin und her geschleudert. Es treibt scheinbar steuerlos von Welle zu Welle. Wir werden von dem hineinschwappenden Wasser bis auf die Haut nass. Ich war nervös in dieses Boot gestiegen, musste meinen ganzen Mut zusammen nehmen um mich diesem Abenteuer zu stellen, und jetzt bin ich traurig, dass wir nicht in noch mehr solcher Strudel geraten. Ich kann gar nicht genug davon bekommen. Das Rafting macht mir hundert Mal mehr Spaß als all diese von ehrfürchtigen Gebeten erfüllten Tempel, wo, wie in der Katholischen Kirche, auf keinen Fall gelacht werden darf. Das lässt in mir den Gedanken aufkommen, dass die himmlischen Herren sich wahrscheinlich auch lieber außerhalb ihrer heiligen Hallen aufhalten und das ewige Wehklagen der Gläubigen Petrus und seinen Gesellen überlassen, die aus Rache so einige dumme Regeln aufgestellt haben.

Abschließend bitten mich die jungen Männer um ein

Gruppen-Foto. Erst jetzt fragt mich einer von ihnen wo ich herkomme. Als ich „Germany" sage, schaut er mich bewundernd an und meint: „Oh, Hitler. Das war ein großer Mann." Ich bin entsetzt und fahre ihn ziemlich unwirsch an wie er das sagen könne von einem Menschen der Millionen umgebracht hat! Seine schlichte Antwort: „Aber das waren doch nur Juden." Er reagiert vollkommen verwirrt als ich antworte: „Stimmt, du bist ja auch nur ein Hindu, pass auf, dass du nicht eines Tages ebenfalls einem solchen großen Mann zum Opfer fällst." Die anderen haben aufmerksam zugehört und sind über den Satz ihres Mitreisenden sichtlich geschockt. Sie beginnen mit ihm lautstark zu diskutieren.

Das ist nun das zweite Mal während meiner Reise, dass ich erleben muss, dass Hitler hier teilweise als „großer Mann" angesehen wird. Würde zu gerne mal dem indischen Geschichtsunterricht lauschen. Der junge Mann wie auch der Fortbesitzer, der Hitler so gelobt hatte, kommen aus einer gebildeten Schicht, haben Privatschulen besucht. Der eine ist fast 60, der andere vielleicht 24 Jahre alt. Das bedeutet erschreckenderweise, dass im Geschichtsunterricht scheinbar immer noch unser „großer Mann" auf für uns mehr als befremdliche Art dargestellt wird.

Ich freue mich, dass die anderen Jungs sich scheinbar heftig mit ihrem Freund streiten. Aus dem Auto winke ich ihnen nochmals zu und lasse mich umgehend zum Hotel fahren.

Eigentlich hatte ich vor nach einem kurzen Nickerchen noch etwas zu unternehmen. Das erledigt sich jedoch von selbst, da ich erst nach drei Stunden wieder aufwache.

Der Hunger meldet sich unnachsichtig. Mehr als verständlich, schließlich hat das Rafting auf Grund der Verkehrsstaus auf der Hin- und Rückfahrt 2 ½ Stunden länger gedauert hat als angegeben war.

Weil er sich immer sehr bemüht und umsichtig gezeigt hat, lade ich den Fahrer ein mit mir essen zu gehen. Eine Idee, die man tunlichst vermeiden sollte. Handelt es sich doch bei ihnen um eine ganz spezielle Spezies unter den eh schon nicht gerade als besonders ehrlich geltenden Indern. Diese Menschen erzählen die tollsten Geschichten um möglichst viel Trinkgeld zu ergattern. Mein Mitleid für sein ach so hartes Leben ist grenzenlos, und somit überhöre ich die mich warnende innere Stimme erst einmal geflissentlich.

Wir finden ein Lokal, das einen sauberen Eindruck macht. Er bestellt seine gewohnten indischen Gerichte. Beim Essen fange ich an ihn etwas auszufragen. Ich kann es zu Beginn nicht fassen, was ich zu hören bekomme - und anfangs auch glaube!

Zuerst frage ich ihn ganz naiv, ob das Zimmer, das jedes Hotel für die Fahrer bereit hält, in Ordnung ist. Es entsetzt mich, dass er angeblich im Auto geschlafen hat, weil das Hotel ihm keinen Raum zur Verfügung gestellt habe. Das kann doch nicht sein! Schließlich habe ich 1.500 Rupees extra bezahlt, damit er eine Schlaf- und Waschmöglichkeit hat. Korruption lässt wieder einmal grüßen! Dass der Korrupte nicht der Hotelmanager sondern mein Fahrer sein könnte, auf die Idee kam ich nicht.

Mein offensichtliches Mitleid beflügelt ihn zu weiteren mich erschreckenden Schilderungen. Mit leichter Verzweiflung in der Stimme erzählt er mir, dass sein Chef ihm monatlich nur 7.000 Rupees bezahle. Davon müsse er 3000 Rupees Miete für ein Zimmer ohne Bad bezahlen, in welchem er mit seiner Frau und seiner 19-jährigen Tochter lebe. Die Tochter, das hatte er mir bereits erzählt, leide an einer schweren Allergie. Sie ist gerade aus dem Krankenhaus entlassen worden, wo sie beinahe gestorben wäre.

Die Behandlung und der Aufenthalt im Krankenhaus haben bereits 40.000 Rupees verschlungen. Gegen den Rat der Ärzte habe er sie nach Hause holen müssen. Er habe kein Geld mehr für die Weiterbehandlung. Ihr Zustand hat sich aber so verschlimmert, dass sie nun einen ausführlichen Allergietest machen muss, der nochmals 10.000 Rupees kosten wird. Ich wende ein, dass er doch bei diesem seinem Gehalt nicht alle Kosten allein aufbringen kann. Er erwidert, dass ihm die Familie seiner Frau bisher geholfen, und er dazu noch einen Privatkredit aufgenommen habe. Hier hätte ich nun endlich hellhörig werden müssen. Wer oder welche Bank gibt einem Kandidaten, der mit Frau und Kind grad mal 4.000 Rupees zum Leben hat einen Kredit? Stattdessen bin ich tief betroffen. Dieses sich so spirituell in Europa verkaufende Indien behandelt also seine Menschen in einer Weise, dass man nicht einmal von einem Minimum an Menschlichkeit sprechen kann!? Da ist ein Chef, der keine Hemmungen hat viel Geld mit einer armen Kreatur zu verdienen, die in großer Not ist?! Ich frage ihn, ob sein Boss denn überhaupt seine Situation kenne. „Ja, er hat mir immer wieder gesagt, dass er mir hilft, doch hat er mir nie Geld gegeben" und Tränen rollen über seine Wangen.

Ich bin so bewegt, dass ich fast mitgeweint hätte, woraufhin er noch einmal so richtig Gas gibt! Er erzählt, dass seine Schwester alles an sich gerissen habe als seine Eltern gestorben seien. Sie hätten zwei Häuser besessen und ein Elektrogeschäft. Er habe dort gearbeitet und sollte den Laden übernehmen. Durch das Verhalten seiner Schwester bekam er weder eines der Häuser noch den Laden. Dass das möglich sein konnte, wollte ich ihm gern glauben, denn solche Geschichten sind mir im Laufe meiner Reise mehrfach zu Ohren gekommen. Die Rechtslage scheint hier nicht wie bei uns klar geregelt zu sein oder sagen wir besser angewendet zu werden.

Solche Erbstreitigkeiten, wie sie mir hier Dejendra erzählt, sind, besonders auf dem Land, nicht selten. In den Dörfern scheint es teilweise nach dem Tod der Eltern ziemlich heftig zuzugehen.

Trotzdem dämmert mir so langsam, dass ich mindestens die Hälfte an seiner dramatischen Schilderung abstreichen muss. Wahrscheinlich hat er sich den größten Teil seiner Story aus Zeitungsberichten zusammen gebastelt. Er übertreibt zu sehr! Dabei kann man ihm eine besondere Begabung zum fabulieren nicht absprechen. Diese allein reisende Europäerin schien ihm alles zu glauben. Somit war kein Halten mehr. Er konnte gar nicht mehr aufhören das Elend seiner Familie in grellsten Farben zu schildern.

Als ich ein paar Tage später am Ende der Fahrt mit ihm abrechnen will versucht er, wie ich mir inzwischen schon gedacht habe, zu tricksen. Unzählige Male beteuerte er mir auf unserer Reise, dass er seine Fahrgäste nie betrogen habe, ich könne ihm total vertrauen.

Das Ziel seines Lebens sei es immer ein guter Mensch zu sein. So viel Gutmensch veranlasste mich dann doch seine Endabrechnung genauer zu überprüfen. Damit hatte er so gar nicht gerechnet. Ich war schließlich die ganze Zeit über nett zu ihm gewesen, hatte ihn sogar zum Essen eingeladen. Er war sich sicher, dass ich ihm seine echte Freundschaft abkaufen werde.

Meine Korrektur nimmt er nach außen gelassen mit der Bemerkung hin, dass er da wohl nicht so ganz aufgepasst habe. Die Inder reagieren selten aggressiv. Die Mehrzahl ist korrupt und verlogen, was in Indien eh jeder vom anderen voraussetzt. Das betrifft nicht nur die untere und unterste Schicht der Bevölkerung. Die Mittel- und Oberschicht agiert ähnlich, nur subtiler. Kann oder weiß ein Inder etwas nicht, weicht er aus. Er erfindet Ausreden, die wir schlicht Lügen nennen würden. Er ist niemals, und das betrifft mit wenigen Ausnahmen alle Inder, gradlinig und schon gar nicht loyal.

Seine weitestgehend friedliche Art Dinge zu regeln, kann man sehr gut im Straßenverkehr beobachten. Jeder nimmt jede Lücke sowie jedwede Gelegenheit wahr vorwärts zu kommen und den anderen durch andauernde Huperei davon abzuhalten weiterzufahren. Reagiert das Nachbarauto oder Moped aber schneller, versucht man es halt mit dem nächsten. Keiner wird darüber ärgerlich. Es wird schon bald wieder eine Gelegenheit geben in der man dann eben selbst schneller ist als der andere. Das erklärt auch die ununterbrochene Huperei, die nur sagen soll: „Pass auf, jetzt komm ich, und ich habe Vorfahrt, ok, wenn du stärker bist, dann verdränge ich halt den nächsten."

Verkehrsstaus entstehen im Übrigen erst dann, wenn die Polizei eingreift. Eine Polizei, von der 80% nicht lesen und schreiben kann und die nie in irgendwelche Verkehrsregeln eingewiesen wurde. Da ihre Gehälter erbärmlich sind, bessern sie diese durch Androhung von Strafen aus, die geringer ausfallen, wenn der Verkehrsteilnehmer auf keiner Quittung besteht.

Vor kurzem beobachtete ich folgende Szene: ein Polizist hielt einen jungen Mopedfahrer an und verlangte Geld von ihm, weil er keinen Helm trug. Natürlich bezahlte der Junge brav und fuhr, selbstverständlich ohne Beleg, weiter. Kurz darauf kam ein anderer

Mopedfahrer vorbei. Der Polizeibeamte grüßte ihn, setzte sich auf den Rücksitz und die beiden fuhren davon. Dass der Mopedfahrer keinen Helm trug tat nichts zur Sache.

Dass man sich auf keinen Inder wirklich verlassen oder ihm - egal, ob Mann oder Frau- vertrauen kann, verdirbt mir so allmählich die Freude an diesem Volk. Ein Verhalten, das sich ja keinesfalls nur auf uns Ausländer beschränkt. Wir sind nur leichtere Opfer, da wir ihre Mentalität nicht kennen.

Sie haben bei uns westlichen Touristen daher zumeist ein leichtes Spiel. Wir sind gewohnt zu glauben, was man uns sagt. Das Land ist uns so fremd, das Denken und Handeln der Inder für uns so undurch-schaubar, dass es besonders all die Fahrer leicht haben unser Vertrauen schnell zu gewinnen. Sie kennen sich schließlich aus; sie sind für die Sicherheit ihrer Fahrgäste verantwortlich; sie helfen den Gästen, dass sie nette Restaurants und Geschäfte finden. Dass dahinter nur das Interesse steht, möglichst viele Kommissionen zu erhalten, ist ein weiterer Grund für die große Menschenfreundlichkeit dieser Spezies.

Nirgendwo findet dieses alte Sprichwort so oft seine Anwendung wie hier: guter Rat ist teuer!

HARIDWAR
SONNTAG, 17.4.2016

Die Fahrt von Rishikesh nach dem 15 km entfernten Haridwar geht wieder nur schrittweise vorwärts. Da beide Orte für Hindus von größter Bedeutung sind, sollte man besonders am Wochenende diese Strecke möglichst meiden.

Als wir Haridwar endlich erreichen, hält uns die Polizei an. Sie verbietet uns die Weiterfahrt ins Stadtzentrum. Nach längerem diskutieren erlaubt uns endlich ein Polizist, die Weiterfahrt zu einem in der Nähe meines Hotels gelegenen Parkplatz.

Neben dem schier überquellenden Strom an Gläubigen haben sich die Politiker gerade dieses Wochenende für eine Wahlkampagne hier in Haridwar ausgesucht. Die Mitglieder der jeweiligen Parlamente und noch mehr die des Parlaments von Delhi, benehmen sich alle wie absolute Fürsten. Die Masse akzeptiert es nicht nur, sie scheint dies auch zu mögen. Die alten Strukturen aus der Zeit der Maharadschas sind wohl noch tief im gemeinen Volk verwurzelt. Keiner murrt, wenn diese ach so wichtigen und korrupten hohen Herren alles auf den Kopf stellen. Es wird sich ehrfürchtig verbeugt, sowie sie in ihren gepanzerten Luxusautos eintreffen und auf ihre Weise Wahlkampf betreiben. Ein paar der sich besonders volksnah gebenden Politiker besucht einige Einwohner in ihren elenden Hütten. Die Bewohner werden natürlich vorher ausgesucht und bekommen ein paar Rupees in die Hand gedrückt, damit sie bei dem dann folgenden Schauspiel zumindest etwas lächeln. All diese Wichtigtuer schütteln sichtbar uninteressiert Hände, streicheln väterlich über irgendwelche Kinderköpfchen und pflanzen einen Baum. Dabei achten sie immer darauf, dass Fotografen und Fernsehteams zugegen sind und sie ins rechte Licht rücken. Darin gleichen sich die Politiker der ganzen Welt.

Ein wirklicher Bezug zu den Wählern besteht dort wie hier nicht und die paar auserwählten Volksstimmen sind auch bereits beim Einsteigen dieser jovialen Volksvertreter in ihre gepanzerten Limousinen vergessen. Die weitestgehend ungebildete, einfache Schicht der Inder ist für die Politiker ein leichtes Spiel.

Ein bisschen weniger bedeutungsvoll als diese Herrschaften in ihren schwarzen Karossen, muss ich mich auf eine Rikscha beschränken. Den letzten Kilometer zum zentralen Tempelbereich werden weder Autos noch Tuk-Tuks zugelassen. Mein Hotel befindet sich direkt gegenüber der Tempelanlage, daher muss ich auf eine Riksha umsteigen. Bisher hatte ich das tunlichst vermieden. Ich fühle mich nicht wohl dabei, dass sich ein Mensch für ein paar Rupees abquält, weil ich zu bequem bin zu laufen. Für mich ist dies ein menschenverachtendes Relikt längst vergangener Zeiten. Jetzt bleibt mir jedoch nichts anderes übrig. Der vielleicht maximal 16 Jahre alte Junge, der von meinem Fahrer angehalten wird, verlangt für diese 1 km lange und teilweise sehr steile Strecke 50 Rupees. Ich hätte ihm gerne das Doppelte gegeben. Mein Fahrer bittet mich das nicht zu tun. Als ich dem Jungen dann doch ein paar Rupees mehr in die Hand drücke, lächelt er nicht einmal.

Der Ort ist schon auf Grund der in die Tausende gehenden Pilger schwer zu kontrollieren. Für heute aber, da die Wahlredner höchsten Schutz erfordern, wurde scheinbar die Polizei aus dem ganzen Gouvernement zusammen gezogen. Uniformen überall, dazwischen Kontrollbögen wie wir sie von den Flughäfen her kennen. Die Angst vor einem terroristischen Anschlag ist fast greifbar und nur zu verständlich. Es würde Hunderte von Todesopfern geben. Aus diesem Grunde halte ich mich vom total überfüllten Tempelbereich fern.

Die ganze Tempelanlage, in unzählige bunte Lichter gehüllt, sieht von weitem aus wie ein Rummelplatz. Im Ganges stehen übermenschlich große und mit hunderten von Glühbirnen dekorierte, grell bemalte Götterfiguren. Über den hier bereits breiten Ganges führt ein Gewirr von Brücken, die alle zum Zentrum der dort betenden und singenden Mönche führen. Aus überdimensional großen Lautsprechern tönt Tag und Nacht entweder Musik oder monotones, stundenlanges Beten. Auf dem Oktoberfest in München herrscht der gleiche Lärm, die gleiche Beleuchtung und man trifft auf mindestens so viele Menschen. Nur wird in Haridwar weder gelacht noch getrunken oder Karussell gefahren. Neben dem ununterbrochenen Murmeln von Gebeten, tunkt man sich stundenlang nach einem bestimmten Ritus auf und ab schaukelnd ins Wasser des Ganges. Die Männer in Badehosen, die Frauen in ihren Saris. Der Ganges hat hier eine reißende Strömung. Die ist so gefährlich, dass entlang des Flusses dicke Eisenketten montiert sind an denen sich die Menschen festhalten müssen, um nicht fortgerissen zu werden.

Der ganze Zentralbereich mit seinem Riesenaufgebot an Gläubigen wird ebenfalls von zahllosen Affen bevölkert. Einer Affenart, die sehr aggressiv werden kann und zu oft schon Menschen verletzt hat. Polizisten laufen daher mit dicken Bambusknüppeln zwischen denen am Ganges und den Brücken lagernden Bettlern,

Krüppeln und Familien mit Kindern herum. Die Pilger sitzen zum essen ihrer meist mitgebrachten Speisen auf den Stufen des Ganges. Da wollen die Affen selbstverständlich nicht fehlen.

Neben zahlreichen, eher einfachen, Hotels gibt es viele, teilweise sehr luxuriöse Ashrams.

Ashrams dürfen offiziell kein Geld verlangen, sondern leben von den zumeist großzügigen Spenden ihrer Gäste. Diesen Umstand haben sich so einige Hotelbesitzer zunutze gemacht. Offiziell als Ashrams deklariert, werden die Besucher, je nach Standard des Ashrams, ziemlich kostspielig zur Kasse gebeten. Der Vorteil dieser Deklarierung? Keine Steuern! Damit das auch ungestört ohne Kontrollen seitens der Behörden funktionieren kann, werden diese ebenso wie entsprechend wichtige Personen am Umsatz „beteiligt".

Haridware zieht noch mehr Bettler und Krüppel an als Rishikesh, denn es gilt als der heiligste Pilgerort der Hindus und ähnlich wie Mekka sollte jeder Hindu mindestens einmal in seinem Leben hier gewesen sein. Die Stadt ist ein grauenhaft zugemüllter, teilweise übel riechender, finsterer Platz.

Kein Ort in Indien, den ich im Laufe dieser nun fast drei Monate besucht habe, hat mich so deprimiert und angeekelt wie dieser.

VON HARIDWAR NACH DEHRADUN
MONTAG. 18.4.2016

Wie froh bin ich, als ich diese, von fanatischen Gläubigen überlaufene Stadt am nächsten Morgen in aller Früh wieder verlassen kann. Diese Stadt, wo der religiöse Eifer eine eher feindliche, düstere Ausstrahlung hat, hinterlässt bei mir den

Eindruck dem Vorhof der Hölle entkommen zu sein. Wie anders hingegen Rishikesh! Im Vergleich zu diesem mich deprimierenden Fleck strahlt es den Reiz eines bezaubernden Flittchens aus.

Auf der Rückfahrt passieren wir eine riesige im Bau befindliche Brückenanlage. Sie war einst gegen die nachts hier oft die Straße überquerenden Elefanten geplant. Immer wieder kommen schwere Unfälle mit Elefanten vor, die besonders wenn sie trächtig sind, sehr aggressiv werden können. In ihrer Wut haben sie schon so manches Auto zerstört und Menschen verletzt bzw. getötet.

Vor 16 Jahren wurde mit den Arbeiten für dieses imposante Projekt begonnen. Dicke Beton-Brückenpfeiler rotten seit 15 Jahren vor sich hin, ihre rostigen Eisenstäbe drohend in den Himmel gestreckt. Seit 15 Jahren wird der Verkehr umgeleitet, als sei man noch mitten im Bau. Neben der Tatsache, dass die lieben Politiker einen Großteil der bewilligten Gelder haben verschwinden lassen, ist auch die Baufirma Pleite gegangen. Das hat allen Beteiligten nochmals einen dicken Batzen Geld in ihre Taschen gespült. Ein Vorgehen, das bei uns ebenfalls, nur etwas dezenter, nicht ganz unbekannt ist. Hier in Indien hat es allerdings für alle Beteiligten höchst selten strafrechtliche Konsequenzen. Schließlich wäscht eine Hand die andere.

Wir kommen durch Landstriche, in denen gerade das Getreide geerntet wird. Männer hocken am Boden und schneiden mit kleinen Handsicheln das - übrigens vollkommen unkrautfreie!- Getreide. In Indien sieht man kein Problem darin mit Pestiziden und anderen Giften großzügig um zu gehen.

Frauen in ihren Saris bündeln in kleinen Garben das Getreide. Das ganze mutet wie eine Szene aus dem Beginn des vergangenen Jahrhunderts an, getoppt durch den Umstand, dass der Transport auf von Büffeln gezogenen Holzkarren stattfindet. Moderne Landmaschinen sieht man nur hin und wieder.

In einem Land, in dem die menschliche Arbeitskraft nichts

kostet, ist es nicht weiter verwunderlich, dass die moderne Technik nur zögerlich eingesetzt wird.

Weiterhin will mir der Fahrer unbedingt noch die Lachhiwala Wasserfälle zeigen. Nachdem ich an einer halb zerfallenen Bude ein Ticket für 100 Rupees gelöst habe (der Fahrer ist frei), gehen wir 10 Minuten lang bei 30 Grad Hitze durch ein sandiges, ausgetrocknetes, eintöniges Gelände. Plötzlich höre ich laute, lachende Stimmen. Auf meine Frage hin erklärt mir Dejendra, dass sich da wohl badende junge Männer vergnügen. Schon bedauere ich, dass ich mich nicht werde unter diese Wasserfälle stellen können. Als Frau dürfte ich das nur vollkommen angezogen genießen und wo ist da der Genuss? Eigenartigerweise hören wir beim Näherkommen keine Geräusche, die auf einen Wasserfall schließen lassen. Stattdessen stehen wir unerwartet vor einem Flussbecken, das vollkommen ausbetoniert ist. Hier tummeln sich die Jugendlichen aus der näheren Umgebung. Ich sehe Dejendra fragend an. Er zieht verlegen seine Schultern hoch und meint, dass es hier früher einen Wasserfall gab. Seit 15 Jahren sei er aber nicht mehr hier gewesen. Jedoch kann hier niemals von einem Wasserfall die Rede gewesen sein. Das Gelände ist vollkommen flach.

Ich lasse die Angelegenheit auf sich beruhen, frage ihn nur, weshalb er mich hierher gefahren hat. Die Antwort auf diese Frage werde ich, wie schon von Harjit gewohnt, nie erhalten.

Weiter auf der Rückfahrt nach Dehradun, möchte ich noch eine buddhistische Tempelanlage aufsuchen, der auch ein Kloster angeschlossen ist. Ich bitte den Dejendra mich dorthin zu bringen. Von weitem sehe ich bereits eine riesengroße, vergoldete Buddhafigur hinter einem hohen Baum hervorlugen. Kurz darauf liegt ein wunderschöner, weitläufiger und sehr gepflegter Park vor mir. Im Mittelpunkt steht ein riesiger Tempel mit um ihn verteilten zahlreichen kleineren Stupas. Alle Gebäude sind blütenweiß gestrichen sowie mit vergoldeten Buddhas und ihn umkränzenden, bunten Blumen bemalt.

Welch ein Unterschied zu den hinduistischen, ungepflegten

Tempeln!, bei denen lediglich die farbenfroh dekorierten, grell bemalten und mit Marigold-Blumen behängten Götterstatuen vom restlichen Schmutz ablenken.

Endlich finde ich hier die so lange vermisste Klarheit und Schönheit wieder. Mit seinem imposanten Tempel im Zentrum strahlt diese Klosteranlage ein unglaubliches Gefühl von Ruhe und Harmonie aus. Nach all der Hektik, Unfreundlichkeit, dem Dreck, den Bettlern, den ständigen Gesängen durch riesige Lautsprecher-anlagen in Haridwar, genieße ich diesen Ort des Friedens und der Harmonie. Keine störenden Ansagen. Im Gegenteil. Auf Schildern wird darum gebeten möglichst schweigsam zu sein. Die einzigen, die hier Krach machen, sind Affen, für die es einen schön angelegten Pool gibt in dem sie sich tummeln wie bei uns die kleinen Kinder. Diese Affen sind glücklich und friedlich. Eine Stunde am Tag dürfen sie sich im Pool austoben. Sie werden vom Kloster gefüttert und in einem für sie errichteten Affenhaus untergebracht.

So gestärkt fällt es mir etwas leichter wieder in die mit einem dicken Dunstschleier überzogene Stadt zurück zu kehren. Der graue, neblige Smog ist so stark, dass ich nach ein paar Stunden untätigen Herumsitzens Trauerränder an und unter den Nägeln habe. Ich habe es aufgegeben in Flip Flops zu laufen. Der zähe Schmutz frisst sich zu tief in die Fußsohlen ein. Jeden Abend muss ich meine Füße mindestens 15 Minuten in warmer Seifenlauge einweichen. Trotzdem bekomme ich sie nie wirklich sauber. Meine Kleider sind nach einem halben Tag schmutzig. Ganz besonders leiden meine Haare. Der Staub lässt sie austrocknen. Ich wasche sie täglich und immer schwimmt eine braune Soße in der Duschwanne. Dieser grässliche Staub lässt sich in allen Ritzen nieder. Außerdem geht mir die Unempfindlichkeit der Inder gegenüber ihren immer trist wirkenden Häusern langsam aber sicher auf die Nerven.

Es wird Zeit, dass ich heimfahre...

MUSSOORIE HILLSTATION.
FREITAG. 22.4.2016

Vorher möchte ich mir aber noch den vor den Toren Dehradun's in 2000 m Höhe gelegenen Ort Mussoorie Hillstation ansehen.

Serpentinen über Serpentinen führen hinauf. Die heiligen Kühe schreckt das nicht ab auch hier ihrer Wege zu ziehen. Dazwischen hoffen so einige Affen, dass man was Essbares aus dem Auto wirft.

Am Straßenrand warnen immer wieder große Schilder: „Speed thrills but kills." Ich kann mir sehr gut vorstellen, dass auf dieser Strecke so mancher die Kontrolle über sein Fahrzeug verliert bzw. besonders die pubertierenden Mofa- und Motorradfahrer hier ihr „Mütchen" kühlen.

Mein Reiseagent hatte mir geraten am Ortseingang von Mussoorie in einem Ressort anzuhalten und dort zu Mittag zu essen.

Auf Grund des vielversprechenden Namens „Ressort Royal Orchid", versehen mit 4 Sternen, bin ich dem Rat gefolgt und sitze jetzt mutterseelenallein auf einer großen, mit Löchern im Holzboden versehenen Terrasse. Ein atemberaubender Blick entschädigt mich etwas für das nicht sehr einladende Ambiente. Obwohl mir beim Eindruck dieses Lokals eher Fluchtgedanken kommen, setze ich mich und denke: „Na ja, ein ungepflegtes Umfeld sagt hier in Indien letztlich noch nichts über die Qualität des Essens aus und Rachit hat es mir schließlich als sehr gut ans Herz gelegt."

Nach schier endlosem Warten kommt endlich ein Ober. Davon abgesehen, dass seine anthrazitfarbene Uniform voller Flecken ist, trägt er ein Hemd, welches sich sicherlich freuen würde, endlich mal wieder gewaschen zu werden. Ein abgesprungener Knopf im Nabelbereich erhöht auch nicht gerade seine Attraktivität.

Unterm Arm trägt er eine alte, zerfledderte Speisekarte. Mein Vertrauen in die Küche des Hauses schwindet dahin wie das Eis am Nordpol. Ich tröste mich jedoch schnell mit dem Gedanken an Rachit's Empfehlung und bestelle Spaghetti mit Pesto. Viel mehr an Fleischlosem gibt die Karte nicht her. Es wird schon schiefgehen und das tut es dann auch gründlich!

Nach meiner Bestellung geschieht erst einmal 1/4 Stunde lang gar nichts. Endlich kommt der Kellner etwas verlegen zurück und von einem Bein aufs andere tretend kann ich seinem Gemurmel, einer Mischung aus Hindu und zwei Worten englisch, entnehmen, dass es besser wäre, wenn ich „Fussile" bestelle. Wieso das denn? Die mag ich so gar nicht. Seine Antwort: Spaghetti könne er gerade nicht servieren. Ich entgegne verwundert, dass es doch in einem 4 Sterne-Haus Spaghetti geben muss. Mit diesem meinem Unverständnis und Bestehen auf Spaghetti habe ich dann scheinbar die ganze Küche zum Schwitzen gebracht. Der Kellner verschwindet und kurz darauf schicken sie scheinbar einen der Küchenjungs los, Spaghetti aus dem nächsten Supermarkt zu holen. Bald darauf kommt der Métre höchstpersönlich an meinen Tisch. Strahlend teilt er mir leicht verlegen mit, dass ich in 20 Minuten meine Spaghetti serviert bekomme. Auch er ist unglaublich schmutzig, so dass ich erst gar nicht höre, was er mir sagt und ihn nur entsetzt anstarre. Ich habe ja nun schon so einiges an ungepflegtem Hotel- und Restaurantpersonal über mich ergehen lassen. Das hier setzt allerdings allem die Krone auf. Der arme Mann muss meinen Gesichtsausdruck wohl verstanden haben. Er lächelt hilflos.

Endlich kommen die Spaghetti, doch nicht die bestellten vegetarischen mit einer Pesto-Soße, sondern Spaghetti mit Hühnerfleisch in einer cremigen Suppe schwimmend. Also die ganze „Chose" zurück und nochmals 15 Minuten warten. Wieder Spaghetti, die in derselben schaurigen, sogenannten Soße zerfließen, dazwischen in homöopathischer Dosis etwas, was man gutmütiger Weise als Reste einer Pestosoße in Klümpchenform bezeichnen könnte. Der Hunger treibt's hinein.

Etwas außerhalb des Ortes gelegen habe ich mich in ein Hotel einquartiert, das einst eine Heritage einer adeligen Familie war, die noch heute das Hotel betreibt. Mein Reiseleiter hatte meine Ankunft avisiert. Zwei Hotelangestellte stehen auch schon bereit und nehmen mir mein Gepäck ab. Bis zum Hotel müssen wir noch 200 m laufen, da ein Teil der Straße für Autos gesperrt ist. Am Ende dieser Sperrung wartet der Hotelshuttle, der sich langsam die steilen Höhen zum Hotel hinauf quält. Wir halten vor einer gepflegten, im englischen Kolonialstil erbauten Villa an. Sowie ich eintrete, fühle ich mich durch all die Antiquitäten, Teppiche und Gemälde von irgendwelchen Vorfahren der Besitzer um 100 Jahre zurück versetzt.

Als ich meinen Pass vorlege, will mich der Rezeptionist nicht einchecken lassen. Im von der indischen Botschaft in Madrid ausgestellten Visum heißt es, dass es am 13.4.2016 ausläuft. Das habe ich nun schon des Öfteren erlebt.

Die Indische Botschaft hatte mir endlich kurz vor meiner Abreise nach zweimonatigem Warten mein Visum zugesandt. Beim Öffnen des Visums bekam ich einen großen Schreck. Das Visum war ausgestellt vom 21.1.2016 – 13.4.2016. Beantragt und entsprechende Gebühren bezahlt hatte ich für ein halbes Jahr. Die Botschaft hatte von mir zur Ausstellung eines Visums eine Kopie des Flugtickets verlangt aus dem klar hervor ging, dass ich am 31.1.2016 in Delhi einreisen und am 28.3. das Land wieder verlassen werde. Total nervös rief ich an. Eine freundliche Dame am Telefon beruhigte mich: "Machen sie sich keine Sorgen. Wenn sie das Visum genau lesen, dann können sie sehen, dass sie lediglich bis zum 13.4. einreisen und dann immer noch 90 Tage bleiben dürfen. Sollten sie zwischendurch ein anderes Land außerhalb Indiens besuchen wollen, so gilt ihr weiterer Aufenthalt wieder 90 Tage. Nach dem 13.4. ist eine Einreise nicht mehr möglich."

Tatsächlich, als ich genauer hinsah, fand ich unter dem angegebenen Datum klein gedruckt, kaum lesbar, diese 90 Tage Klausel. Einigermaßen beruhigt gab ich mich damit zufrieden.

Von dieser Bestimmung wissen jedoch die Hotels scheinbar nichts. Sie stellen lediglich fest, dass das Visum ihn ihren Augen nach dem 13.4. verfällt. Verständlich, dass auch hier der

Rezeptionist mir freundlich aber nachdrücklich klarmacht, dass ich wieder abreisen müsse und mich bereits einige Tage illegal in Indien aufhalten würde. Da schon langsam an diesen Einwand beim Einchecken gewohnt, rief ich meinen Reiseagenten an, der den herbeigerufenen Hotelmanager davon überzeugen konnte, dass alles seine Richtigkeit hat.

Diese vertrackte und, typisch für Indien, unklare Regelung verhilft den Beamten der Einwanderungsbehörden an den internationalen Flughäfen wahrscheinlich zu einem satten Zubrot. Ich bin gespannt, was mich da erwarten wird. Mir waren schon so einige unangenehme Geschichten zu Ohren gekommen.

U.a. erzählte mir eine Reisende aus England folgendes: einer Europäerin, deren Visum ebenso abgefasst war wie meines, wurde von einem Beamten die Ausreise verweigert. Sie hatte natürlich nicht im Geringsten befürchtet Schwierigkeiten zu bekommen. Schließlich hatten auch ihrer Botschaft alle Reisepapiere vorgelegen. Sie begriff daher gar nichts als der Passbeamte sie zurückhielt und in barschen Worten klarmachte, dass sie das Land nicht verlassen könne, ihr Visum sei abgelaufen. Der Beamte ging die durch seinen Ton verängstigte Frau hart an und bot ihr ganz plötzlich und sehr freundlich an ihr zu helfen, wenn sie ihm 200 Dollar „Gebühren für eine sofortige Ausreise" bezahle. Die Dame aus England, die neben ihr stand, flüsterte ihr zu dem zuzustimmen und auf gar keinen Fall auf die Ausstellung einer Quittung zu bestehen. Da diese nicht auf die Engländerin hörte und doch auf einen Zahlungsnachweis bestand mit dem Hinweis, dass sie diese ihrer Botschaft bei Rückkehr vorlegen wolle, beschimpfte der Beamte sie. Unwirsch erklärte er ihr dann, falls sie darauf bestehe müsse sie sich eben ein paar Tage in Delhi ein Hotel suchen bis sie eine offizielle Bescheinigung zur Ausreise erhält. Sie gab kleinlaut nach, doch jetzt verlangte er, selbstverständlich ohne Quittung, 560 Dollar!

Indien, angesehen bei uns in Europa und den USA für Yoga, Gurus und ein neues spirituelles Bewusstsein, hat letztendlich eine sehr geringe moralische Schwelle. Langsam frage ich mich, ob das Wort Moral in der hinduistischen Sprache überhaupt vorkommt.

Dehradun liegt Mussoorie zu Füßen. Eine sich weit im Tal ausbreitende Stadt, deren grauer Smog eine klare Sicht auf sie verhindert. Hier oben in frischer Luft mit moderaten Temperaturen kann man sich kaum vorstellen, dass eine Autostunde entfernt es heiß und die Luft vergiftet von Abgasen, Staub und Dreck ist. Es herrscht eine vollkommen andere Stimmung. Mussoorie wurde bekannt als der Ort, in welchem sich früher die britischen Offiziere und höheren Beamten der englischen Krone ihre Sommerresidenzen errichteten, um der Hitze Delhis zu entfliehen. Abgelöst werden sie nun von den wohlhabenden Städtern, die ihre Lungen vom unfassbaren Staub und Dreck des Millionenmolochs Delhi wenigstens für ein paar Tage zu reinigen versuchen.

Kein Wunder, dass es hier eine Vielzahl guter Hotels über den Berghängen verteilt gibt. Wer es sich leisten kann, kommt oft auch nur für ein Wochenende hierher. Das gilt in New Delhi als besonders schick. Der früher sicherlich mit auserlesenem Publikum verwöhnte Ort ist inzwischen ein Anziehungspunkt für indische Touristen, der immer zahlreicher werdenden Mittel-klasse geworden. Aus dem Ausland reisen vorwiegend englische Touristen an. In England hat der Ort immer noch einen nostal-gischen Klang, war er doch zur Zeit der Ost Indien Company bis hin zur Unabhängigkeit Indiens ein mondäner Treffpunkt der englischen Besatzungsmacht. Der Einfluss aus dieser Zeit lässt sich noch an den älteren sich am Hang entlang ziehenden Gebäuden, wie eben auch meinem Hotel, ablesen.

Außer reiner Luft und einem wunderschönen Blick über Berghügel bis hinunter nach Dehradun hat dieser Ort nichts zu bieten. Beliebt ist die Mall, eine autofreie Straße mit lauter Verkaufsständen. Die einzige Zone zum herumbummeln. Neben zahlreichen kleineren Restaurants sind hier auch viele Bettler.

Beim Schlendern vorbei an den Verkaufsständen mit nicht besonders verlockenden Angeboten, suche ich nach einem Restaurant, da mein Magen sich nachhaltig meldet. Obwohl es viele Lokale gibt und der Ort voller Menschen ist, sind die meisten leer. Am Ende der Mall fällt mir ein kleines bis auf den letzten Platz besetztes Lokal auf. Das spricht dafür, dass es gut sein muss. Glücklicherweise steht gerade eine Familie auf. Schnell nehme ich Platz. Mir gegenüber sitzt ein junges, sehr verliebtes Pärchen. Sie im traditionellen Sari, er in Jeans und T- Shirt. Dass sie sich vollkommen ungezwungen zärtlich anblicken und sie ihn umarmt, lässt darauf schließen, dass sie aus Delhi kommen. Sie lachen als ich feststelle: „So nett wie ihr miteinander umgeht seid ihr bestimmt aus Delhi."

Da fällt mir ein, dass ich auf dem Buchungsbeleg des Hotels gelesen habe, dass sich das Hotel vorbehält bei nicht verheirateten Paaren die Reservierung ersatzlos zu stornieren. Also frage ich das Pärchen, ob es schwierig sei als Unverheiratete hier ein Hotelzimmer zu bekommen. Sie verneinen dies und meinen, dass sie nie Probleme haben.

Trotzdem bin ich mir sicher, dass solche Paare sich immer noch in der Minderheit unter den Hotelgästen befinden. Wieder sehe ich an diesen jungen Leuten, wie viel moderner das Leben in den Großstädten bereits geworden ist. Dort geht die Entwicklung in einem rasanten Tempo vor sich. Kein Wunder, dass Städte wie Delhi und Mumbai eine solche unglaubliche Anziehungskraft haben.

In der Regel, so habe ich wiederholt erfahren, sind die meisten Ehen immer noch arrangierte Ehen. Früher sahen sich Braut und Bräutigam zumeist erstmals während der acht bzw. mindestens drei Tage anhaltenden Hochzeitsfeier. In den zunehmend moderner denkenden Familien lernen sie sich inzwischen bereits vor der Ehe-schließung kennen.

Die jungen Eheleute erhalten im Prinzip dieselbe Art von Geschenken wie bei uns, außer, dass es auch an der Tagesordnung ist Geld zu überreichen. Die bei uns üblichen Geschenklisten sind dagegen bei den Indern weitestgehend unbekannt. In den ländlichen Gegenden spielt das Schenken von Goldschmuck immer noch eine große Rolle.

Während das Leben der Jungvermählten in den Großstädten schon sehr modern geworden ist, wird auf dem Land noch weitestgehend auf die Einhaltung der Traditionen geachtet. Besonders streng sind die Regeln in Rajasthan. Es gilt als das konservativste Land innerhalb Indiens. Die junge Frau untersteht nach den Hochzeitszeremonien in völliger Abhängigkeit ihrer Schwiegermutter. Sie hat sich ihr bedingungslos unter zu ordnen und zu gehorchen. Das Wort der Mutter des Ehemannes ist Gesetz. Von ihrem Mann wird die junge Frau weder verteidigt noch beschützt.

In der Mittel - und Oberschicht lockern sich diese und andere alten Traditionen, die Frauen in jeder Hinsicht unterdrückt haben, allmählich. Sicherlich zum Bedauern der ein oder anderen machtbesessenen Schwiegermama.

Generell gilt: ist der Bräutigam der älteste Sohn der Familie, ist dieser zuständig für seine Mutter, die bei ihm und seiner Familie wohnen und deren Leben bis zu ihrem Tod bestimmen wird. Anders als bei uns üblich, zieht die Mutter nicht zu ihrer Tochter, sondern zu ihrem Sohn. Diese Regel trifft, seltener in den Großstädten, bis heute noch auf alle Schichten zu. In den Großstädten lässt sich dies selbstverständlich schon auf Grund des begrenzten und teuren Wohnraums nicht mehr so leicht realisieren. Doch wird die (Schwieger-)Mutter dann auf jeden Fall von anderen, außerhalb der Stadt wohnenden, Familienmitgliedern aufgenommen.

Allein lebende Frauen sind eher die Seltenheit und nur dort zu finden, wo sie sich durch einen eigenen Beruf ein selbständiges Leben aufgebaut haben.

Hat das Jahr im Februar 29 Tage, dürfen junge Mädchen selber an diesem Tag einen Hochzeitsantrag stellen. Ob und inwieweit sie dieses Recht in Anspruch nehmen, konnte ich nicht erfahren.

In 65 % der indischen Ehen wird den Frauen von ihren Ehemännern aller Schichten immer noch Gewalt angetan. Von der

Inderin, jener Prinzessin, die mir freundlicherweise den Zettel über den Zustand der Witwen in ihrem Land zugesteckt hatte, erfahre ich etwas später, dass ihr Mann sie ebenfalls hin und wieder schlägt. Das erklärt mir, weshalb diese wunderschöne Frau auf mich gleich so einen traurigen, fast depressiven Eindruck gemacht hatte.

Da Vergewaltigungen in der Ehe nicht als solche angesehen werden und somit nicht strafbar sind, ertragen die meisten Frauen klaglos ihre Lage.

Die wenigsten Frauen trauen sich in ihrer oft unerträglichen Situation wieder zurück in ihr Elternhaus. Für ihre Eltern wäre es eine inakzeptable Schande. Sowie eine Frau geheiratet hat, steht sie mit ihren Problemen vollkommen alleine da.

Hinsichtlich der Geburten von Töchtern hat sich inzwischen einiges getan. Häufig sehe ich Väter, die ein inniges Verhältnis zu ihren kleinen Mädchen haben. Die Eltern sind, bes. in den städtischen Gemeinden, daran interessiert, dass ihre Mädels heute ebenfalls eine gute Ausbildung bekommen, so wie sie früher nur den Jungens vorbehalten war.

In Ratjasthan, der bekanntlich konservativsten Provinz Indiens, werden immer wieder noch weibliche Neugeborene getötet. Das ist zwar verboten, doch niemand wagt den Finger gegen den Nachbarn zu erheben. Die dörfliche Bevölkerung, die über keine finanziellen Mittel zur Abtreibung verfügt, hat verschiedene Arten ihre Töchter umzubringen, z.B. legt man das neugeborene Mädchen in eine Holzkiste, bedeckt es mit Sand und erstickt es auf diese Weise. Manche wickeln das Neugeborene in kalte Tücher und lassen es dort so lange liegen, bis es erfroren ist. Weitere Methoden sind vergiften, ertränken oder die Nase mit Reisschleim verstopfen. In Haushalten, die sich das leisten können, wird das Geschlecht ziemlich schnell durch Ultraschall festgestellt. Ist es ein Mädchen wird der Fötus abgetrieben.

Als Resultat dieser Vorgehensweisen leiden inzwischen viele Gemeinden an Frauenmangel. Um das Problem in den Griff zu bekommen hat das clevere Matriarchat bereits eine probate

Lösung gefunden: die Herren kaufen sich einfach Frauen! Eine Frau kostet ca. 800 €. Wenn das Geld zu knapp ist, teilen sich manche Brüder eine Frau. Diese "Bräute" werden zumeist entführt oder irgendeinem armen Bauern, der seine Töchter loswerden will, abgekauft. Der ist froh, dass er an seiner Tochter ein paar Rupees verdient anstatt ihr eine Hochzeit ausrichten zu müssen, die ihn in den Ruin treiben würde. Sollte die Mitgift zur Enttäuschung der Familie des Bräutigams nicht ausreichend sein, so hat man früher die Braut noch am Hochzeitstag verbrannt. Dies geschieht dann und wann immer noch, doch wird es strengstens geahndet und mit hohen Haftstrafen belegt - so man des Übeltäters habhaft wird. Der Zusammenhalt der Familien auf dem Land ist so stark, dass es kaum jemand wagt eine solche Tat bei der Polizei zu melden bzw. die Polizei selbst nur zu oft wegschaut. Die Dunkelziffer mag daher viel grösser sein als die offiziellen Zahlen angeben. Haben die Mädchen eine reichliche Mitgift, werden sie besser behandelt.

Inzwischen zieht das Fernsehen auch bereits in die ärmsten Hütten ein. Es ist daher anzunehmen, dass das isolierte Leben der Landbewohner in ein spätestens zwei Generationen Geschichte sein wird.

Die Traditionen werden von der jungen, nun heranwachsenden Generation bereits lockerer gehandhabt. Somit kann man nur hoffen, dass die meist unerträgliche Situation der Frauen und Mädchen bald Geschichte sein wird.

Das Recht der Erziehung ihrer Kinder unterliegt bei Söhnen ausschließlich den Vätern, während die Töchter schon sehr früh ihren Müttern im Haushalt helfen müssen.

Mir wird allmählich klar, weshalb ich in den Dörfern stets nur Jungens habe spielen sehen. Ihr Lieblingssport ist Kricket. Nur die noch nicht schulreifen Mädchen dürfen mit ihren kleinen Spielgefährten herumtoben. Für die Frauen beginnt der Ernst des Lebens somit schon mit spätestens fünf bzw. sechs Jahren.

Schleichende Veränderungen sind überall, besonders in den Groß- und Kleinstädten, wahrnehmbar. Die jungen Mädchen tragen zunehmend Jeans und T-Shirts. Sie dürfen sich sogar auch, ohne Familienaufsicht, mit anderen Mädels treffen. Die durch Fernsehen und Bollywood - Filme sexuell mehr als aufgeweckten jungen Männer missbrauchen nur zu gerne junge Mädchen. Noch vor wenigen Wochen las ich in einer Zeitung, dass ein Jugendlicher ein Mädchen nachdem er es vergewaltigt hatte, mit Kerosin überschüttet und angezündet hat. Offiziell findet in Indien alle 20 Minuten eine Vergewaltigung statt. Die wenigstens werden von den Opfern aus Angst vor ihren Familien angezeigt.

Mädchen gehen generell nur in Gruppen aus. Allein in ein Taxi oder eine Rikscha einzusteigen wäre zu gefährlich. Nicht nur, dass die Fahrer selbst sich oft an Frauen und Mädchen vergehen; es steigen oft genug an Ampeln sich als Freunde des Taxifahrers ausgebende Jungens dazu. Sie lassen den Wagen in einen Außenbezirk fahren und vergehen sich dort an ihrem Opfer. Wenn ein solches Mädchen danach zur Polizei geht, erfährt es dort zumeist weitere Erniedrigungen. Es wird ihm nicht geglaubt und nicht selten wird es auch noch beschimpft. Oft genug stecken die Polizisten mit den Tätern unter einer Decke. Erschwerend kommt hinzu, dass eine Frau, die eine Vergewaltigung öffentlich macht, häufig mit dem Tod bedroht und fast immer von ihrer Familie verstoßen wird.

Diesen Mädchen bleibt dann zumeist zum Überleben nur der Weg in die Prostitution übrig. Ein eher zweifelsfhaftes Glück ist es, wenn die betroffenen Familien sie ent-weder an entsprechende Händler verkaufen oder sie zwangsverheiraten. Eine solche Frau hat für indische Maßstäbe ihre Ehre verloren und ist somit wertlos.

Um überhaupt einen Ehekandidaten für sie zu finden muss ihr Vater diesem eine gewisse Geldsumme anbieten. In ihrer neuen Familie ist sie vollkommen rechtlos. Sie wird fast immer misshandelt und oft genug vom Ehemann und seinen Brüdern vergewaltigt. Die Schwiegermutter betrachtet die junge Frau als minderwertig und behandelt sie in der Regel äußerst grausam. Kein Wunder, dass die Selbstmordrate bei diesen armen Frauen besonders hoch ist.

Da ich heute gerne was unternehmen möchte, frage ich den jungen Mann an der Rezeption, was er mir empfehlen könne. Er überlegt kurz und schlägt mir vor, die in der Nebenstraße befindliche Katholische Kirche zu besuchen. Es sei dort jeden Sonntagmorgen ein Gottesdienst. Erst bin ich überrascht, dass es hier in dem kleinen Ort eine katholische Kirche geben soll. Nachdem ich mich gefangen habe, strahle ich ihn mit den Worten an : „Ach, wissen sie, da muss ich nicht hin, der alte Herr lässt mich nie aus den Augen. Er kann mich ganz gut leiden." Jetzt ist es an ihm erstaunt zu sein, doch dann überzieht sein Gesicht ein breites Grinsen.

Im Angebot hat er noch eine Fahrt mit der Rikscha um den ganzen Berg. Auch wenn ich weiß, dass diese Menschen mit ihren Fahrrädern sich so ihren Lebensunterhalt verdienen, kann ich mich nicht dazu aufraffen diesen Vorschlag anzunehmen. Wie soll ich Landschaft und herrliche Ausblicke genießen, wenn sich vor mir so ein Kerlchen schweißtriefend abstrampelt? Nachdem dieser Vorschlag bei mir ebenfalls nicht auf große Resonanz stößt, sieht er mich ratlos an. Doch dann erhellt sich seine Miene: „Wir haben eine wunderschöne Sesselliftanlage, da können sie weit hinab ins Tal sehen." Diese ziemlich altertümliche Liftanlage war mir bei der Herauffahrt aufgefallen. Sie sah so verlassen aus, dass ich dachte sie sei seit langem außer Betrieb. Ich dort einsteigen? Sicherlich nicht! Er ist ratlos, weiß nicht weiter und atmet erleichtert auf als ich ihn nicht um weitere Vorschläge bitte.

Garten und Terrasse des Hotels sind so schön und der Blick ins Tal bis nach Dehradun so gewaltig, dass ich mich entschließe mich mit einem Buch auf die Terrasse zu setzen und mich einem entspannenden Nichtstun hinzugeben.

Lange ist mir das Glück jedoch nicht hold. Es zieht ein heftiges Gewitter mit Sturm und sintflutartigem Regen herauf. Umgehend sinken die Temperaturen von bisher 29 auf 18 Grad herab. Na, dann lese ich eben in meinem Zimmer weiter. Nur gut, dass ich mich nicht für den Sessellift entschieden hatte!

Gegen Abend bekomme ich einen Anruf von der Rezeption. Das Besitzerehepaar, Familie Dekar Singh, möchte mich zum Abendessen einladen. Eigentlich sollte ich mich freuen, doch ich weiß, dass diese Einladungen immer nach dem gleichen Muster ablaufen.

Zuerst werde ich wie stets gefragt wo ich herkomme. Sodann darf ich mir übergangslos anhören wo die Gastgeber überall in Europa herum gereist sind. Damit ist eine Unterhaltung, die mich einbezieht, auch schon beendet. Ich kann mich, wie gewohnt, risikolos in eine tiefe Meditation versenken. Das Gespräch dreht sich fortan wie gehabt nur noch um Familie, Hochzeiten, Freunde - schlicht, die eigenen Belange der Inder. Wie gut ich dabei durchhalte, erkenne ich jeweils am abschließenden Kompliment das besagt, dass ich die indische Mentalität sehr gut verstehe.

Trotzdem nehme ich natürlich die Einladung an. Es wäre äußerst unhöflich sie abzulehnen, schließlich wollen die Besitzer damit eine gewisse Wertschätzung gegenüber meiner Person ausdrücken. Weshalb man mir diese Ehre zuteil kommen lässt, ist mir eigentlich nicht so ganz klar. Außer einer kurzen, höflichen Begrüßung bei meiner Ankunft hatten wir bisher miteinander kein Wort gewechselt.

Um 20 Uhr warten Herr und Frau Singh auf der kalten Außenterrasse auf mich mit einem Aperitif. Eine ebenfalls anwesende Freundin der Familie Singh, die ein sehr gutes Englisch spricht, macht mich darauf aufmerksam, dass der Besitzer „König Singh" sei. Der kurz darauf sich zu uns setzende Sohn wird mir als Prinz vorgestellt. Da juckt in mir mal wieder meine kleine Revoluzzer-Seele, und ich stelle mich als „Prinzessin" Tamara vor. Dem verlegenen Lächeln der Anwesenden kann ich entnehmen, dass sie darüber nicht besonders „amused" sind. Ich finde es amüsant, dass im Privatleben die seit Indira Gandhi abgeschafften Titel immer noch verwendet werden. Eigentlich hätte ich ja jetzt damit angeben können, dass ich meinen Urlaub, besonders in Ratjasthan, fast nur mit Royalities verbracht habe, doch eine europäische „Prinzessin" versteht sich auf Understatement.

VON MUSSOORIE HILLSTATION NACH DEHRADUN.
MONTAG. 25.4.2016

Der Kurzurlaub ist zu Ende. Ein Taxi bringt mich wieder zurück nach Dehradun.

Im Guesthouse, in welchem ich seit dem Rauswurf bei Harjit lebe, herrscht fast hektischer Betrieb. Überall sitzen plappernde Mütter in ihren Saris und durch die Gänge toben zahlreiche Kinder.

Verwundert versuche ich zu erfahren, was das zu bedeuten hat. Eine der Mütter, die ein fast akzentfreies englisch spricht klärt mich auf:

Wer es sich leisten kann, schicke seine Kinder in private Schulen. Die staatlichen seien nicht gut. Die Lehrer dort schlecht ausgebildet und mehr für die einfachen Leute gedacht. Da außerdem die Lehrer in den staatlichen Schulen unterbezahlt sind, erschienen sie oft gar nicht zum Unterricht (auf dem Land fehlen zwischen 26 -und 46% täglich!). Die Anwesenheit der Lehrer werde so wenig überprüft, dass es einem Lehrer sogar 6 Jahre gelungen sei überhaupt nicht zum Unterricht zu erscheinen, aber fröhlich sein, zwar spärliches, Gehalt zu beziehen! Wer nur auf diese Schulen gehe, habe keine großen Aufstiegschancen im wirtschaftlich boomenden Indien. Nur sehr wenige der Kinder von öffentlichen Schulen würden Karriere machen.

Wer über genügend finanzielle Mittel verfüge schicke daher

seine Kinder auf private Internate. Die besten Schulen Indiens und natürlich auch teuersten seien hier in Dehradun. Jetzt ist Ferienzeit, aber wer bei den prestigeträchtigen Schulen aufgenommen werden wolle, der müsse jetzt Kurse in verschiedenen Fächern belegen, um eine zum Schluss fällige Aufnahmeprüfung bestehen zu können.

Das sei der Grund, dass die Mütter aus ganz Indien hier mit ihren Kindern anreisen würden. Sie wohnten wochenlang in diversen Guesthouses und Hotels. Während der Ferienzeit seien die Internate geschlossen, so dass man die Kinder begleiten und mit ihnen in wohnen müsse.

Die meisten der Frauen, die ich hier kennenlerne, kommen aus einst einfacheren Verhältnissen. Ihr Benehmen, ihre Sprache, ihre Kleidung lassen das problemlos erkennen. Ihre Männer haben es durch cleveren Geschäftssinn zu Hotels, Farmen, Juwelierläden und Fabriken gebracht. Ihr einziger Wunsch ist es, dass ihre Kinder Richtung Karriere getrimmt werden. „Sie sollen es mal besser haben als wir es hatten" – irgendwie erinnert der Satz mich an die Erziehungsvorstellungen unserer Eltern...

So wie Rolex und Louis Vitton den äußeren Reichtum repräsentieren, so auch die Notwendigkeit die eigenen Zöglinge auf möglichst prestigeträchtige Schulen zu schicken. Doch auch das ist uns ja aus unseren Breiten nicht fremd.

Im Laufe der Reise und insbesondere während der letzten 10 Tage in diesem Guesthouse, stelle ich fest, dass die indischen Mütter wahre Gluckenmütter sind. Nur eine von ihnen, eine berufstätige, alleinstehende Rechtsanwältin mit ihrer Tochter sagte mir, dass sie an das Selbstverantwortungsgefühl ihrer Tochter appelliere und sich nicht um deren schulische Leistungen kümmere. Sie kam lediglich mit ihr nach Dehradun, da hier auch Vorbereitungskurse für die Aufnahme an der Universität in Delhi angeboten werden. Die Tochter möchte dort Jura studieren.

Interessant ist von dieser Mutter zu erfahren, dass sie nie verheiratet war und dieses inzwischen 18-jährige Mädchen ihre Adoptivtochter ist. Auf meine Frage, ob das nicht sehr schwierig sei in Indien unverheiratet zu leben und auch noch ein Kind zu adoptieren, lächelt sie und meint, dass sie im Familienverbund mit ihren Eltern lebt und außerdem in Delhi. Wieder ein Beweis dafür wie modern und fortschrittlich die Frauen in den Großstädten, voran Delhi und Mumbai, bereits sind.

Die anderen Mütter, die alle nicht arbeiten sondern die traditionelle Rolle der Hausfrau innehaben, schwatzen abends stundenlang. Schließe ich meine Augen, könnte ich meinen, dass ich unter Frauen in Europa sitze, da sie dieselben Gespräche um Kinder, Mann, Familie und gesellschaftlichen Klatsch führen wie bei uns. Es langweilt mich da wie dort.

In diesen gehobenen bzw. neureichen Kreisen ist es chic, sich untereinander in Englisch zu unterhalten. Somit kann ich ihrer Unterhaltungen gut folgen. Unter dem Vorwand, dass ich am anderen Tag wieder viel vorhabe, ziehe ich mich von diesem mich dann doch langweilenden Gequassel schnell zurück.

An meiner Person sind auch sie, wie ich das bereits auf der ganzen Reise der Fall war, nicht im Geringsten interessiert. Fast immer beschränkt sich ihre Neugier auf die Frage nach meiner Nationalität. Einige wenige wollen dann auch noch meinem Namen wissen.

Dass die Inder so wenig bzw. eigentlich gar nichts von mir, der Europäerin, wissen wollen, hat und wieder erstaunt. Da stellen die Händler in den Geschäften und Bazaren mehr Fragen. Sie vermitteln Interesse, das aber natürlich nur von einem Gedanken geleitet ist: kauf, kauf, kauf.

Die Inder, Männer wie Frauen, des neuen Mittelstands, verwöhnen ihre Kinder grenzenlos. Sie bekommen alles, was sie sich wünschen. Sie besitzen selbstverständlich iPhones und iPads auf die sie sich abends, wenn ihre Mütter in tiefgründige Gespräche vertieft sind, die neuesten Computerspiele herunterladen. Nebenher wird gegessen und das höchst ungesund. Den Kindern wird, wenn ihnen das Essen nicht schmeckt, Pizza oder fastfood geholt, dazu trinken sie jede Menge Coca Cola und süße Limonaden. In den beiden Guesthäusern hier in Dehradun, in denen ich insgesamt 4 Wochen verbracht habe, sah ich nicht ein einziges Mal Kinder oder Erwachsene Obst essen. Schon zum Frühstück gibt es Gekochtes, dazu das auch uns bekannte labbrige Toastbrot, Rührei und Marmelade. Kein Wunder also, dass es erschreckend viele dicke Kinder und Erwachsene gibt.

DEHRADUN
DIENSTAG, 26.4.2017

Langsam geht es auf das Ende meiner Reise zu, während der ich die Mentalität der indischen Bevölkerung etwas näher kennenlernen konnte. In einem Zeitraum von drei Monaten kann man nicht nur Positives erleben, doch immerhin hatte ich inzwischen ein ziemlich gutes Bild vom Leben und Denken der indischen Mittel - und Oberschicht. Konnte sehen wie groß das Gefälle zwischen den prosperierenden Städten und dem Land ist, wie unterschiedlich die einzelnen Provinzen in ihren Sitten und Gebräuchen sind. Dass Ratjasthan, die Provinz, die wir mit Maharadschas, Tempeln und Luxushotels in Verbindung bringen, die reaktionärste und frauenfeindlichste ist, hat mich dabei tief betroffen gemacht.

Doch eines hatte mir Indien, das Land der Gurus und sonstigen seelischen Wohltäter bisher noch vorenthalten: einen Heiler oder eine Heilerin.

Von einer jungen, sehr sympathische Frau im Guesthouse höre ich von einer weit über die Grenzen Indiens bekannten Heilerin, die hier in Dehradun lebt.

Ich lasse mir die Telefonnummer geben und rufe sie an. Ohne Umschweife sage ich ihr, dass ich sie nicht kennenlernen möchte, weil ich irgendein seelisches bzw. körperliches Problem habe, sondern weil sie eine Heilerin sei, die ich zur Abrundung meiner Eindrücke hier in Indien gerne treffen würde. Sie antwortet in fließendem Englisch mit sehr warmer Stimme, dass sie dazu bereit sei. Ihr Fahrer werde mich, falls mir die Zeit angenehm ist, um vier Uhr heute Nachmittag abholen.

Pünktlich zur vereinbarten Zeit steht der Fahrer vor meinem Guesthouse. Wir halten bald darauf vor einem in einem idyllischen Garten gelegenen Haus. Von der Haustür winkt mir eine sympathische Frau von etwa Mitte 60, europäisch in Pullover und Hose gekleidet und mit rappelkurzem Haar, zu.

Sie entspricht so gar nicht dem Bild, das ich mir von einer Heilerin gemacht habe. Weder ein verklärter Blick, noch esoterische Begrüßungsfloskeln, noch irgendwelche wallenden Gewänder. Vor mir steht eine überaus sympathische, geerdete Frau, die mich herzlich begrüßt und mich gleich in ihr helles, gemütlich eingerichtetes Haus führt. Ich bin überrascht. Während der drei Monate meiner Reise war mir besonders das Fehlen von Licht in den Häusern aufgefallen. Alles war dunkel, in traurigen Farben gehalten und vollgestopft mit Sofas und Sesseln. Hier stehen im weiträumigen Wohnzimmer wenige, sehr bequeme Möbel. Viele Blumen verbreiten ihren intensiven Duft. Ich fühle mich zum ersten Mal rundum wohl. Sie drückt mir fest die Hand, lacht mich an und meint, dass sie schon über andere Frauen von mir gehört und sich daher sehr über meinen Anruf gefreut habe. Sie habe andere Termine abgesagt, denn sie sei auch neugierig auf mich gewesen.

Sie ist der erste Mensch, der mir sehr interessiert viele Fragen. Nachdem ich ihr so einiges von mir erzählt habe, erfahre ich von ihr, dass sie 30 Jahre in Amerika mit einem Inder verheiratet war und nach seinem Tode sich verpflichtet fühlte wieder zurück nach Dehradun zu kommen, um sich um ihre alte und nun pflegebedürftige Mutter zu kümmern.

Dass sie über besondere Kräfte verfüge, habe sie schon in sehr jungen Jahren bemerkt. Doch erst in Amerika habe sie angefangen diese ihre Fähigkeit, Menschen heilen zu können, nach und nach auszubilden. Als sie zurück nach Dehradun kam, sei bald darauf ihre Mutter verstorben. Ihr Drang, ihrer Berufung nachzugehen, sei dann intensiver geworden, da sie nun mehr Zeit hatte. Sie habe keine Kinder, somit keine weiteren familiären Verpflichtungen und könne sich daher ganz den Menschen, die Hilfe brauchen, widmen.

Inzwischen hat sie einen weit über Indien hinausgehenden Ruf als Heilerin. Sie führt ebenfalls erfolgreich Fernheilungen durch. Ihre große Herzlichkeit sowie ihr wunderbarer Humor, der in der indischen Gesellschaft nicht besonders verbreitet ist, beeindrucken mich ungemein.

Als sie mich nach meinen Eindrücken hier in Indien fragt sage ich ihr ganz ehrlich, dass mich das nach meiner Beobachtung sehr egoistische, schon fast egozentrische Verhalten der Menschen hier äußerst irritiert. Sie nickt und fügt hinzu: „ Die Inder haben keinen Sinn für Loyalität. Sie interessieren sich für nichts mehr als für sich selbst. Sie sind vollkommen ignorant." Da lag ich also mit meiner eigenen Einschätzung gar nicht so falsch.

Es sei ihr selbst auch sehr schwer gefallen in Indien wieder Fuß zu fassen. Nur durch den Umstand, dass sie mehr als 200 Tage im Jahr zu Menschen fährt, die ihre Hilfe benötigen, könne sie das Leben hier akzeptieren. Sie betreue manche Menschen über viele Jahre bis sie gänzlich geheilt seien. Unter ihnen befindet sich auch zahlreiche internationale Prominenz.

Da ich mich mit der Rolle der Frauen in ihrem Land besonders auseinander gesetzt habe, spreche ich auch sie darauf an. „Leben sie wirklich noch so unterdrückt?" Sie lacht auf und meint, dass ich keine Ahnung hätte wie dominant besonders die jungen Frauen in den Groß- und Kleinstädten der aufstrebenden Mittelschicht innerhalb ihrer Haushalte seien. Die meisten Männer verfügten über kein Bargeld, müssten ihre Frauen jeweils darum bitten. Auf diese Weise könnten die Frauen das Leben ihrer Ehegatten recht gut kontrollieren. Diese neue Schicht der indischen Frauen strotzt vor Selbstbewusstsein, obwohl sie eigentlich nichts zu bieten hat als Hausfrau und Mutter zu sein. Traurig seien allerdings immer noch die Umstände der Land- und Dorfbevölkerung, die noch weitgehend im Korsett traditioneller Restriktionen lebt.

Ich würde mich noch gerne viel länger mit Naina unterhalten, doch es ist bereits spät, und am nächsten Tag muss ich alles für meine Abreise organisieren. Es ist erstaunlich wie sehr man schon nach einigen Wochen an einem Ort lebend ein soziales Umfeld aufgebaut hat.

Besonders dann, wenn man etwas überdurchschnittlich kontaktfreudig ist! Ich will mich unbedingt von einigen mir lieb gewordenen Menschen verabschieden, besonders von meiner neuen Freundin, der pausenlos Stolen produzierenden Buchhändlerin.

Von dem so angenehmen und warmherzigen Gespräch einmal abgesehen, habe ich nun auch eine Heilerin, die ich im Bedarfsfall anrufen kann. Anstatt mit irgendeinem mit Rasterlocken, filzigem grauen Bart in orangefarbenem Gewand gekleideten mehr oder weniger heiligen Guru im Gepäck zurück zu kommen, kann ich mit einer international angesehenen Heilerin aufwarten,

DEHRADUN
MITTWOCH, 27. 4. 2016

Um sechs Uhr in der Früh werde ich wach, ziehe die Gardinen auf und will etwas die Morgensonne genießen. Zu meiner großen Enttäuschung ist aber die ganze Umgebung in ein verschwommenes Grau gehüllt. Im ersten Augenblick denke ich, dass es sich um einen Nebelschleier handelt, der sich mit der heraufziehenden Sonne auflösen wird. Da ich, die ich mein Leben lang immer eine Langschläferin gewesen bin, hier täglich so früh aufwache, dämmert es mir aber, dass diese Stimmung nicht wie sonst ist. Das zähe Grau löst sich auch nach weiteren zwei Stunden nicht auf.

Einer der Hotelboys ruft mir zu: "Wir haben Smogalarm". Dieser weicht den ganzen Tag nicht. Der Verkehr läuft trotzdem in seiner gewohnten Hektik ungestört weiter. Der Alarm wird zwar durch Radio und TV mitgeteilt, Einschränkungen gibt es jedoch nicht. Viele Menschen tragen Atemmasken oder halten sich den Mund mit einer Hand zu. Frauen schützen sich mit ihren Sarischals.

Meine Augen sind im Nu ausgetrocknet und brennen. Ich wickle mir einen Schal um, der nur einen Schlitz für die Augen offen lässt und bestelle mir ein Tuk-Tuk. Ausgerechnet im Stadtzentrum, w, o der Smog die Menschen nur noch wie graue Schatten aussehen lässt, liegt die Reiseagentur von Rachit. Ihm möchte ich adieu sagen und mich nochmals bedanken für seine Fürsorglichkeit und seine vielen guten Tipps.

Wir sind inzwischen so etwas wie Freunde geworden. Da er sich heute für meinen Abschied etwas mehr Zeit gelassen hat, kommen wir ins Plaudern. So ganz nebenbei erzählt er mir, dass er sich hier in der Provinz Uttrakand für die Tibeter einsetzt. Die meisten hätten sich hier im Norden, wo der Dalai Lama lebt, nieder gelassen.

Es ist ihnen seitens ihres Staatsoberhauptes, eben dem Dalai Lama, verboten, sich mit Indern oder anderen Volksgruppen zu vermischen. Unaufhörlich versichert er ihnen, dass sie ganz bestimmt eines Tages wieder zu ihrem alten Leben in Tibet zurückkehren werden. Am Tag X werden sie wieder ein starkes, unabhängiges Tibet aufbauen. Sie leben daher auf seine Anweisung hin vollkommen zurückgezogen. Seine Hoheit hat ihnen ebenfalls das Erlernen der Sprache ihres Gastlandes untersagt, damit ihre Unabhängigkeit erhalten bleibt. Kein Wunder, dass die Mehrzahl von ihnen nach der Schulzeit keine Arbeit findet und sie daher in ärmlichsten Verhältnissen mehr überleben als leben.

Der indische Staat mischt sich in das Leben der Tibeter nicht weiter ein. Er sieht sie als seine Gäste, denen man politisches Asyl gewährt bis sie in ihr Land zurückkehren können. Dass das wohl kaum wieder der Fall sein wird, damit beschäftigt sich niemand hier in Indien. Der Dalai Lama ist das inoffizielle Staatsoberhaupt der Tibeter. Somit sieht die indische Regierung keine Verpflichtung sich in seine Staatsführung einzumischen.

Rachit aber ist Vorsitzender einer Hilfsorganisation, die sich einmal im Monat mit denjenigen Tibetern trifft, die aus existentiellen Gründen Hindu lernen wollen. Diese Organisation bietet ihnen kostenlosen Unterricht in Hindu an. Er erzählt mir, dass das wirtschaftliche Elend in den tibetischen Familien unerträglich sei. Diese Not treibt so manchen Tibeter an gegen den Willen seiner Heiligkeit das Sprachangebot anzunehmen. Das Abschotten gegenüber der indischen Gesellschaft wird auf Dauer an der Notwendigkeit Arbeit zu finden scheitern. Selbst ein noch so frommer Tibeter kann nicht von Luft alleine leben.

Mit leichter Wut im Bauch denke ich, warum handelt dieser in den Augen der Menschheit hochverehrte und „Seine Heiligkeit" titulierte Mann so fernab von seinen wunderbaren Worten? Er steht für Frieden, Völkerverständigung, bedingungslose Liebe und sieht gleichzeitig zu wie sich sein Volk am Existenzminimum quält! Angeblich sind wir alle gleich, ist aber für seine Heiligkeit der Tibeter etwas gleicher? In meinen Augen hat die Heiligkeit des Dali Lama einen ziemlichen Riss bekommen.

Meinen Yogalehrer will ich zum letzten Mal zu einem schönen Mittagessen treffen. Er liegt mir schon tagelang in den Ohren, dass er sehr traurig sei bei dem Gedanken an meine Abreise. Manchmal habe ich den Eindruck, dass er mich etwas zu sehr lieb gewonnen hat. Das müsste mir ja eigentlich schmeicheln. Schließlich ist er Ende 40 und ich bin schlappe 70; doch von seinen Qualitäten als Yogalehrer einmal abgesehen, ist er so gar nicht mein Typ. Klein, Halbglatze, ohne Sex-Appeal. Nein, danke, auch in meinem Alter muss zumindest die Ausstrahlung erotisch sein. Stelle fest, dass der Geist meinen Körper jung hält, was bedeutet, dass meine Ansprüche an einen Mann, der mir Schmetterlinge in den Bauch zaubern könnte, immer noch die gleichen sind.

Trotzdem schmeichelt mir natürlich seine Schwärmerei. Die letzten Tage versichert er mir wiederholt, dass er mir jeden Tag ein Video mit Übungen schicken werde. Er hat mir sein Curriculum mit der Bitte ausgehändigt, dass ich nach meiner Heimkehr für ihn einen Yoga Kurs organisieren soll. Dabei strahlt er mich an und meint, er könne dann bei mir wohnen, mich täglich kostenlos unterrichten und für mich kochen. Erschrocken über diese seine Zukunftspläne, versuche ich dem schnell einen Riegel vorzuschieben. Mit überschwänglichem Bedauern erkläre ich ihm, dass ich lediglich ein kleines Häuschen ohne Besucherzimmer bewohne und meine Küche nur aus einer kleinen Teeküche besteht, da ich kochen hasse. Doch er lässt sich nicht stoppen. Er lacht nur und fegt meine Bedenken mit der Erklärung vom Tisch, dass er als Inder gewohnt sei zu improvisieren und in meinem Garten ganz schnell eine Feuerstelle zaubern werde. Das fehlte mir noch! Flugs und schon in Übung mit dem vorher Gesagten, lüge ich weiter und bedaure, dass vonseiten der Gemeinde offene Feuerstellen verboten sind. Irritiert und verständnislos blickt er mich an. Ich kann ihm ansehen, dass er denkt: „Was ist das denn für ein Land, wo man in seinem eigenen Garten keine Feuerstelle errichten darf?" Seine Enttäuschung über mich wird groß sein, wenn er vielleicht doch mal wieder auf eine Europäerin trifft und die ihm sagen wird, dass ich Schwachsinn geredet habe. Doch Indien ist weit und diese meine evtl. Rufschädigung wird mir sicher nie zu Ohren kommen.

Jetzt will ich los. Er wartet wahrscheinlich schon ungeduldig auf mich. Ich wünsche mir, dass dieses Mittagessen ganz schnell vorbei sein wird und habe in dem Moment noch keine Ahnung, dass dieser mein Wunsch schneller als gedacht in Erfüllung gehen wird, und ich mich vor seinen Avancen nicht zu fürchten brauche.

Um es kurz zu machen: ich betrete das Lokal, und er ist nicht da. Nach einer Viertelstunde bestelle ich mir mein Essen, welches ich ungestört vertilgen kann. Mein Yogalehrer erscheint nicht.

Er wird sicherlich keine Ahnung haben, wie erleichtert ich darüber bin. Seine zunehmenden Annäherungsversuche hätten in der letzten Stunde unseres Zusammenseins für mich noch recht unangenehm werden können. Alles andere als traurig zahle ich und stehle mich schnell davon in der Furcht, dass er im letzten Moment doch noch auftauchen könnte. Ich habe nichts mehr von ihm gehört oder gesehen.

VON DEHRADUN NACH DELHI
DONNERSTAG 28.4.2016

Um 5 Uhr früh soll ein Fahrer mich abholen. Bis 5.15 Uhr geschieht nichts. Ich gehe hinunter zum Pförtner des Guesthouses. Ein Fahrer? Er wisse davon nichts. Völlig verblüfft bleibt mir nichts anderes übrig als die Besitzerin per Handy aufzuwecken. Verschlafen nimmt sie das Gespräch an. Erst versteht sie gar nicht was los ist und stellt dann voller Schrecken fest, dass sie vergessen hatte, ein Taxi zu bestellen. Ich wollte aber unbedingt so früh abfahren, da um die Zeit die Straßen Richtung Delhi noch einigermaßen frei sind.

Sie entschuldigt sich und sagt mir, dass gleich ein Taxi kommen wird und verschwindet wieder in ihrem Apartment! Um 6.30 Uhr biegt endlich ein ziemlich klapperiges Auto in die Einfahrt ein.

Eine Fahrt von 244 km liegt vor mir für die ich 7 Stunden veranschlage; es werden dann fast neun.

Der Fahrer, ein junger, ungepflegter Sikh, öffnet während der Fahrt alle 15 Minuten seine Türe. Nach einer Weile frage ich ihn, ob am Auto irgendetwas nicht stimmt und bekomme die knappe Mitteilung, dass er die Tür öffnet um auszuspucken. Bei uns ist das schon lange verboten, wie auch das Urinieren in der Öffentlichkeit. Nicht so in diesem immer noch vorwiegend patriarchalisch geprägten Land. Dass ich sein Fahrgast, bin scheint er nur insoweit zu realisieren, als er mit mir Geld verdient. Mehr Rechte habe ich nicht.

Ich lenke mich von dieser unappetitlichen Angelegenheit dadurch ab, dass ich darüber nachdenke, wie viele Stunden ich während meiner 3-monatigen Reise in diesem unsagbaren Verkehrschaos auf den indischen Straßen verbracht habe. Es dürften insgesamt sicherlich 14 Tage zusammen kommen.

Fast lächerlich mutet es an, dass die Straßen, ohne dass es auch nur in absehbarer Nähe eine Ansiedlung gäbe, mit Straßenschwellen übersät sind. Schneller als durchschnittlich 40 km/Std. kann man bei all dem Durcheinander eh nicht fahren. Wahrscheinlich sind für die korrupten Politiker und Bauunternehmer diese zahllosen Stoppschwellen ein weiteres einträgliches Zubrot, so dass sie das Land damit großzügig überziehen.

Nicht nur jetzt auf der Fahrt Richtung Delhi, sondern während meines ganzen Aufenthalts, hat mich der unsägliche Müll entsetzt. Etwas überspitzt lässt sich sagen, dass ganz Indien eine Müllhalde ist. Fast keine Stadt hat eine wirklich funktionierende Müllentsorgung. Die hier und da abgestellten Container quellen über, da sie wohl nur zufällig dann und wann geleert werden. Niemand von den öffentlichen Behörden kontrolliert, ob man seinen Abfall in die nur spärlich vorhandenen Tonnen entsorgt oder lieber dem Wind und der Straße überlässt. Gar mancher verbrennt seinen Unrat der Einfachheit halber gleich vor seiner eigenen Haustüre. Selbst in Harjit's Guesthouse wurde alles, egal ob Plastik oder Essensreste, in einer Ecke des Gartens in ein ewig schwelendes Feuer geworfen. Die einzige Entlastung bei der Müllentsorgung erfolgt durch den unstillbaren Hunger der vielen armen Tiere, die unermüdlich zwischen all diesem Abfall nach etwas Essbarem suchen. Die Vorauswahl treffen die Armen. Für die Tiere bleibt nicht viel übrig. Es ist somit nicht verwunderlich, dass diese aus Verzweiflung Plastiktüten und andere unverdauliche Wegwerfartikel, die selbst die Armen nicht mehr verwerten können, fressen. Wenigstens kurzfristig tritt dadurch ein Gefühl der Sättigung ein.

Wenn man auf eine auffallend gepflegte Gegend aufmerksam wird, dann handelt es sich um parkähnliche Gartenanlagen in denen die hohen Militärs ihre Villen und exklusiven Clubs haben. Das Militär ist in Indien hoch angesehen und außerordentlich gut bezahlt.

Harjit's Vater, ein einst angesehener Militärarzt, hat seiner inzwischen bereits 75- jährigen Tochter eine für indische Verhältnisse üppige Rente hinterlassen. Sie war nach den Unterlagen der Behörden nie verheiratet (was nicht stimmt, denn sie hatte mir vor vielen Jahren, als ich sie in Delhi kennenlernte, erzählt, dass sie drei Jahre verheiratet gewesen war. Dies hat sie jedoch, das ist in Indien mit entsprechenden Beziehungen kein Problem, den Behörden verschwiegen). Als somit offiziell ledig gebliebene Tochter zahlt ihr der Staat weiterhin die Rente ihres Vaters aus.

Unverheiratete Töchter von Militärangehörigen haben nach dessen Tod den vollen Anspruch auf die Rente des Verstorbenen!

Auf ihrem Auto hat sie eine relativ große Plakette prangen, mit der Aufschrift "Militär" in leuchtend orangen Buchstaben. Menschen mit diesem Aufkleber machen damit dem Rest der indischen Welt klar, dass sie zum wichtigeren Teil in der Gesellschaft gehören. Zahlreiche Privilegien unterstreichen dies noch: parken wann und wo man will, keine Strafzettel, bevorzugte Behandlung bei Behörden etc. Zu schade, dass das bei uns nicht der Fall ist. Ich würde umgehend zum Militaristen mutieren! Weiterhin hat sie Zugang zu den exklusiven Clubs der Offiziere. Von diesem enormen Respekt der Bevölkerung gegenüber ihren Soldaten können unsere Generäle und Soldaten nur träumen - Gott sei Dank!

Nach dem Einchecken im Hotel in der Nähe des Flughafens, freue ich mich über ein ruhiges, sauberes Zimmer und gedenke erst einmal zu duschen und ein kleines Nickerchen zu halten. Dieser schöne Traum ist jedoch leider nur von kurzer Dauer. Das Telefon läutet. Verwundert frage ich mich wer das denn sein kann. Etwa mein Reiseleiter Rachit? Sonst weiß doch niemand wo ich bin! Aber nein, ein Mann von der Rezeption ist am Apparat und teilt mir mit, dass der Hoteldirektor mich dringend sprechen wolle. Warum? Der Herr nimmt sich doch sicherlich nicht Zeit für einen Gast, der gerade mal für eine Nacht auf dem Weg zur Heimreise hier absteigt! Kaum habe ich mein Zimmer verlassen, kommt er mir bereits entgegen mit den Worten, dass mein Visum abgelaufen sei. "Ach, wieder dieses lästige Spiel" denke ich. Voller Vertrauen in das, was mein Reiseagent mir gesagt hat und bisher auch in allen Hotels nach Rückfrage mit demselben geregelt wurde, rufe ich Rachit an. Ich verbinde ihn mit dem Chef des Hotels. Der meint jedoch nach dem Gespräch, dass es ihm lieber sei, wenn ich noch schnell zur Einwanderungsbehörde fahre und das absichere. Ohne die verbindliche Erklärung dieser Behörde kann er mich nicht hier lassen. Dem Agenten mag er nicht glauben. Er ist der festen Überzeugung, dass das Visum abgelaufen ist. Ich sehe, dass er mir wirklich helfen will, denn er bietet mir an bei der zuständigen Behörde anzurufen. Dort habe er einen Kontaktmann sitzen. Dieser sagt ihm, dass er mir auch raten würde, sicherheitshalber zum Immigration Office zu fahren.

Bis alles geregelt sei solle ich in ein Hotel umziehen, welches nicht so genau nach den Papieren fragen wird. Mein Einwand, dass doch morgen für 10 Uhr früh mein Flug zurück nach Hause gebucht sei, scheint sein Herz etwas zu erweichen. Freundlich bietet er mir an, dass ein Hoteltaxi mit Fahrer mich zur Behörde fährt. Vielleicht kann ich mir da die Sicherheit für meine Darstellung holen. Mein Gepäck dürfte so lange hier im Gepäckraum verbleiben.

Dev, ein sehr hilfsbereiter, junger Hotelangestellter, begleitet mich zur Behörde und eine Nightmare beginnt. Am schmutzigen, kaum zu findenden Eingang für Visaverlängerungen, sitzen zwei mürrische Beamte, die mir mit vager Handbewegung zeigen in welchen der Gänge sich das für mein Problem zuständige Büro befindet.

Ich betrete kurz darauf einen großen Raum mit an einzelnen Tischen nicht sehr freundlich dreinblickenden Herren. Ohne groß zu überlegen gehe ich zu einem der Tür am nächsten sitzenden Beamten. Unaufgefordert lege ich ihm sofort meinen Pass und das darin eingebundene Visa der indischen Botschaft von Madrid vor. Mein überfallartiges Eindringen in seinen „Macht"-bereich belohnt er mit einer ziemlich rüden und aggressiven Aufforderung gefälligst zu warten bis ich aufgefordert werde herein zu kommen. Ich entschuldige mich mit bei Beamten immer funktionierenden unterwürfigen Blick. Schon ist er bereit wenigstens einen oberflächlichen Blick auf meine Papiere zu werfen. „Das ist abgelaufen. Sie müssen einen neuen Antrag stellen", brummt er unwirsch. Auf meinen zaghaften Einwand hin, dass die Botschaft in Madrid mir gesagt habe, dass ich nach Ablauf des Visas noch 90 Tage hier im Land bleiben könne, erwidert er barsch: „Was Madrid oder Dehradun oder sonst jemand sagt interessiert uns hier nicht. Die einzige zuständige Instanz sind wir hier in Delhi: "Es gilt nur was wir hier sagen.

Wenn sie ausreisen wollen, müssen sie sich eine Applikation vom Internet herunter laden und diese mir ausgefüllt vorlegen," und in rüdem Ton fährt er fort: „Die Bearbeitung wird ca. 5 Tage dauern. Nehmen sie sich derweil ein Hotel und sprechen sie dann wieder vor."

Ich bin verzweifelt, erinnere mich aber rechtzeitig meines schauspielerischen Talents, wie ich es ja schon als demente Alte bei der Besichtigung des City Palastes in Jaipur unter Beweis gestellt habe und stelle auf Drama Queen um. Das fällt mir nicht übermäßig schwer. Ich muss nur daran denken, dass meine Kinder auf mich warten, ich in dem versmogten Delhi mir u.U. ein Hotel suchen muss und meinen morgigen Flug verpasse werde.

Es gelingt mir sogar in Tränen auszubrechen. Verzweifelt hauche ich, dass ich kein Geld mehr habe. Irgendetwas muss ich wohl in seinem abgehärteten Beamten-Herz berührt haben, denn er faucht mich zwar an, fügt dann aber leise murmelnd hinzu (alle seine Kollegen verfolgen meine Vorstellung interessiert, daher muss er sich wohl so echauffieren): „Jetzt hören sie schon auf, wir werden ihnen schon helfen."

Weisungsgemäß renne ich daraufhin zu einem Cyber Café. Dieses darf man sich nicht einmal annähernd als ein "Café" vorstellen. Es handelt sich eher um einen heruntergekommenen Bretterverschlag, der mit einem alten Computer und ebenso in die Jahre gekommenen Drucker ausgestattet ist. Der junge Mann dort ist überraschend hilfsbereit und füllt mir netterweise den Antrag auf Erweiterung meines Visums aus. Danach noch schnell ein Foto bei einem unfassbar fetten Mann mit einer vorsintflutlich anmutenden Kamera. Überraschenderweise spuckt kurz darauf ein kleiner Computer ein Bild aus, das mich gar nicht so schlecht wegkommen lässt. Im Laufschritt zurück zur Behörde. Entsetzt sehe ich, dass jetzt ein anderer Beamter auf mich wartet. Dieser fährt mich aggressiv an, ich solle ihm das Antragsformular überlassen und in frühestens 5 Tagen wiederkommen. Ich glaube es nicht! Ich schaue ihn völlig entgeistert an, Panik kommt in mir auf. Da tippt mich jemand leicht von hinten an und eine Frauenstimme flüstert mir zu: „Regen sie sich nicht auf, sie werden ihre Visum-Erweiterung bekommen. Dafür sorge ich." Ich drehe mich um und sehe eine in ein teures Kostüm gekleidete, sehr elegante Dame hinter mir sitzen. Durch Gesten macht sie mir klar, dass das ganze jetzt nur noch eine Farce sei. So ganz sicher bin ich mir trotzdem nicht und will gerade wieder die Drama Queen hervorholen, da kommt der Beamte, der mir versichert hatte, dass er mir helfen wird, auf mich zu. Er streicht mir leicht über meinen Arm und sagt in ruhigem Ton : „Denken sie daran, was ich ihnen versprochen habe, aber warum lügen sie? Ich habe den Fahrer gefragt, wo sie untergebracht sind. Das ist ein teures Hotel und bedeutet, dass sie Geld haben müssen. Warum belügen sie mich?"

Geistesgegenwärtig antworte ich: „Ich hatte damals meine Reise als ganzes Paket gebucht und nur etwas Taschengeld mitgenommen." Das leuchtet ihm ein, seine Miene hellt sich wieder auf und an den unangenehmen Kollegen gewandt sagt er etwas in Hindi, was dessen Verhalten zu mir um 180 Grad verändert. Er wird bei seinen Erklärungen plötzlich freundlich, lächelt sogar, was im günstigsten Fall seit seiner Heirat vor mindestens 25 Jahren nicht mehr vorgekommen sein mag.

Es beginnt sodann ein papierenes Theater. Ich bekomme mehrere Formulare vorgelegt bei deren Beantwortung mir die nette Dame hilft. Sie weiß genau, was die Herrschaften hier lesen wollen, und zum Schluss steht ein weiteres, nettes Lügenmärchen auf dem Papier.

Zufällig fällt mein Blick auf eine Fensterscheibe, hinter der jetzt mein Gönner Platz genommen hat. Auf einem großen Schild steht, dass er der Boss dieser Abteilung ist. Ich hatte mich beim Betreten des Raums nur deshalb direkt an ihn gewandt, weil er mir als einziger auffiel, der gepflegt und einigermaßen sympathisch aussah. Ich bin wohl für ihn so überraschend in sein Büro gestolpert, dass er vergaß, mich wieder rauszuschmeißen. Das Schicksal hat es mal wieder gut mit mir gemeint. Bei den anderen finster drein blickenden Gesellen wäre die Sache wohl nicht so gut ausgegangen.

Nach einem schon fast lachhaftem sich wichtig tun von weiteren drei Beamten, kann ich endlich zur Kasse gehen, um mein „neues" Visum abzuholen. Dieser Beamte, wieder so ein Fiesling, nimmt meine VISA - Karte entgegen, die dann nicht funktioniert! Das macht großen Eindruck. Bestätigt es doch meine Versicherung, dass ich kein Geld mehr habe. Mir aber wird etwas mulmig. Mit dem Mut der Verzweiflung ziehe meine Mastercard hervor von der ich nicht sicher bin, ob sie hier in Indien funktioniert. Bisher hatte ich sie nie benutzt. Diese verweigert der Unmensch sich genüsslich zurücklehnend mit dem Kommentar, dass man hier keine Mastercard akzeptiert. Man kann ihm ansehen, dass er innerlich schon triumphiert, dass ich jetzt doch nicht so leicht davon kommen werde. Doch das Glück ist mir weiterhin hold. Ich schaue ihn ängstlich an und sehe im selben Moment hinter ihm an der Wand ein Schild, welches darauf hinweist, dass Mastercards ebenfalls anerkannt werden. Verärgert, dass ich dies wahrge- nommen habe, nimmt er widerwillig die Karte entgegen. Zu seinem größten Missfallen werde ich jetzt mutig und weise ihn darauf hin, dass er mir eine Quittung ausstellen möge. Nichts hassen die indischen Beamten mehr als Quittungen, da lässt sich nichts unterschlagen. Der Sieg war mein! Sein wutverzerrtes Gesicht war mir zugegebenermaßen eine wahre Wohltat!

Beim Verlassen dieser „freundlichen" Behörde schaue ich mich suchend nach der netten Dame um, denn ich möchte mich noch bei ihr bedanken. Sie winkt mir zu und freut sich, dass alles gut gegangen ist. Im weiteren Gespräch erfahre ich, dass sie im Ministerium for Peace bei der UNO arbeitet. Ihr elegantes Erschei- nungsbild lässt darauf schließen, dass sie eine hohe Position innehaben muss.

Vermutlich habe ich es überhaupt dem Umstand ihrer Anwesenheit zu verdanken, dass ich so rasch und für dortige Verhältnisse unbürokratisch mein Visa verlängert bekam.

Vielleicht hätten mir diese korrupten Beamten aber auch

bei Bezahlung von einigen hundert Euro, selbstverständlich nicht quittiert, ebenfalls das Visum abgestempelt.

Was für ein Glück im Unglück! Der gute alte Herr in himmlischen Gefilden hatte mich zwar etwas schwitzen lassen, aber dann doch Erbarmen mit mir gehabt und mir zwei Engel in Form dieser Dame und dem letztlich netten Chef der Einwanderungsbehörde zur Seite gestellt.

Jetzt bin ich fix und fertig - auch mit Indien.

Auf dem Weg zum Hotel erhalte ich eine SMS von meiner Bank, dass sie die Karte gesperrt hat und der Betrag nicht eingelöst werde, denn mein Passwort sei veraltet. Ich muss lachen, hoffe nur, dass die Beamten nicht morgen vor meinem Abflug um 8 Uhr diese Sperrung vorfinden werden. Schnell beruhige mich selbst damit, dass das Büro nach mir, es war 18.30 Uhr, geschlossen wurde und sicherlich kein Beamter schon um 8 Uhr auf seinem Stühlchen sitzen wird.

FLUG VON DELHI NACH HAUSE
FREITAG. 29.4.2016

Mit einem leicht flauen Gefühl lasse ich mich zum Flughafen fahren. Hoffentlich wird nicht doch einer der ach so sympathischen Unmenschen in der Einwanderungsbehörde von irgendwelchen Alpträumen geplagt und zu früh in sein schmuckloses Büro kommen.

An der Passkontrolle stehen wenige Menschen an. Das veranlasst die kontrollierenden Beamten besonders langsam zu arbeiten. Geht doch nicht, dass die Menschen nicht wenigstens ein bisschen warten müssen! Es scheint ein ungeschriebenes Gesetz zu sein, dass ein ganz besonderer Typus Mensch an solchen ihnen Macht verleihenden Positionen zu finden ist. Diese Spezies genießt es sichtlich, dass sie uns für eine Weile in der Hand hat. Können sie auch nur die kleinste Abweichung von ihren Vorschriften feststellen, ist ihre Stunde gekommen. Leicht erschaudernd stelle ich mir vor, was die mit mir jetzt anstellen würden, wenn ich nicht gestern die Verlängerung meines Visums „erspielt" hätte. Im Stillen danke ich dem Hotelmanager. Diese Herren hier hätten mich sicherlich gerne mit bestialischer Freude so richtig in die Zange genommen. Im Vergleich zu den Beamten hier waren die in der Visabehörde Geschöpfe des Himmels. Ob die jeden Morgen vor dem Spiegel üben so richtig finster dreinzublicken?

Ganz in diese meine Gedanken versunken, bemerke ich wie mich endlich ein Beamter von der Passkontrolle zu sich heran winkt. Er schaut meinen Pass mit dem Visum und der Verlängerung desselben durch die gestrige Behörde eine Ewigkeit an, schüttelt den Kopf, verlässt seinen Stuhl und berät sich in einer Ecke der Passkontrolle mit einem Kollegen. Dieser sieht sich Pass und den gestrigen Wisch, der mir einen weiteren Aufenthalt bis zum 2.5.2016 einräumt, für meine schwachen Nerven ebenfalls etwas zu lange an. Nach außen lasse ich mir nichts anmerken. Innerlich zittere ich. Ist die Nachricht von der nicht eingelösten Geldsumme vielleicht doch schon hier eingetroffen? Endlich kommt der Mann zurück. Sie sind alle fies diese Kleingeister, insbesondere aber die indischen, denn die hoffen immer und überall mit ihren korrupten Seelen jemanden abzocken zu können. Er setzt sich wieder hin, würdigt mich keines Blickes, lässt noch ein paar weitere theatralische Sekunden, die mir wie endlose Minuten vorkommen, verstreichen und stempelt plötzlich mit fast wütender Geste meine Ausreisegenehmigung im Pass ab.

Ich habe mich während des ganzen, quälenden Prozedere weder bewegt noch versucht ihn zu fragen, ob evtl. was nicht in Ordnung sei. Wie sehr hätte er sich gefreut, wenn er gewusst hätte, wie beunruhigt ich war! Eine Zentnerlast fällt von meinen Schultern.

Erleichtert gehe ich durch die Passkontrolle und empfinde einen fast diabolischen Triumph darin, dass ich ihm da eines seiner üblen Spielchen gründlich verdorben habe.

Ein überschwängliches Gefühl der Freude überkommt mich. Als hätte ich gerade erfahren sechs Richtige im Lotto gewonnen zu haben, strahle ich alle und alles an. Manche schauen mich erstaunt an, andere bleiben kopfschüttelnd stehen. Wahrscheinlich denken sie: „Na, die ist wohl etwas durchgeknallt."

Noch nie habe ich mich am Ende einer Reise so auf mein Zuhause in einem zivilisierten Land gefreut.

ANHANG

DIE AUTORIN
TAMARA WAEGER

Tamara Waeger kam ein paar Monate nach Ende des 2. Weltkriegs in Olpe/Westf. zur Welt. Das Leben begann turbulent oder abwechslungsreich, das ist eine Frage der Interpretation. Mit 14 Jahren zog sie nach München, der Stadt, der sie bis zu ihrem Umzug im Jahre 1994 nach Palma/Mallorca treu blieb. In München studierte sie Germanistik, Geschichte und Theaterwissenschaften. Der Wunsch zu schreiben war immer groß, doch alle Versuche blieben in der Schublade. Keine Zeit! Zwei Ehen, zwei Kinder! Jetzt aber kann sie endlich all das zu tun, was sie immer schon tun wollte: reisen, schreiben, malen.

„Ich schreibe – also bin ich!"

Schreiben war immer schon meine Rettung. Ohne dieses Gut, das mir durch ein offenbar gnädiges Geschick in die Wiege gelegt wurde, wäre ich kaum bis zum Abitur gekommen – so fing es schon mal an. Mathematik, Physik, Chemie - durch mein Talent, mich schriftlich gut auszudrücken, konnte ich mich durch diese „böhmischen Dörfer" erfolgreich hindurchschummeln.

In allen Schulen, die ich durchlief, erhielt ich stets dieselbe Beurteilung: „Mündlicher Ausdruck: Sehr gut, Deutsch: Sehr gut". In den anderen Fächer pendelte ich zwischen den Noten 4 und 6.

Ich erinnere mich, dass mich mein nonchalanter Umgang mit Schrift und Wort schon in der einklassigen Dorfschule, die ich vier Jahre von 1951 an besuchte, rettete.

Es sollte jedoch noch einige Zeit vergehen, bis ich meine Anlage als Fähigkeit erkannte. Denn mein „Versagen" in den naturwissenschaftlichen Fächern, sorgte sehr lange für ein äußerst geringes Selbstbewusstsein. Doch trotz meiner schulisch schwachen Leistungen, mochten mich meine Lehrer. Das hatte ich sicherlich auch dem Umstand zu verdanken unter dem Zeichen des „Löwen" geboren zu sein und die gelten ja bekanntlich als unwiderstehlich. Es war somit nur allzu verständlich, dass sie so manches Auge zugedrückt haben, um mich bis zum Abitur zu hieven.

An der Universität war dann das Belegen der Studienfächer Germanistik, Geschichte und Theaterwissenschaften maßgeblich von der Zielsetzung geprägt, hierin einen Universitätsabschluss zu erreichen, denn von der Erkenntnis, dass im Sprachlichen meine Begabung liegt.

Immerhin schaffte ich das Staatsexamen fürs Lehramt, doch zog es mich mehr zum Theater. Einige Zeit arbeitete ich als Dramaturgie-Assistentin am Residenztheater in München und durfte sogar bald die Theaterzeitung mehr oder weniger selbständig schreiben. Endlich wurde mir klar, dass ich da wohl eine von mir bislang unterschätzte Fähigkeit besitze. Ich begann, frei vor mich hin zu schreiben, doch landeten die meisten Projekte unvollendet in der Schublade. Andere Prioritäten waren dringlicher: Ich war jung und da war es naheliegend, dass ich heiratete und das gleich zweimal, denn Irrtümer soll man möglichst schnell korrigieren! Das Glück war mit mir. Ich bekam zwei wunderbare Töchter, natürlich bildhübsch und inzwischen als Künstlerinnen sehr erfolgreich. Es hat sich gelohnt dafür die Arbeit am Theater und auch das Dichten zurück zu stellen.

In den wenigen Zeitlücken, die mir meine neue Existenz als einigermaßen passable Ehefrau und Mutter ließ, versuchte ich immer wieder, zu schreiben – nur blieb es leider genau dabei, nämlich beim „Versuchen". Dennoch ließ mich der Gedanke nicht los, eines Tages ein Buch zu schreiben.

1994 zog ich, nach dem plötzlichen Tod meines Mannes, auf der Suche nach möglichst viel „Sonne" in meinem Leben, mit meinen beiden Töchtern nach Mallorca.

Mittlerweise ist in meinem inzwischen recht stattlich langem Leben die Ruhe eingekehrt, um meinen nie vergessenen Vorsatz, ein Buch zu schreiben, umzusetzen: Das Ergebnis liegt in Ihren Händen - mein Buch über meine dreimonatige Reise im Jahre 2016 nach Indien. Es ist eher ein emotionaler Erlebnisbericht als eine Reisebeschreibung. Ein Buch, das das Herz auf der Zunge trägt – und nicht zum Lachen in den Keller klettert. Aber lesen Sie am besten selbst!